「失われた時を求めて」の完読を求めて

「スワン家の方へ」精読

鹿島茂

PHP

「失われた時を求めて」の完読を求めて

「スワン家の方へ」精読

Table des matières

目次

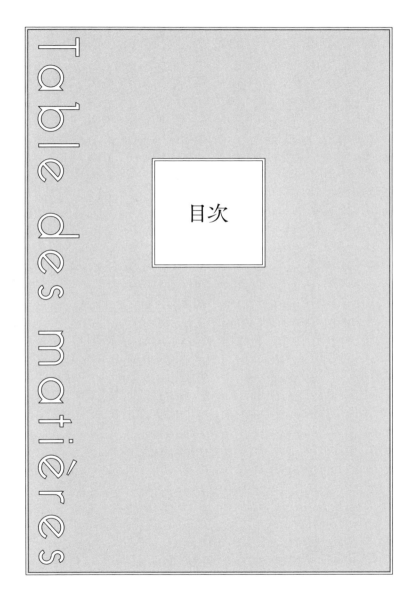

第一篇
スワン家の方へ

第一部

コンブレー

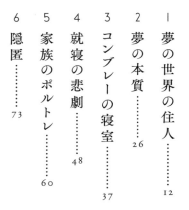

Table des matières

第一篇
スワン家の方へ

第二部
スワンの恋

Table des matières

第一篇
スワン家の方へ

第三部
さまざまな土地の名・名前というもの

Table des matières

本文中、『失われた時を求めて』からの引用は著者の訳による

A LA RECHERCHE DU TEMPS PERDU

Du côté de chez Swann

第一篇

スワン家の方へ

第一部

コンブレー

COMBRAY

1 夢の世界の住人

マルセル・プルーストの『失われた時を求めて』こそ世界最高の文学作品だと人から教えられ、よし、自分も挑戦してみようと第一巻目の『スワン家の方へ』を手に取ったものの、冒頭の数ページだけで脆《もろ》くも挫折してしまった読者が、世界中にどれくらいいるのでしょうか？　おそらく、ものすごい数にのぼるはずです。

かくいう私も、高校生のときに、当時、新潮文庫に入っていた『失われた時を求めて』を読もうとして、見事、この轍《てつ》を踏んだ一人でした。

といっても、十八歳の私は大長編小説はまるでダメというのではありませんでした。その反対です。

『戦争と平和』『カラマーゾフの兄弟』『チボー家の人々』『静かなドン』などの大長編小説の名作を読破したことを唯一の誇りとする大長編マニアだったからです。

ところが、「小説は長ければ長いほどいい」と思っていた私ですら、『失われた時を求めて』には躓《つまず》きました。

というのも、その入口である不眠の夜の悶々《もんもん》たる体験を書いた数ページを読んでいるうちに、まるで催眠術にかけられたように、いつのまにか瞼《まぶた》が下がってきて、ウトウトと眠りはじめてしまったからです。本が手から滑り落ちる衝撃でハッと気づき、かくてはならじと、もう一度読みはじめるのですが、冒頭数ページの催眠作用は強力で、またもや眠りの世界に誘いこまれてしまうのです。

それでも、意地を張って、なんとか第三巻目の『ゲルマントの方へ』まで読み進みましたが、結局、そこで挫折し、ついにその先には進むことができませんでした。

『失われた時を求めて』を完読したのは、フランス文学科の大学院に入ってからのことです。修士論文に取り上げようと思って読みはじめたのですが、論文はフロベールで書くことになったので、いったん読むのを中断し、めでたく完読を果たしたのは、博士課程に進んでからのことでした。

もちろん、このときにはフランス語で読んだのですが、フランス語で読んで初めてわかったことがあります。プルーストの文は錯綜してはいるものの、じつに論理的にできているということです。それは、綿密な設計図に基づいたエッフェル塔のような巨大建築物以外のなにものでもありません。最初の印象とは異なって、無駄なところは一つもありませんでした。文章ばかりか、単語の一つひとつ、たとえば形容詞や副詞にもしっかりとした計算が働いていて、なるほど、なるほどと感嘆することしきりでした。

あえて変な譬《たと》えかもしれませんが、『失われた時を求めて』は、言葉というツマヨウジでつくられた原寸大のエッフェル塔のようなものと表現できるのではないでしょうか？　つまり、単語の一つひとつがツマヨウジであるとするなら、『失われた時を求めて』は、それこそ、何百万本、何千万本、いや何億本というツマヨウジが緊密に組み合わされてできたエッフェル塔であって、どこか一本のツマヨウジ（単語）を省いても、建造物は崩壊するようにできているのです。

言いかえると、冒頭の不眠の夜から始まって、最後に主人公が、小説を書こうと決意する大団円まで、一つとして無駄な単語も文章もなく、すべては全体の構造と密接に関係しているのです。

ですから、あとがきで述べるような事情から、ユゴーの『レ・ミゼラブル』から『「レ・ミゼラブル」百六景』をつくったように、『失われた時を求めて』の批評的ダイジェスト版をつくるという試みを編集者に勧められたとしても、そんな企《くわだ》てに乗るということ自体、土台、ナンセンスなことであり、『失われた時を求めて』に対する最大の侮辱ともいえるのです。

しかし、その一方で、高校生のときの私のように、冒頭の数ページで挫折したり、なんとかその難関をくぐり抜けても『ゲルマントの方へ』で止まってしまうという人も後を絶ちません。

そうした人でも、『失われた時を求めて』を最後まで読み通したいという気持ちは変わらず、できるものなら完読したいと願っているはずです。

ならば、こうした『失われた時を求めて』の「永遠の挫折者」に光明をもたらすような工夫はないものかと考えてみるのは決して理不尽なことでもないし、原作に対する冒瀆でもないと思うようになったのです。

そして、そのときに頭に浮かんだのは、粗筋（そういうものは、結局のところ無意味なのです）ではなく、それぞれの部分、部分で、読みに駆動力を与えるようなベクトルを教唆（あえて、この言葉を使います）しながら、なんとか完読へと導くという方法はないものかということです。

言いかえると、ここの一節はここがポイントだから、それに意識を集中して読めとか、あるいは、この一節の退屈さは、かなり意識的につくられた退屈さだから、退屈と感じることは少しもまちがいではないんだよとか、あるいは、この箇所ではどうでもいいようなことがくどくどと書かれているけれど、じつは、それはあることを隠しつつ暗示するためのアリバイ工作なのだよ、というような具合に、読みの勘所《かんどころ》を教えながら、なんとか読者を先へ先へと引っ張っていく、マラソンのペースメーカー的な記述です。

これならば、私自身が度重なる挫折の経験を持っているだけに、やってできないことではないと感じました。コーチになるには、一流の選手よりも、二流の選手の方が向いているといわれますが、この意味では私は適任ではないかと思ったのです。

それと、もう一つ、重要なことがあります。私は、プルーストの研究者ではないということです。なぜこれが重要かといえば、プルースト研究者であると、どうしてもプルースト研究の指導教授やライバルの研究者の顔が面前に浮かび、そちらの方に顔を向けて書いてしまうことが多いのですが、私は一応フランス文学者という看板を掲げてはいるものの、プルーストにかんしては、読者と同じくまったくの素人であるといってよく、読者と同じ目線に立ってものを考えることができると感じるからです。

こんなことを言うと、読者は驚かれるかもしれませんが、現在の文学研究の専門化は極端なところまで進んでいて、同じバルザックの『人間喜劇』の研究者でも「哲学研究」の研究者は「風俗研究」にかんしてはほとんど知らず、「風俗研究」の専門研究者からは素人扱いされてもいささかも恥じるところがないほどになっています。しかも、自分の専門分野を狭く限定することが研究者のモラルとされていますから、私のようなフランス文学全般を扱う物書きは万屋《よろずや》的存在として、蔑《さげす》みの対象になることはあっても、尊敬を受けるようなことは決してありません。

したがって、素人ではなく、専門の研究者にプルーストの読み方を教えてもらいたいと考える読者もいるでしょう。そうした人は、ぜひともプルーストの専門家が書いたモノグラフィーを繙《ひもと》いていただきたいと思います。

では、お前がやろうとしているのはなにかと問われれば、それは、読者が『失われた時を求めて』を完読するためのアシストをすることです。つまり、本来は限りなく豊饒《ほうじょう》な『失われた時を求めて』がたいていの場合はアクセスされることもなく、文字通り「失われ」てしまうことを防ぐために、その導入を買って出たということなのです。

しかし、いくら前口上を続けていても、いっこうに埒《らち》はあきません。ひとつ、一番問題になっている例の冒頭部分を取り上げて、サンプルを示してみることにしましょう。冒頭の一節は、次のように始まっています。

長いあいだ、私は早めに寝ることにしていた。ときには、蠟燭《ろうそく》を消したとたん目がふさがり、「ああ、眠るんだ」と考える暇さえないこともあった。しかし、そんなときでも、三十分もすると、もうそろそろ眠らなければならない時間だという思いが強くなり、目が覚めてしまうのだった。まだ手に持っているつもりの本をナイト・テーブルに置こうとして、蠟燭を吹き消そうとする。眠ろうとしながらも、さきほどまで読んでいた本の内容について思いを巡らすことを止めずにいると、その思いがすこし特異な様相を帯びてくる。作品に語られていたもの、つまり、教会や、四重奏曲や、フランソワ一世とカルル五世の抗争などに、私自身がなってしまうのだ。自分がなにものかに変身しているというこうした思いは目覚めてからも数秒は続く。それは私の理性に衝撃を与えるものではないが、さながら鱗《うろこ》のように瞳の上に覆いかぶさり、蠟燭がもう消えているという事実を理解するのを妨げる。それから――こうした変身感覚は、輪廻《りんね》転生のあとでは前世に考えたことがわからなくなるように、理解不能なものに変わりはじめる。本の主題は私から離れてゆき、もうそれに関心を持つも持たぬも私の自由ということになる。と同時に、私は視力を回復し、自分のまわりに暗闇を見出してひどく驚くのだった。

さて、いかがでしょうか？　これを読んだだけでもう眠くなってきたという読者もいるかもしれません。完読を促すどころか、挫折を誘っているように見えるのではないでしょうか？

しかし、ほんとうのことをいうと、プルーストが意図したのは、ズバリ、読者をここに書かれているような、夢うつつの状態に投げ込み、その、眠っているのか目覚めているのかよくわからない半醒状態というものを体験させることによってこれを意識化させ、その上で改めてテクストに戻るよう促すということなのです。

そう、よく読んでください。「半醒状態」というものを「意識」に上らせるような反省的な態度こそが、ここでは求められているのです。

その紛れもない証拠が、第一の文と第二の文と第三の文がたがいに矛盾しているという点です。第一と第二の文。「長いあいだ、私は早めに寝ることにしていた。ときには、蠟燭を消したとたん目がふさがり、『ああ、眠るんだ』と考える暇さえないこともあった」。

ちなみに、原文は次のようなものです。

Longtemps, je me suis couché de bonne heure. Parfois, à peine ma bougie éteinte, mes yeux se fermaient si vite que je n'avais pas le temps de me dire:《Je m'endors》.

プルースト学者のあいだで長年議論になっているのが、じつはこの冒頭の一文、Longtemps, je me suis couché de bonne heure. です。というのも、このフランス語はじつに変なフランス語なのです。Longtemps は英語のlongtimeで、「長いあいだ」という意味です。一方、je me suis couché de bonne heureは、比較的最近の一回的な行為を、日常的なレベルで（つまり物語的・歴史的叙述ではない、語りの現在と結び付いた時として）示す複合過去という時制で、そのまま訳せば「私は早く（早い時間に）寝た」となります。しかし、これをそのまま率直に訳してしまうと、「長いあいだ、私は早く寝た」となり、なんだかよく意味が通らなくなるのです。つまり、「長いあいだ」と「私は早く寝た」は明らかに矛盾しているのです。

　ありうる解釈の第一は、これを「かなり前から、私は早めに寝るのだった」として「早めに寝る」習慣がついていたと解することです。

　しかし、この訳文に正確に対応するフランス語は

Depuis longtemps, je me couchais de bonne heure.

となるはずで、こうなると、もはや解釈とはいえずに原文の改竄《かいざん》ということになります。

　ちなみに、「Depuis longtemps のdepuis というフラン

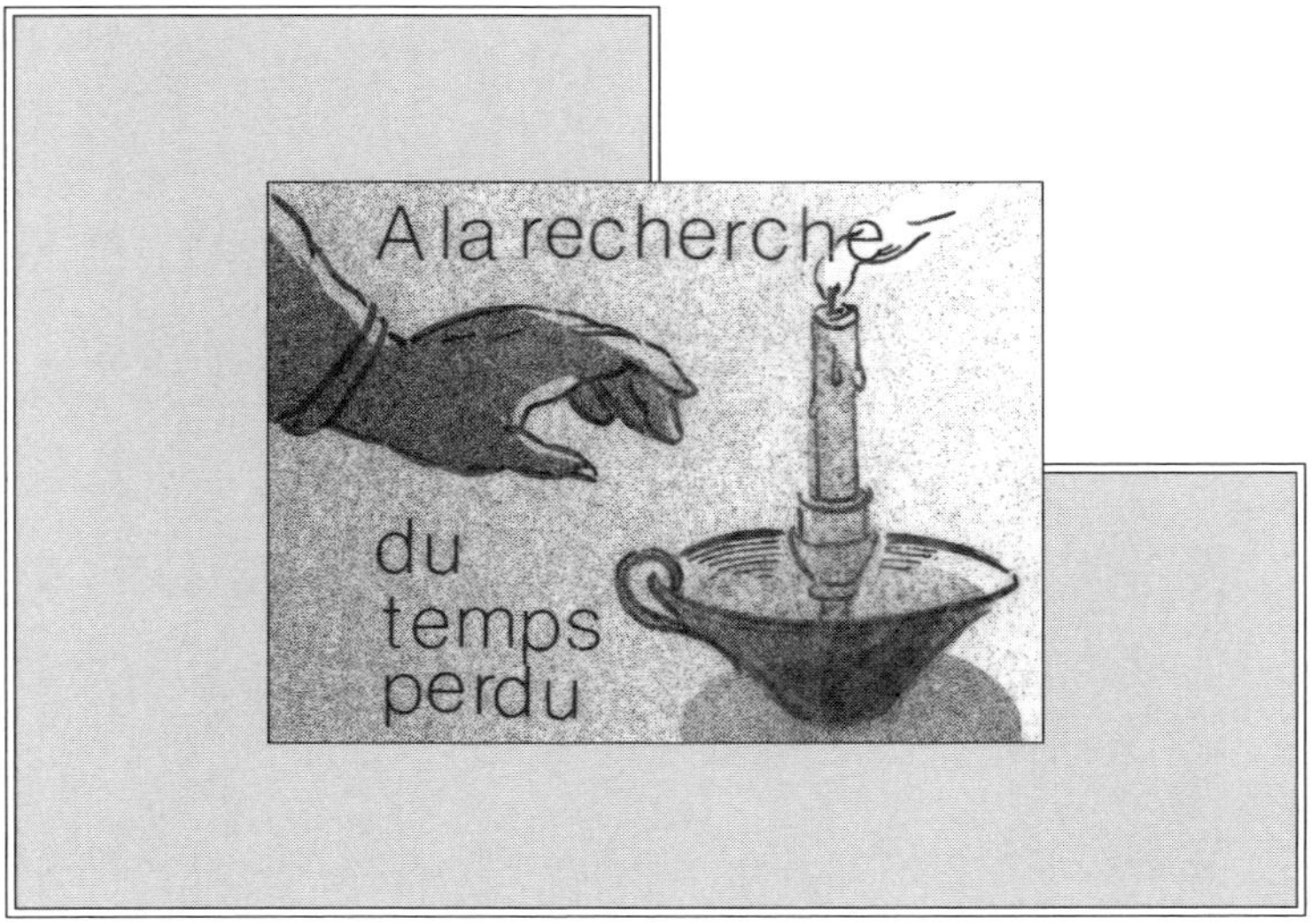

ス語は英語ならsinceあるいはforに相当する言葉で（ただし、sinceとは異なり、起点ばかりか、longtempsのように持続の名詞も伴う）、je me couchais は習慣行動を示す半過去という時制です。

そこで、この謎のような文章を巡ってさまざまな解釈がなされ、さまざまな訳文が登場することになります。

古い順に主要な訳文を列挙してみましょう。

「長いあいだ、私は宵寝になれてきた」（淀野隆三・井上究一郎訳、新潮社）
「長いあいだ、私は早く寝るのだった」（鈴木道彦訳、集英社文庫）
「長いこと私は早めに寝《やす》むことにしていた」（吉川一義訳、岩波文庫）
「長い間、私はまだ早い時間から床に就いた」（高遠弘美訳、光文社古典新訳文庫）

どの訳文も、この『失われた時を求めて』の冒頭の一句に頭を悩ましたあげく、Longtemps, je me suis couché de bonne heure. の語順と時制を尊重した訳にしています。私も、似たような訳にしましたが、それには理由があるのです。

というのも、このテクストだけに依《よ》るなら、いっそのこと「早く寝る」という習慣行為が長いあいだ続いていたというのではなく、「早く（早い時間に）寝る」としてから実際に「眠る」までの時間が長くかかったという合理的解釈を施してみたい誘惑に駆られるのですが、しかし、一九八七年から、プレイヤッド叢書の一つとして刊行された新版の『失われた時を求めて』の注に挙げられている各段階の草稿を検討すると、je me suis couché de bonne heureの部分は最初の草稿ではje me couchais de bonne heureと半過去形であり、やはり、その習慣行動の持続期間が「長かった」と考えるほかはないのです。

では、なにゆえにプルーストは半過去形をやめて複合過去形を採用したのかということについて、またDepuis longtempsではなく、Longtempsを用いたのかということについては、プレイヤッド版の校訂を担当した吉田城氏による詳細にわたる考察（『「失われた時を求めて」草稿研究』平凡社）がありますから、ここではこれ以上に深入りすることは避けて、吉田氏の次の二つの検討結果だけを借りておくことにしましょう。

プルーストはこの冒頭の句をいきなり思いついたのではなく、この形にたどりつくまでにさまざまな試行錯誤を繰り返した。その様子は、パリ国立図書館に保存されている草稿を追っていくことによって、かなりの程度までたどることができる。

「長い間、私は早くから寝た」という一文が読む者にやや曖昧な印象を与えるのは、複合過去という時制によって語りの現在時を指示しながら、肝腎の「寝る」行為がいったいどのくらい「長い間」続いたのか、その起点と終点がいつかについて、明確ではないからである。私たちがいくつか見た伝統的なスタイルの自伝的作品とは異なり、『失われた時を求めて』は物語の時間的・空間的限定を拒否するところから始まっている。

というわけで、第一文は、意識的に採用された曖昧さに基づくという暫定的結論にとどめて、第二文の「ときには、蠟燭を消したとたん目がふさがり、『ああ、眠るんだ』と考える暇さえないこともあった」に移ると、だれでも「うんうん、こういうことはあるよな」と頷くにちがいありません。「ああ、眠るんだ」と反省的意識が働く間もなく寝てしまうのはだれでも日常的に体験することだからです。

で、その次はというと、「しかし、そんなときでも、三十分もすると、もうそろそろ眠らなければならない時間だという思いが強くなり、目が覚めてしまうのだった」というなんとも不可思議な文がきます。第二の文で、『ああ、眠るんだ』と考える暇さえ」なく寝込んだはずなのに、三十分もすると目覚めてしまうのですが、その目覚めた理由はというと、これが「もうそろそろ眠らなければならない時間だという思い」だというのですから、わけがわからなくなります。

眠ってはいけないと思いながら眠ってしまい、頭が揺れたり、体が傾いたりでハッと我に返り、「あっ、ヤバイ、眠ってしまった」と感じて目が覚めることはいくらでもあるでしょう。しかし、「もうそろそろ眠らなければという思い」で目覚めることはあるのでしょうか？

それがあるのです。

これは、私自身が不眠症で悩まされたことがあるからわかるのですが、「眠らなければという思い」が強ければ強いほど、それは一種の強迫観念となって、人を眠りから遠ざけます。

ところが、実際には、眠れない眠れないと悶々としているはずなのに、外側からその人を観察している人（たとえば配偶者）がいたとしたなら、眠ろうとしている人が、瞬間的に、あるいは数十分、コトンと眠りに落ちているのを目にとめるというようなことはよくあるのです。

しかし、そうした睡眠状態にあっても、なんたることか、眠ろうと思っている人には「眠れない」という意識は残っているらしく、その意識が、睡眠を中断させてしまうのです。

ですから、プルーストの語っていることは、「語り方」さえ正しければ、人を納得させるものなのです。しかし、やんぬるかな、プルーストはまさにこの不思議な「語り方」を採用したのです。後述のようなある理由があったからです。

では、それに続く、「まだ手に持っているつもりの本をナイト・テーブルに置こうとして、蠟燭を吹き消そうとする」はどうなのでしょう。これもまた摩訶《まか》不思議な文章です。というのも、「蠟燭」はさきほど吹き消したはずだからです。げんに「ときには、蠟燭を消したとたん目がふさがり、『ああ、眠るんだ』と考える暇さえないこともあった」とあるからです。明かりを吹き消したくらいですから、手に本を持っていたなら、それもサイド・テーブルか枕のわきに置いたにちがいありません。なのに、「まだ手に持っているつもりの本をナイト・テーブルに置こうとして、蠟燭を吹き消そうとする」というのはどういうことなのでしょう。

じつは、もうこれは、睡眠状態での夢の中の行為なのです。

それを示すのが、「まだ手に持っているつもりの本」という箇所です。つまり、語り手である「私」は、実際にはもう、眠りの中に入っていながら、「眠りこもうとしている瞬間の夢」を見ているのです。

こういうことも、不眠症の人間は何度も経験しています。普通の健康な人では、寝覚めまぎわに、すでに起きている夢というのを見ることがあるでしょう。覚醒まぎわにそうした瞬間が訪れるように、寝入りばなというのも同様なことが起きるのです。

しかし、もし、これがすでに「夢の中の意識」であるとするなら、その前の文である「しかし、そんなときでも、三十分もすると、もうそろそろ眠らなければならない時間だという思いが強くなり、目が覚めてしまうのだった」も疑ってかからなければならないことになります。すなわち、これもまた「夢の中の意識」である可能性が強いのです。夢の中で、「私」は「もうそろそろ眠らなければならない時間だという思いが強くなり」、「目が覚めてしまう」のですが、その覚醒もまた夢の中でのことにすぎないのです。言いかえると、夢の中で「私」は目覚めていて、前と同じ仕草を繰りかえし、「まだ手に持っているつもりの本をナイト・テーブルに置こうとして、蠟燭を吹き消そうとする」わけです。

と、ここまで書いてくると、読者は、いったい、プルーストはなぜ、そんなに込み入った技巧を弄《ろう》してわざと冒頭を読みにくくしたのかと疑問を持たれるにちがいありません。

そう、それでいいのです。プルーストが読者に対して期待したのはそうした反応なのですから。

なんのことかといいますと、プルーストは、この冒頭の三つの文で、自分がこれから記述し、展開しようとしていることは、夢の中での覚醒、あるいは覚醒したつもりの夢、さらには、夢の中の覚醒のそのまた夢……であり、従来の小説のように、現実をそのままなぞったり、あるいはそう思い込んで絵空事を書き付けるのではないんだよ、と、あらかじめ、断りを入れようとしているのです。

言いかえると、この三つの文は、『失われた時を求めて』の方法論の開示であり、そのつもりで読んでくださいという読者への呼びかけでもあるのです。

しかし、それならば、こんなわけのわからない表現ではなく、そうとはっきりいえばいいではないかと読者は思うかもしれません。

ところが、プルーストはそうしたわかりやすい方法は取ろうとしませんでした。むしろ、稿を重ねるごとに、よりわかりにくい方向へ文章を変えていったのです。プレイヤッド版の『失われた時を求めて』には、プルーストが何度も書き直した冒頭部分の草稿が収録されていますが、その草稿はじつに親切に書かれていて、もし、プルーストがこうした感じで書いてくれていたなら、『失われた時を求めて』はずっとわかりやすい小説になっただろうと慨嘆《がいたん》したくなります。

ですが、プルーストはあえてそうした読者に親切な書き方を採用せず、むしろ、読者を苛立《いらだ》たせ、あるいは眠りこませてしまう方法をとったのです。

では、その目的はなんなのでしょう？

繰りかえしになりますが、それは、読者に、これは並の小説ではなく、「夢の中での覚醒、あるいは覚醒したつもりの夢」の方法に基づくヘンテコリンな、だけれども、より真実な小説なのだよと意識させることにあります。というわけで、私たちは、いま、トンデモナイ、「夢の世界の住人」の方法で書かれた小説を前にしていることになるのです。

さあ、いったい、私たちはこれからどこに導かれていくことになるのでしょう？

それはプルーストに聞いてくれ。とりあえず、こういうしかないようです。

2 夢の本質

いずれの文庫版にしても約十ページにのぼる冒頭の入眠時と覚醒時の幻想の描写、およびそれについての考察は、意図的にプルーストがここに配置しただけあって、『失われた時を求めて』全体についての「作者による、読者への注意書き」のような側面を持っています。

言いかえると、これは、プルーストの「情報開示」のようなものですから、読者としても、その「開示」された「情報」をしっかりと心に刻んでおかなければなりません。というわけで、冒頭の一節をもう一度引用してみましょう。

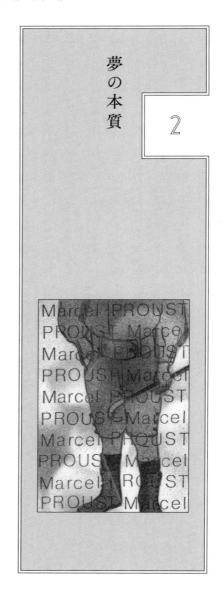

長いあいだ、私は早めに寝ることにしていた。ときには、蠟燭を消したとたん目がふさがり、「ああ、眠るんだ」と考える暇さえないこともあった。しかし、そんなときでも、三十分もすると、もうそろそろ眠らなければならない時間だという思いが強くなり、目が覚めてしまうのだった。まだ手に持っているつもりの本をナイト・テーブルに置こうとして、蠟燭を吹き消そうとする。眠ろうとしながらも、さきほどまで読んでいた本の内容について思いを巡らすことを止めずにいると、その思いがすこし特異な様相を帯びてくる。作品に語られていたもの、つまり、教会や、四重奏曲や、フランソワ一世とカルル五世の抗争などに、私自身がなってしまうのだ。自分がなにものかに変身しているというこうした思いは目覚めてからも数秒は続く。それは私の理性に衝撃を与えるものではないが、さながら鱗のように瞳の上に覆いかぶさり、蠟燭がもう消えているという事実を理解するのを妨げる。それから——こうした変身感覚は、輪廻転生のあとでは前世に考えたことがわからなくなるように、理解不能なものに変わりはじめる。本の主題は私から離れてゆき、もうそれに関心を持つも持たぬも私の自由ということになる。と同時に、私は視力を回復し、自分のまわりに暗闇を見出してひどく驚くのだった。

前項で指摘したように、「ときには、蠟燭を」から、「蠟燭を吹き消そうとする」までは、目覚めているつもりの夢ですから、蠟燭は消えており、私はもう眠っているのです。ただ、眠っているとはいえ、どこかに一点、覚醒したままの意識が残っていて、それが、読んだばかりの本について考えつづけているのですが、すると、次には、本から私の意識に入ってきた内容、「つまり、教会や、四重奏曲や、フランソワ一世とカルル五世の抗争など」が、私自身であるように思えてくるというのです。

こういう入眠時の幻想はだれでも経験したことがあるので、「その通りだ」と思うことでしょう。また、そうした本の内容と自分の一体化が、「鱗のように瞳の上」にかぶさっているというのもよくわかるはずです。さらに、「こうした変身感覚は、輪廻転生のあとでは前世に考えたことがわからなくなるように、理解不能なものに変わりはじめる」という、入眠時の半睡状態から、完全な睡眠（夢）への移行も、たしかに、こういうことはあると感じるにちがいありません。

したがって、ここは、「そうそう、そういうことはあるな」と思って読むだけでもいいのですが、しかし、その一方で、さきほど指摘したように、この冒頭部分は、プルーストによる情報開示であることを忘れてはいけません。

では、いったい、なんの情報開示なのでしょうか？

第一には、「私がこれから、語り手として語っていくことは、私自身の見たもの、聞いたもの、経験したものであると同時に、私が本で読んだものでもあって、それらの境目は消え去っているから、本で読んだものを私の体験したものとして語ることもあるし、その逆もあるのだよ」と教えているのです。ひとことで言えば、「これは、きわめてブッキッシュな本なのだから、素朴な経験的リアリズムの小説として読んでもらっては困るよ」と宣言しているのです。

第二の情報開示は、主客の区別の溶解です。「私自身」が「教会や、四重奏曲や、フランソワ一世と

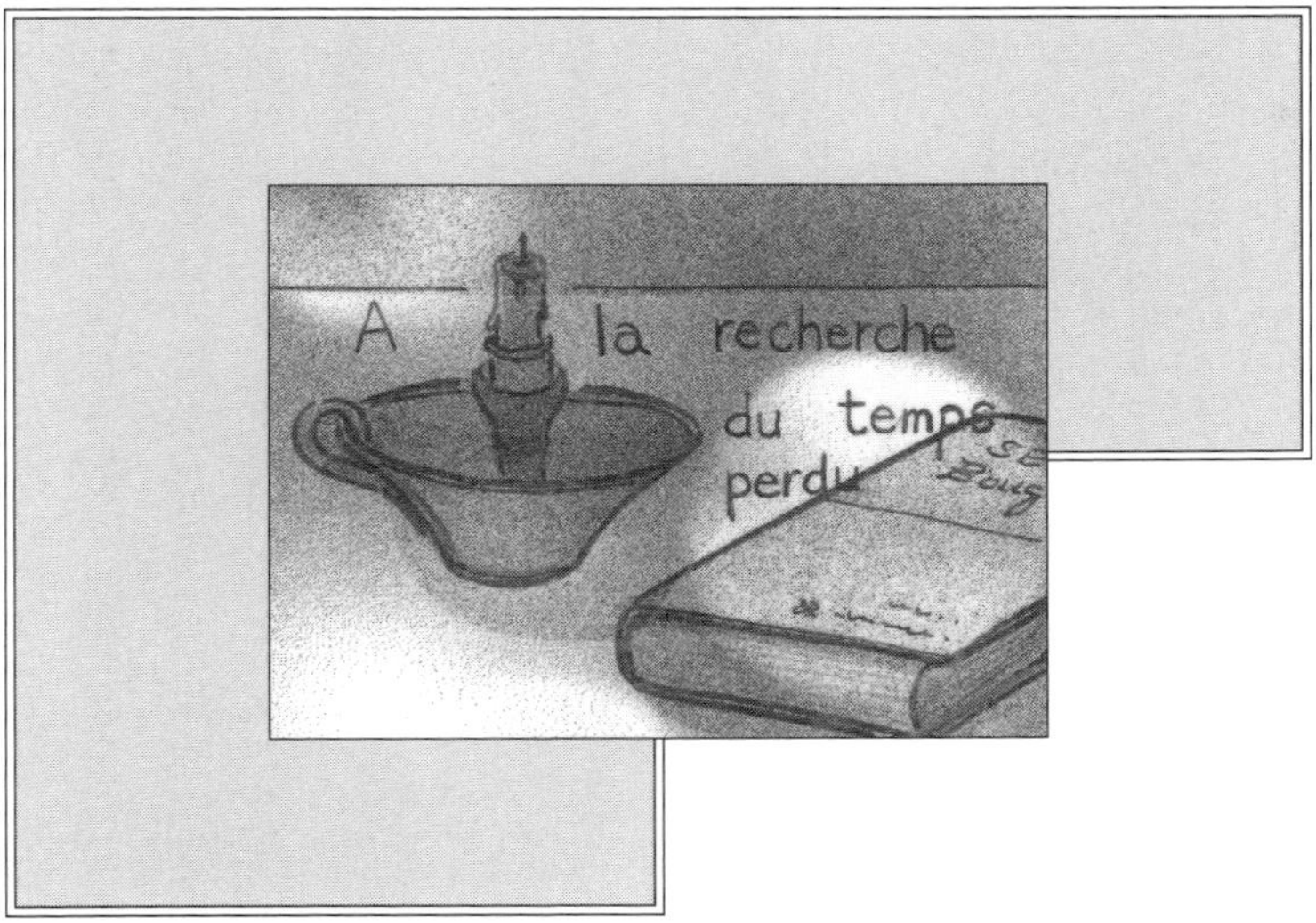

カルル五世の抗争」となってしまうように、「私」は、語り手であるという資格において、後に出てくる第二部「スワンの恋」のシャルル・スワンでもあり、その愛人となるオデットでもあり、また二人のあいだに生まれた子どもであるジルベルトでもあり、おやすみのキスをしにきてくれない母でもあり、また、子ども部屋に映し出されるジュヌヴィエーヴ・ド・ブラバンでもあり、ゴロでもあるのです。つまり、「夢の中で、夢見ている人が変幻自在に姿を変えるように、語り手たる私は何にでもなるから、そこのところ、よろしく」と断っているのです。

情報の開示はまだあります。それは、「フランソワ一世とカルル五世の抗争」などという固有名詞を思わせる名詞をわざと出してみせたことから推測できます。つまり、語り手は、「固有名詞には、注意して読んでくださいね。固有名詞は意味の結節点なので、いろいろなことをつめこむつもりでいるから」と匂わせているのです。

というのも注釈者の必死の努力によって、この部分は、フランソワ・ミニェ『フランソワ一世とカルル五世の抗争』（一八七五年）という本のことを暗示しているらしいことがわかってきているからです。問題は、プルーストが参照したのがどの本だったかなどということではなく、「フランソワ一世とカルル五世の抗争」という固有名詞の裏にプルーストが何を隠して埋め込もうとしているかということです。

これは、あくまで私の想像ですが、プルーストが隠しながら暗示しようとしているのは、この二人の帝王が抗争した際、捕虜となって幽閉されたフランソワ一世の身代わりとして、息子であるフランソワ王太子と後のアンリ二世がスペインに連れて行かれたエピソードではないかという気がします。というのも、このとき（一五二六年）、まだ七歳の子どもだった後のアンリ二世は、養育係だったディアーヌ・ド・ポワチエと泣きの涙で引き離され、五年後に幽閉が解かれてフランスに戻った年（一五三一年）にディアーヌと再会するや、この二十歳年上の養育係を二度と離そうとはしなかったと伝えられるからです。

このときのアンリ二世とディアーヌ・ド・ポワチエの別れと再会は、あとで語られる「おやすみのキス」を巡るマザー・コンプレックスの伏線となっているように思えるのです。

もちろん、それは、あくまで私の想像ですから、あまり気にとめなくてもいいのですが、固有名詞が出てきたら要注意ということだけは記憶していいかと思います。

いずれにしろ、冒頭の一節に含まれる情報開示はじつに盛りだくさんで、言おうと思えば、いろいろなことが言えるのですが、そんなことをしていたのでは、『スワン家の方へ』だけでも「完読」には至りませんので、ここらでそれは打ち切り、先を急ぎましょう。さきほどの文章の続きです。

本の主題は私から離れてゆき、もうそれに関心を持つも持たぬも私の自由ということになる。と同時に、私は視力を回復し、自分のまわりに暗闇を見出してひどく驚くのだった。暗闇は目に優しく安心感を与えるものだったが、どうやら精神にとってはそれが原因不明で理解不可能なものであるがゆえに、またまったく不明なものであるためにいっそう優しく安らかなものと感じられたにちがいない。いったい、いま何時なのだろう、と私はふと思った。汽車の汽笛が聞こえた。それは森の中の小鳥の歌声のように、遠いようでも近いようでもあった。その間遠な感覚が、自分のいる場所との距離を際立たせ、旅人が最寄りの駅へと急ぐ無人の野原の広がりを私の心の中に描き出すのだった。

ここは、入眠時幻想ではなく、覚醒時の幻想が記述されています。語られるのは、暗闇の中で目が覚めたとき、自分がいるのはどこの部屋の暗闇なのか一瞬判断がつかぬ（空間把握の困難）ばかりか、いま何時なのかもわからず（時間把握の困難）、さらには自分がだれなのかさえも明らかでない（自他把握の困難）という不安な宙吊り状態です。

そして、その状態の心理だけが勝手にひとり歩きして、次々に、こうした覚醒時の不安を感じたときの状況を連想させたり、あるいは想像させることになります。
まず、遠くに汽笛が聞こえたことから、寂しい野原を一人の旅人が最寄り駅へと急いでいるという情景が喚起されます。そして、次には、その旅人という言葉に触発されたかのように、ホテルの部屋に宿泊している病気の旅人の不安があらわれてきます。

私は頬を枕の美しい頬にそっと押し当てた。枕はふっくらと冷たく、私たちの少年のころの頬のようだ。私はマッチをすって時計を見た。まもなく夜中の十二時だ。それは、どうしても旅行に出ざるをえなくなった病人が見知らぬホテルに泊まることになり、発作で目が覚めて、ドアの下から一条の朝の光が差し込むのを見て喜ぶ瞬間である。助かった、朝になったんだ！やがて使用人たちが起きてくる、呼鈴を鳴らせば助けにきてくれるだろう。楽になれるという希望で、苦しみに堪《た》える勇気も湧いてくる。ところが、そのとき、病人は足音を耳にしたような気がした。足音は近づいてきて、また遠ざかっていく。ドアの下から差し込んでいた一筋の光は消えてしまった。なんと真夜中の十二時だ。いまガス灯が消えたところなのだ。最後の使用人も立ち去り、これからひと晩中、発作止めの薬もなく苦しみつづけなければならないのだ。

さて、この一節をどう捉えたらいいのでしょう。例によって、うんうん、こういう心細さってあるよな、とだけ感じてページをめくってしまってもいいのですが、しかし、それにしては、変なことが書かれています。

記述にしたがって、「常識的」に推論してみましょう。

まず、前の節で、夜中に目が覚めてしまい、真っ暗闇の中にいることに気づいた私は、「いったい、いま何時なのだろう」と考えます。すると、汽車の汽笛が聞こえ、野原を急ぐ旅人の連想へと進みます。そして、枕に頬をよせながら、時計を見るためにマッチをすります。すると、まもなく十二時であることがわかります。

ここまではいいでしょう。ところが、この先からは、謎めいた記述になります。

まず、「それは、どうしても旅行に出ざるをえなくなった病人が見知らぬホテルに泊まることになり、発作で目が覚めて、ドアの下から一条の朝の光が差し込むのを見て喜ぶ瞬間である」という文の、「どうしても旅行に出ざるをえなくなった病人」というのはいったいだれなのでしょうか？

プルースト自身なのでしょうか？　それとも、一般論としての病人なのでしょうか？　たぶんそのどちらでもあるのでしょう。おそらく、最初、プルーストは「私はそのとき病気だったが、どうしても旅行に出なければならず……」と、普通の小説のように書き出したのでしょう。ところが、稿を経るごとに、こうした具体的な手掛かりのある記述はどんどん減らしていって、病気をしていたのに旅行に出かけなければならなかったのはプルーストでも一般論としての病人でもなく、かつどちらでもあるような曖昧な存在であるとすることに決め、「それは……瞬間である」という言い方に変えたにちがいありません。

なぜでしょう？

さきほどから繰りかえしているように、この文章もまた情報開示だからです。開示されているのは、「語られる行為や情動は確実なものとして存在していても、それを行ったり、感じたりしている主体は、私自身でもありながら、私自身ではないのだよ」という情報です。

開示されているのは、こうした主客の混乱ばかりではありません。時間の混乱もまた開示されているのです。

真夜中の暗闇の中で目覚めた「私」は、明かりをつけて、「まもなく夜中の十二時だ」と確認します。これはいいでしょう。しかし、「まもなく夜中の十二時だ」が、次の文すなわち、「それは、どうしても旅行に出ざるをえなくなった病人が見知らぬホテルに泊まることになり、発作で目が覚めて、ドアの下から一条の朝の光が差し込むのを見て喜ぶ瞬間である」と続くのは、どうにも解せません。論理的にははなはだ矛盾しているからです。「まもなく夜中の十二時だ」ではなく、「まもなく朝の六時だ」と書かれていたならよくわかります。しかし、「まもなく夜中の十二時だ」というのでは、続く文章「助かった、朝になったんだ！」と明らかに齟齬《そご》をきたしてしまいます。

では、「病人は昼間の十二時だと思い込んだ」という解釈はどうでしょう。たしかに、プルーストは夜に仕事をして、朝に眠って昼に起きるという昼夜逆転の生活をしていましたから、夜の十二時なのに昼の十二時と思い込んだという可能性もないことはありません。

しかし、やはり変です。昼の十二時なら、「発作で目が覚めて、ドアの下から一条の朝の光が差し込むのを見て喜ぶ瞬間である。助かった、朝になったんだ！」となるはずはないからです。

となると、ここは大きく考えを変えなくてはなりません。

すなわち、「まもなく夜中の十二時だ」のあと、「それは」で始まり、「ドアの下から差し込んでいた一筋の光は消えてしまった」までの文章は、じつは覚醒した意識による認識ではなく、ふたたび眠りに入ってしまった意識を記述したものであり、次の「なんと真夜中の十二時だ」に至って、ふたたび覚醒した意識に戻ると考えなくてはならないのです。

そこで、この文章を、「論理的に」書き直してみることにしましょう。

マッチをすって時計を見た。まもなく夜中の十二時になろうとしている。ここで、私はふたたび意識を失い、夢を見ていた。それは、病気なのにどうしても旅行に出かける必要ができ、見知らぬホテルに泊まらざるをえなくなったときのことで、発作を起こして目が覚めると、ドアの下から差し込む一条の朝の光が見えたので喜ぶ夢だった。助かった、もう朝になったんだ！じきに使用人たちが起き出してくる、呼鈴も鳴らせるし、助けにもきてくれる。楽になれるという希望が、苦しみに堪える勇気を与えてくれる。ちょうどそのとき、私は足音を耳にしたような気がした。足音は近づき、そして遠ざかっていく。ドアの下からもれていた朝の光は消えてしまった。私はここで、ふたたび目が覚めた。時計を見ると、十二時だった。いまガス灯が消えたところだ。最後の使用人も行ってしまった。そのとき、私の心に残っていたのは、真夜中に、見知らぬホテルで真夜中に目覚め、ひと晩中、薬もなしに苦しみつづけなければならなかったあの夢の、たとえようもない孤独感と絶望感であった。

どうです。こう「説明的」かつ「親切」に書き直せば、プルーストの語っていることも理解しやすいかもしれません。しかし、それでは、夢かうつつか定かならぬ文章によって、読者を夢幻の境に誘いこむというプルーストの意図は実現できなくなってしまいます。プルーストが狙ったのは、「あれ、変だぞ、でも、これは夢なのだから、変でもいいんだ。ただ、真夜中の孤独感と絶望感は本物だなあ」と読者に感じさせることなのですから。

ストーリーは支離滅裂、でも情動は本物というのが夢の本質であり、これこそがプルーストの行っている情報開示なのです。『失われた時を求めて』の読者は、摩訶不思議な文章から、こんなふうに、開示情報を読み取っていかなければならないのです。

3 コンブレーの寝室

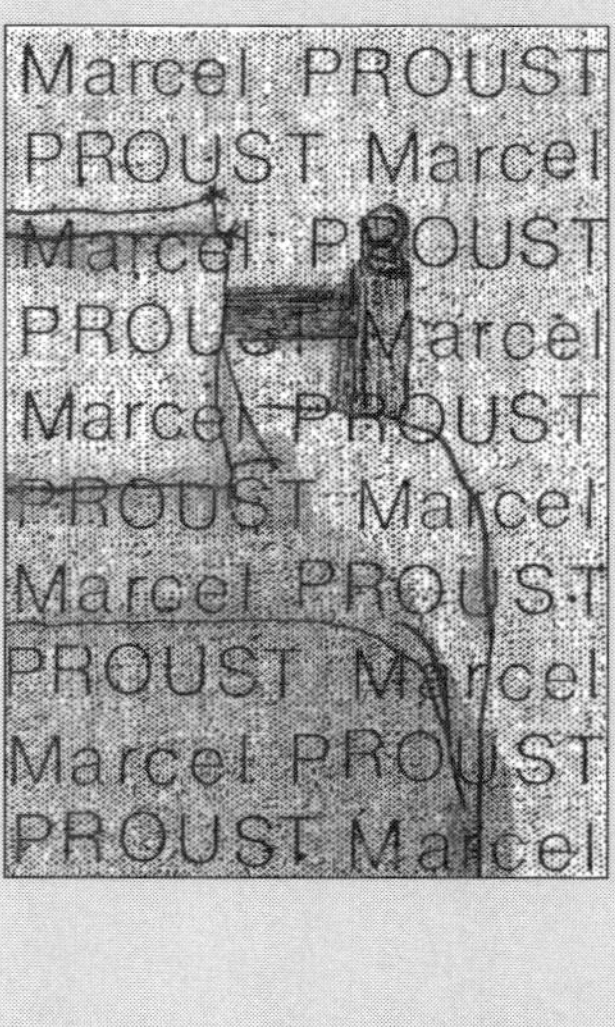

さて、「『失われた時を求めて』の完読を目指す」と称しながら、まだ冒頭の二ページほど進んだだけで、完読どころか、途中で挫折しかねないペースの遅さです。先を急ぎましょう。

といっても、しばらくは、入眠時と覚醒時の半睡状態の不安定な心理が語られつづけることになります。なかでも強調され、ヴァリエーションを伴って変奏されるのは、暗闇の中で目覚めたときの自己把握の困難さです。

――そのときには、私の意識は眠りこんだ場所の地図を手から落としてしまっている。だから、私が真夜中に目覚めたときには、自分がどこにいるのかがわからなくなっているので、最初、自分がだれなのかさえ知らないことがある。私はただ、ある動物の奥底でおののいているような存在の感覚を原始人の単純さのうちに抱いているにすぎず、洞窟で暮らす人よりもなお、いっさいを剝《は》ぎ取られた状態にある。だが、そのとき、突然、記憶があらわれてくる。私がいま身を置いている場所の記憶ではなくて、かつて住んだことのある場所、あるいはいたかもしれない場所など、いくつかの場所の記憶が天の救いのようにやってきて、一人ではとうてい抜け出せそうもない虚無から私を引っ張り出してくれるのだ。

では、こうして真夜中の暗闇の中で目覚めたときに、思い出を誘発して、かつて自分のいたことのある場所や時間を識別する手掛かりを与えてくれるものはなんなのでしょうか？

それは、身体の感覚の記憶です。

しびれて身動きもできない私の体は、疲労のタイプにしたがって、手足の位置の目星をつけようと試み、その位置から判断して壁の方角と家具のある場所を割り出して、自らのいるところを再構成し、いまいる場所の名前を求めようとする。体の記憶、脇腹の記憶、膝、肩の記憶は、その体が眠ったことのある部屋のいくつかを次から次へと明らかにする。一方、そのあいだにも、体のまわりでは、目に見えない壁が、想像された部屋のかたちに応じて場所を変えな

　　がら、闇の中をぐるぐるとまわっている。

こうして、脇腹、膝、肩などのしびれや痛みの感覚の記憶は、かつて自分の寝たことのあるベッドの種類、部屋の様子、ドアの位置、窓の採光などを次第に思い出していって、ついには、「それはあの部屋だ」と同定するに至るのです。

私のしびれた脇腹は体がどちらを向いているのかを知ろうとして、たとえば天蓋《てんがい》つきの大きなベッドの中にいて、壁を向いて横になっているのだと想像するが、すると、たちまち、私はこう自分に言い聞かせるのだった。「あれ、ママンがおやすみを言いにきてくれなかったのに、ぼくは眠ってしまったんだ」。私は田舎の祖父の家にいるのだが、祖父はもう何年も前に死んでいる。なのに、私の体、下側になっている脇腹は、意識が絶対に忘れてはならないはずの過去を忠実に覚えており、鎖で天井から下げられている壺形ボヘミアングラスの常夜灯の炎やシエナ大理石の暖炉など、遠い昔に祖父母の家の、あのコンブレーの私の寝室にあったものを思い出させるのだった。

ここで「私」の記憶から蘇《よみがえ》ってきた「祖父母の家の、あのコンブレーの私の寝室」というのは、じつは、第一篇『スワン家の方へ』の第一部「コンブレー」の物語が展開される主要な舞台となる場所で

す。すなわち、いつもはママンが階段をのぼってきて「おやすみ」のキスをしてくれるのに、たまたま来客があったため、いつまで待ってもママンがやってきてくれないことを「私」が悲しんだ思い出の場所なのです。しかし、そのことは、第一部「コンブレー」を読んだ読者が初めて知ることであり、それがいきなり、なんの断りもなく、「フラッシュ・バック」ならぬ「フラッシュ・フォワード」のかたちで出てくるのは、いかにも不親切というほかありません。だが、そんなことで不満を鳴らしていてはいけないのです。なぜなら、このあと、身体の感覚によって喚起されたフラッシュ・フォワードが遠慮なく次々にあらわれて、『スワン家の方へ』に続く各篇の小説を暗示するからです。

次いで、別な姿勢の記憶が戻ってくる。壁は別方向へと後退し、私はサン＝ルー夫人の田舎の別荘の、自分の寝室にいる。なんとしたことだ！　少なくとも十時にはなっているはず、夕食は終わっているにちがいない！　毎晩、サン＝ルー夫人と一緒にしている散歩から戻ると、タキシード着用前に仮眠を取ることになっていたのだが、どうやら寝すごしてしまったらしい。(中略)タンソンヴィルのサン＝ルー夫人の別荘で過ごす生活はまったく別種の生活で、そこで、夜だけ外出するときに月明かりのもとで、かつて昼間に通っていた道筋をたどりなおすときに見出す楽しみもまた別の種類に属していた。

これは『失われた時を求めて』を最後まで読んだ読者にはわかることですが、「私」の親友であるサン＝ルーの夫人となった初恋の娘ジルベルト（スワンとオデットのあいだの子）が父親（スワン）の住んだタンソンヴィルの家に「私」を泊まらせてくれたときの部屋の記憶です。

このほか、「天蓋を支えるベッドの小柱が左右に離れているルイ十六世様式の明るい部屋」というのも出てくるのですが、それは第三篇『ゲルマントの方へ』で、「私」がサン＝ルーをドンシエールに訪ねて宿泊するホテルの部屋を想起させます。

また、「天井がとても高くて二階にも達するほどにピラミッド型にえぐられている部屋」、「防虫剤の臭いで気持ちが悪くなった部屋」というのは、第二篇『花咲く乙女たちのかげに』で「私」が訪れるバルベックのグランド・ホテルの部屋とよく似ています。

では、こうした不親切極まりないフラッシュ・フォワードの連続は、いったい、いかなる意図のもとに冒頭近くに置かれているのでしょうか？　言いか

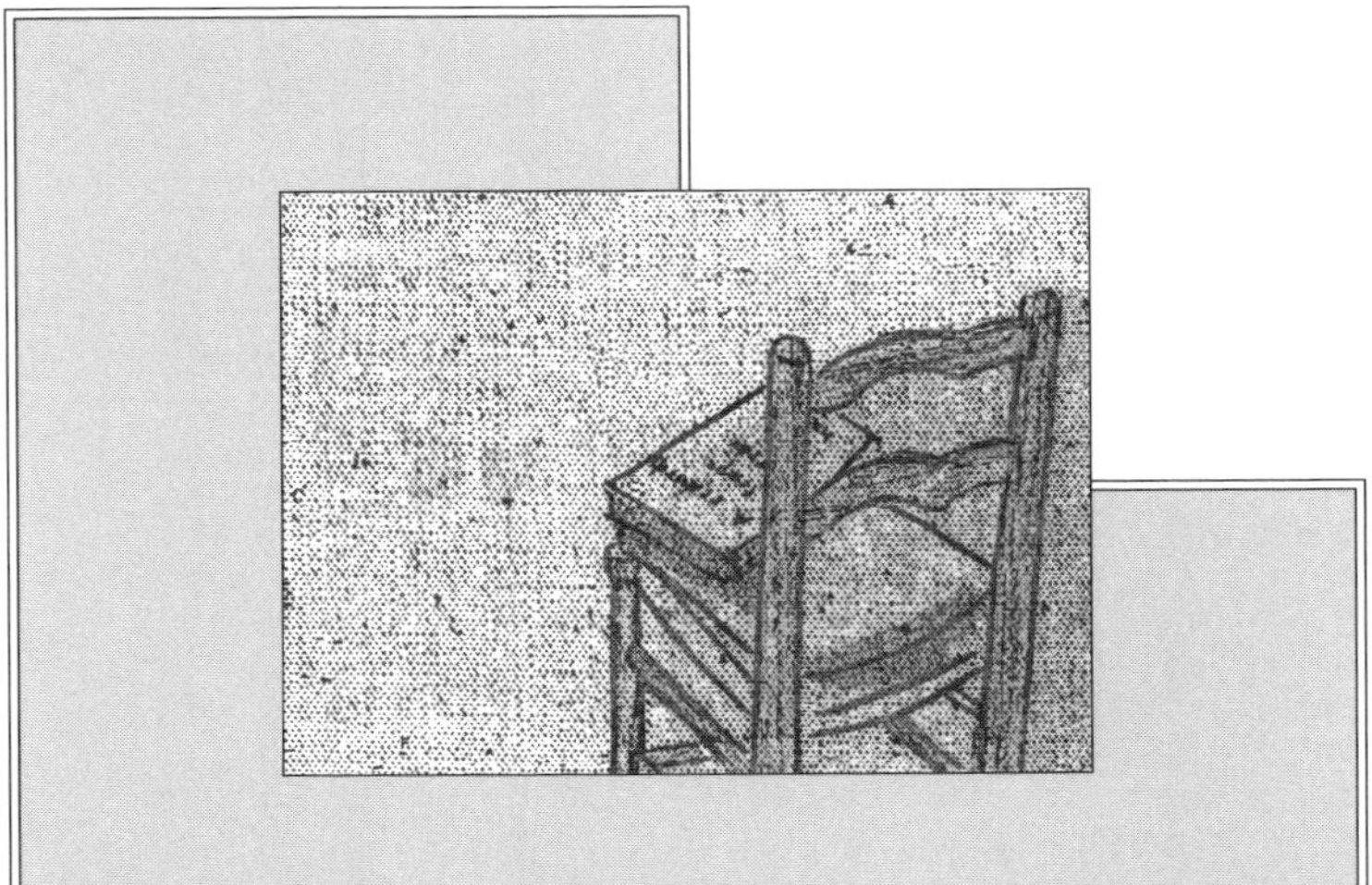

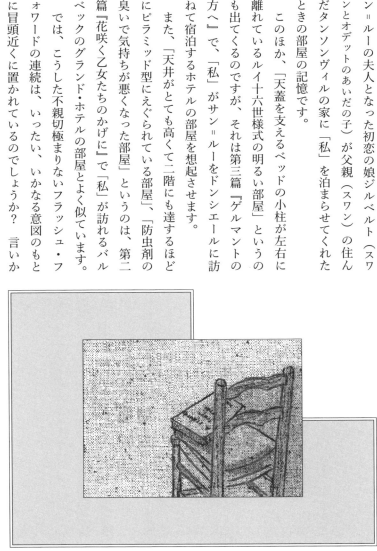

えると、こうした箇所の「情報開示」はいかなるものなのでしょうか？

それは、ある意味、簡単なことです。

「最後まで読んでから、もう一度、ここを読み返してください」という指示なのです。

そうなのです。これらの箇所は「この小説は、尾を嚙む蛇のように、あるいはメビウスの環のように円環構造になっているから、冒頭の箇所の意味は、最後まで到達してから、再度繰りかえして読まないと、ほんとうはわからないのだよ」と教えているのです。

そして、その指示に従って、もう一回読み返すと、たしかに、プルーストが狙った円環構造の意味がわかってくるのです。

つまり、ここまでの半睡状態の長い長い描写は、小説の最初を最後と接続するための「糊代《のりしろ》」の働きをしていて、その接続機能を果たせば、用済みということで消え去ってしまうのです。

では、小説の最後と接続された、事実上の冒頭場面はどこにあるのでしょうか？　それは、まず、コンブレーの記憶を引き出してくる完全なる覚醒の場面です。


たしかに、いまとなっては私ははっきりと目覚めていた。体はこれが最後というように向きを変え、確信という導きの天使が私のまわりをまわるすべてを停止させ、私を自分の部屋の中に置き直して、毛布に寝かせ、また私のタンス、机、暖炉、通りに面した窓、それに二つのドアを、暗闇の中で、ほぼしかるべき場所に配置し直してしまった。とはいえ、夢うつつの状態で

確たるイメージを抱けぬまでも、少なくとも一瞬そこにいたかもしれないと思い込んだ数々の住居が呼び覚まされたことから、それら住居に自分はいまいないとはっきりとわかっているにもかかわらず、私の記憶にはもう弾みがついてしまったのである。そうなったときには、たいていの場合、私はすぐに眠ろうとはせず、コンブレーの大叔母の家、バルベック、パリ、ドンシエール、ヴェネツィア、その他のところで、昔家の者たちの送った生活を思い出しながら、そうした土地や、そこで知った人びとや、その人たちについて、私が見たり聞いたりしたことなどを思い浮かべては、夜の大半を過ごしたのであった。

というわけで、ようやくにして、われわれは、コンブレーにたどりつきました。すでにして、もっとも通りにくいトンネルであるプレリュードは通り抜けたのです。まだ読んでもいない小説の記憶が凝縮してつめこまれているがゆえに、なにがなんだかわからなかった半睡状態の記述は終わったのです。ああ苦しかったという言葉が口をついて出るかもしれません。

しかし、この苦しさは無駄な苦しさではありませんでした。われわれは、プルーストの情報開示によって、小説の正しい読み方を知り、これから分け入っていく記憶のジャングルのような小説が、一つの膨大な夢として書かれていることを理解したのです。

それでは、プルーストのこの「読み方ガイド」を携えて、コンブレーの回想を繙いていくことにしましょう。

コンブレーでは、午後が終わるころになると、毎日、決まって寝室のことが気になり出すのだった。やがて、ベッドに入り、眠れぬまま、母や祖母から遠く離れたところで過ごさなければならないと思うと、まだ時間があるというのに、寝室のことにばかり頭が向いて悩ましい気持ちになるのであった。

さて、この大叔母の家であるコンブレーで休暇を過ごした幼年時代（といっても、正確には「私」が何歳かはわからないようになっています。五、六歳のような印象も受けますが、十二、三歳のような気もします。それに第一、なぜ「私」がコンブレーにいるのかも、この時点では明らかにされていません）の悩みの原因がなにかはいずれ明かされますが、ここで重要なのは、さきほどの半睡状態からの続きである「寝室」です。このコンブレーの寝室こそは、『失われた時を求めて』が永劫回帰する原点なのです。

しかし、それはまあいいとして、先を続けましょう。

回想の中では、寝室でいずれ起こるであろうことが気になって悲しげな顔をしている「私」を見かねた家の者が、夕食の時間が来るまでのあいだ、幻燈を見せることを思いつき、部屋のランプの上に被せてくれます。

するとその昔、ゴシック時代の最初の建築家や焼絵ガラスの職人の親方たちが大聖堂に工夫を凝らしたように、幻燈は、壁の暗闇を、触手不可能な虹色やさまざまな色の超自然の幻に変えてしまうのだった。壁には伝説の物語が、揺らめきながらあらわれては姿を消すステンドグラスのように描き出される。しかし、私の悲しみは、かえってますます大きくなっていった。なぜなら、就寝時の苦しみを除けば、私にとって部屋は慣れのおかげでなんとか堪えられるものになっていたのに、照明が変わっただけで慣れが破壊され、ふたたび耐えがたいものに変わってしまったからである。

普通の回想録でしたら、子ども時代に見せられた幻燈の楽しさ、あるいは恐ろしさについて楽しげに語るはずですが、「私」は、逆に、幻燈が寝室を一変させて、習慣を破壊してしまったことの不快を述べたてています。

なぜでしょう？　幻燈の赤や緑や黄色の色彩が部屋の雰囲気を壊したということもあるでしょう。しかし、ほんとうの攪乱《かくらん》要因は、むしろ幻燈の内容にあります。すなわち、「私」が見せられた幻燈は、中世ベルギーの伝説をもとにした伯爵夫人ジュヌヴィエーヴ・ド・ブラバンと、彼女に言い寄る悪い家令ゴロとの物語ですが、この関係は、ジュヌヴィエーヴ・ド・ブラバンが「私」のママンに、ゴロが、家庭の平和（もちろん、それは「私」にとっての平和です）を乱しにやってくるスワンにそれぞれ投影されているがために、「私」は、寝室の中でこれから起こるであろう不幸の前触れを感じてしまったのです。

私の部屋のドアの把手《とって》は、操作がまったく無意識的なものになっているので、手で回すまでもなく、ひとりでに開くように見えるという点で、世界中のどんなドアの把手とも異なっているように思えるが、いまや、そのドアの把手がゴロの幽体の役をしているのだった。そんなとき、夕食を告げる鈴の音が聞こえたので、私は大いそぎで食堂に走ってゆき、ママンの腕の中に身を投げた。そこでは、ゴロも〈青鬚《あおひげ》〉のことも知らないが、私の両親とブフ・ア・ラ・キャスロールのことなら先刻ご存じの大きな吊りランプがいつもの夜と変わらぬ光を投げかけていたが、ママンはジュヌヴィエーヴ・ド・ブラバンの不幸を見たばかりの私にとってはいっそういとしいものに感じられた。一方、ゴロの犯罪はというと、私に良心をいっそう念入りに検討するよう仕向けるのだった。

こうした感じで、コンブレーの寝室で「私」が味わうはずの不幸が徐々に明かされていくのですが、しかし、読者にとってまことに厄介なのは、次の節で一気に話の核心に入っていくのかと思いきや、語り手たる「私」は、祖母、祖父、父、母、大叔母、女中のフランソワーズなどの家族紹介、それもかなり複雑な家族紹介を始めてしまうことです。

じつは、この家族それぞれの関係の解説は意外に重要なものなのですが、それはこのさい省略して、いよいよ、「私」を苦しめる不幸の描写に入っていきましょう。

二階に寝にいくときの唯一の慰《なぐさ》めは、ベッドにいるとママンがやってきてキスをしてくれることだった。しかし、この「おやすみ」はほんのわずかな時間で、ママンはすぐに下に降りていってしまう。だから、階段を上がってくる足音を耳にするときも、麦藁《むぎわら》編みの小紐付きの青い庭用モスリンドレスが軽い衣ずれの音を廊下の二重扉のドアごしに立てるときも、私はつらい気持ちになるのだった。ママンが私のそばを離れて下に降りていく次の瞬間を予告していたからだ。そのために、私は、あれほど待ち焦がれていた「おやすみ」ができるだけ遅くなるよう、ママンがやってくるまでの猶予の時間が長引くようにと、祈るようになったのである。

これがかの有名な「就寝の悲劇」と呼ばれるものです。すなわち、「私」はコンブレーの寝室でママンが階段を上がり、「おやすみのキス」のために部屋に来てくれるのを待つのですが、それがすんでママンが帰ってしまうのはもっと悲しいのです。そこで、「もう一度キスして」と言いたいところなのですが、しかし、そんなことをしたら、ママンがこうした儀式をくだらないと馬鹿にしている父のご機嫌を損ねるのを恐れて、いやな顔をするのはわかっていますから、再度の懇願はあきらめるほかないのです。

しかし、それよりももっと恐ろしいことがあります。来客があって、ママンが「おやすみのキス」のために部屋に来てくれないことです。では、「おやすみのキス」を妨害するいまいましい来客とはいったいだれでしょうか？

それが、後に第二部「スワンの恋」の主人公となるシャルル・スワンなのです。

4 就寝の悲劇

「私」に「就寝の悲劇」をもたらす元凶たるシャルル・スワンとは、いかなる人物なのでしょうか？

文中で切れ切れに明かされる断片をつなぎあわせてみると、おおよそ次のことがわかってきます。

シャルル・スワンとは、父親の代から株式仲買人《なかがいにん》を生業《なりわい》とする裕福なユダヤ人で、父親が「私」の祖父と親しい仲だったことから、父親の死後も「私」の家族との交際を続けてきました。コンブレーの大叔母の家では、屋敷が隣接する敷地にあることから、ときたま訪ねてきては、「私」からママンの「おやすみのキス」を奪うという最大の不幸を「私」に味わわせる人物となるのですが、じつは、スワンには「私」の家では知られていないもう一つの顔がありました。

それは、パリ社交界の花形という一面です。本来なら、株式仲買人でユダヤ人ならば、当時の社会状況からして一流のサロンに出入りするのは不可能なはずなのですが、スワンは、美術や文学に対する抜群の鑑識眼のゆえか、あるいは話術などの社交の才のためか、とにかく、階級の壁を楽々と超え、社交界の最高峰の一つであるゲルマント公爵夫人のサロンにも出入りを許されているほどの寵児《ちょうじ》となっていたのです。

ところが、「私」が生まれる前に起こったある事件のため、スワンはあいかわらず社交界での人気を保ってはいるものの、ゲルマント公爵夫人のサロンからは締め出されるなど、やや、その地位に陰りが見えてきています。その事件とは、ゲルマント公爵夫人のサロンに敵愾心《てきがいしん》を燃やしていたヴェルデュラン夫人のブルジョワ的サロンで知り合った高級娼婦オデット・ド・クレシーに翻弄されたあげくに結婚までして、ジルベルトという娘をもうけたことです。

夏のヴァカンスでコンブレーの大叔母の家に滞在している「私」の一家を訪問して、「私」につらい思いを味わわせていたのは、ちょうど、スワンがこうした人生の危機に直面していた時期なのですが、「私」が「就寝の悲劇」に直面している時点では、読者はまだスワンについてはなにも知らされてはいません。

訪問客はスワン氏に限られていた。ときどき訪れてくる私の知らない人たちを除けば、スワン氏はコンブレーのわが家を訪れるほとんど唯一の客で、ときには隣人として夕食にやってきた

り、(もっとも、例の好ましからざる結婚をしてからというもの、両親がスワン夫人を招待したがらなかったこともあり、前ほどは頻繁ではなくなっていたが)、またときには夕食後に、ぶらりと訪ねてくることもあった。夜、家の前の大きなマロニエの下で、一家が鉄製のテーブルを囲んでいると、庭のはずれで鈴の音が聞こえる。といっても、それは、大音声の、けたたましい、あたりに水をまきちらすような鈴音ではない。すなわち、「鈴を鳴らさずに」入ってこようとした家の者が誤って鳴らしてしまい、鉄分を含んだ金属特有の、凍ったような音がいつまでも鳴り響いたためにどきまぎするといった類いの鈴音なのではない。それは、チリン、チリンと二度ほど、ためらいがちに、客用の小さな卵形の金色の鈴が鳴る音だった。この音を聞くと、皆が「おや、お客さんだ。いったいだれだろう?」と顔を見合わせるが、しかし、それでいて、皆、客はスワン氏でしかありえないのはよくわかっていたのだ。

この描写を読んだ読者は、コンブレーの大叔母の家というのは、相当に広い大邸宅なのかとイメージを膨らませてしまいますが、実際のところ、コンブレーのモデルとなったイリエ・コンブレー(架空の地名であるコンブレーがあまりに有名になってしまったため、近年、本来の地名である「イリエ」に「コンブレー」が添えられることになったのです)で「プルースト記念館」として保存されている「レオニ叔母さんの家」を訪れてみると、ごく普通の、がっかりするくらいに小さな民家でしかありません。私は、正月休みに、極寒の中、イリエ・コンブレーまで出かけて確かめてきましたから、これは確かです。

プルースト研究家によると、コンブレーの大叔母の家というのは、パリはオートゥーユにあったプルーストの実家と父の実家（レオニ叔母さんの家）が、夢の中と同様に「合体」されて生まれた空想の家なのだそうです。

となると、その空想の家を訪れてくるシャルル・スワンも何人かの人物が合体されてできた空想の人物のはずですが、どうなのでしょうか？

するとやがて祖父が「あれはスワンの声だよ」と言う。たしかに、スワンとわかるのは声だけで、鷲鼻《わしばな》、緑色の目、広い額、それを三方からとりまくブレサン風の赤毛に近いブロンドの髪といった彼の顔の特徴はまだよくわからない。蚊が寄ってこないようにと、庭の灯をなるたけ暗くしているからだ。

これは考えてみると、変な描写です。「鷲鼻、緑色の目、広い額、それを三方からとりまくブレサン風の赤毛に近いブロンドの髪」という、いかにもブルジョワ的なユダヤ人の特徴が列挙されているのにもかかわらず、実際には、蚊（ブヨ？）がこないように庭を暗くしてあるので、訪問者がスワンであることは「声だけ」でしかわからないとされているからです。つまりまだわからないことを語り手が先に述べてしまっているのです。

同じように変なのは、スワンのことが語られる一節全体についていえます。というのも、語り手は、

普通の小説のように、過去にさかのぼって登場人物の来歴について読者に教えるのではなく、「私」の家族の各々がスワンについて抱いている独特の見方をプリズムを乱反射させるようにして並べ立て、スワンという人物を浮き彫りにしていくからです。

ただ、そのプリズムの乱反射においても、一つのことは共通していました。それは、家中のだれも、社交界の寵児としてのスワンというものにはまったく想像力が及ばなかったということでした。

語り手は、この点について、ちょうど正直なホテルの主人が、それと知らずに有名な盗賊を泊めてしまうように、家の者たちは「ジョッキー・クラブのもっともお洒落なメンバーの一人、パリ伯爵［フランスが王国であったら王位を継承するはずのプリンス］や英国皇太子のお気に入り、フォーブール・サン＝ジェルマンの上流社交界でもっとももてはやされている男の一人を接待しながら、まるでそれに気づいていなかった」としています。

なぜ、こうした想像力の欠如がまかり通っていたかといえば、それは、語り手の家族に代表されるようなブルジョワの家庭が、当時の社会について、インドのカースト制度のような見方をしていたからだとしています。つまり、人は生まれ落ちるや、その両親の属しているカーストに組み入れられ、よほどの例外がない限り、一生そのカーストにとどまるのが当然と考えていたため、株式仲買人の息子であるスワンは株式仲買人のカーストに属し、そこから逸脱することはありえないと思われていたのです。

とりわけ、こうした固定されたカースト的な見方でスワンを見ていたのが、コンブレーの館の主人である大叔母です。

ある日、夕食後、パリの私たちの家にやってきたスワンが夜会服のままなのを詫びたことがあった。スワンが帰ったあと、フランソワーズが、御者から聞いた話として、スワンは「さる大公夫人のお邸《やしき》で」晩餐を御馳走になってきたそうだと伝えたところ、大叔母は「そうでしょうよ、粋筋《いきすじ》の大公夫人のところでね！」と肩をすくめ、編物からも目も上げずに、平然とした顔で、皮肉をこめて答えたものだった。

大叔母のカースト的なスワン観は、もう一つ別のエピソードでも強調されます。

それは、祖母がある頼みごとのため、聖心女学院《サクレ＝クール》時代の学友であるヴィルパリジ侯爵夫人の家を訪問したところ、たまたまスワンの話題が出て、「あの方は、レ・ロームの家のわたしの甥たちの親友なんですよ」と侯爵夫人から聞かされたと、家に戻って告げたときに、大叔母が示した反応です。

ところで、スワンにかんする祖母の話は、大叔母の心の中でスワンの評価を上げるどころか、逆にヴィルパリジ夫人の評価を下げる結果となった。自分たちは祖母を信じて、ヴィルパリジ夫人に敬意を表してきたのだから、夫人はその敬意に値しないことを行ってはならないはずである。ところが、夫人は、スワンの生活を知っていながら親類がスワンとつきあうのを黙認していたのだから、義務に悖《もと》ることをしたことになる、というわけのようだった。

では、なにゆえに語り手は、大叔母をはじめとするこうした固定的なスワン観を繰りかえし指摘しているのでしょうか？

それは、おそらく、次のことを言いたいがためだったと思われます。

私たちの社会的人格というものは、他人についての考えによってつくられたものにすぎない。（中略）私たちは、目の前にいる人の肉体的な外観の中に、その人にかんする概念をことごとくつめこむので、私たちが思い描くその人の全体的な姿においては、まちがいなく、これらの概念が最大の部分を占めてしまうのだ。

つまり、私たちは、人に出会っても、あらかじめできあがった概念をその肉体的な外見につめこんでしまっているので、実際の顔ではなく、概念を見ているにすぎないというのです。スワンについていえば、「私」の家族たちは、自分たちの知っているカースト内部的スワンしか見ず、社交人士としての彼を見抜くことはできなかったのですが、じつは、プルーストが、『失われた時を求めて』の最初の部分にスワンのエピソードを持ってきたのは、この「人は、ある一つの観念でしか人を見ない」という思想、人間にかんする一種の観念論を示しておきたいがためだったのではないかと思われるのです。

記憶の中で、後に正確に知ることになるスワンから離れて、この最初のスワンへと移るとき、私には、一人の人間のそばを離れてまったく別な人のところへ行くように思えるのだった。

この人間にかんする観念論は、「スワンの恋」で、スワンがオデットに恋する心理をプルーストが分析するさいに、見事に例証されることになりますが、しかし、それはそれとして、もうすこし戦略的にこの小説の布置《ふち》を眺めてみますと、プルーストがなんのためにスワンをここで登場させたのか、その意図のようなものが見えてくるようです。

それは、スワンの来訪によって引き起こされる「就寝の悲劇」を克明に綴った一節を我慢強く読んでいくとわかってきます。そこでは、母がスワンの応対に追われて、おやすみのキスをしに寝室まで上がってきてくれないため、「私」が懊悩《おうのう》するさまが、異常なほどしつこく描かれていますが、なかでも印象的なのは、「私」が一計を案じて、女中のフランソワーズに母宛ての手紙を持っていってくれるよう頼む場面です。その手紙には、「手紙では言えない重大なことがあるから二階に上がってきて」と書いてあるのです。

フランソワーズはいぶかしげに手紙を眺めたあと、しぶしぶ文遣《ふみづか》いを引き受けてくれるのですが、ほどなくして戻ってくると、「まだ、みなさまアイスクリームを食べておられます、いまみなさまの前でお手紙を渡すことなんか、給仕長にはできそうもありません。でもお口すすぎの出るころになったら、お母さまにこれを届ける手も見つかると思います」と答えます。これで、「私」の不安はたちまちおさまり、しばらくは期待で胸がふくらむのですが、そこで突然のように、次のような「スワンの恋」の「予告」が挿入されるのです。

もしスワンがこの手紙を読んで、その目的を見抜いたとしたら、さきほどまで私の感じていた苦悩など一笑に付したことだろう、と私は思った。ところが、事実はその反対で、ずっとあとになってからわかったことだが、スワンは私と同じような苦悩に苛《さいな》まれて、人生の長い歳月を送っていたのだった。おそらくだれ一人として、彼ほどに私の気持ちを理解できる人はいなかったにちがいない。愛する人が快楽の場所にいるのに、自分はそこに居合わせることも合流することもできないと感じる苦悩、これをスワンは恋から学んだのだった。

この箇所は思っているよりもはるかに重要です。というのも、ここでは、「私」とスワンが、ポジションこそちがえ、相似形、つまり、他者との関係性という一点できわめてよく似た心的構造の持ち主であることが明示されているからです。

すなわち、「私」がママンにおやすみのキスをしにきてほしいと願い、そして苦しむときのその苦悩の様態が、スワンが愛するオデットに対して感じた苦悩のそれと同型であることが示されているのです。

「私」とスワンが相似形であることは、戻ってきたフランソワーズが手紙はあとで給仕長から渡されますと告げたときに感じた「私」の喜びの描写において、さらに強調されます。

語り手は、自分の招かれていない舞踏会や夜会に愛する女性だけが出席しているときの男（おそらくはスワン）の心理を例に取り、「就寝の悲劇」とのアナロジーを試みます。すなわち、会場である邸宅や劇場の入口で男がむなしく待ちつづけていると、そこに共通の友人があらわれたので女性に伝言を頼んだところ、友人は「おやすいご用だ」と簡単に引き受けてくれたのですが、やがて、それはぬか喜びに終わるとして、こんなふうに語っているのです。

なんとも残念なことに、スワンはとうに経験済みだったのだ。女は好きでもない男がパーティ会場まで追いかけてきていると感じたら、苛立つのが当たり前で、そんな女には第三者の善意

などなんの効力も発揮しはしないのだ。たいていの場合、友人は一人きりで降りてくるのである。

事実、フランソワーズはまた戻ってくると、今度は「ご返事はございませんでした」とにべもない言葉をよこしたのです。

さて、この衝撃に対して、「私」はどう振る舞ったのでしょうか？

突如、不安は消えた。あたかも強力な薬が効きはじめて苦痛をとり除いてくれるときのように、ある種の幸福感が私の中に侵入してきた。ママンの顔を見ないうちは、眠る努力をもうするまいと決心したからだ。ママンが寝に上がってきたら、たとえそのあとで長いあいだ気まずくなるのが確実でも、なにがなんでもキスをしようと心を決めたのだった。

具体的にいえば、ひそかにベッドを抜け出し、廊下でママンの来るのを待ち伏せしようと決したのです。

母が寝に上がってくるのをその通り道で待ち伏せ、廊下でもう一度「おやすみ」を言うためにわざわざ起きていて、そこにとどまっていたことが母にばれたとしたら、もう家においてもら

えまい、明日にでも寄宿学校へ入れられてしまうにちがいない、それは確実だった。だが、構うものか！　たとえ五分後に窓から身を投げなければならないにしても、心に決めたことをしよう。いま欲しいもの、それはママンだからだ、ママンに「おやすみ」を言うことなのだ。この欲望の実現に通じる道をあまりにも進みすぎてしまった以上、もはや引き返すことはできない。

ごく一般的な心の持ち主からすると、プルーストが、ここまで「就寝の悲劇」にこだわって、過剰な語りを続けるのは異常に感じられるのではないでしょうか？　そう、明らかになにかが変なのです。言いかえると、「就寝の悲劇」にはなにかが隠されているような気がしてならないのです。

5 家族のポルトレ

「就寝の悲劇」にはなにかしら隠されている意味があるように感じられますが、その前にすこし回り道をして、この部分に使われている家族のポルトレ（人物描写）をいくつか紹介したいと思います。というのも、ここには、一読忘れがたい登場人物の肖像が出てくるので、先を急ぐあまり、それを割愛してしまうのはあまりにも惜しいからです。

ポルトレの第一は、前項でも触れた大叔母です。

大叔母はたんに、「自分の社会的『階級』の外でつきあう人を選ぶ者」を「いまわしくも階級を脱落した者として」片付けてしまう固定観念の持ち主であるだけではありません。じつは、その固定観念も、彼女の独特の「負け惜しみ」の思考法から来ているものなのです。

大叔母は、どんなに小さな強みだろうと、他人にそれがあると知るやいなや、そんなものは強みでもなんでもなく、むしろ弱みなのだと自分を納得させ、その人たちを羨ましがるのが悔しいために、逆に彼らを憐《あわ》れむのだった。

たとえば、大叔母は、祖母の二人の妹が、「ル・フィガロ」という新聞にコローの絵の所有者としてスワンの名前が出ていたと言うと、「そんなこと言われてもスワンさんはうれしくともなんともないでしょうよ。わたしだったら、自分の名前が新聞に載るのなんて御免蒙《こうむ》りたいし、そのことを人が話題にしてもいい気なんてすこしもしないでしょうから」などと言い返すのです。

こうした「負け惜しみ」の思考法を得意とするのは大叔母に限ったことではありません。後に「スワンの恋」に登場するヴェルデュラン夫人などはその典型で、自分で勝手にライバルと見なしたゲルマント公爵夫人のサロンを、この種の思考法でもってさかんに断罪してみせますが、そのヴェルデュラン夫人独特の会話を克明に書き留めている語り手（プルースト）は、まるで珍種を見つけた昆虫学者のように楽しげに見えます。

この意味で、『失われた時を求めて』というのは、サロンや家庭内での会話の収集というかたちを取った「人物＝昆虫」の一大コレクションなのです。

ですから、サロンの会話の部分（じつは、これこそが『失われた時を求めて』の完読を妨げる最大の要因なのですが）を、昆虫学者プルーストのコレクションの一過程であると見なすようにすれば、退屈さはかなり減じるはずなのです。

同じように祖母の二人の妹（セリーヌとフローラ）も、昆虫学者プルーストの収集欲をそそらずにはいない珍種です。その珍種ぶりは、人を褒めたり礼を言ったりするときに、褒められた当人さえ気づかないような遠回しな表現を用いるのが好きという点にあります。

例をあげると、セリーヌとフローラは、スワンからアスティ・ワインのケースを貰ったお礼を婉曲に言おうとして、祖父とスワンの会話に介入します。祖父が、正統王朝派とオルレアン王朝派の統一を画策したオーディフレ＝パキエ公爵についてスワンに質問しようとすると、姉妹は、これとは全然関係のないスウェーデンの小学校の先生やら、音楽家ヴァントゥイユの隣人の学者が俳優のモーバンと知り合いであるという話などをいきなり持ち出しますが、それらはなんとワインのお礼を述べるためだったのです。

「ご近所に親切な方がいらっしゃるのは、なにもヴァントゥイユさんに限りませんわ」とセリーヌ叔母が大きな声で言った。それは臆病なだけに逆に大きくなったような声で、またあらかじめ考えてきたせりふであるためか妙にわざとらしくなっていたが、彼女はそう言いながら、自身、意味ありげな眼差しと呼んでいる視線をスワンに投げかけたのである。

また、祖父の質問を受けたスワンがサン＝シモン公爵の『回想録』の中で読んだ例を持ち出そうとして、それは日記以上のものではないが、それでも文体の素晴らしさによって、自分たちが朝夕読んでいる新聞などとは格がちがっていると言おうとすると、フローラ叔母がすかさず割り込んできます。

「あらそうかしら。新聞を読むのがとっても楽しい日だってございますからね……」と、フローラ叔母は「ル・フィガロ」でスワン所蔵のコローにかんする説明を読んだことを暗示するためにスワンの言葉をさえぎった。すると、セリーヌ叔母が「わたしたちに関係のあることや、関係のある方の記事が載っておりますときには、なおさらですわ！」と輪をかけるように付け加えた。

こんな調子ですから、スワンもまさか二人がワインのお礼を言っているとは気づかず、いわんや祖父がそれを理解するはずがありません。そのため、スワンが帰ったあと、祖父は、二人に「アスティのお礼を言わなかったね」と言うのですが、二人が「あら、かなり上手にスワンさんにお礼を申し上げたつもりなんですけど」と答えたので、「なんだって、あれがあなたたちの言うお礼だったのかい！」と驚きの叫びをあげるのです。

では、このような例は、いったい何を意味しているのでしょうか？　また、なにゆえにプルーストはストーリーの進行を遅らせる危険を顧みずにこれらのせりふをあえて付け加えているのでしょうか？

一つは、スノッブなサロンで交わされるこうしたソフィストケイトされた会話の本質というのは、セリーヌとフローラが口に出すような婉曲なほのめかしにあり、すべての社交的会話はその表面的な意味とは別の意味を伝達しようとしている二重言語であることを教えるためです。つまり、社交的会話は、さながら読者に読み解きを要求する優れた小説のように、正しい意味を読み解かなければならないメタ・ランゲージなのです。

しかし、読者は、おそらく、それはわかったとしても、なんでまた、物語が始まったばかりなのに、こうした社交界言語の読み取りコードの解説などを始めるのかと、不可解な思いになるでしょう。

このような場合、思い出していただきたいのが、物語の冒頭に出てきた例の情報開示的なテクストです。すなわち、これは夢の言語による記述なのだから、リアリズム小説を読むような態度ではない、夢の世界の話として読んでほしいということを、そうと直接に教えることなく、テクストそれ自体によって示すというプルーストの戦略です。

おそらく、読み取りコードを知らなければ理解できないようなセリーヌとフローラの会話は、この戦略と同じ原理によって冒頭近くに置かれているのではないかと思われます。つまり、プルーストがこれから語ろうとする『失われた時を求めて』という小説をどのような態度で読むべきかを開示しているということです。

「コンブレー」は『失われた時を求めて』というマクロコスモスの中にはめ込まれたミクロコスモスで

あるといわれる所以《ゆえん》はまさにこうしたところにあります。小説の読み方をそうとは教えずにテクストとして教えるというきわめて不思議な戦略が真っ先に示されているからです。

それはさておき、大叔母や祖母の妹たちのこうしたポルトレも印象深いものがありますが、しかし、『失われた時を求めて』全体から見て、より深い意味を持つのは、女中フランソワーズのそれではないでしょうか。というのも、文学好きの読者のあいだで「『失われた時を求めて』のフランソワーズのような」といえば、それだけで意味の了解ができてしまうような文学典型こそ、この女中のフランソワーズだからです。

フランソワーズは、すでに触れたように、「私」がママンの「おやすみのキス」をほしがって、手紙を届けてほしいと頼むところに登場しますが、そのとき、プルーストが言及するフランソワーズの独特の善悪判断基準が、そのまま彼女のポルトレとなっているのがミソなのです。

> フランソワーズは、してよいこととしてはいけないことにかんして、絶対的な法体系を持っていた。それは膨大でありながら妙に細かく、しかも非妥協的な法体系で、捉えがたいというか無意味というか、独特の区別の上に成り立っていた。

こうしたフランソワーズの「法体系」をとらえて、プルーストはそれには古代法の趣があるといいます。すなわち、「乳児をすべて虐殺せよという残酷な命令を下すかたわらで、仔ヤギをその母乳で煮てはいけないとか、動物の腿《もも》の筋を食べてはならないといったデリケートな気配りをする、あの古代法とよく似ていた」というのです。

こうしたニュアンスにおいて、プルーストは、「フランソワーズの中には、高貴だが、理解されていない、非常にアルカイックなフランスの古層がある、と思わずにはいられない」としています。

ところで、フランソワーズのように、ブルジョワの一家に忠実に仕えはするが、その仕え方があまりに独特なので、特有な「法体系」を持っているのではと思いたくなる女中というものには、いくつかの文学的な参照対象があります。

一つは、プルーストがある種の保留を持って評価していたフロベールが創造したフェリシテという女中です。フェリシテはフロベールの短編『純な心』に登場する、頑固だけれども、誠実で、忠誠心の強い田舎育ちの女中で、プルーストがフランソワーズを造形したときに、一つのヒントとなったように思われます。

もう一つは、『失われた時を求めて』とほぼ同時代に描かれていた『ベカシーヌ』シリーズの漫画です。これはコームリがテクストを、ジョゼフ＝ポルフィール・パンションが絵を担当した漫画ですが、その主人公であるブルターニュ人のベカシーヌは、フランス人であれば知らない人はいないくらいに有名なキャラクターで、一九〇五年に登場して以来、作者のパンションが亡くなった後まで延々と描かれてきました。プルーストがこのベカシーヌを意識していたか否かはわかりませんが、フランス人の抱く「忠実で誠実な女中」という共同幻想の中で、フランソワーズとベカシーヌは補完的な役割を果たしてきたことは確かだといえるでしょう。

さて、以上のような独特のキャラクターのポルトレが、「就寝の悲劇」の描写の中に、悲劇がストレートに語られるのを妨げるかのように、ところどころ挿しはさまれているのですが、しかし、スワンの退出とともに、いよいよそうしたポルトレも終わりを告げることになり、ナレーションは、前回に引用した、ママンがおやすみのキスをしにきてくれるのを待ち切れずに「私」が廊下に飛び出して待ち伏せする例の箇所に至ります。

> スワンを送っていく家の者たちの足音が聞こえた。そして門の鈴音で、スワンが帰ったことがわかると、すぐさま私は窓のところに飛んでいった。

窓の下では、父と母が残って食事に出たイセエビやアイスクリームについてコメントする声や、大伯母がスワンを評する言葉、それに二人の叔母が口にした例の不思議な感謝の表現について祖父が理解できなかった旨を伝える会話などが交わされるのが聞こえてきます。

> やがて、母が自分の寝室の窓を閉めに上がってくる足音が聞こえた。私は音も立てずに廊下に出た。心臓の動悸《どうき》があまりに激しく、前に進むのも困難だったが、少なくとも、それは不安からのものではなく、極度の恐怖と喜びから来る動悸だった。ママンの持った蠟燭が投げかける

光が、手摺《てすり》を通して階段の下の方からまず見え、続いてママン自身が見えた。私はいきなり飛び出した。ママンは最初、何が起こったのかわからずに、あっけにとられて私を見つめた。それから顔に怒りの表情が浮かんだが、私には一言も口をきこうとはしなかった。

この一節をどう取るか、それは『失われた時を求めて』そのものをどのような構築物と見なすかに直接かかわってくる重大な問題のように思えます。

というのも、あの長くて煩わしい導入部の入眠・覚醒時の幻想が示すように、『失われた時を求めて』全体が、一つの「夢」の論理に基づいて構成されているとするなら、この箇所もまた「夢の論理」に従っているはずだからです。

では、「夢の論理」とはなんでしょう。

それは、具体的なリアリティをもって登場してくる細部やストーリーは全部嘘、つまり、なにものかを覆い隠すためのフィクションであるのですが、そこで感じられている恐怖や罪悪感、哀切な感情、あるいは激しい喜びや快楽などといった情動はノン・フィクションであり、本物だということです。

ママンを待ち伏せして、前に飛び出した「私」の描写についていえば、おやすみのキスをせがむという目的や、廊下や手摺などの具体的細部はフィクションですが、「心臓の動悸があまりに激しく、前に進むのも困難だったが、少なくとも、それは不安からのものではなく、極度の恐怖と喜びから来る動悸だった」という情動はノン・フィクションではないかと思われます。また、これはあくまで私のカンなのですが、「ママンは最初、何が起こったのかわからずに、あっけにとられて私を見つめた。それから顔に怒りの表情が浮かんだが、私には一言も口をきこうとはしなかった」という箇所もノン・フィクションではないかと思われます。

つまり、この箇所で本物（プルーストの実際的経験に基づいているもの）なのは、「極度の恐怖と喜びから来る動悸」と、驚いて口もきけないママンの表情なのです。言いかえると、プルーストは幼年時代かあるいは少年時代に、「極度の恐怖と喜びから来る動悸」を感じるような、なにか特別の禁忌《きんき》を犯したことがあり、しかも、その現場をママンに見咎《みとが》められて、驚愕の表情を浮かべられたという経験があったものと思われます。

この体験は幼いプルーストの心に大きなトラウマを残したのではないかと想像されます。プルーストは長いあいだこのトラウマに苦しめられたのではな

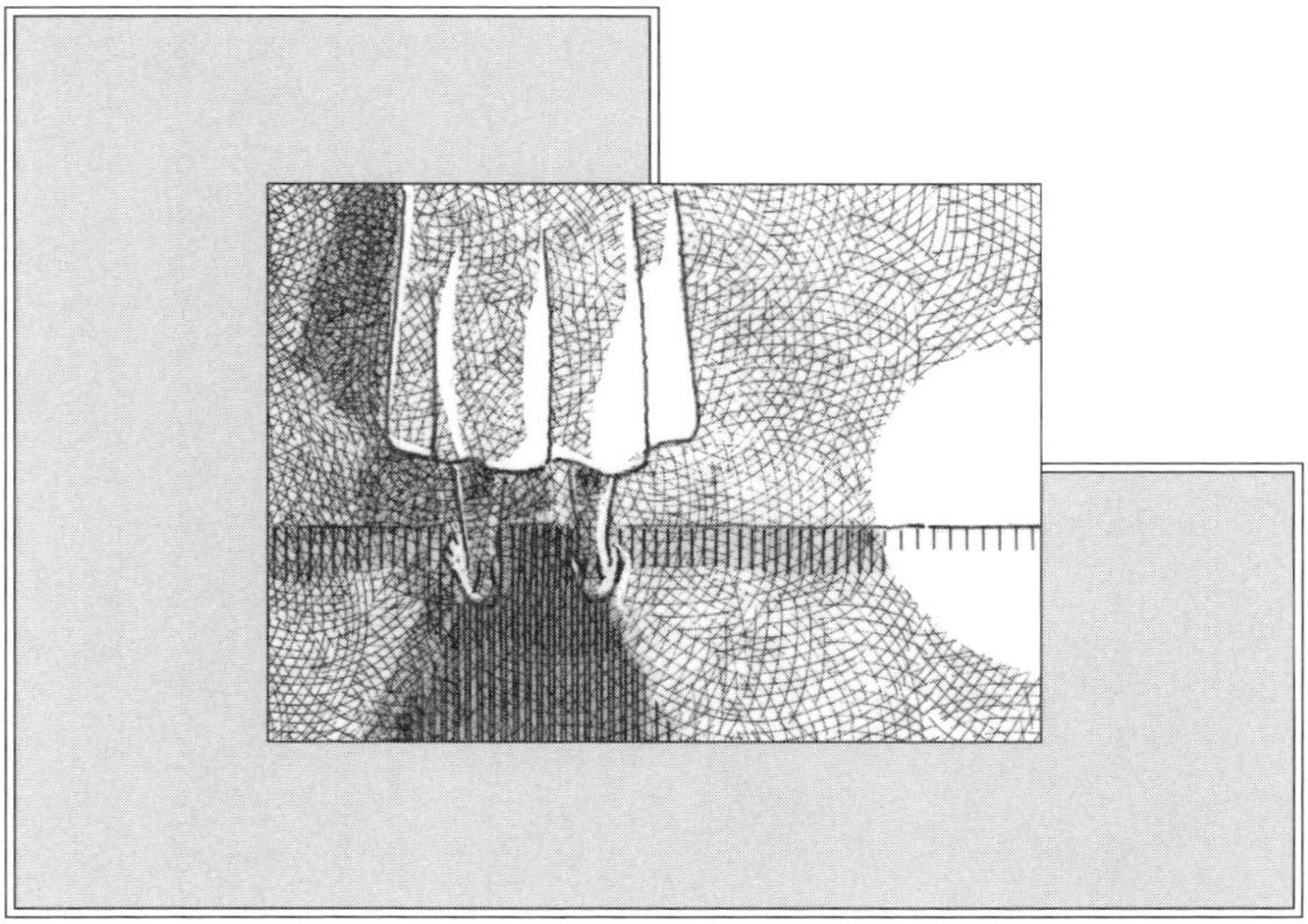

いでしょうか？

しかし、成人し、文学表現にチャレンジするようになると、プルーストは逆にその経験をどうしても表出したくなったものと思われます。文学表現というのは、マイナス価値の体験を一気にプラスに転ずるオセロのような効果を持っており、マイナス価値の蓄積があればあるほど、作家としては表現すべきストックがあるというパラドックスが生まれるからです。トラウマはうまく表出できるなら、治療効果をもたらすと同時に芸術表現の源泉ともなるのです。

しかし、トラウマはナマのままに告白してしまうのははばかられるものです。そこでプルーストは「おやすみのキスを求める直接行動」という、それ自体はとくに咎められることのない行為をもってきて、トラウマの代置・隠蔽を試みたものと思われます。

それは、この大胆な直接行動の心理の動きを説明した次のような箇所と照らし合わせてみればわかるはずです。

私は自分のしようとしていることがもし両親に知られたら、両親からもっとも重大な罰をくわえられてもしかたのないものだということはわかっていた。それは実のところ、知らない人では想像もつかないほど重大なもの、ほんとうの破廉《はれん》恥罪《ちざい》だけが値する制裁よりもはるかに重大な制裁を受けて当然の所業だったのである。

対象となっているのは「おやすみのキスを求める直接行動」ですから、ずいぶんとまた大袈裟《おおげさ》な表現というしかありません。しかし、別に、プルーストは矮小なものを表現するのに大袈裟な言葉を使うというビュルレスク（滑稽）な効果を狙っているわけではないのです。なぜなら、プルーストがここで隠蔽しながら表出しようとしているある種の体験というのは、その重大さにおいて、まさにここにある通りのものだったからです。つまり、プルーストは隠している体験を頭に浮かべながら、実際には、「おやすみのキスを求める直接行動」のことを論じているため、そこには、当然のように大きな落差が生まれ、この落差が、大袈裟に感じられる表現となってあらわれているのです。

では、何を根拠に、私はここにプルーストの代置・隠蔽工作を嗅ぎ取ったのでしょうか？　それは具体的に次のような箇所です。

けれども母は、着替えのために入っていた化粧室から出た父が二階に上がってくる足音を耳にすると、父が私を怒鳴りつけるのを避けようとしたのか、怒りで声をとぎらせながら、こう囁いた。「もう、行きなさい、行ってしまいなさい。こんなところで待ち伏せするなんて、頭がおかしくなったんじゃないの。お父さんにだけは見つからないようにしなさいよ！」それでも私はしつこく「おやすみを言いにきて」と繰りかえした。父の蠟燭の明かりが壁に沿って上がってくるのを見て震えながらも、父が近づいてくるということで母をゆすろうとしたのだ。ママンが拒みつづければ、私がまだ起きているのが父にわかってしまう。それを避けたかった

ら、ママンは「部屋にお戻り、あとで行ってあげるから」と言うしかないだろうと期待していたのだ。だが時すでに遅しで、父はもう目の前にいた。私は思わず、だれの耳にも聞こえない声で「ああ、もうおしまいだ！」と呟いた。

夢の論理に拠《よ》るならば、ここでほんとうなのは、だれかに無理やりなにかを頼むために、その人が第三者の目撃を恐れているのを逆にゆすりの手段に利用しようとしているということ、および、その非常手段が功を奏さず、「ああ、もうおしまいだ！」と絶望の呟きをもらしたという点だけで、あとはすべて、代置・隠蔽工作のためのものでしかありません。

それでは、いったい、プルーストは何を隠蔽するために、こうした代置を行ったのでしょうか？

6 隠匿

「私」が二階の廊下で母を待ち伏せし、「おやすみを言いにきて」としつこく言っているうちに、父にその現場を見つかってしまい、「ああ、もうおしまいだ！」と呟いたあと、どうなったかといいますと、父は「私」を怒りつけるどころか、母の説明を聞くと、母に向かって、なんとこう言ったのでした。

「それなら、この子と一緒にいてやりなさい。そういえば、きみは眠くないって言ってたね。すこしくらいこの子の部屋にいてやったらいい。私のことはいいからね」

この劇的な箇所で、語り手は、父の無原則的な性格を説明し、その気まぐれからくる変更が悲しみを引き起こすこともあったが、ときには、こうした驚くべき僥倖《ぎょうこう》をもたらすこともあったのだと説明したあと、「父には感謝のしようもなかった」と付け加えます。

普通の小説なら、ここで一つの挿話が終わり、次の情景へと移っていくはずです。しかし、なにしろ『失われた時を求めて』ですから、そうはいかないのです。「時間」が、プルースト固有のあの「時間」が介入してくるのです。すこし長めですが、意外に重要な箇所と思われるので引用してみましょう。

私は一歩も動けずにそこにとどまっていた。父はあいかわらず私たちの前にいる。背の高いその姿は白いナイト・ガウンに包まれ、ガウンの上には紫とバラ色のインドのカシミヤの肩掛けがかかっていたが、その肩掛けは父が神経痛に悩まされるようになって以来、首のまわりで結ぶようにしていたものだ。父は、スワン氏がくれたベノッツォ・ゴッツォリの複製画の中で、アブラハムが妻サラに向かってイサクから離れろと命じているときのあの仕草をしている。あれ以来、あまたの歳月が過ぎ去ってしまった。父が手にした蠟燭の光が上がってくるのに怯えたあの階段の壁はもうずっと前からなくなっている。（中略）父がママンに向かって「この子と一緒にいてやりなさい」と言うことができなくなってからもずいぶん長い年月がたつ。あのような時間を持つ可能性は、もはや二度と巡ってこないだろう。だが、すこし前から、じっと

耳をすませば、父の前ではなんとか堪えることができた嗚咽《おえつ》が、ママンと二人きりになったとたん急にこみ上げてきたあの嗚咽がふたたび私の耳に聞こえてくるようになっていた。じつのところ、この嗚咽はけっして止むことがなかったのだ。それがまた聞こえ出したのは、私のまわりの生活が一段と沈黙の度合いを深めたからにすぎない。さながら、昼間は町の喧噪で完全にかき消されて鳴らなくなったのかと思われた修道院の鐘が、夕方の静寂に包まれるや否や、ふたたび鳴りはじめるかのように。

このように、特権的な記憶の詰まった時間というものは決して死にたえることはなく、なにかきっかけがあると、突如意識の表面に上ってくるのです。それは、後に出てくる、紅茶に浸したマドレーヌのごとき外部的な要因のこともありますが、ここにあるような、語り手の「私」自身に起こった変化、つまり、父が亡くなり、祖母も、（そしておそらくは母も）亡くなって、身辺に急に寂しいものを感じはじめた初老の「私」に生じた変化が原因となることもあるのです。

したがって、ナレーションがここから一気に、暗示されたコンブレーにまつわる記憶の話に入っていけばいいのですが（実際にはすこし後にそうなります）、現実には、語り手は「その夜、ママンは私の部屋で過ごした」と述べたあと、いささか繰りかえしじみた逸脱へと進んでから、次のような意味深な言葉を書き連ねるのです。

私はうれしがって当然だった。ところが、実際にはすこしもうれしくなかった。母は、まちがいなく断腸の思いで初めて私に譲歩したのだろうという気がしたからだ。私のために抱いていた理想を母は初めて自分から放棄したのであり、あれほど勇気のあった母が初めて敗北を認めたのだ。私にはそう思われてならなかった。私が勝利を収めたとしたら、それは母に対する勝利である。病気や苦しみや加齢といったものがそうさせるように、私は無理やり母の意志を屈服させ、理性を曲げさせることに成功したのだ。この夜は新たな時代の始まりであり、悲しい日付として永遠に残るだろうという気がした。

理想主義的だった母の屈伏は、これに続く箇所で、より具体的に、より情緒的に描かれます。

母があれほどに優しく手を握り、涙を止めようとしてくれたあの日の夜、母の美しい顔はたしかにまだ若さに輝いていた。しかし、だからこそ、絶対にこんなことがあってはならないような気がしたのだ。子どものときには知るよしもなかったこんな優しさを示されるくらいなら、いっそ怒られた方がましで、その方が悲しくなかっただろうと思われた。私はまるで、親不孝な目に見えない手で母の心に最初の皺を刻み、最初の白髪を生えさせたような気がした。そう思うと、私の嗚咽はますます激しくなった。すると、これまでは私につられて涙ぐむようなことは決してなかったママンが、突然、私の涙に伝染し、泣き出しそうなのを懸命にこらえてい

――るのが目に入った。

ママンは、「私」に気づかれたのを感じると、それを笑いでごまかしながら、なにか本を読んであげましょうと言ったのですが、手元に本がなかったので、祖母が「私」の誕生日プレゼントとして用意してあったジョルジュ・サンドの小説を取りにいき、『フランソワ・ル・シャンピ（捨て子のフランソワ）』を読みはじめます。しかし、母親は、恋愛描写が出てきそうになると、そこを飛ばして読んでしまうため、「私」はその省略によって生じる難解さを、なにか別の神秘によるものと誤解し、その原因はこの「シャンピ」という聞いたこともないような優しい名前にあるのではないかと疑います。そのシャンピという名前からくるイメージが、なぜこの名をもっているのかはわからない少年に、鮮やかな赤の色を帯びさせてしまうと勝手に想像してしまうのです。

ところで、右のママンの屈伏箇所と、この『フランソワ・ル・シャンピ』の持つ意味の解釈を巡って、これまで批評家や研究者がさまざまな意見を開陳してきました。

その代表的なものは、集英社版の『失われた時を求めて』の翻訳者である鈴木道彦氏が『フランソワ・ル・シャンピ』の出てくる部分につけた訳注です。鈴木氏は、『フランソワ・ル・シャンピ』を朗読する母親が恋愛描写をみな飛ばして読んでしまうという箇所について、こう述べています。

『フランソワ・ル・シャンピ』は、捨て子のフランソワと、彼を母がわりになって育てたマドレーヌという名の女性の物語。マドレーヌは、水車小屋を持っている粉ひきの男の妻だが、夫からさまざまなひどい仕打ちを受けて、それに堪えている。フランソワを可愛がっているうちに、親子のような二人のあいだに恋が芽生えて、最後には結ばれるようになる。語り手の母は、このマドレーヌと自分を重ねあわせ、フランソワを息子にダブらせたために、恋愛描写が読めなかったのだろう。（中略）言いかえれば、この小説に刺激された母が、近親相姦的な関係を思い浮かべていることを、作者は暗示しているのである。そしてこのことは、表面にあらわれこそしないが、ずっと作品の底を流れつづけることになる。

（『失われた時を求めて　第一篇 スワン家の方へⅠ』集英社文庫）

私の意見をいきなり言ってしまえば、この鈴木氏の見方は、「私＝プルースト」「小説の中の母＝プルーストの母」という、小説と伝記的事実の混同が行われない限りは正しいと思います。つまり、作者であるプルーストは、読者が、語り手の「私」が「母」に対して近親相姦的な愛情を抱いており、それが作品の底流となっていると思い込むように仕組んでいるのは事実なのですが、だからといって、プルーストが母に近親相姦的な愛情を抱いていたかといえば、そうとはかならずしも断定できないということです。

なぜでしょうか？　それは、何度も言っているように、プルーストが『失われた時を求めて』をフロイトのいう「夢の作業」の方法論に依ってつくりあげているからです。

では、「夢の作業」の方法論とはどのようなものだったでしょうか？

夢の潜在内容（無意識的な欲動）は、自分のもっとも訴えたい情動を表現しようとするとき、どうやって潜在内容をカムフラージュすれば夢の検閲をかいくぐって意識に浮上できるか、さんざんに工夫を凝らすことになりますが、この無意識の工夫は多くの場合、圧縮や置換といったかたちを取ることになります。これが「夢の作業」の方法論なのです。

プルーストが第一に用いているのは、このうち置換という方法です。

その証拠に、プルーストは同性愛者（ホモセクシュアル）ですが、語り手の「私」は異性愛者（ヘテロセクシュアル）に設定されています。また、プルーストはユダヤ系（母親がユダヤ人）ですが、「私」は非ユダヤ系となっています。さらに、プルーストが恋した運転手のアルフレッド・アゴスチネリは異

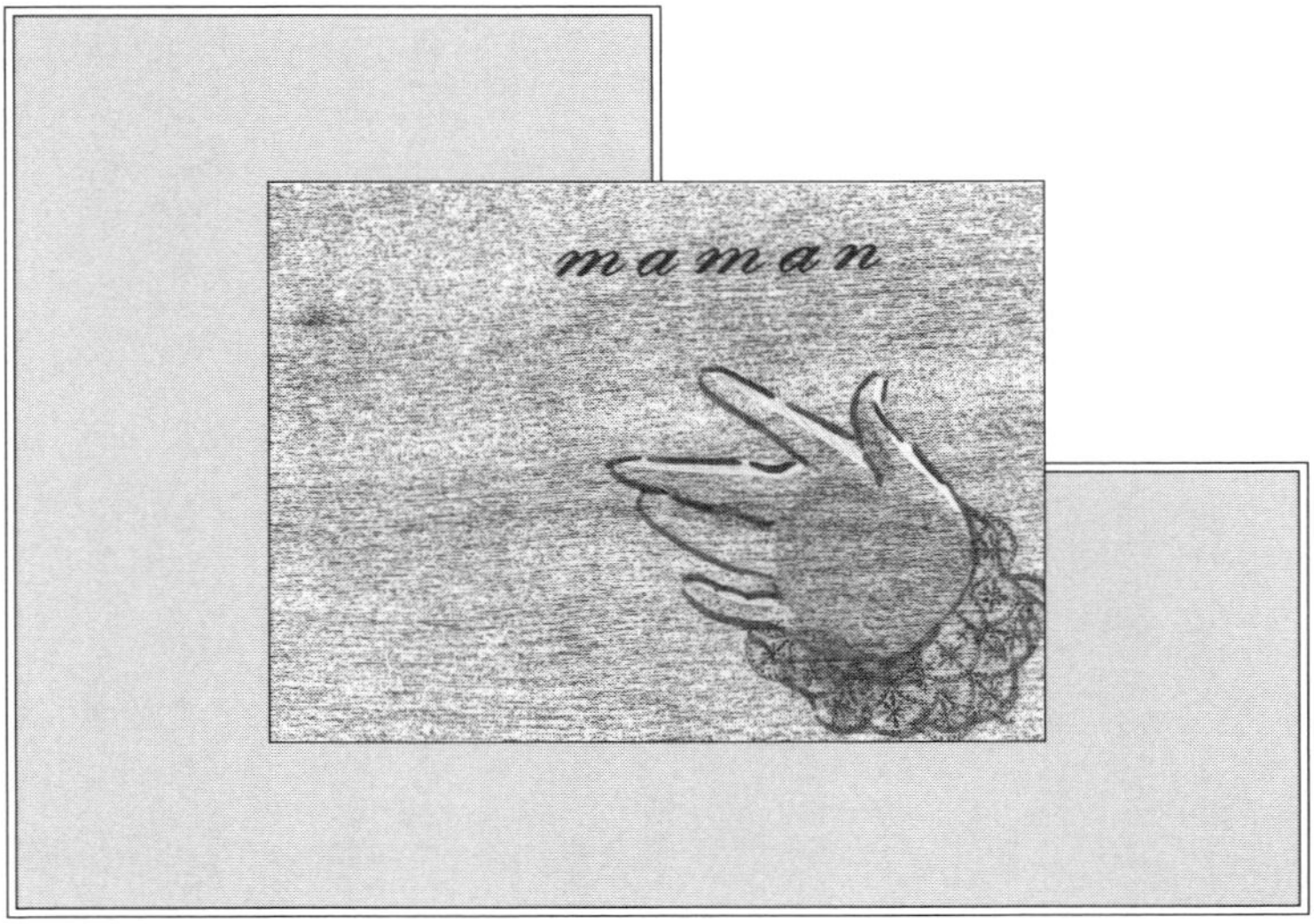

性愛者の男性で、その異性愛者のアゴスチネリがプルーストを裏切って恋するのは女性ですが、「私」が恋したアルベルチーヌは同性愛者の女性で、彼女が「私」を裏切って恋するのは女性です。

こうした例から明らかになるのは、プルーストは二項対立的な要素があると、かならずそれを入れ換えて置換する癖があるということです。いや、癖というよりも、それはあえて彼が打ち立てた法則なのかもしれません。

とするなら、父と母という二項対立が登場するこの箇所でもまた、入れ換え的な置換が用いられているのではないかと疑ってしかるべきなのです。

しかし、その前に、『失われた時を求めて』という「夢」の潜在内容がもっとも切実に訴え（表現し）ようとしている情動とはなにかを明らかにしておく必要があるでしょう。差し当たっては、情動そのものよりも、それに付随する心の動きを拾い上げてみましょう。

一つは、母親におやすみのキスを強要しているときに父親があらわれて、もうダメだと観念したのに、意外にも父親は怒らずに、母親と一緒に寝てもいいと言ってくれたときに「私」を襲った複雑な感情です。

「私はうれしがって当然だった。ところが、実際にはすこしもうれしくなかった」。「この夜は新たな時代の始まりであり、悲しい日付として永遠に残るだろうという気がした」。「子どものときには知るよしもなかったこんな優しさを示されるくらいなら、いっそ怒られた方がましで、その方が悲しくなかっただろうと思われた」。

以上の屈折した「私」の感情は、小説では、原則を曲げて私に優しくしてくれた「母親」に向けられたことになっています。しかし、例の交差配列の原則をここにも応用するのなら、そうした感情は、実人生においては「父親」に向けられていることになります。

つまり、プルーストの実人生において、あくまで原則的だったのは父親の方で、その頑固な父親が、プルーストの犯したある禁忌に対し、厳しく怒ってくれればよかったのに、実際には、予想とちがって父親が原則を曲げたため、プルーストは逆に悲しみに捉えられたということのようなのです。したがって、先の引用の「母」の部分を「父」と入れ換えてみると、現実のプルーストが覚えた情動が復元されることになるのではないでしょうか？

私はうれしがって当然だった。ところが、実際にはすこしもうれしくなかった。「父」は、まちがいなく断腸の思いで初めて私に譲歩したのだろうという気がしたからだ。私のために抱いていた理想を「父」は初めて自分から放棄したのであり、あれほど勇気のあった「父」が初めて敗北を認めたのだ。私にはそう思われてならなかった。私が勝利を収めたとしたら、それは「父」に対する勝利である。病気や苦しみや加齢といったものがそうさせるように、私は無理やり「父」の意志を屈服させ、理性を曲げさせることに成功したのだ。この夜は新たな時代の始まりであり、悲しい日付として永遠に残るだろうという気がした。

では、「『父』が初めて私に譲歩した」というのはなんなのでしょう？ 「あれほど勇気のあった『父』が初めて敗北を認めた」というのは何についてなのでしょうか？ 考えられるのは、プルーストの同性愛的な性癖、あるいは、その萌芽的な形態である、同性愛的な絵画を用いてのオナニスム、これしか考えようはありません。

一般に、息子が同性愛者であることが判明したとき（それは本人の告白による場合もありますし、動かぬ事実から本人の意志に反して明かされる場合もあるでしょうが）、母親というのは、案外とショックを感じることなく冷静にこれを受け止めるようですが、父親はおいそれとは受け入れないことが少なくないようです。自分が思い描いていた理想から息子が大きく逸脱するのを容認できないからです。

もう一つ、想定しうるのは、プルーストが医者を断念して、文学の道に進む決意をしたことですが、プルーストが一人息子ならまだしも、非常に成績の良い真面目な弟のロベールがいますから、父親はこちらに期待をかければいいわけで、とくにそれが彼に大ショックを与えたとは考えられません。

しかし、こう書くと、プルーストは同性愛者であることを徹底的に隠そうとしていたのかという疑問の声があがりそうですが、じつをいうと、そうとも断定できないのです。

プルーストの伝記を詳しく繙けばわかるように、プルーストは対世間的には強く同性愛者の噂を否定し、それを揶揄《やゆ》したジャン・ロランと決闘さえしているくらいですが、周囲の何人かは彼の同性愛的傾向に気づいていましたし、『失われた時を求めて』をよく読めば、読者にはそれがわかるようになっています。

ではなにゆえに、プルーストは、物語の中で、検閲をかいくぐってあらわれてくる夢の潜在内容（無意識的な欲動）として、同性愛的傾向を据えたのでしょうか？

それを隠そうとしたのではなく、それを「隠す」という仮定から出発したら、いったいどのように夢の作業が進行してゆくか、言いかえると、夢の作業の原理に則った小説がどうやってつくられていくかを知りたかったからだと思われます。つまり、自分の同性愛的傾向を隠すというのは、それが彼の秘めたる願望だったからではいささかもなく、自分の同性愛的傾向を隠蔽したと仮定すると、どんな小説が可能になるのかを実験的に究明してみたかったからということになります。

こう考えることによって初めて、「就寝の悲劇」を巡る描写の異常なまでのしつこさが理解できるのです。ジャン＝イヴ・タディエの『評伝プルースト』（吉川一義訳、筑摩書房）によると、「就寝の悲劇」はプルーストが七歳のときに実際に起こったことだったようですが、しかし、それは、プルーストがなぜあれほどまでの執拗さを持って描写を行ったかの説明にはなりません。むしろ、プルーストは自分の実人生に実際にあった「就寝の悲劇」をアリバイとして「利用」し、夢としての小説の潜在内容と決めた同性愛的傾向を、交差配列的な置換によってカムフラージュしてみせようとしたと考えた方が妥当なのではないでしょうか？　自らも同性愛者であったエドマンド・ホワイトはその伝記『マルセル・プルースト』（田中裕介訳、岩波書店）の中で、次のように指摘しています。

のちに彼は、作家が同性愛について巨細にわたって書くことができるのは、自らの行為と設定しない限りにおいてである、とアンドレ・ジッドに語った。このような文学上の助言と符合するように、プルーストは、同性愛の隠匿を方針としていた――

まさに、「同性愛の隠匿」はプルーストが『失われた時を求めて』を書くさいの「方針」であり、大原則だったのです。そう、夢としての小説を書くための最大の原則がこれだったのです。

7 紅茶とマドレーヌ

さて、『失われた時を求めて』の完読を目指すわれわれの旅も、ようやく、「就寝の悲劇」という難所を抜けて、最初の一里塚である「紅茶に浸したマドレーヌ」の一節に到達したようです。

とはいえマドレーヌがいきなり登場するわけではありません。「就寝の悲劇」というカッコが閉じられてあらわれるのは、カッコの外側にあったナレーションの現在時、すなわち夜中に目を覚まして眠れない時間を過ごしているときに、回想の中のコンブレーにカメラ・アイが入り込んでいくオーソン・ウエルズの映画『市民ケーン』的な導入部です。

こんなふうに長いあいだ、夜中に目覚めてコンブレーのことをふたたび回想するとき、決まってあらわれるのは、さだかならぬ暗闇に沈んだ建物の一部の壁面だけがベンガル花火の輝きか電気の光に照らされて、ほかの部分から切り取られたように浮かびあがる光景だった。その建物の底辺はかなり広く、小さなサロンと食堂、さらにはそれとは知らずに私の悲しみの原因となったスワン氏が通ってくる薄暗い道の始まり、また玄関ホールがある。私はその玄関ホールからは階段の最初の段の方へと重い足を運んだわけだが、上るのが死ぬほどつらかったその階段は、まさにこの歪んだ円錐のひどく狭い胴体に相当する。円錐形の頂上には私の寝室があって、ママンが入ってくるガラス扉のある小さな廊下がついている。ひとことで言えば、周囲にあったかもしれないすべてから切り離されて、そこだけが闇からポッカリと浮き出ている舞台装置、すなわち私の就寝の悲劇に必要最小限度の舞台装置だけがいつも同じ時刻に見つめられていたのだ（それは古臭い戯曲の端書きとして、地方公演用に指定されたあの舞台装置のようなものだ）。さながら、コンブレーとは狭い階段でつながれた二つの階以外のなにものでもなく、またコンブレーには夜の七時という時間しか存在しなかったかのようである。

この箇所はプルーストがこれから展開しようとしている「紅茶に浸したマドレーヌから浮かびあがるコンブレー」と対比するために配置した文章で、意識された記憶によって蘇ってくるのは、「就寝の悲劇」に直接関係したコンブレーの大叔母の家の一部分だけで、あとはすべて闇の中に沈んでいるという

ことを強調しようとしたものです。

ところで、余談になりますが、私は、かつて、この「さだかならぬ暗闇に沈んだ建物の一部の壁面だけがベンガル花火の輝きか電気の光に照らされて、ほかの部分から切り取られたように浮かびあがる光景」という一節に触発されて一文をものしたことがあります。

それは、『パリ五段活用』（中公文庫）に収録されている「花火、エフェメラの光芒――シャン・ド・マルス」というエッセイで、一八八九年（明治二十二年）に、大日本帝国憲法発布記念のために東京の夜空を彩った「和火《わび》」と同じ年に開催された第四回パリ万国博覧会の革命記念日（七月十四日）にシャン・ド・マルスを照らした「洋火《ようび》」を対比させたものですが、このエッセイのイメージの核にあったのは、万博レポーターであるシャルル・グランムジャンが寄稿している次のような描写と、プルーストの文章の類似です。

突然、光り輝く噴水から水の束が噴出し、金の雨、火の雨、サファイアの雨、エメラルドの雨をあたりに降らせ始めたので、どっと人々の叫び声があがった。エッフェル塔の基部の石の上には、祭典を眺める場所を確保しようとする人々が鈴なりになり、サイのブロンズ像の上には子供たちが馬乗りになって手をたたいている。ベンガル花火があちこちで点火され、オリエント館の白い壁を赤や緑に染めている。（中略）

その間にも、エッフェル塔の頂上から放たれた二本の光線は、巨大な腕のように、あるいは彗星のとてつもない尾のように、夜の空間をゆっくりと動き始めた。その透明な光束は夜空を掃射し、星々の上を通り過ぎ、めくるめくような光の虹を描いた。あるいは、パリの古いモニュメントの上にとどまって、その宗教的な眠りをかき乱した。

（『一八八九年パリ万博レポート』より、拙訳）

この文と対比してプルーストの先の文を読むと、プルーストのイメージ・ソースが万国博覧会の光の祭典のときのイメージであることがわかります。「ベンガル花火」というのは、エッフェル塔や噴水を彩っていた仕掛け花火のことであり、「電気の光」というのは、エッフェル塔の頂上に置かれてパリの街をサーチライトのように照らしていた巨大なアーク灯の光束のことです。

しかし、こう書くと、ではプルーストはこのグランムジャンの文を読んだのかという疑問が呈されるかもしれませんが、これには「はっきりとはわからない」と答えるしかありません。

とはいえ、一八八九年のパリ万博の際に発行されたあまたの刊行物を繙いてみると、グランムジャンのような文章は至るところに散見されるばかりか、それを絵解きにしたような絵画や版画もたくさん見つかるのです。たとえば、『パリ五段活用』の口絵につかった作者不明の「エッフェル塔とパリ万博」（カルナヴァレ美術館蔵）の油彩や、グランムジャンの文章が載っている『一八八九年パリ万博雑誌』の挿絵などです。

いずれも、エッフェル塔のアーク灯がパリの闇を切り裂き、建物の壁の一角を照らし出している光景が描かれています。あるいは、プルーストはこうした一八八九年万博の絵画を目にしたのかもしれません。また、プルーストが十八歳のときに自分の目で見た一八八九年の革命記念日の光景を記憶の中から引き出してきたのかもしれません。

ただ、一つだけ確実にいえるのは、プルーストがこの万博のイメージを選んだのは、ベンガル花火にしろアーク灯のサーチライトにしろ、それが闇を切り裂く「光」であり、そして、「光」である限り、それは照射した面しか明るみに出せないという限界があるということを示したかったということです。

そう、ここでプルーストが評価を保留しているのは「光」の力なのです。なぜなら、光（リュミエール）とは、フランス語の複数形では、十八世紀が「Le siécle des lumiéres 啓蒙の世紀」となることからも明らかなように、「知識、知恵、理性、啓蒙」などを意味しますが、こうした「光」＝「知性・理性」は、人間の無意識の底に眠っている本質を開示しえないからです。

それは、プルーストが、右の引用に引き続いて次のように述べていることからも明白です。

じつをいうと、人から尋ねられたら、私も、コンブレーにはほかのものも含まれていたし、またほかの時間も存在していたと答えたことだろう。だが、コンブレーについて問われるままに私がなにか思い出したとしても、それは意志的な記憶、知性の記憶によってもたらされるものにすぎないだろう。こうした記憶のもたらす過去についての情報の中には、ほんとうの過去はなにひとつ保存されてはいないので、私としては、ほかのコンブレーを思い浮かべる気にもならなかったのだろう。そういうものは、実際のところ、私にとっては、すべて死にたえていたのだ。永久に死んでしまったのだろうか？　その可能性は十分にあった。

こうして、闇を照らす「光」のサーチライトという「知性」の探索の「限界」が書き留められるのですが、その「光」とはじつは「視覚」にかかわるものにほかなりません。光なくしては視覚も働かないからです。言いかえれば、ここで断定されるのは、記憶の喚起にかんする「光＝視覚＝知性」の無力さです。というよりも、プルーストは、次に打ち出す、「反・光、反・視覚、反・知性」の「あるもの」を強調せんがために、前者の限界をイメージ的に強調して描き出しているのです。

その「あるもの」とは「紅茶に浸したマドレーヌ」であることはいうまでもありません。

コンブレーにかんして、就寝の悲劇とその舞台以外のものすべてが私にとってもはや存在しなくなってから、すでに長い歳月が過ぎ去っていた。そんなある冬の一日、帰宅した私が凍えているのに気づいた母が、あなたは普段飲まないけれど、紅茶をすこし飲ませてもらったらいかが、と言った。私は最初断ったが、それから、なぜか気が変わって、紅茶を飲むことにした。母は「プチット・マドレーヌ」と呼ばれるお菓子を持ってこさせた。それは帆立貝の筋の入った貝殻で型をとったようなかたちをしていた。すこしたって、陰鬱な一日と、明日もまた物悲しい日が続くだろうという予想に打ちひしがれながら、私は機械的に、紅茶をひと匙《さじ》すくって唇に運んだが、その中にはマドレーヌのひとかけらがお茶に溶けて残っていた。だが、お菓子のかけらの混じったひと匙が口蓋に触れたとたんに、私は身震いした。なんだろう？　私の中でなにか異常なことが起こっているのだ。なぜだか原因のわからない、唐突な、えもいわれぬ歓びが私の中に入り込んできたのだ。その歓びのおかげで、私は人生の有為転変などどうでもよくなり、人生の災厄も無害なものと感じ、人生の短さも錯覚だと考えるに至った。それは恋というものが、ある種の貴重なエッセンスで私を一杯にすることで私に作用を及ぼすのと同じだった。否むしろ、そのエッセンスは私の内部にあるのではなかった。エッセンスそれ自体が私だったのだ。私はもう自分のことを凡庸な、偶然に左右される、死すべき存在とは感じていなかった。この強烈な歓喜は、いったいどこからやってきたのか？　歓喜は紅茶とお菓子の味に関係があるような気がしたが、しかし、歓喜はそんな味覚をはるかに超えており、同じ性質のものではないと私は感じた。この歓喜はいったいどこからやってきたのか？　何を意味しているのか？　どこでそれを捉えたらいいのか？　私は二口目を飲んでみる。しかし、そこには最初のときに感じた以上のものはなにも発見できない。三口目がもたらすものは二口目よりも少し減っている。やめる潮時か？　お茶の効き目は減じてきているようだ。求めている真実は紅茶の中ではなくて、私のうちにある、それは明らかだ。

あまりにも有名な一節で、『失われた時を求めて』を手に取ったことのない人でもここだけはどこかで読んだ記憶があるはずです。いまでは、「紅茶とマドレーヌ」といえば、それだけで「無意識的記憶の蘇り」を意味するようにさえなっています。

しかし、近年著しいプルーストの草稿研究に従えば、この「紅茶とマドレーヌ」の組み合わせは、プルーストの実体験をそのまま反映したものでは決してなく、むしろ複雑な文学的な操作の結果生まれてきたようです。

この点を非常にクリアなかたちであきらかにしたのが、プレイヤッド版『失われた時を求めて』第一巻の校訂を担当し、プルースト研究における日本人学者の存在を世界中のプルースト・ファンに認識させた畏友・故吉田城氏です。吉田氏は、マドレーヌの無意識的記憶にかんするプルーストの草稿を比較検討し、紅茶が初期段階から登場していたのに対して、マドレーヌはかなりあとの段階になってあらわれたにすぎないことを証明してみせました。

すなわち、紅茶の無意識的記憶が最初に書かれるのは、『失われた時を求めて』の原初的形態である『サント＝ブーヴに反して』ですが、そこでは紅茶に浸されるのはパン・グリエ（トースト）です。また、紅茶をすすめてパン・グリエを持ってくるのは年老いた女中で、母ではありません。次いで、『失われた時を求めて』の最初の草稿である「カイエ8」では、パン・グリエはビスコットに、年老いた女中はフランソワーズに代わっています。ビスコットというのは日本でいえばラスクのようなものです。パン・グリエにしろ、ビスコットにしろ、フランス人が朝食に食べるありふれた食べ物です。

ところが、その後の草稿である「カイエ25」では、紅茶とビスコットはそのままでも、フランソワーズは母に代わり、さらに、プルーストの自筆清書原稿では、ビスコットはマドレーヌに置き換えられているのです。

吉田氏はこの変更について次のように述べています。

トーストまたはビスコットは「日常的」な食べ物である。それに対して、マドレーヌの方は、あくまでも「菓子」（プルーストはgâteauと書いている）である。ということは、それだけ個性化・脱日常化しているということだ。しかも、大文字で記されたPetites Madeleinesという言葉は、一種の署名のように見える（P・Mの頭文字にマルセル・プルーストの署名、あるいは父père、母mèreの略号を見た人もいる）。この菓子が個性をもっている理由の一つは、その名称が「マドレーヌ」という女性の名を示しているからだ。

（『失われた時を求めて』草稿研究』平凡社）

プチット・マドレーヌというお菓子の名称は、辞書などによると、ペロタン・ド・バルモン夫人の料理女中だったマドレーヌ・ポミエが考案したことにちなんでいるそうですが（諸説あり）、しかし、じつはそれはどうでもいいことで、プルーストがビスコットに代えてプチット・マドレーヌを選んだ理由は、吉田氏が言うように、マドレーヌという女性名にあります。マドレーヌの選択は、非常に示唆的であり有意味的であるということです。

では、マドレーヌに含まれる意味とはなんなのでしょう。

マドレーヌは、正式にはマリ・マドレーヌ（Marie－Madeleine）といい、新訳聖書に登場するマグダラのマリアのことです。もと罪深い女（娼婦）であったが、改悛《かいしゅん》し、イエスの足に接吻して香油を塗ったとされる女性（「ルカ伝」では名前は言及されていません）が、「マタイ伝」や「マルコ伝」に登場するイエスの復活にも立ち会ったマグダラのマリアと混同され、ひとり歩きするようになったのです。ダン・ブラウンのベストセラー小説『ダ・ヴィンチ・コード』ではイエスと結婚し、子どもを生んだとされていることは皆さんご存じのことと思います。

こうしたコノテーション（含意）を踏まえて、吉田氏は、プルーストがビスコットに代えてプチット・マドレーヌを選択した意味について、さまざま

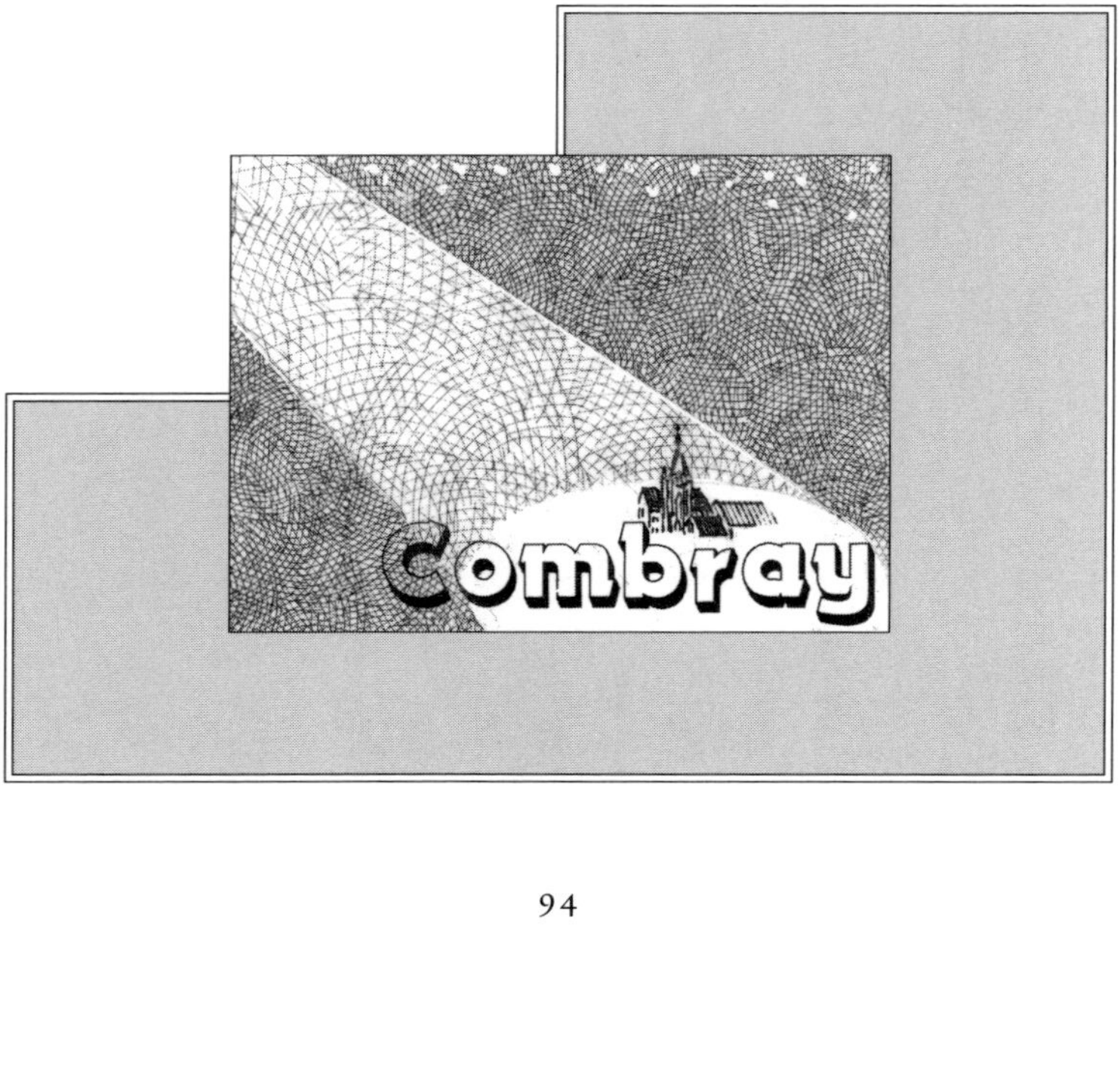

な解釈の可能性を紹介しています。

一つは、聖書のマドレーヌがイエスの復活に立ち会ったように、小説のマドレーヌは記憶の復活に立ち会うというものです。

第二は、マドレーヌの形状にかんするものです。いまでは、日本でもフランスでも、マドレーヌというと、長細い貝殻型のタイプが一般的になっていますが、元来は、帆立貝のかたちをしていたようです。げんにプルーストは、「帆立貝の筋の入った貝殻で型をとったようなかたち」と描写していますし、イリエ・コンブレーの町を訪ねた際に菓子屋で実際に売っていたのも、この帆立貝状のマドレーヌでした。イリエ・コンブレーの「プルースト記念館」のマルセル少年が使ったとされる寝室の枕元にも、この形状のマドレーヌ型が置いてありました。

ところで、問題は『失われた時を求めて』のすこし先の箇所でマドレーヌの形態が「厳格で信心深い襞《ひだ》にくるまれた、むっちりと官能的な」と描写されていることです。この描写の形容詞とマグダラのマリアのイメージが意味あるものと考えられるからです。

帆立貝というのはフランス語では、サン＝ジャック貝と呼びます。それは聖ヤコブ（サン＝ジャック）の遺骸が埋められたと信じられるスペインの巡礼地サンティアゴ・デ・コンポステラ（サン＝ジャック・ド・コンポステル）に向かう巡礼たちが、この貝を持って道々、喜捨を請うたからです。

イリエは、このサンティアゴ・デ・コンポステラへと向かう巡礼路の途中にあり、イリエの中心にある教会はサン＝ジャック教会という名前です。吉田氏は、「自筆清書の中には『厳格で信心深い襞の下の、官能的なお菓子の、サンティアゴ巡礼者の貝殻の形』という表現が出てきて、マドレーヌ菓子の宗教的含意を裏付けている」と指摘しています。

では、描写の「厳格で信心深い襞」まではいいとしても、その先の「むっちりと官能的な」という形容詞はどう解釈したらいいのでしょうか？

8 修道女たち

プチット・マドレーヌの形状にかんする記述は、語り手が、紅茶に浸したプチット・マドレーヌのかけらを口にふくんだとたんにあらわれた素晴らしい快感の正体が摑めずに空しい探索の努力を十回も重ねているうち、いきなり過去の記憶、コンブレーでの記憶が蘇る瞬間の描写に登場します。

と、突然、思い出が一気に蘇った。この味とは、コンブレーで日曜の朝、レオニ叔母の部屋におはようございますを言いにいくと（日曜日には、ミサの時間まで外出しなかったから、朝のことなのだ）、叔母が決まって紅茶か菩提樹《ぼだいじゅ》のハーブティーに浸して出してくれたマドレーヌの小片の味だったのだ。プチット・マドレーヌは、ただ眺めていてもこれを口にしないうちは、私になにひとつ思い出させることはなかった。たぶん、その後も口にしなかったものの菓子屋の棚で何度も見かけたことはあったはずだ。しかし、そのイメージはコンブレーのあの日々から離れて、より新しい別の日々と結びついてしまっていたのだろう。おそらくまた、かくも長きにわたって記憶の外に放擲《ほうてき》されて顧みられることのなかった思い出というものは、そこから生きのびるものはなにひとつなく、すべてが滅び去ってしまったのだろう。目に見えるかたちというものは、厳格で信心深い襞にくるまれた、むっちりと官能的な、あの菓子屋の小さな貝殻形のプチット・マドレーヌと同じように、消え去るか眠りこむかしてしまい、意識に到達するだけの膨張力を失っていたのだ。しかし、人びとが死に、ものが壊れて、古い過去からはなにひとつ残っていないときにも、弱々しくはあっても強靭で、非物質的ではあるがしつこく残って忠実な、あるものだけは残る。つまり匂いと味だけが、まるで死後の魂のように長いあいだ残って、ほかのすべてのものが廃墟と化したその中で、なおも思い出し、待ち受け、期待しているのだ。匂いと味は、ほとんど感知できない滴《しずく》がごときものの上に、あの巨大な思い出という建造物をたわむことなく支えつづけているのである。

さて、問題は、とりあえず、「厳格で信心深い襞にくるまれた、むっちりと官能的な」の、とりわけ後半の「むっちりと官能的な」という、いささか唐突な形容語をどう捉えるかということです。という

のも、紅茶との組み合わせで、パン・グリエやビスコットではなく、あえてプチット・マドレーヌが選ばれてきたことと、この形容の言葉は深く関係しているからです。

この点にかんして、吉田城氏は、次のように分析しています。


「むっちりと官能的な」si grassement sensuel 菓子とはなんであろう。前述の解釈を延長するなら、マグダラのマリアの肉体を暗示しているとも考えられる。悔悛して信心深くなったマドレーヌの衣の下には、娼婦であった頃の身体が隠れているのだから。フィリップ・ルジュンヌのように、この官能性を突き詰めて考え、マドレーヌ菓子そのものが女性性器をあらわし、マドレーヌのエピソードに性的な意味が隠されているのだと主張した人もいる。

（『『失われた時を求めて』草稿研究』平凡社）


フィリップ・ルジュンヌの論文というのは、雑誌『ウーロップ』の一九七一年二月三月合併号の「マルセル・プルースト生誕一〇〇年記念特集2」に載った「エクリチュールとセクシュアリテ」ですが、そこでルジュンヌが述べていることを思いきって要約すると、おおむね次のようになります。

プチット・マドレーヌがパン・グリエやビスコットの代わりに召喚されたのは、その形状、名前、味覚という三つの要素において考えられるべきである。まず形状そのものが女性性器を連想させる。プチット・マドレーヌについてプルーストが列挙している形容語（「帆立貝の筋の入った貝殻で型をとったようなかたちをしていた」「厳格で信心深い嫂にくるまれた、むっちりと官能的な、あの菓子屋の小さな貝殻形」）のすべてがそれを物語っている。とりわけ「貝殻 valve」という言葉には、女性の外陰部（vulve）を思わせるものがある。

次に、マドレーヌ（マグダラのマリア）という名前だが、この罪ある女がイエスに出会って悔い改め、とめどなく涙を流したというエピソードは、例の入れ換え的置換の原則によってジェンダーを入れ替えれば、子ども（マルセル）と母親の関係になる。すなわち、エディプス的な愛を抱く子どもが、部屋に来た母親と抱き合って大量の涙を流して悔い改めるという意味で、マグダラのマリアとイエスの関係と相似形をなしているのだ。

最後に、味覚だが、これは紅茶に浸したマドレーヌの破片を口に運ぶという行為が、イエスの血と肉の代わりにワインとパンをキリスト教徒が食べる聖餐の儀式を連想させる。マドレーヌがパン（イエスの肉）であり、紅茶がワイン（イエスの血）であるのだが、マドレーヌ／イエス、子ども（マルセル）／母親という例の照応からして、紅茶とマドレーヌは、母親の血と肉を口唇（おやすみのキス）を介して摂取することへと通じる。

以上が、ルジュンヌのマドレーヌにかんする分析です。論文はその後、フロイトの去勢コンプレックス理論を応用した『失われた時を求めて』の精神分析的解釈に入っていくのですが、直接的には関係がないのでここでは省略することにします。

いささかアクロバティックですが、刺激的で興味深い解釈であるといえます。

ただ、それは、われわれの考えるようなマドレーヌの性的な意味とはすこしズレているようにも思えますので、今度はわれわれがマドレーヌをどう捉えたかを示しておきたいと思います。
まず言えることは、ルジュンヌのような複雑な分析をくわえなくとも、プルーストはあからさまにマドレーヌ体験を性的な体験との二重写しによって描いているということです。
それは、次の箇所からも明らかです。

だが、お菓子のかけらの混じったひと匙が口蓋に触れたとたんに、私は身震いした。なんだろう？　私の中でなにか異常なことが起こっているのだ。なぜだか原因のわからない、唐突な、えもいわれぬ歓びが私の中に入り込んできたのだ。その歓びのおかげで、私は人生の有為転変などどうでもよくなり、人生の災厄も無害なものと感じ、人生の短さも錯覚だと考えるに至った。それは恋というものが、ある種の貴重なエッセンスで私を一杯にすることで私に作用を及ぼすのと同じだった。

とりあえず、最後の一文に注目してください。「それは恋というものが、ある種の貴重なエッセンスで私を一杯にすることで私に作用を及ぼすのと同じだった」と訳されているところは de la même façon qu'opère l'amour, en me remplissant d'une essence précieuse です。つまり、「恋が作用するのと同じように」ということですが、問題は、フランス語の amour とは、恋と同時にセックスのことも意味することで

す。つまり、セックスによる性的快感、とりわけオルガスムの与える「貴重なエッセンス」とマドレーヌ体験は似たものを持っていたということなのです。

たしかにそう捉えれば、「なぜだか原因のわからない、唐突な、えもいわれぬ歓び」という箇所も理解しやすいですし、「その歓びのおかげで、私は人生の有為転変などどうでもよくなり、人生の災厄も無害なものと感じ、人生の短さも錯覚だと考えるに至った」という譬えもわかりやすく感じます。ようするに、マドレーヌ体験は、性的なオルガスムが与える忘我の境地と等しいものと見なされているわけです。

このようにしてマドレーヌ体験と性的体験の近似性を考慮に入れると、さきほど解釈を宙吊りにしておいた「厳格で信心深い襞にくるまれた、むっちりと官能的な」の箇所も、理解可能な範囲に入ってきます。

いきなり、私の解釈を述べれば、これは、帆立貝のかたちをしたマドレーヌと、修道女のはいていたスカートの襞との連想ではないかと思われます。

そう、マドレーヌの「厳格で信心深い襞にくるまれた、むっちりと官能的な」「小さな貝殻形」というのは、マグダラのマリアその人との連想というよりも、むしろ修道女のはいていたスカートの襞をイメージ・ソースにしているように感じられるのです。

しかし、なぜ、修道女なのでしょうか？

そのヒントは、「あの菓子屋の小さな貝殻形」にあります。

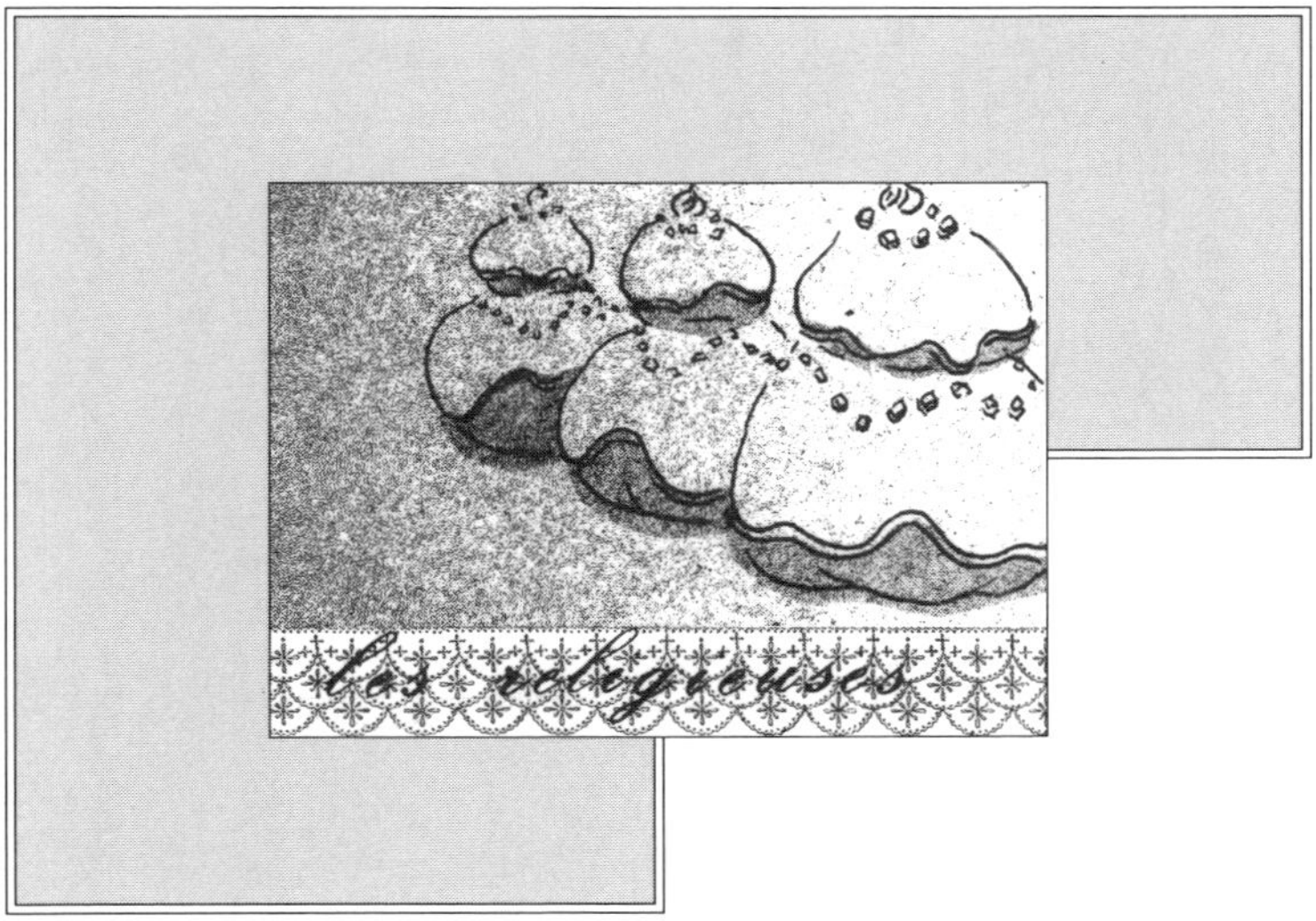

これは、私が最初にフランスに行ってお菓子屋（パティスリー）のショーウィンドウの中を覗いたときの個人的体験なのですが、マドレーヌを眺め、「なるほど、マドレーヌとはこういうものか」と納得したあと、ふと視線を隣のお菓子に移したとたん、思わず「アッ」と叫んだことをよく覚えています。というのも、マドレーヌの隣には、雪だるまのように、シュークリームを二つ縦に重ねて、その上からチョコレートや白い砂糖を流して固めたずんぐりしたお菓子が並んでいて、それには、修道女を意味する「ルリジューズ religieuse」という名前がついていたからです。そう、パティスリーのショーウィンドウの中には、マドレーヌとルリジューズがまるでセットのように並んでいたのです。おまけに、ルリジューズの横には、エクレアがありましたが、このエクレアとは、フランス語の éclair を英語読みにしたもので、そのもとの意味は「稲妻」です。

大袈裟にいえば、この瞬間、長いあいだ心にひっかかっていた「厳格で信心深い襞にくるまれた、むっちりと官能的な、あの菓子屋の小さな貝殻形」という謎のような一文の意味が、まるで「稲妻」に照らされるように明かされたのです。

おそらく、プルーストは、紅茶に浸す食べ物をビスコットからなにかほかのものに変えようと思いついたとき、イリエの町のパティスリーの店頭に並んでいたケーキやお菓子を思い浮かべたか、あるいは実際にパリの街に出て、パティスリーのショーウィンドウを覗いてみたにちがいありません。

そして、マドレーヌとルリジューズというもっともありふれたお菓子が隣りあわせに並んでいるのを見て、名前と形態はマドレーヌを選びながら、イメージ的にはルリジューズを選んだのではないでしょうか？　「厳格で信心深い襞の下の、むっちりと官能的な」という表現は、たしかにマドレーヌ単独でも十分に当てはまるものですが、その隣にメトニミー（換喩）的にルリジューズが置かれていれば（あるいは隠された潜在的イメージとして機能しているならば）、作品の核となる中心的な事物としては、より完璧なものになるはずです。

何度もいうように、『失われた時を求めて』においてはすべてが夢におけるように構成されているのですから、マドレーヌの中にルリジューズの意味と形態が包摂《ほうせつ》されていたとしてもまったく不思議はありません。プルーストは、フロイトのいう二つ（二人）や三つ（三人）のものが一つ（一人）になるあの「圧縮」という夢の作業を、マドレーヌについても行ったのです。

ところで、このマドレーヌ／ルリジューズという組み合わせは、たんに形態的、イメージ的、意味論的な位相ばかりか、もう一つの位相において「圧縮」を遂げているのです。それは、更生娼婦を主に収容した女子修道会が、聖マドロネット修道会と呼ばれていたことです。マドロネット Madelonnette とは、マドレーヌ Madeleine の語尾に「小さい」を意味する指小辞《ししょうじ》 - ette が付いたもので、「小さなマドレーヌ」、すなわち、聖女マグダラのマリアのように悔い改めて更生した元娼婦の修道女のことです。

ここまでいえば、慧眼《けいがん》なる読者はプルーストが普通はマドレーヌとだけ呼ばれているお菓子をわざと「プチット・マドレーヌ」と呼び、しかも、それを固有名詞的に頭の文字を大文字にして Petites Madeleines と書いていた謎を思い出されるにちがいありません。そう、Petites Madeleines とは、具体的には聖マドロネット会修道女たち Madelonnettes のことであり、マドレーヌ／ルリジューズの組み合わせが形態的、意味論的、イメージ的な位相で圧縮を遂げたばかりか、現実にも圧縮したものにほかならないのです。

では、「プチット・マドレーヌ／聖マドロネット会修道女たち」は、なにゆえにこのハイライト場面に召喚されてきたのでしょうか？　フィリップ・ルジュンヌの言うようなアクロバティックなエディプス・コンプレックス的解釈に従うべきなのでしょうか？　私は、もっと単純に考えてもよいような気がします。

「プチット・マドレーヌ Petites Madeleines ／聖マドロネット会修道女たち Madelonnettes」が意味しているもの、それは十分な肉感的魅力を備えた、背徳的でありかつ宗教的な存在であるような女性たちであると思われます。すなわち、スワンと結婚することになる元娼婦オデットであり、語り手の「私」の遊び友だちとなるその娘のジルベルトであり、またアルベルチーヌやアンドレなどの「花咲く乙女」たちを指しています。「プチット・マドレーヌ Petites Madeleines」と複数になっているのはそのためです。

語り手やスワンは、このプチット・マドレーヌ（マドロネット）たちが開示しながら同時に隠そうとする「女の謎」を解き、そのあげくに「人生の有為転変などどうでもよくなり、人生の災厄も無害なものと感じ、人生の短さも錯覚だと考えるよう」な快楽を得ようと足掻《あが》き苦しむのですが、それには、「私」がプチット・マドレーヌの喚起した現象の意味がなかなか摑めないのに似て、とてつもなく長い時間がかかるのです。

しかし、こういうと、プルーストはホモセクシュアルなのだから、作品の核として「プチット・マドレーヌ Petites Madeleines／聖マドロネット会修道女たち Madelonnettes」を置くのはおかしいではないかという声が聞こえてきそうですが、じつは、プルーストは自分が現実世界ではホモセクシュアルであるがゆえに、夢の世界であるところの『失われた時を求めて』では、作品をヘテロセクシュアルな世界として構築し、その作品の核心部には、あらゆる意味で肉感的な女性を象徴する「プチット・マドレーヌ Petites Madeleines／聖マドロネット会修道女たち Madelonnettes」を置いたのです。

プチット・マドレーヌとは、この意味で、現実世界とは入れ換え的につくられている夢の世界、『失われた時を求めて』全体が、そこから生み出される中心なのです。

――そして、叔母のくれた菩提樹のハーブティーに浸したマドレーヌの味であることを思い出すやいなや（中略）、道路に面した、叔母の部屋がある古い灰色の家があらわれた。それは芝居の書割のように出現し、庭に面してその後ろに建てられた両親用の別棟にぴたりと重なった。（中略）そして、日本人が楽しむあの遊び、水の入った瀬戸物の茶碗に小さな紙きれを浸すと、それまで判然としなかったその紙がわずかに水につけられただけで急に伸び広がり、輪郭をあらわにして、色づき、識別可能になり、花や家や人間だとたしかにわかるようなものになってゆくあの遊びと同じように、いまや私たちの庭にあるすべての花々やスワン氏の庭園の花々、それに、ヴィヴォンヌ川の睡蓮《すいれん》、善良な村人とそのささやかな住まい、教会、そしてコンブレー全体とその周辺などが、どれもこれも堅固なかたちを取りはじめた。町も庭も、私の一杯のティーカップから出現してきたのだ。

これで、ようやくプチット・マドレーヌの謎が解けました。かくて、私たちはコンブレーの記憶の蘇りに立ち会うことになるのです。

9 心の中の街角

紅茶に浸したプチット・マドレーヌのかけらから、突然、あらわれてきたコンブレーの町の記憶。そのイメージの中心にあるのは教会でした。

コンブレーは、十里四方の遠くから眺めたときに、たとえば復活祭直前の週に私たち一家が汽車でやってきて車窓から目をやったような場合には、一つの教会にしか見えなかった。教会が町を凝縮し、町を代表し、遠方に向かって、町のことを、町のために語っているからだ。ところが、近づいてみると、教会は、野原の真ん中で風に逆らって立つ、羊の群れを従えた羊飼いの娘のように見えた。というのも、暗色の丈長のマントを纏《まと》った教会は羊の背中のように見える灰色の家並みをまわりに侍《はべ》らせていたからである。さらに、その外側では中世の城壁の残骸が家々を完璧な円環状に取りかこんでいて、さながらプリミティヴ派の絵に描かれたある小さな町のごとき趣であった。

なにげなく、「コンブレー」第一章の冒頭に置かれたこの文章には、いかにもプルーストらしい策略が秘められています。

第一は、コンブレーは実在するイリエの忠実な再現では決してないことをそれとなく教えていることです。これは、実際にイリエを訪れてみるとよくわかるのですが、イリエの教会は「十里四方の遠くから眺めた」場合でも目に飛び込んでくるような巨大建築ではありません。パリからイリエに向かって鉄道に乗っていくとき、こうした経験を与えてくれるのは、むしろ、鉄道の乗換駅であるシャルトルの大聖堂です。シャルトルの大聖堂こそは、「十里四方の遠くから眺めたとき」「遠方に向かって、町のことを、町のために語っている」ように見える大きな教会です。つまり、プルーストは、遠方から眺めたときのイメージは、イリエの教会ではなく、シャルトルの大聖堂を用いているのです。そのことは、同じ到着の瞬間をすこし先で描いた次のような描写からも明らかです。

サン＝ティレールの鐘塔《しょうとう》は、はるか遠方からでもそれとわかった。コンブレーの町がまだ見えてこないときでも、その忘れがたい姿を地平線に刻みこんでいた。復活祭の週にパリから乗り込んできた汽車の窓から眺めると、鐘塔は、鉄製の小さな風見鶏を四方八方に飛びまわらせながら、空に描かれた雲の畦《あぜ》を縫っていくように見えたが、それを眺めていた父は私たちに言うのだった。「さあ、もう着いたよ。膝掛けを忘れないように」。

この父のせりふは、乗客の多くが、列車がシャルトルの駅に近づこうとしているときに、大聖堂の尖塔を見て発するものにほかなりません。

では、なぜ、プルーストはイリエの教会とシャルトルの大聖堂を「合体」して一つにしたのでしょうか？

もちろん、何度もいっているように、『失われた時を求めて』が、従来のリアリズムの小説とはまったく異なる「夢の作業」によってつくられた、夢の小説であるからです。言いかえると、コンブレーは、現実のイリエでは決してなく、プルーストが多くの素材から複合的に生み出した架空の町なのです。

しかし、そうはいっても、「夢の作業」において、イリエが素材の一つとして用いられていることは確かです。それは冒頭の引用に続く箇所で、次のような「コンブレーのうちからの印象」が述べられていることからもわかります。

――コンブレーはいささか陰気な町だった。

この「陰気」という印象は、通りを挟む両側の家々が地方特有の黒ずんだ石で建てられ、切妻が大きく、通りに暗い影を落としていることも原因となっていますが、その通りの名前も関係していました。すなわち、サン＝ティレール通りだとかサン＝ジャック通りだとか、サン＝ティルドガルド通りなど、重々しい聖人の名前を冠していることも関係していたのです。

語り手たちが宿泊していたレオニ叔母の家は、こうした聖人通りのうちの一つサン＝ジャック通りに面していました。レオニ叔母というのは、祖父の従妹《いとこ》（語り手から見ると大叔母）の娘で、語り手の叔父に当たるオクターヴが亡くなったあと、ずっと病身で、「はじめはコンブレーを、ついでコンブレーの自分の家を、次に自分の部屋を、最後には自分のベッドをもう離れようとせず」、つまり完全な寝たきりの状態になっていたのですが、語り手にとって、このレオニ叔母の部屋はなによりも、その匂いで記憶に強く残る場所でした。

それは、たしかに、近くの田園の匂いと同じく季節の色彩にあふれた、いまだ自然をとどめた匂いではあったが、しかし、家に引きこもりがちな人にありがちな、人間くささがしみついた、すえた匂いになっていた。

次いでプルーストは、この定義に沿って、レオニ叔母の部屋の匂いの印象を、塗り重ねるように列挙していきます。

その年のあらゆる果物が、果樹園を離れたあと、工業的に処理されて絶品の透明なゼリーとなって戸棚にしまわれた匂いである。季節の匂いだが、すでに家具と化して家の一部となった匂い、霜の季節の刺すような冷気が焼きたてのパンの温かさで和らげられた匂い、村の大時計のように、暇そうだが、それでいて几帳面な匂い、のらくらしてはいるが、そのくせ堅実な匂い、呑気そうに見えて用心深い匂い、リネンのようなこざっぱりした、早起きの、信心深い、平和で散文的なことを幸せと感じる匂いである。ただし、平和といっても、その実、すこしだけ不安が増えるにすぎず、散文的というのは、その部屋で暮らしたことのない者が通りかかると、汲みつきせぬ巨大な詩の源泉を得たように感じるという類いの意味であった。

この匂いの連禱的《れんとうてき》描写は、古典的修辞学でいうところのエヌメラティオ（列挙）というレトリックです。あることがらに関連した言葉を次々に挙げることで、それらの言葉の重なりを通じて本質を理解させるという技法ですが、ここでは、プルーストはレオニ叔母の部屋の「匂い」に含まれる曰く言いがたいものを表現するために、匂いとは直接的に関係のないイメージをあえて列挙することで逆に部屋の匂いを際立たせるという特殊なエヌメラティオを採用しています。

言いかえると、レオニ叔母という形容しがたい存在、および語り手に例の「プチット・マドレーヌ体験」のもとになる紅茶とマドレーヌの遭遇を引き起こした叔母の部屋の記憶を嗅覚を介して蘇らせる試みなのですが、これを読むと、「プチット・マドレーヌ体験」というものは、「匂い」というタイムマシンを駆って失われた時の淵源へと至ろうとする遡行的タイム・トラベルの出発点であったことがよくわかります。

しばらくしてから私は部屋に入って叔母にキスをする。フランソワーズが叔母の紅茶を淹《い》れるのだが、叔母は気が昂《たか》ぶっていると感じると、紅茶ではなくていつものハーブティーを欲しがる。そんなときには、薬の袋から必要なだけの菩提樹の花を取り出して皿に載せ、それを熱湯に入れるのは私の役目だった。（中略）叔母は、やがて、沸騰したハーブティーの枯れた葉やしおれた花の風味を十分に味わってからプチット・マドレーヌをその中に浸し、そのかけらが充分にやわらかくなると、それを私に差し出すのである。

レオニ叔母は、ベッドに寝たきりでなにもかもできるように、必要なものをまわりに備え付け、窓から見える下の通りを、「まるでペルシャの王侯なみに」朝から晩までずっと眺めては、あとでフランソワーズに向かってコメントをくわえるのを常としていました。語り手の「私」はそんな叔母の個性的な言動を観察していましたが、どうやら叔母は慣れない「私」と一緒にいると疲れるらしく、下にいるフランソワーズを呼びにいってくれと頼みます。

ここから、ナレーションは、フランソワーズという『失われた時を求めて』における重要人物の人となりに移っていきます。

フランソワーズはもともとレオニ叔母の部屋付き女中で、後に、叔母が亡くなってから、語り手一家のすべてを差配する女中頭のような存在になるのですが、語り手の一家には、すでにそのころから強い愛着をもっていました。というのも、フランソワーズが娘の結婚相手と折り合いが悪いことを見抜いた語り手の母親（ママン）がいろいろと同情を示していたからです。フランソワーズは、自分のような農民出身の女の幸福や苦悩が、主人であるレオニ叔母の親戚の女性の興味を引き、彼女に喜びや悲しみをもたらす動機にもなりえると知って感動し、以後、すっかりママンになついてしまったのです。叔母も、ママンがフランソワーズを高く評価しているのを喜び、語り手の一家の滞在中は、フランソワーズを取られても文句は言いませんでした。

プルーストはこのフランソワーズという特異な存在を次のように描写しています。

フランソワーズは、朝の五時から台所に立ち、まばゆいばかりの純白の丸襞のボネを頭にしっかりと固定しているのでさながら素焼きの陶器を頭に載せているように見えるが、そんなボネを被ったフランソワーズは荘厳ミサに盛装して出かけるときのようにおめかしししていた。体の調子が良かろうと悪かろうと馬車馬のように働き、なんでもしっかりとした仕事をして、それでいて物音ひとつ立てず、なにかをしているふうにも見えない。

フランソワーズを特徴づけているのは、自分の主人である人に対する「感動のこもった尊敬」なのですが、しかし、反面、忠実な犬のように、初対面の客に対しては警戒心を働かせ、かなりつっけんどんな応対をすることもあるのです。また、自分よりも目下の者に対する態度は横柄というよりも、むしろ残酷だったりします。たとえば、下働きの女中が臨月に近い腹を抱えていたとしても、いっさい遠慮することなく買い物に行かせたり、次々に仕事を言いつけたりするのでした。

しかし、フランソワーズの性格の見事な絵解きとなっているのは、彼女が毎日の献立を考えるその理由づけが列挙されている次の箇所です。これは、『失われた時を求めて』の中でも、文学好きのフランス人がよく例に引く有名な一節です。

食卓にヒラメが出る。魚屋の女将がフランソワーズに生きのいいことを請け合ったからだ。七面鳥が出る。ルーサンヴィル＝ル＝パンの市場で素晴らしいのを見つけたからだ。カルドン・ア・ラ・ムワルが出る。こういう料理法を試したことがないからだ。羊の腿肉のローストが出る。戸外の空気が空腹を促し、夕食までの七時間で消化できるからだ。ホウレンソウが出る。気分を変えるためだ。アプリコットが出る。まだ初物だから。スグリの実が出る。二週間もすれば出回らなくなるからだ。

こんな調子で、列挙が続いていくのですが、ここにあるのは、とくに根拠があるわけではないが、い

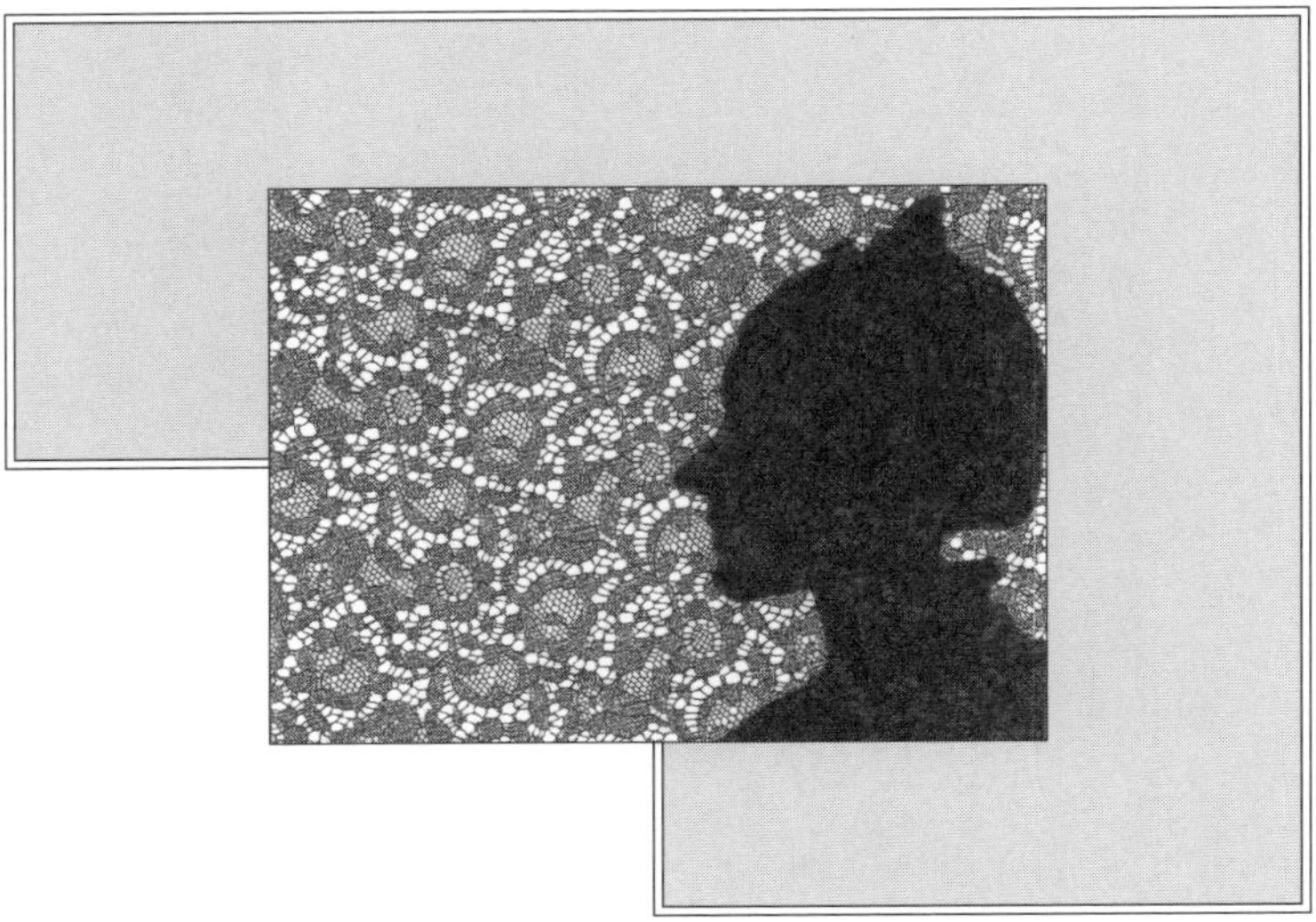

ったんその人が口に出したら最後、有無を言わせぬ迫力で迫ってくる理由の数々で、「フランソワーズ流の理由づけ」などという言い方をする人もいます。いずれにしろ、これ一つをもってしても、フランソワーズという女中の見事な造形ということができるでしょう。

では、このフランソワーズが世話をしているレオニ叔母のポルトレ（人物描写）はというと、これもまた一読忘れがたいものがあります。レオニ叔母は、フランソワーズが胃薬を渡したり、昼食に食べたいものを聞きにいくと、窓から観察していた町の人びとの日常をいちいち報告したり、質問をしたりするのですが、その会話というのは、なんでプルーストはこんなくだらないことを書き連ねるのだと文句を言いたくなる類いのものであるにもかかわらず、その実、きわめて印象深いものです。

たとえば、グーピルさんの奥さんは妹を迎えにいくのにいつもより十五分遅れているとか、アンベールさんの奥さんが抱えていたアスパラガスが見事だったからどこで手に入れたか尋ねてこいと命令したりするのですが、ときには、観察していたことが予想を超えた重大事だと判断すると、呼び鈴を鳴らしてフランソワーズを呼び付け、質問を浴びせます。

グーピルさんの奥さんが見知らぬ娘を連れて歩いていたが、あれはだれなのか、食料品屋のカミュの店に行って聞いてこいなどと命じるのです。こうなると、フランソワーズが、あれはピュパンさんの娘、それも寄宿舎に入っている下の娘でしょうと答えてもいまひとつ納得しません。そこで、フランソワーズが、それなら私が食料品屋に行って聞いてきましょうかと言うと、叔母はまるで判を押したように、その必要はない、あれはまちがいなくピュパンさんの娘だ、つまらないことで呼びたててすまなかったとフランソワーズに謝るのです。しかし、ほんとうは、つまらないことなどとは思っていなかったのです。というのも、レオニ叔母は、自分の「知らない人」が、「知っている人」の枠に収まるまで詮索をやめないタイプの人間だったからです。

コンブレーでは、動物だろうが人間だろうが、すべてが皆に知られた存在なので、たまたま「まるで知らない」犬が通りかかるのを見たりすると、叔母はその犬のことをたえず考えつづけ、この不可解な事実の解明に、その帰納の才能とあり余る時間とを費やすのであった。

この調子で、レオニ叔母とフランソワーズがとりとめもない話をしているあいだ、語り手は両親とともに教会へミサに出かけるのですが、ここから、「コンブレー」第二章のハイライト・シーンである教会の微に入り細を穿った描写が始まります。すなわち、悪公ジルベール・ル・モーヴェが描かれたステンドグラスや、ゲルマント家の婦人をモデルにしたエステルの戴冠式を表現したタピスリー、そして、美しい鐘塔などの素晴らしい描写が続きます。しかし、そのすべてを要約することは不可能ですから、語り手に偏見を捨てて美しいものだけを愛するよう教えた祖母が、鐘塔について語った印象的な言葉を引いておくにとどめましょう。

家に帰る道すがら、祖母はしばしば教会前広場で私に立ち止まって教会の鐘塔を眺めるように命じた。（中略）なるほど、教会はどの部分を見ても、ほかの建物とはちがって、いわば神からの与えられた思いのようなものがこもっていた。しかし、教会が自らを意識化して、個性的で責任のある存在だと主張しているように思われるのは、ただ鐘塔だけだった。鐘塔こそが教会のために語っているのである。思うに、祖母はこのコンブレーの鐘塔に、漠然とではあるが、この世でもっとも価値あるもの、つまり自然な態度と気品とを見出していたのだろう。祖母は建築については無知だったが、「あんたたちから馬鹿にされてもかまわないよ。あの塔は、美の規則にはかなっていないかもしれないけど、あの変な古いかたちがわたしは好きなのよ。もし、あの塔にピアノが弾けたのなら、つまらない弾き方はしないでしょうよ」。そう言いながら祖母が見つめていたのは、合掌して祈る手のように、石の傾斜が上にのぼるにつれて優しい緊張感と熱っぽい心とともに次第に狭まってゆく姿だったが、そんな祖母の視線も尖塔の高揚と見事なまでに一体となって、尖塔と一緒に飛翔するように見えた。

そして、語り手は、このすこし先で、地方の大都会やパリの見知らぬ界隈で、道を教えてくれた人が目印として、病院の塔や修道院の鐘塔を示すようなことがあると、われを忘れてその塔を眺めていることがあると語り、こんなふうに、このコンブレーの鐘塔と関連づけるのです。

私がまだ道に迷っていないかと心配してふり返った通行人は、私の姿を見て驚くにちがいない。というのも、私は散歩していることも買い物の途中だったことも忘れて、鐘塔の前に何時間もじっと佇《たたず》み、なにかを思い出そうと試みているからだ。しかし、心の奥底に感じるのは、忘却の上で乾燥し、固まって、再征服された土地でしかない。そしておそらく、いましがた通行人に道を尋ねたときよりもさらに大きな不安にかられて、私は自分のたどるべき道を探し、街角を曲がってみるのだ……ただし……私の心の中の街角において……。

こうして、コンブレーの記憶の蘇生から始まった「心の中の街角」の探索は、さまざまな登場人物の紹介を経て、次第に佳境に入っていくことになるのです。

10 場所と人の記憶

紅茶に浸したマドレーヌの味の記憶から蘇った「コンブレー」第二章は、ナレーションが主筋から脱線して、どんどんわきに逸れていっても、かならずふたたびコンブレーの町の思い出に戻ってくるような仕組みになっています。言いかえると、脱線もまた意識的・戦略的に行われているのです。したがって、読者としては、どんなに話が逸れても、それはコンブレーのイメージを塗り重ねの技法で強調するための布石であると考え、イメージの重層ぶりを楽しむ余裕を持たなければなりません。これが『レ・ミゼラブル』など十九世紀の小説の脱線とは異なっている点です。

では、「コンブレー」第二章における逸脱は、どのようなきっかけで始まるのでしょうか？

それは場所と人が二重にフォーカスしたときです。たとえば、ルグランダン氏。ルグランダン氏は後々、サロンの常連としてそのスノッブな会話で語り手と同時に読者をうんざりさせる困った人物ですが、「コンブレー」第二章では、語り手の一家が日曜の朝、ミサのために「街」に出たときに登場してきます。

ミサからの帰りがけ、私たち一家はしばしばルグランダン氏に出会うことがあった。ルグランダン氏はエンジニアという職業柄、パリから動けないことが多く、長い休暇を除くと、土曜の夕方から月曜の朝までしかコンブレーの地所に滞在できなかった。時として、科学者として十分成功しながら、職業分野以外のところで、文学や芸術など異質な教養を持ち、専門の職業には活用できないにしろ、会話にはそれをうまく役立てている者がいる。ルグランダン氏はまさにそうした一人だった。

ルグランダン氏の文学通ぶりは素人の域を超えており、ある著名な作曲家が彼の作詞で曲をつくったことがあるほどでしたが、語り手の家での評判はいまひとつでした。たとえば、祖母は、ルグランダン氏がまるで「本のように」巧みにしゃべりすぎること、スノビズムや社交的野心を激しい口調で非難すること、また妹が貴族に嫁いでいるにもかかわらず貴族など大革命で全員ギロチンにかけられてしまえばよかったのにと口走ることなどを悪趣味と見なしていました。

ルグランダン氏は、自分のパリの家には無用なものばかりあって必要なものがない、このコンブレーのような広い空がないと愚痴をこぼしたあと、語り手に向かって、「いつでも、生活の中に大空のかけらを取っておくようにしなさい。きみは美しく、類い稀な魂を持っているし、芸術家の天性を備えている。だから、それに必要なものを欠かしてはいけません」と忠告を与えて立ち去ります。

このルグランダン氏への脱線は、氏と街路が二重にフォーカスされたときに生じますが、一家が家に戻ると、ナレーションは、窓から通りの様子を観察していたレオニ叔母の描写へと逸れてゆきます。

レオニ叔母にとって気掛かりとなっているのは、教会のわきに住んで礼拝堂に通っている老嬢ウーラリがいつ見舞いにやってきてくれるかということです。

叔母は、いまでは訪問客をすべて追い払ってしまっていますが、それは訪問客が叔母の大嫌いな二つのカテゴリーに入る人たちだからです。

第一のカテゴリーは、叔母に「あまり気にしすぎ」ないようにと忠告し、寝たきりでいるよりも、散歩したり、レアのステーキでも食べたりしたらいいと勧める人たちです。叔母からすると、自分はヴィシー水を二口飲んだだけで十四時間も胃がもたれるほど消化器系が弱っているのだから、そんなことを勧めるなんてとんでもない人たちだということになります。

第二のカテゴリーは、病気が本人が思っている以上に重いと信じて、それを口に出してしまう人たちです。

レオニ叔母はこうした二種類の人たちを嫌悪し、その姿を通りに見つけるとパニックに陥り、フランソワーズに命じて撃退させてしまうのでしたが、この心理は、私たちが病気に罹《かか》ったときにしばしば体験するものではないでしょうか？　プルーストはそれをこんなふうに要約しています。

ひとことで言えば、叔母は、自分が堅持する食餌《しょくじ》療法を正しいと認めてくれること、自分の苦しみに同情をしてもらえること、さらに、未来について元気づけてくれること、この三つを同時に客に求めていたのである。

この点、日曜日ごとに訪れては町の噂話を聞かせてくれるウーラリという老女は、卓越した見舞い客でした。というのも、叔母が「もうお終《しま》いですよ、ウーラリさん」と一分間に二十度も弱気な言葉を吐くと、ウーラリはそのたびに「それほどご自分のご病気に詳しいのなら、百歳まで生きられますよ」と、じつにうまい具合に慰めたからです。

もっとも、叔母は「百歳まで」と自分の命に期限をつけられるのは好みませんでしたが、それでも悪い気はしなかったらしく、日曜日にはウーラリの訪問を心待ちにしていました。すこしでもウーラリが来るのが遅れると、待つことが苦痛に変わってしまうほどでした。

このように、コンブレーの街路や家の二階などの場所の記憶からルグランダン氏やレオニ叔母のイメージが蘇ってくるのですが、こうした場所と人の記憶の連結という点でもっとも印象的なのは、語り手が、食事の後、サン＝テスプリ通りに面した庭を一巡りしてから、読書のため二階に上っていく前にしばし足を止めた一階の休憩室のそれです。

休憩室は、祖父の弟の一人で、退役少佐だったアドルフ叔父［正確には大叔父］が使っていた部屋でしたが、叔父は、語り手が原因となった家族との不和のため、何年も前からもうコンブレーには来なくなっていたからです。

この部屋からは、薄暗くしかもひんやりとするあの匂いが放たれていた。それは森の匂いでありながら、アンシャン・レジームの匂いでもあった。というのも、森の中にうち棄《す》てられた猟の小屋などに入っていくときに、鼻孔を長いあいだ夢心地にさせるようなあの匂いを、部屋はいつまでも無尽蔵に発散させていたからだ。

こうして、ナレーションは、小部屋の独特な匂いを一種の蝶番《ちょうつがい》にして、語り手が月に一度か二度は訪問させられた叔父のアパルトマンの記憶へとつながっていくことになります。

アドルフ叔父は、語り手が訪ねていくと、いつも、お仕着せ姿の従僕に給仕させながら昼食を終えようとしているところでした。そして、かならず、「ずいぶん長いことご無沙汰だね。お見限りされたかと思ったよ」と愚痴をこぼしながら、マスパン（マジパン）やミカンをくれるのでしたが、このアドルフ叔父のポルトレは、従僕とのやり取りの中で、きわめて印象的に描かれています。

すなわち、何時に馬車を用意したらいいかと御者が尋ねている旨を従僕が伝えると、叔父はしばし沈思黙考にふけったあと、結局いつもと同じように「二時十五分だ」と答えるのでした。すると、従僕もまた驚いたような表情で「二時十五分でございますか？」と繰りかえすのを常としていました。

それはさておき、このアドルフ叔父にかんする描写で見逃せないのは、食堂の隣の客間の壁に飾ってある、肉づきのいい女神の版画についてのコメントです。

　それから、私たちは彼が「仕事」部屋と呼ぶ部屋に入っていった。その壁には版画が飾ってあったが、暗い背景に描かれている肉づきのよいバラ色の肌の女神は、ローマ風戦車を駆ったり、地球にまたがったり、額に星をつけていたりしている。それは第二帝政期にポンペイ風という理由で愛され、ついで同じ理由で嫌われ、いままた、多くの理由づけがされてはいるものの、結局のところ、同じ一つの理由、すなわち第二帝政風ということで愛好されるようになっている版画だった。

さりげなく挿入されたこの一節は思いのほか重要な役割を果たしています。すなわち、客間に飾られていた第二帝政風の版画は、これから語られることになるアドルフ叔父と愛人の高級娼婦についてのエピソードを先取りするフラッシュ・フォワードとなっているのです。そのフラッシュ・フォワードは、語り手の頭の中に第二帝政＝「金で買える恋愛全盛の時代」という図式を刷り込み、やがて、その固定イメージの中から、スワンとオデットの恋が生まれ出てくるという道筋を暗示する「前味」としての働

きを持っているのです。

言いかえると、現実よりも描かれた形象（イメージ）が先にあり、その形象が現実を逆に規定することになるというプルーストに特有のパラドックス、いまふうに言えば、描かれたイメージそのものに恋してしまう「萌え」の現象がすでに観察されているのですが、プルーストは、この「萌え」的パラドックスを説明するのに、「プラトニックな愛」という言葉を使っています。

このころ、私は演劇への愛を抱いていた。それはプラトニックな愛だった。というのも、両親がまだ私を劇場に行かせてくれなかったからである。そのため、私は、劇場で味わう楽しみというものを正確さを欠いたかたちで想像していた。すなわち、観客はステレオスコープを覗きこむようにして、自分専用の舞台装置を眺めているという誤解だった。その舞台装置は、ほかの観客がそれぞれ眺めている無数の装置と似てはいるけれども、その観客一人のためにつくられているのだ、とほとんど信じていたのである。

見事な「萌え」の説明になってはいないでしょうか？　というのも、「萌え」という現象は、二次元的なものへの過剰な愛情という意味のほかに、本来は「すべて」に向けて開かれているはずのブロードキャスト的なコミュニケーションを、「自分だけ」に向けられていると誤解するところから生まれる感情という側面もありますので、まだ見ぬ舞台を「自分専用」と捉えてしまうプルーストの想像力は、まさに「萌え」の元祖と呼ぶにふさわしいものがあるのです。「萌え」はすでにプルーストの時代から始まっていたのです。

では、グラフ雑誌もビデオもＤＶＤもなかったこの時代に、語り手は、何を手掛かりに「萌え」ていたのでしょうか？

それは、さまざまな劇場で上演する芝居のポスターを貼ったモリス広告塔でした。

毎朝、私はモリス広告塔まで走っていき、貼り出されている芝居の広告を眺めた。開演予告されている芝居のそれぞれが私の想像力に向かって夢想を差し出していたが、まさにこの夢想ほど私に無償の幸福をもたらすものはなかった。また、その夢想は、芝居のタイトルを構成する語、および、糊を塗られたばかりで湿ってふくらんだポスターのタイトルが浮かびあがる地の色という二つの要素と不可分なイメージによってもたらされたものだった。

この描写で注目すべきは、語り手が見たモリス広告塔の劇場ポスターは、いずれも絵がなく、劇場別に色を塗り分けた紙にタイトルを印刷しただけのものだったということです。われわれが知っているようなシェレやロートレックの多色刷りのポスターが登場するのはもうすこしあとになってからのことなのです。

絵がなく、レタリングだけのポスターは、タイトルに込められたイメージとあいまって、強く語り手の想像力に働きかけることになりますが、しかし、語り手の心を占めていたのは、タイトルもさることながら、それらの芝居に出演している俳優の名前でした。すなわち、学校で友だちと交わす会話はすべて俳優のことで、ゴーだとかドローネだとかコクランだとかいう男優の名前が飛び交いましたが、しかし、語り手の胸を恋のように締めつけていたのは女優、それもサラ・ベルナール、ラ・ベルマ、バルテ、マドレーヌ・ブロアン、ジャンヌ・サマリといった一流女優の名前でした（このうち、ラ・ベルマのみは架空の女優）。

しかし、こんなふうに男優たちが私の関心事であり、ある午後、テアトル・フランセから出てきたモーバンの姿を見て胸が締め付けられるようになって恋の苦しみに似たものを味わったことがあるとしても、私の心を揺り動かしたのは女優たちだった。劇場の入口にスター女優の名前が麗々しく掲げられていたり、また額革にバラの花を飾った馬に引かれて道をゆくクーペのガラス窓に女優らしい女の顔がちらりと覗いたりするだけで、どれほど私がいつまでも心をゆすぶられ、その生活を思い浮かべようと甲斐なきつらい努力をしつづけたことだろうか！

ところで、アドルフ叔父はこうした女優たちとかなり親密に交際していたのです。いや、それどころか、女優と区別のつけられない高級娼婦とも知り合いで、彼女たちを自宅に招いたり、仰々しい名前の伯爵夫人たちを祖母に紹介したりして、親戚の顰蹙《ひんしゅく》を買っていたのです。そのため、語り手の家族の者は、高級娼婦と顔を合わせないよう、特定の日にしか叔父を訪問しないことにしていたのです。
しかし、女優というものをなんとしても見てみたいと願っていた語り手の「私」は、レッスンの都合が変更されたことを理由に、訪問日ではない日に叔父を訪れることにしました。

叔父の家の玄関の前に、二頭立ての馬車のとまっているのが目についた。二頭の馬の目隠し革には、御者がボタンホールにさすのと同じ赤いカーネーションが飾られていた。階段を上ろうとすると、笑い声と女の声とが聞こえてくる。私が呼鈴を鳴らすと、一瞬しんとしてから、ドアが閉まる音がした。

ドアを開けにきた従僕は、叔父は忙しいので会え

ないだろうと告げましたが、取り次ぎだけはしてくれました。すると、さきほどと同じ女の声が聞こえてきたのです。

「あら、いいじゃないの！　通してあげたら」

女は続けて、机の上の写真で見る限りでは、語り手は母親そっくりだと言い、すこしでいいから会ってみたいと言い張って叔父と口論になりましたが、ついには叔父が折れたらしく、語り手は従僕に招き入れられました。

叔父はいつもと同じ上っ張りを着ていたが、それと向き合うようなかたちで、バラ色の絹のドレスをまとい、首に大きな真珠のネックレスをつけた若い女性がひとり座っており、マンダリンを食べ終わろうとしているところだった。

語り手がマダムと呼ぶべきかそれともマドモワゼルと呼ぶべきか迷い、照れ隠しに叔父にキスをしにいくと、叔父は「私の甥です」と紹介しましたが、名前は言わず、また女性の名も語り手に告げません。

女性は、そうしたことには拘泥《こうでい》しない様子で、「ほんとにお母さまそっくり！」と言い、姪（語り手の母）のことは写真でしか知らぬはずではないかという叔父の反論を遮《さえぎ》って、去年、階段ですれ違ったから覚えていますと答え、母子の類似をさかんに強調しました。

ところで、そんな二人のやり取りを聞いているうちに、語り手は軽い幻滅を感じるようになります。家で会う美しい婦人たちとたいしてちがわないように思えたからです。

女優たちの写真を見て憧れていた芝居がかった姿かたちも、その女性の暮らしにふさわしいような悪魔的表情もなにひとつ見出すことはできなかった。これが高級娼婦であるとはにわかに信じがたかった。もし、二頭立ての馬車やバラ色のドレスや真珠のネックレスを目撃していなければ、また叔父がつきあうのは超一流どころだけだということを知らなかったら、これがシックな高級娼婦とはとうてい信じられなかっただろう。

これもまた「萌え」に特有の反応と見なすことができます。つまり、写真あるいは標題だけのポスターという二次元表象で過激に刺激されてしまった語り手の想像力は、三次元の現実を、精彩のない、夢を壊す貧弱な形象と見なしてしまったわけです。

しかし、ここで注目すべきは、語り手が、裏切られた期待を一生懸命に修復しようとして、不思議な「解釈」を施したことです。

とはいえ、その暮らしぶりを想像して、私はその背徳の生活に心を激しく乱されたが、しかし、それは目の前に特別な姿となって具体化されていたからではなくて、むしろ、なにがしかの小説の秘密やなにがしかのスキャンダルの秘密のように、それが目に見えなかったからである。

―――――

三次元の紛れもない現実を目の前にしながら、それを二次元のヴァーチャルな現実をもとにして「解釈」してしまう不思議な傾向。この傾向こそが、スワンをオデットに、語り手をアルベルチーヌに向かわせた精神の病でもあるのですが、それは同時に、『失われた時を求めて』そのものの構造でもあるのです。

語り手とスワンの結びつきは、すでにこの時点から用意されていたのです。

11　読書の時間

　コンブレーの家の一階にあるアドルフ叔父の部屋の匂いによって喚起された思い出はまだ続き、叔父の家で出会った「バラ色のドレスを着た婦人」についての重要な考察が展開していきます。

　語り手は、この婦人が想像していたのとはちがって、ごく普通のブルジョワ女のようにしか見えないのに落胆しますが、すぐに、別種の思考を働かせて、彼女には自分には見えないなにかの秘密があって、それが男を蠱惑《こわく》しているにちがいないと思い返します。

　そのきっかけとなったのは、婦人が語り手の父にはよくしていただいたと話したことです。

　この種の女性に対する父の冷淡さを知っている語り手は、婦人の過度の感謝にかえってばつの悪い思いをするのですが、あとになって、他人の悪意さえ自分に都合のいいように解釈してしまう婦人のこのやり口こそが、高級娼婦を高級娼婦たらしめている所以だと理解するに至るのです。

この女性は、いま上っ張り姿の叔父に喫煙室で迎えられ、なんともいえぬふくよかな身体つき、バラ色の絹のドレス、真珠のネックレスなどによって独特の雰囲気を部屋の中に醸し出しているが、さる大公とのつきあいから生まれたエレガンスもこうした空気の醸成に一役買っていた。同じ伝で、彼女は、その昔、父の意味のない言葉を取り上げては繊細な加工を施し、これにある種の言い回し、貴重な呼び名を与えたあと、そこに、謙遜と感謝のニュアンスをこめた美しい水晶のような眼差しを象眼したことで、全体を芸術的な宝石に、「文句なく素晴らしい」なにかに変えてしまったのである。

高級娼婦のもっているこうした特殊な変容能力、衣服や化粧や仕草などをさまざまに工夫することによって、男がかくあらまほしと願っている「非日常の女」を面前に現出させてしまう能力、これこそが、男が高級娼婦に入れ込んでしまう原因なのです。アドルフ叔父の家で会った婦人には、それがたしかに備わっていたのです。

そのせいでしょうか、語り手は婦人の手にキスをしたいという欲望を抑えきれずに、彼女の差し出す手に唇をもっていってしまいます。すると、婦人は「まあかわいらしい！」と声を上げ、ブルーという言葉にイギリス風のアクセントを与えるために歯を噛み合わせながら、次のように言ったのです。

「この方に一度、うちに来てもらえないかしら？　お隣のイギリス人が言うみたいに、ア・カップ・オブ・ティーを召し上がりに。そのときは、朝わたしに〝ブルー〟を送ってくだされればいいのよ」

〝ブルー〟というのは、この時代に用いられていたパリ市内用（プティット・ポスト）の速達郵便書簡（エアメールのように便箋と封筒を兼ねたもの）で、ブルーの用紙から、「プティット・ブルー」とも呼ばれていました。しかし、語り手はまだ〝ブルー〟という言葉が何を指すのかわからなかったので、答えを探しあぐねていますが、折よく叔父が、「とんでもない。この子はしつけがきびしくてね」と答えた

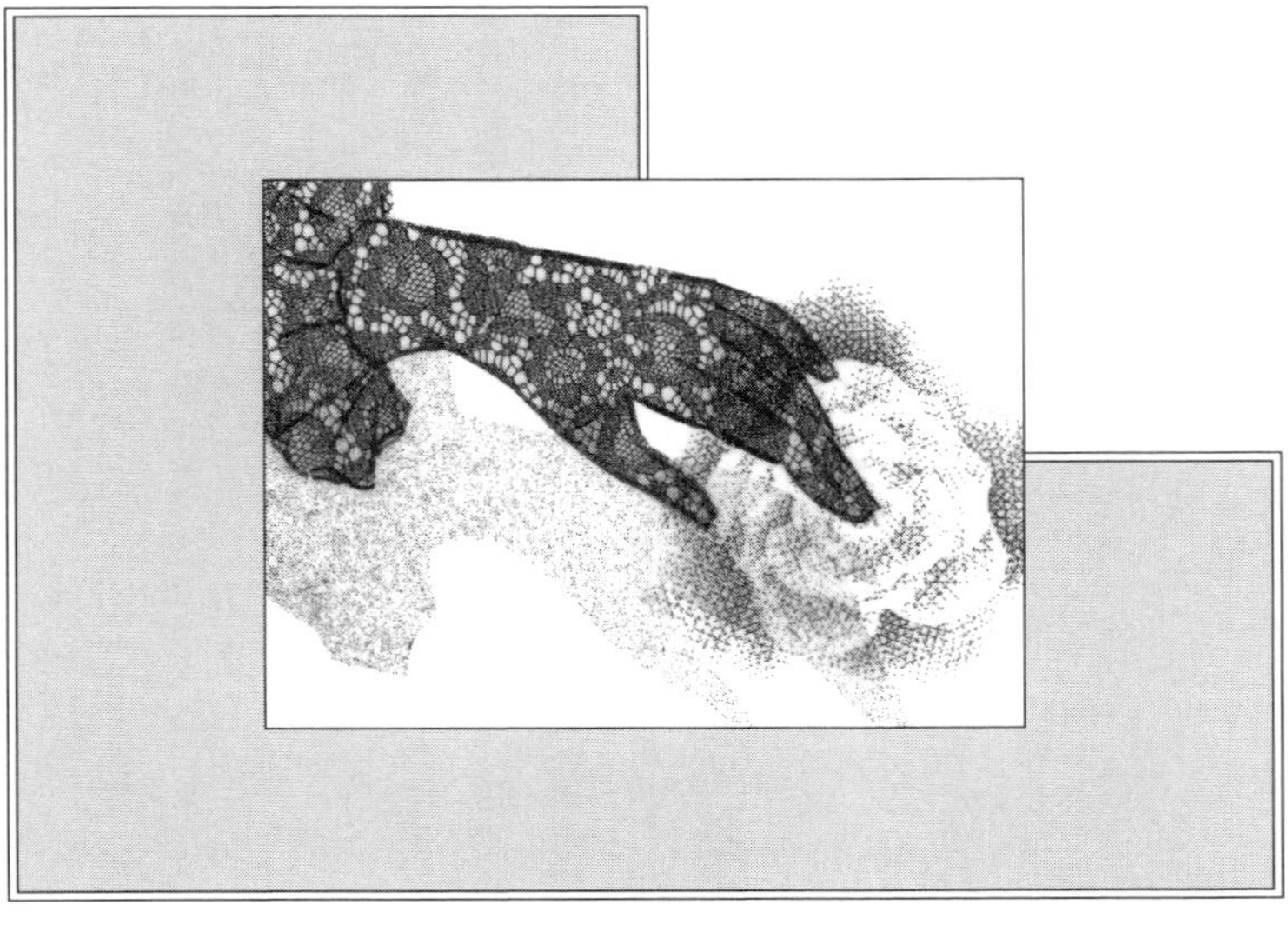

ので窮地を脱することができたのです。
叔父は別れ際に、語り手に向かって「今日のことはできればご両親に話さないでくれないかな」とほのめかします。語り手は「いずれきっと、感謝の気持ちを表わす方法を見つけます」と答えたにもかかわらず、家に帰るや叔父の命令とはまったく逆の行動に出ることになります。

親切なもてなしを受けたという思い出はたいへんに強いものだったので、それから二時間後、私は、両親に向かってわけのわからない言葉を並べたてたあと、これでは自分がいかに歓待されたのかを彼らに伝えられないように感じ、むしろさきほどの訪問のことをことこまかに両親に話した方が説明しやすいのではないかと考えた。そんなことをすれば叔父に迷惑がかかるなどとはつゆほども思いもしなかったのだ。私自身がそんなことを望んでいないのだから、どうして迷惑になるなどと考えられようか？

しかし、当然ながら両親はそうは考えず、叔父を激しく叱責して釈明を求めたのです。それを人の口から聞かされた語り手は、数日後、通りで無蓋馬車に乗った叔父とすれ違ったとき、苦痛と感謝と後悔をなんとか叔父に伝えたいと思いながら、実際には、まったく反対の行動に出てしまったのです。

思いのたけに比べれば、帽子をとってお辞儀するなどということはけちくさい真似のように思

われたし、通り一遍の挨拶だけですむと考えていると叔父に取られかねないと感じたので、私は、帽子を取るのはやめようと心に決め、顔を逸らしたのだ。叔父は、私がこうすることで両親の命令に従っているものと考え、両親を二度と許しはしなかった。

こうしてアドルフ叔父は物語から消え、ナレーションは、叔父の部屋から、二階の自室の記憶へと移っていくのですが、その前に、フランスワーズに邪険に扱われている下働きの女中をきっかけに始まる脱線のことを取り上げておきましょう。というのも、ここでは、妊娠している下働きの女中について、例の「萌え」的なスワンの見方が披露されるからです。

女中の着ているその上っ張りは、スワン氏からもらった写真のジョット描く寓意画の何人かの人物がまとっているたっぷりした着物を思い起こさせた。そのことを家の者に教えたのはスワン自身で、この女中の様子を尋ねるとき、いつもこう言うのだった、「ジョットの〈慈愛〉の具合はどうですか？」。

ナレーションは、このあと、アレーナ礼拝堂にあるジョットの寓意画と女中の比較分析に入ってきます。

しかし、この箇所で記憶にとどめておくべきは、アドルフ叔父の愛人の変容能力の説明のすぐあとに、下働きの女中の妊婦姿を見ただけでジョットの寓意画を連想してしまうスワン特有の「萌え」的な思考法の描写が置かれているということです。言いかえると、この一節は、スワンがこうしたイメージ回路ゆえにオデットという高級娼婦に捉えられる伏線になっているということです。下働きの女中への異常に長い言及は、「スワンの恋」へのフラッシュ・フォワードとして機能しているのです。

さて、次にナレーションは、下働きの女中が「ただのお湯にすぎないとママンが酷評するコーヒー」を持ってくるあいだ、二階の自分の部屋でベッドに横たわりながら読書にふける語り手の内的イメージの描写に移っていきます。

コンブレーの明るく輝く戸外の日差しと、ブラインドを降ろした薄暗い室内で行われる読書との対比は、プルースト以外には不可能な見事な出来栄えを示しています。私自身も、若い日に、夏の午後を読書して過ごしながら、物語に没頭して背景の景色を想像し、いわば物語と現実の風景が二重写しになるように記憶されたことを憶えていますので、次のようなプルーストの分析は、我がことのようによくわかります。

このように、ふた夏のあいだ、コンブレーの庭の暑さの中で読みつづけた本のおかげで、私は清流の山国への郷愁を感じるようになっていた。そこには製材所がたくさんあり、また澄んだ水の底には木片がクレソンの茂みの下で朽ち果てているのが目に見えるようだった。すぐ近くには低い塀があり、赤みがかった紫色の花が房を成し、塀を這い上っている。そして、そんな

ときも、私を愛してくれたかもしれない一人の女性への夢がつねに心の底にあったから、そのふた夏のあいだ、夢は清流の冷たさに浸されていたし、どんな女の姿を思い浮かべても、赤みがかった紫色の花房がたちまち、まるで補色のように、女の両側に立ちあらわれてくるのだった。

この一節は、プルーストの小説の方法論を示しているように思えます。すなわち、プルーストの小説というのは、現実と「小説の中の現実」との合成であり、そのどちらにも還元されるものではないということです。これは、研究者が陥りやすい、現実還元主義への警告となっているのではないでしょうか？

コンブレーの庭のマロニエの木蔭で過ごした日曜日の晴れた午後の思い出よ、私は生活の中の平凡な出来事を念入りに除き去り、清流で洗われる地方の奇妙な冒険と不思議な憧れに満ちた暮らしをその代わりに置いたのだが、いまでもお前のことを思い浮かべるたびに、あの生活が蘇ってくるのだ。

これで、プルーストがコンブレーの自室で過ごした読書の時間のことを執拗に書き込む理由がわかったかと思います。失われた現実の時間には、失われた「小説の中の時間」も連鎖的に含まれているからです。

こうした日曜の読書の時間は、時として、野外演習のためにコンブレーの町を通りすぎる駐屯部隊の行進によって破られることがありましたが、それ以外には静かに本を読むことができました。

では、どんな本を読んでいたかといえば、それはベルゴットという作家の小説です。この作家を薦めてくれたのはブロックという年上の友人でした。

私が『十月の夜』が好きだと打ち明けると、ブロックはトランペットのような騒々しい声で笑って、こう言ったのだ、「おいおい、本気かよ、ミュッセなんぞにいかれるとはこりゃまた趣味が悪すぎるぞ。（後略）」

いま「後略」としたのは、なんともペダンティック（学者ぶった）な話が続くからですが、それも当然、ブロックの嫌みな話は、読者からそのように受け取られるよう意図的に書かれているのです。ブロックというのは、語り手の文学的体験の先導者となる早熟で生意気な青年で、「嫌みなやつ」として読者に映るように創造されているのですが、ここで問題となるのは、ブロックが語り手の家族にとっても、「歓迎されざるユダヤ人」として描かれていることです。

まず、祖父は、語り手が新しい友だちを家に連れてくるたびに、「お前の友だちは決まってユダヤ人なんだね」と言い、アレヴィの歌劇『ユダヤ女』の一節を口ずさんだりするのですが、ユダヤ人であること自体は祖父の機嫌を損ねるものではありません。げんに、ユダヤ人であるスワンの父親は祖父の友人でした。

ブロックのことを嫌っていたのは、むしろ父でした。というのも、父はブロックが雨に濡れた姿でやってきたのを見て、外はどんな天気なのですかと尋ねたのですが、それに対するブロックの返事というのが、なんとも気取ったものだったからです。

「雨が降ったかどうかについては、いっさい申し上げることはできませんね。ぼくは、物理的偶発事の外側で断固として生きておりますので、感覚もそんな偶発事をぼくに知らせるには及ばないと判断しているのです」

父はこの返事に呆れ返り、「やれやれ、ありゃとんでもない馬鹿だよ、お前の友だちは」と、ブロックが帰ってしまうと語り手に語ったのです。しかし、ブロックが決定的に出入り禁止となったのは、夕食のあとで、語り手に向かって、非常に確実な噂だとして、語り手の大叔母が若き日に浮名を流し、囲われ者になっていたと断言したことでした。語り手は驚いてこの言葉を家族に伝えましたが、これが致命傷となり、ブロックは以後、完全に門前払いをくわされてしまうことになったのです。

ところで、いまブロックのことをすこし詳細に描いてみせたのは、私が何度も指摘している入れ換えの原則に従うなら、「語り手＝非ユダヤ人」「ブロック＝ユダヤ人」という対立は、現実の関係を対偶的に裏返しにしたものですから、ユダヤ人であるブロックこそが、プルースト本人の投影ということになるためです。つまり、プルーストは、語り手を自分とは異なる非ユダヤ人であると措定《そてい》した以上、ブロックというユダヤ人を登場させ、そこに自分の姿を投影してみせたという考えが成り立つのです。

これは、太宰治が『ダス・ゲマイネ』という小説で、語り手の「私」とは別に、「太宰治」という非常に嫌みな青年を登場させたのに似ています。ブロックは、プルーストが自らを半分に割って、その半分からそれぞれ一人ずつつくりだした登場人物の片割れなのです。

この意味で、読者には、今後、このブロックという青年を記憶の隅にとどめておくようにお勧めします。

ところで、ブロックがナレーションにいきなり出てきたのは、ベルゴットという作家の推薦者としてでしたが、このベルゴットは、母の友人で文学的センスのいい婦人や、デュ・ブールボン医師といった文学的目利きのあいだでも評判になっている小説家でした。では、どのようなところが彼らをしてベルゴットを愛させたのでしょうか？

母の友だちも、またデュ・ブールボン医師もそうらしかったが、ベルゴットの著作の中で愛したのは、私と同様、あのいつも同じメロディアスな流れであり、例の古めかしい表現であり、またそれとは別の非常に月並みな、よく知られたいくつかの表現であった。ただし、そうした表現も、ベルゴットがどんなところにスポットライトを当てるかで、彼の特殊な好みが示され

ているように見えるものであった。

一般に、ベルゴットのモデルはプルーストが愛読していたアナトール・フランスだといわれており、右に挙げたベルゴットの特徴はアナトール・フランスのそれとよく似ているといわれますが、しかし、読者としては、そうしたことを考慮に入れる必要はまったくないでしょう。なぜなら、ベルゴットもまた、プルースト特有の「夢の作業」により、合成や置換などの技法を用いて複数の作家から複合的に生み出された登場人物であることはまちがいのないところだからです。

それよりも、ベルゴットの場合にわれわれが留意しておくべきは、語り手がベルゴットの著作を読んだときに感じる、次のような共感の有り様なのです。

たまたま、自分が考えていたのと同じ思考をベルゴットの本の中に見出したりすると、私は心が誇らしさで大きく膨らむのを感じた。まるで神のような偉いお方が、寛大にも、私の思考を正しく美しいと認め、そう宣言してくれたかのようなうれしい気持ちになったからだ。ときには、ベルゴットの本の一ページが、眠れない夜によく私が祖母や母に宛てて書いた手紙と同じことを言っている場合もあったが、そんなときには、ベルゴットのそのページが、私の手紙の冒頭に引用すべきエピグラフ集のように見えたりした。後に私は一冊の本を書きはじめたが、その文章の出来に自信がなく、先に進む決心がつかないような場合に、それと同じような文章

——をベルゴットの作品に見つけだすことがあった。

プルーストにとって、読書とは創造であり、創造とは読書であり、この無限の往還の中から生まれてきたのが『失われた時を求めて』にほかなりません。ベルゴットとは、アナトール・フランスというよりもむしろ、プルーストその人かもしれません。ブロックがプルースト自身であったように。

12 フランソワーズとルグランダン氏

『失われた時を求めて』を読む楽しみの一つに、語り手である「私」の視線を介して分析される登場人物の独特のキャラクターがあります。

　女中のフランソワーズのことはすでに何度か取り上げましたが、しかし、じつをいえばフランソワーズはそのような簡単なエスキース（スケッチ）で処理できるような単純なキャラクターではないのです。いや、ある意味、きわめて「単純」なのですが、その「単純さ」というのが一筋縄ではいかない性質の「単純さ」なのです。

　具体的に見てみましょう。

フランソワーズが献身的に奉仕するレオニ叔母は二階のベッドに寝たきりで、ヴィシー水を飲んではそれが胃にもたれるからといって今度は胃薬《ペプシン》を飲むというような日常を繰りかえしていますが、そんな叔母にとって、ウーラリは外界との唯一の接点です。ところで、このウーラリをフランソワーズは激しく嫌っているのです。

それというのも、フランソワーズは、ウーラリが来るたびにレオニ叔母が与える一枚の硬貨をたいへんな無駄遣いと見なしているからですが、そのお金を自分に寄越せといっているわけではないのです。フランソワーズは叔母の女中であることで、金銭的にも、また自尊心の点からも、十分、報酬を得ていると考えているからです。

では、どのような点でフランソワーズはウーラリを許しがたいと思っているのでしょうか？　フランソワーズは、レオニ叔母が物を与える相手が「同等の」「うまく釣り合いのとれている」金持ちであれば、ブルジョワ的交際に必要不可欠な「経費」として認めるのにやぶさかではないのですが、それ以下の相手に対しては、その規則は適用されないと判断しているのです。

だが、叔母の気前のよさの恩恵に浴する者が、フランソワーズが「わたしみたいな連中、わたし以上ではない連中」と呼んでいる人たちである場合、つまり彼女がもっとも軽蔑している者たちであるときには（中略）事情は異なってくる。それどころか、フランソワーズの忠告に耳を傾けず、叔母が自分勝手に、ろくでもない連中に金をばらまいているのを見ると——少なく

ともフランソワーズにはそう映っていた——彼女は、ウーラリのために浪費されていると彼女の想像する金額に比べて、自分の貰っているものがあまりに少なすぎると思いはじめるのだった。

こうしたフランソワーズ特有の階級意識がもっとも露骨にあらわれるのは、自分の下で働く女中に対するときです。とりわけ、スワンがジョットの〈慈愛〉を思わせると評した妊娠中の下働きの女中へのフランソワーズの仕打ちは、肌に粟《あわ》を生じさせるような残酷なものです。

それは、プルーストの見事な描写の例として挙げられている「アスパラガスの描写」のあとに出てきます。ちなみに、語り手の親子がコンブレーに滞在中、毎日のように食卓に上った見事なアスパラガスの描写というのは、次のようなものです。

しかし、私が思わず恍惚となったのは、ウルトラマリンとバラ色に染まったアスパラガスを目の当たりにしたときだった。アスパラガスの先端は細密な筆つかいでモーヴ色と空色が描かれているが、まだ畑の土で汚れている根元の方に移ってゆくにつれて、その色は気づかぬうちに暈《ぼか》されてゆく。この暈しは地上のものとは思えない七色の虹によっていた。こうした天上的な色彩のニュアンスは、私にはアスパラガスの本性がじつは美しい女たちであることを開示しているように思えた。女たちはおもしろがって野菜に変身し、その噛みごたえのある肉体への変装を介して、生まれつつある曙光《しょこう》の色彩、一筆描きしたような虹、青い夕べの色の消滅といったものを垣間見させ、貴重なその本質をあらわにしているのだった。

素晴らしいの一言につきる描写ですが、十九世紀の挿絵本、とりわけ奇想の画家であるグランヴィルの挿絵本のコレクターである私としては、これを読んで、どうしてもグランヴィルの植物変身譚『フルール・アニメ（変身した花々）』を思い出さずにはいられませんでした。プルーストは、どこかでグランヴィルの「花々に変身した美女」（あるいは「美女に変身した花々」）を見たことがあるのではと想像したくなる描写です。

それはさておき、問題はこのあとです。まず、プルーストがさりげなく書き留めているテクストを読んでみましょう。

スワンがジョットの〈慈愛〉と名付けたあのかわいそうな女中は、フランソワーズからアスパラガスを「むしる」よう命じられて、かたわらの籠《かご》を皮で一杯にしていたが、その様子はまるでこの世のすべての不幸を背負っているかのように苦しそうだった。

ところが、これはたんなる「伏線」にすぎなかったのです。というのも、このすこしあと、突如として、次のような暴露がくるからです。

何年か後になって初めて知ったことだが、この年の夏、私たち家族がほとんど毎日のようにアスパラガスを食べさせられたのは、その匂いが、かわいそうに、アスパラガスの皮むき役の下働きの女中にとても激しい喘息の発作を起こさせたからだった。女中は耐え切れず、ついに暇《いとま》をとる破目になったのだ。

アスパラガスの話が出たついでにいえば、フランソワーズが独自の方法で焼きあげた香ばしい若鶏についても、語り手はフランソワーズの残酷さを書き記しています。若鶏は、最初、フランソワーズの心づくしの素晴らしさを印象づけるものとして登場してくるのですが、途中から様相が一変します。というのも、あるとき、語り手は、台所に降りていって、その若鶏がフランソワーズによって絞め殺される残忍な現場を目撃することになるからです。

私が下に降りたとき、フランソワーズは鶏小屋に面した台所裏で若鶏をいまにも殺そうとしているところだった。若鶏は、絶望的な、しかし、ごく当然の抵抗を示していた。フランソワーズは耳のつけ根から首を切り落とそうと懸命になり、「こん畜生、こん畜生！」と逆上して、叫んでいた。この光景を目撃したことで、翌日の夕食時に、若鶏が司祭の祭服の金刺繡皮をほどこされたかのような香ばしげな皮膚をまとい、聖体器から落ちる聖油のような貴重な肉汁をしたたらせて食卓にあらわれたとき、わが家の召使に対して感じていいはずの神聖な優しさと終油の秘蹟のありがたさがいささか水をさされた格好になった。ニワトリが死ぬとフランソワーズは血を抜く。しかし流れ出る若鶏の血で怨《うら》みが消えてしまうわけでもないので、彼女はふたたび怒りにかられ、敵の死骸を睨みつけて、最後にもう一度「こん畜生！」と呟いた。私は恐ろしさで震えながら二階に戻った。

語り手は両親に頼んで、フランソワーズに暇を出してもらいたいと思いましたが、彼女が去ったときに失うであろう物質的幸せを想像して、我慢する道を選ぶのでした。そして、次のように考えるに至るのです。

しだいに私は、フランソワーズの優しさやしおらしさ、また美徳の裏には、流し場の悲劇が隠されていることに気づいた。それは、教会のステンドグラスに両手を合わせて祈っている姿が描かれている敬虔な王や王妃の治世にも血なまぐさい事件がたくさん起こっている事実を歴史が暴露するのと同じだった。

では、フランソワーズは血も涙もない冷血漢かといえば、そうとも言えないのです。むしろ、情け深いところも十分にあるのです。ただ、同情の仕方が特殊なのです。

それは、下働きの女中がお産したすぐあと、夜中にひどい腹痛にあえいでいる声を聞いたママンがフランソワーズを呼びにいったときのエピソードによく示されています。フランソワーズが下働きの女中の呻《うめ》きは芝居にすぎないと取り合わなかったので、ママンは、医者から参照するように渡された栞《しおり》の挟んである医学書を見ようと思い、フランソワーズに本を取りにいかせたのですが、フランソワーズは一時間たっても戻ってきません。フランソワーズが命令を無視して寝てしまったのだと思ったママンは語り手に向かって、様子を見てくるように言いつけました。

ところが、フランソワーズはそこにちゃんといたのである。栞の挟んであるのがどのページか見ようと思い、発作の臨床的な描写を読んでいるうちに涙を流していたのだ。症例として描かれているのが、知り合いではないサンプルとしての病人だったからである。

しかし、では、ジョットの〈慈愛〉に似た女中にこれと同じような同情を示すのかというと、まったくそんなことはありませんでした。真夜中に起こされた不満と苛立ちを露骨に示すばかりか、たったいま医学書の中で読んだ苦痛を目の当たりにしても、フランソワーズは不機嫌な小言を口にし、ときには、こっそり「あんなことをすりゃこうなるってわかってるんだから、初めからしなきゃよかったのよ！　さぞかし楽しんだでしょうよ！」と皮肉さえ言ってのけるのでした。ようするに、フランソワーズというのは、活字で見も知らぬ人の不幸を読んだときには惜しみなく涙を流すことがあっても、その

人間が身近にいる場合には、たちまち冷酷になってしまうタイプの人間だったのです。

フランソワーズと並んで、プルーストの恐るべき透徹した分析が示されるのが、コンブレーの町で日曜にしばしば出会うルグランダン氏です。

ルグランダン氏が時として示すおかしな態度に気づいたのは語り手の父でした。ある日曜のこと、教会から出てきたルグランダン氏は、近在に館をもっている婦人と並んで語り手たちの横を通りすぎたのですが、そのとき父が親しげではあっても控え目な挨拶をしたにもかかわらず、ビクッと驚いた様子をしただけで、ろくに挨拶も返さず、遠くを見るような目付きでそのまま立ち去ってしまったのです。

一緒にいた婦人は貞淑で通っている人だったので、ルグランダン氏が密会の現場を取り押さえられてばつの悪い思いをしたということはありえません。そこで、父は「あの人に腹を立てられるのは、

じつに心外だね」と気分を悪くしたのです。そして、そのことを、レオニ叔母の部屋に集まった一家の前で話したのですが、家族の意見はルグランダン氏はなにかに気を取られて注意散漫になっていたというものでした。

どうも、この意見が当たっていたようです。というのも、次の日、旧橋のそばで出会ったルグランダン氏は、語り手を認めると親しげに近づいてきて、「これはこれは、読書家君、ポール・デジャルダンのこの詩句をご存じかな？」と尋ねたからです。ルグランダン氏は「森はすでに黒く、空は未だに青し」という詩句を暗唱してから、「空がきみにとっていつまでも青くありますように」と祈願すると、しばらく地平線に目をやった後、唐突に「さようなら、みなさん」と言うと、その場を立ち去りました。

父はこの出会いによって、ルグランダン氏が腹を立てていたのではないと認めましたが、一方、語り手はというと、父と一緒に次の日曜日、ふたたび教会のミサに出かけたとき、入口で、別人のような態度を取るルグランダン氏を目撃し、決定的にその評価を変えざるをえなくなりました。

ルグランダン氏は、前の日曜日に一緒だった婦人の夫によって、もう一人の近在の大地主の妻に紹介されているところでしたが、その顔は異様な熱意で輝き、深々とおじぎをしたあとには、ぴょこんと上体を反りかえるような仕草をしてから、一歩後ずさったほどでした。

その異様な仕草を見ていた語り手は、突然、家の者が知っているルグランダン氏とは別のルグランダン氏の姿をそこに認めることになります。ルグランダン氏は、婦人から御者への伝言を頼まれると、献身的な喜びに震えながら任務を果たし、大急ぎで婦人のもとに戻っていきましたが、ひたすら幸福に身を委ねきっていたため、「まるで機械仕掛けでルーティンを繰りかえす幸福のおもちゃ」のように見えました。

そのせいでしょうか、語り手の一家とすれ違っても、その眼差しは、突然、深い夢想に浸り、遠い地平線の一点に目をこらしているようで、語り手たちの姿も目に入らず、挨拶もしませんでした。ようするに、前の日曜日と同じ態度で、常日頃、スノッブを軽蔑するような言辞を弄していたルグランダン氏とはうってかわったスノッブ丸出しの態度を取っていたのです。

ところで、語り手はその前日に、ルグランダン氏から日曜に夕食に招かれていました。ルグランダン氏は「年長の友人につきあってくれませんか」と切りだし、語り手と会話することができれば、「旅人が、私たちが二度と戻らない国から、花束を送ってくれるようなものです」と持ち上げ、「どうか、匂いを嗅がせてください。少年期から遠く離れた私に、あの春の花の香りを」と呼びかけたのです。

語り手の家では、ルグランダン氏との夕食を許可していいものかどうか議論が分かれましたが、ルグランダン氏が礼を失していたとは考えられないという祖母の一言で、氏との夕食に許しが出ました。

月の明るいその晩、テラスでルグランダン氏と夕食をともにしているとき、語り手は、ふと思いついて、ゲルマントの館に住んでいる女性と知り合いではないかと尋ねてみました。ゲルマントというのは語り手にとって夢想を誘う名前で、その響きのよい名前を発音してみたい誘惑に駆られたからです。ところが、これが思いもかけない反応をルグランダン氏に引き起こしたのです。

――――私がゲルマントという名を口にするやいなや、わが家の友人ルグランダン氏の青い瞳の真ん中に、見えない針で突いたかのような、茶色の点ができたのが見えた。

それと同時に、口許には苦々しげな一本の皺が刻まれました。ルグランダン氏はすぐに我にかえって、取ってつけたような微笑を浮かべましたが、その眼差しは身体に矢を打ち込まれた殉教者のように痛々しげでした。

ルグランダン氏は「いや、存じませんね」と、非常に誇張した無理のある口調で断言してから、こう説明しました。「私はゲルマント家の方たちをまったく存じ上げておりません。これまで、お近づきになろうなどと、一度も思ったことがないのです」

そして、自分はジャコバン的な人間であり、たとえ、人からゲルマントのところに行かないのは偏屈な年寄りと非難されたとしても、決して節を曲げるつもりはないと力説し、自分がこの世で愛しているものは、語り手のような若者の青春のそよ風が運んできてくれる花壇の匂いと月の光くらいしかないと打ち明けたのです。

しかし、語り手はそこにはっきりとした嘘を認めました。

――ルグランダン氏は城館住まいの貴族がたいそう好きだったし、彼らの前に出ると機嫌を損ねないかとびくびくしていた。ブルジョワや公証人や株式仲買人の子どもが友人にいるのを悟られまいと気遣い、万一、真実が暴露されるようなことがあっても、自分のいないところで、遠くの方で、「欠席裁判」のかたちを取ってほしいものだと考えていた。つまり彼はスノッブだったのである。

語り手は同時に、ルグランダン氏は、もう一人のスノッビッシュなルグランダンの存在、すなわちアルターｰ・エゴ（他我）を抑圧してしまっているために、自分はそれに気づいていないのだと理解しました。語り手がゲルマントという名前を出したときに示したルグランダン氏の眼差しや引きつった口許は、こう語っていたのです。

くそっ！　なんとひどい仕打ちをするんだ、貴様は！　私はゲルマント家の人間なんか一人も知らないんだ。それが私の人生の大きな苦痛なんだ。わざわざそれを呼び起こすような真似はやめてくれ。

13 サンザシと少女

プルーストの小説では、ラヴェルの音楽に似て、ある楽章の奥でかすかに響いていた旋律が、次の楽章ではメインの旋律となって戻ってくるということがよくあります。

フランソワーズとルグランダン氏にかんする文章の中で、その伏線的な旋律に当たるものが、音楽家のヴァントゥイユ氏とサンザシを巡る文章です。それは、五月のあいだ、土曜に教会で催される「マリアの月」の行事に語り手の一家が出かけるところから始まります。

――教会ではときどきヴァントゥイユ氏に出会った。氏は「現代の風潮に染まった、だらしない若

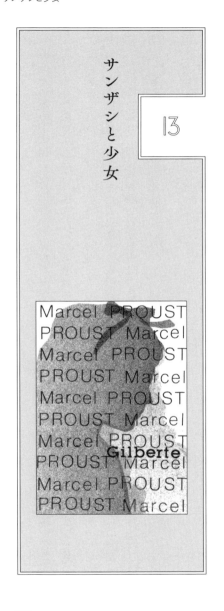

者の身なり」に手厳しい批判をくわえていたので、母は私の服装に変なところがないか点検してから、皆と教会に出かけていくのだった。私は、サンザシが好きになったのはこのマリアの月のことだったと記憶している。

というのも、サンザシは「マリアの月」の儀式の準備のために教会の祭壇の上に置かれていたからでした。ちなみに「マリアの月」の儀式というのは、五月が処女マリア（サント・ヴィエルジュ）に捧げられていることから、マリアを称えてこの月の土曜日の夜に行われる祭式を意味します。サンザシの白い花は純白の処女のイメージと強く結びついているのです。

その葉の上には、新婦のウェディングドレスの引き裾のように、まばゆいばかりに純白の蕾《つぼみ》が小さな花束をなして、ふんだんにちりばめられている。私はいくじなしでそのサンザシを見つめることができず、わずかに盗み見るだけだったが、しかし、それでもこの豪華な飾り付けが生き物であること、また、自然そのものが葉に深い切れ目をつけ、白い蕾という最高の装飾を付け加えて、庶民のお祭り気分を演出すると同時に神秘的な荘厳さを醸し出すのにふさわしいものにしていることを感じていた。

語り手は白いサンザシを「純白の少女」のイメージで夢想しているのですが、そうしたところにヴァントゥイユ氏と娘が隣席に着席し、夢想を破ります。
ヴァントゥイユ氏はよい家柄の出で、その昔、語り手の祖母の妹たちのピアノの先生をしていましたが、妻を亡くしてからはコンブレー近くに隠退して、ときどき語り手の家に招かれてくるだけになっていました。しかし、身分違いの結婚をしたスワンと鉢合わせになることを恐れ、家に来るのもやめてしまったのです。
ある日のこと、両親がモンジューヴァンのヴァントゥイユ氏の家を訪ねるのに同行した語り手は、両親からそのまま外にいていいと許しを得たので、ヴァントゥイユ氏の家を見下ろす藪の中に身を潜めて、家の中の様子を見るともなしに見ていました。

その位置にいた私は、両親の来訪を告げられたヴァントゥイユ氏が大あわてでピアノに楽譜を人目につくように置くのを目撃してしまった。しかし、いざ両親が部屋に入ってくると、彼は楽譜をそそくさと片隅に片付けた。たぶん、作曲した曲を聴かせる目的で両親に会うのだと思われたくなかったのだろう。そして、この訪問のあいだ中、母が自作を弾くように促すたびに、繰りかえして言うのだった、「いったいだれがこんな楽譜をピアノの上に置いたんでしょう。あんなところに置くべきじゃないのに」。そして別なことに話を変えてしまうのだった。

このモンジューヴァンの家の中を、語り手が窓から覗き見する場面は、「コンブレー」の最後でもう

一度変奏されますから、しっかりと記憶にとどめておいてください。

ところで、ヴァントゥイユ氏の唯一の情熱は娘に注がれていました。ヴァントゥイユ氏の娘は男の子のような姿かたちで、いかにも頑丈そうに見えるので、父親が娘のためにあれこれと気を遣い、教会にいるときもいつも予備の肩掛けを用意していて、娘の肩にかけてやる光景を見ると、人びとは微笑を禁じえないのでした。

語り手の祖母は、このソバカスだらけの少年のような女の子の視線の中に、優しくて繊細なもう一人の少女の表情があらわれることを指摘していましたが、たしかにその通りで、教会を出るとき、娘が語り手の一家に向かって少年のように野太い声で「お目にかかれてうれしかったです」と言うと、たちまち例のもう一人の感じやすい姉のような少女があらわれ、この軽率な弟の言葉が招待の催促と受け取られはしまいかと心配し、顔を赤らめているのがわかったのです。父娘はバギーと呼ばれる小さな二輪馬車に乗り、娘が自分で手綱をとってモンジューヴァンに戻っていきました。

儀式が終わり、教会を出るとき、祭壇の前にひざまずいた語り手は、突然、サンザシからアーモンドのようなほろ苦くしかも甘い香りが立ち上るのを感じます。同時に、花の上にブロンドの小さな斑点を見つけて、その下に花の香りが潜んでいるのではないかと想像します。

サンザシは沈黙を守ってじっとしているのだが、間欠的に立ち上るその香りは強烈な生命の囁きのように思われ、祭壇はさながら田園の生垣のごとくサンザシの生命の囁きに震えていた。

サンザシと少女と、自然の生命の囁き。この三つが連想の中で一つに結び付いていることを伏線として覚えておいてください。

さて、物語はフランソワーズとルグランダン氏のパートを終え、『スワン家の方へ』の掉尾《ちょうび》を飾る「スワン家の方への散歩」と「ゲルマント家の方への散歩」の二つのエピソードに入っていきます。

コンブレー滞在中、語り手の一家は、午後には散歩に出て夕食前に早めに戻ってきてはレオニ叔母を見舞うのを常としていました。散歩は日によって方角がちがい、しかもその方角が正反対なため、家のちがう門から出なければなりませんでした。一つの方角は、メゼグリーズ＝ラ＝ヴィヌーズの方で、こちらはスワン氏の所有地の前を通るので「スワン家の方」と呼ばれていました。もう一つは、ゲルマント公爵の邸宅を終点にしていたので、「ゲルマントの方」と呼ばれていました。

もっとも、二つの「方」に対する語り手のイメージはずいぶんとちがい、「メゼグリーズ（以下、省略してこう呼ぶ）の方」が、この名前の土地についてはほとんど知らないために、どんなに遠くまで行っても視野から逃げ去る地平線のように近づきがたいなにかとしか想像できなかったのに対し、「ゲルマントの方」は、一つの観念的終着点、赤道とか、北極、南極のような、一種の抽象的な地理学上の表現のようにしか感じられなかったので、もし「メゼグリーズの方」に行くのに「ゲルマントまわりで行く」と言えば、それは「西へ行くのに東まわりで行く」というような無意味な表現に思えたのでした。父親は「メゼグリーズの方」を自分の知る限りもっとも美しい平野の眺めと形容し、「ゲルマントの方」は川の風景の典型のように語っていました。

では、語り手はこの二つの「方」を頭の中でどのように関連させていたのでしょうか？

とりわけ私がこの二つの方角のあいだに設けていたのは、それらを隔てる何キロかの実際の距離以上の距離だった。つまり、二つの方角のことを考える二つの脳髄のあいだに横たわる距離、たんに二つの方角を遠ざけるだけではなくて、決定的に引き離して別な次元に置いてしまう精神の中の距離だった。やがて、この隔絶はいっそう絶対的なものに変わったが、それは、同じ日の散歩で二つの方角に行くことはなく、ある日はメゼグリーズの方へ、ある日はゲルマントの方へと、私たちの習慣が方角を固定していたからである。いわば、この二つの方はたが

いに遠く引き離され、たがいに相手も知らないまま、おたがい通じ合うこともない閉ざされた別の壺の中に、つまり別々な午後の中に閉じこめられていたからだった。

この部分は、『失われた時を求めて』の大団円に至って、非常に象徴的な意味を持つものとして再登場しますから、しっかりと記憶にとどめていてほしいものです。

さて、二つの方のうち、語り手の一家が頻繁に選んだのはメゼグリーズの方でした。コースが短く、空が曇っていても気にしないですんだからです。出かけるときは、サン＝テスプリ通りに面した叔母の家の大きな門から出て、スワン家の地所であるタンソンヴィルの白い柵沿いの道を進んでいくのが近道でしたが、スワンが結婚してからというもの、語り手の一家は、スワンの妻や娘と顔を合わせないよう、庭園を斜めに迂回して野原に出る道を取るようにしていました。

ところが、ある日、祖父が父に向かって、スワンから妻と娘がランスに旅立ついでに自分もパリに一泊してくると聞かされたので今日はタンソンヴィルに沿って散歩しても大丈夫だと話しているのを耳にして、語り手はひそかに心をときめかせます。

そして、タンソンヴィルを初めて詳細に観察する機会だというのに、そんなことはどうでもよくなり、ひたすらスワンの娘との邂逅を期待します。

私は、祖父と父が裏をかかれ、奇跡が起こってスワン嬢と父親が私たちの近くにあらわれ、避ける間もなくスワンの娘と知り合いにならざるをえないことを願った。と、突然、草の上に籠が忘れられているのが目に入った。わきには釣竿があり、浮きが水面にただよっている。これぞスワンの娘がそこにいるしるしではないか。私はあわてて祖父と父を別の方向を見るように仕向けた。

語り手は、水面で浮きがほとんど垂直になっているのを見て、とりあえず魚がかかっていることをスワンの娘に知らせるべきではないかと考えますが、そのとき、語り手があとを追ってこないのに気づいた父と祖父に呼ばれ、走って野原へと向かう小径を登りはじめます。その小径にはサンザシの匂いがさかんに立ちこめていました。サンザシの香りは、教会の祭壇の前にいるときのように、粘っこく、限られた範囲に広がっていましたが、語り手の思考はこうした匂いを前にして困惑します。

サンザシは、汲めども尽きせぬほどにたっぷりと同じ魅力を放っているのだが、私はそれ以上に魅力を深めることはできなかった。ちょうど、同じメロディが百回も繰りかえして続けざまに演奏されたのに、その秘密の中により深く下りてゆくことができないときのように。私はしばしサンザシに背を向けた。新鮮な力でもう一度サンザシに近づくために。

この戸惑いは、紅茶に浸したプチット・マドレーヌのかけらを口にしたときのそれとよく似ています。匂いによって喚起された印象の謎が解けそうで解けないもどかしさでしょうか。

語り手は斜面をよじ登り、ヒナゲシや矢車菊に感覚の更新を求めたあと、ふたたびサンザシの前に戻りますが、サンザシによって引き起こされた感情はあいかわらず曖昧なままでした。そのとき、祖父が生垣を指さして「サンザシが好きなんだから、ちょっとこのバラ色のサンザシを見てごらん、きれいだよ！」と言います。

それは、バラ色で、白いサンザシよりも一段と美しいものでした。コンブレーの街の商店の値段表では白よりもバラ色のクッキーの方が高いという価値判断を下していますが、その基準からすれば、この方が上質ということになるのです。語り手自身も、同じチーズ・ケーキでも苺をつぶすのを許されたものの方が好きでしたが、バラ色のサンザシを選び取ったのも、それが食べられるものの色で、子どもにも一目瞭然で美しい、自然なものと映ったからでした。しかし、イメージの核にあったものはむしろ一人の少女でした。

> 生垣のサンザシの中に混じっているのに、このサンザシは生垣とまるで異なっていた。それはまるで、部屋着を着た家族のあいだに一人だけ盛装をした少女がいて「マリアの月」の用意を整え、もう祝祭の一部になりきっているように見えるのと似ていた。それほど、このカトリック的な素晴らしい灌木《かんぼく》は真新しいバラ色の衣裳をまとって、微笑を浮かべながら輝いていた。

生垣のあいだから、庭園の中の一本の小径が見えました。色とりどりの花々が小径を縁取っています。

突然、私は足をとめた。もう一歩も動くことはできなかった。まるで一つのイメージが、私たちの視覚に働きかけるだけでは足りなくて、自らをより深く知覚するよう要求し、私たちの全存在を虜《とりこ》にしてしまうときのように、赤みを帯びた金髪の少女が、散歩から戻ったばかりというい格好で、手にガーデニング用のシャベルを持って、バラ色のそばかすのある顔をあげて私たちを見つめていたのである。

その少女は、金髪にもかかわらず黒い瞳をしていましが、語り手は観察の精神に欠けていたので、その黒い瞳の正確なニュアンスを捉えることができず、金髪なのだから明るい青だろうと思い込んでしまいますが、実際には、ほかならぬ金髪に黒い瞳という対照が目の記憶を強烈なものにしたのでした。

語り手は、祖父と父に呼び戻されるのではないかと恐れていたので、少女の注意を自分に向けさせて知り合いになりたがっているような視線を送りますが、少女の方はというと、目を逸らして、無関心な、人を小馬鹿にしたような様子で、祖父と父から姿を隠すように身をよけます。そのあいだ、少女は視線を語り手の方に走らせていましたが、その視線はある種のコケットリー（媚態）を含んだものでした。

少女は私の方に向かって長い送り目をしたが、これといった表情もなければ、私を見ているという様子もなかった。とはいえ、視線はじっと私に据えられたままで、ある種の微笑が隠れていた。それは、私が授けられた礼儀作法の概念からすると、無礼千万の軽蔑のしるしとしか解釈できないものだった。

同時に、少女の手は、ぶしつけな合図を宙に描いていましたが、それは明らかに侮辱の意味合いを持つものでした。そのときです、突然、声が聞こえたのは。

「さあ、ジルベルト、こっちにおいで。あなた、何をしてるの?」と、かん高い命令口調で白い服の婦人が叫んだ。それまで見たことのない婦人だった。すこし離れたところに、デニムの服を着た、こちらも知らない男の人が、顔から目を飛び出さんばかりにじっと私を見つめていた。すると、少女はにわかに微笑むのをやめて、シャベルを手にしたまま従順に私の方をふり返りもせずに立ち去ったが、その柔順さには心の奥を覗かせまいとする陰険さが見て取れた。

この箇所は、私が『失われた時を求めて』でももっとも愛する箇所の一つですが、おそらく、私以外にも、とりわけ映画監督なら、なんとしてもここを映像化したいと考えるにちがいありません。しか

し、私がより愛するのは、これに続くプルーストの文章です。

こんなふうに、私のすぐそばを過ぎていったジルベルトという名前は、いままさにその名前が発せられることによって一人の人物としてつくりあげられた少女、一瞬前までは漠としたイメージにすぎなかったこの少女に、かならずやいつの日か再会させてくれるお守りのように思えたのである。

バラ色のサンザシが予兆になったように、突然、姿をあらわし、「私の入り込めない」未知の生活を暗示して去ったジルベルトという少女。

ここに、また一人『失われた時を求めて』の重要人物が登場してきたのです。

14 メゼグリーズの方へ

ジルベルトの名前を呼んだのは、母親のオデットでした。彼女がその場を立ち去ってしまうと、祖父はスワンの立場を哀れみながら、「あの女が愛人のシャルリュスと逢引できるように、スワンに家を空けさせたのさ」と語り、ジルベルトにも同情している様子でしたが、語り手はそんなことはほとんど意識にも入れず、ずっとジルベルトのことを考えつづけていました。それは、女の子が好きだから苛《いじ》めたくなるといった、いかにも男の子らしい心理でありながら、同時に『失われた時を求めて』の基調音の一つとなっているサド・マゾヒスムにも通じるなにかを含んでいました。

私はジルベルトを愛していた。ジルベルトを侮辱し、痛い思いを味わわせ、自分のことを無理にでも記憶させたいと思ったが、残念ながら、そうする時間も方法も浮かばなかった。

語り手にはジルベルトがとてもきれいに見えたので、逆に「なんてブスなんだ」と言って侮辱してやりたいと感じたのです。

しかし、その場から遠ざかるにつれ、赤みを帯びた髪のジルベルトのそばかす顔の面影が強くなり、バラ色のサンザシの下で少女の名前が呼ばれたときの印象があまりにも鮮烈だったため、彼女に付属するすべて、つまり父親スワンの株式仲買人という職業だとか、彼女がパリで住んでいるシャン・ゼリゼ界隈までが、サンザシの香りで満たされるように思えてきたのでした。そのため、語り手は、両親にいろいろと話題を振って、スワンとジルベルトの家族のことが口の端にのぼるようにしむけました。

それほどに、スワンというこの名前は、それが書きこまれている私の心の場所にすっかり収まって、窒息するほど重くのしかかり、その名前を耳にするとほかのどんな名前よりも中身がつまっているように思われたが、それは私が前もって何度もその名前を口にしていたからにほかならない。

この部分は、『スワン家の方へ』の第二部「スワンの恋」で、スワンが主人公になり、三人称小説として独立した物語となっていくことへの伏線となっていますが、差し当たり、ここで深く追求することはせず、サンザシのエピソードを締めくくる有名な一節を取り上げることにしましょう。

この年、両親は例年よりすこし早めにパリに帰ることに決めていた。いざ出発となった日の朝、写真を撮るために私を探そうとした母は、髪の毛をカールして、被ったことのない帽子を被せ、ビロードのキルティング・コートを着せた私がいないのに気づいた。あちこちと探しまわったあげく、母は、タンソンヴィルに向かう小さな坂道で、涙を浮かべながら棘《とげ》のある枝を腕にかき抱いてサンザシに別れを告げている私を見つけだしたのだった。

泣き顔の息子の姿を見ても、母親は動揺しませんでしたが、さすがに帽子が踏み潰され、コートも台なしになっているのを発見すると、思わず叫び声を発せざるをえませんでした。語り手はそんな声も耳に入らないかのように、泣きながらこう呟いていたのでした。

「哀れなり、我がいとしのサンザシよ。汝《なんじ》にあらず、我を苦しめ、ここから発たせんとするは。断じて、汝にあらず、我に責め苦を与えるは！　かくて、我は汝をとわに愛す」

語り手は、サンザシに向かって、大きくなっても、大人たちのつまらぬつきあいなどを真似したりせ

ず、春になったら、真っ先に、花咲いたサンザシを見に田園に出かけると約束しますが、この部分を従来の訳とちがって、あえて文語調で訳してみたのは、この呼びかけのせりふがおそらく、馴染みの芝居、とりわけラシーヌの『フェードル』の別れの場面を念頭にして語り手が発したものではないかと考えたからです。たぶん、語り手は、フェードルを気取ってサンザシに別れを告げていたのでしょう。

いずれにしても、こうして、サンザシとジルベルトのエピソードは終わり、次に、ナレーションは、メゼグリーズの方（スワン家の方の延長）への散歩に入っていくことになりますが、この冒頭の描写はなかなか素晴らしいものです。

メゼグリーズの方へ散歩するときには、いったん野原に出ると、あとは一面、草ばかりで、風が目には見えないさ迷える亡霊のようにたえず吹き渡っていたが、その風は私にはコンブレーという土地特有の精霊のように思われた。（中略）私はスワン嬢がしばしばランに行って数日を過ごすのを知っていた。ランはコンブレーからは何里も離れたところにあるが、障害物がなにひとつ存在しないので二つの町の距離はないに等しいように感じられた。だから、暑い夏の午後に、地平線の彼方から吹いてくる風が、はるか遠くの麦の穂をなびかせながら、広々とした野原全体に波のように広がり、私の足に生暖かくまとわりついてから、イガマメやクローバーのあいだに身を横たえるのを見ると、私たち二人に共通のこの平野が二人をいっそう近づけ、二人を結びつけるように思われた。この風はジルベルトのそばを通ったのだ、風の囁きは彼女の送って

——よこした聞き取れない伝言なのだと考え、私は通りすがりのその風を抱きしめるのだった。

語り手がサンザシを抱きしめるのも、野原を渡ってくる風を抱擁するのも、そこにジルベルトの存在を実感するからなのです。こうした汎神論ならぬ、汎「恋人」論的な描写もまた『失われた時を求めて』でプルーストが恋した男たちの心理を説明するときによく使う技法です。

ところで、ここで、われわれが注意しておきたいのは、「ラン Laon」という地名です。というのも、この地名の選択においてもまた、例の入れ換えの原則が確認できるからです。

思い出してください。われわれは、プルーストの父親の生まれ故郷であるイリエからの連想で、架空の町コンブレーは、シャルトルの近郊にあるものとして小説を読んできましたが、虚心坦懐に読めば、コンブレーはシャルトル近郊の町とはじつはどこにも書いていないのです。それどころか、文中にちりばめられたヒントから、コンブレーは、パリの南西一〇〇キロにあるシャルトル近郊ではなく、パリ北東二〇〇キロにある「ランス Reims」の近郊であるということになっているのです。

たとえば、語り手の祖父は、散歩の途中で、スワンの邸宅があるタンソンヴィルの庭園の前を通りがかったとき、「昨日スワンが言っていたな。奥さんと娘さんがランスに発つから、ついでにパリに行ってまる一日過ごすんだそうだ」と言っていましたから、コンブレーの近くの大きな町はシャルトルではなくランスなのです。ちなみに、さきほどの引用にあった「ラン Laon」というのは、ランスから北西にあるサン＝カンタンに向かう途中の町です。つまり、フィクションの中では、コンブレーは、いずれにしてもパリの北東にある田舎町という位置づけになっているのです。

ところが、ここに興味深い事実があります。それは、『スワン家の方へ』の初版がグラッセ書店から一九一三年に出たときには、ランスもランもシャルトルとなっていたということです。この点にかんして、集英社文庫版の訳注で、鈴木道彦氏は次のように指摘しています。

一九一三年の初版では「シャルトル」となっていた。おそらく第一次大戦以後、小説に戦争を導入する必要から、作者はコンブレーを、第一次大戦の戦場のあたりに位置づけたいと考えて、大戦直後の版でこのような変更を加えたのであろう。なお、ランスはパリの北東約二百キロのところにあり、シャルトルは南西約百キロのところだから、正反対の方角になる。

(『失われた時を求めて　第一篇 スワン家の方へⅠ』集英社文庫)

たしかに、第一次大戦による変更という要素も大きいでしょうが、私には、むしろ、現実とフィクションを入れ換え(あるいは点対称)の関係に置こうとするプルーストの強い意志のあらわれのように思えます。つまり、現実のプルーストはホモセクシュアルのユダヤ系であるのに対して、仮定の語り手はヘテロセクシュアルのフランス人であるという入れ換えの原則を立てたが、プルーストは小説の地理関係までも、この原則に従わせなければならないと決意したため、シャルトルを点対称の位置にあるランスとランに変更したのです。

さて、メゼグリーズの方への散歩に出た語り手の一家は、その土地で、ヴァントゥイユ氏が娘とともに住んでいるモンジューヴァンの家の前を通ることになりますが、この家は、藪の茂った斜面に背を寄せながら、大きな沼に面しているという特殊な立地にありました。

この立地については、語り手が両親とヴァントゥイユ氏を訪ねたさいにうまく利用されていましたが、後にもう一度、大きな意味を持ってくるのです。しかし、それはひとまず措《お》いて、ヴァントゥイユ氏の娘について語られた町の評判について記しておきましょう。

ところが、ある年を境に、ヴァントゥイユ氏の娘と出会うと、いつも一人ではなく、地元でひどく評判の悪いある年上の女友だ

ちと一緒にいるようになった。その女はある日からモンジューヴァンに住みついてしまった。

町の人びとは、ヴァントゥイユ氏の娘と女友だちがレスビアンの関係にあるのに、ヴァントゥイユ氏は娘かわいさに目がくらんでそんなことにも気づいていないと噂していたのです。ペルスピエ医師などは、ヴァントゥイユ氏は、娘が女友だちと音楽をやっているというが、その音楽とはセックスのことだとあからさまにほのめかし、ヴァントゥイユ氏が娘たちにまじって3Pプレイに興じていると言って笑いを誘ったのです。

ところで、実際のヴァントゥイユ氏はというと、娘の悪癖を気にやんでいるせいか、知人を避けるようになり、妻の墓の前で朝から晩まで過ごしては憔悴し、悲嘆のあまり死に向かいつつあるのが容易に察せられました。

ヴァントゥイユ氏は世間の噂を承知していましたし、またほんとうに娘の性癖も知っていたようでしたが、だからといって、娘に対する讃美が減ったわけではありませんでした。これについて、プルーストはこんな格言を述べています。

事実というものは、私たちの信念が生きる世界には決して入り込めない。それどころか、事実は信念を生み出すことも、信念を破壊することもできはしない。たとえ事実が信じていることの確実な反証をつきつけても、信念はいっこうに弱まらないものなのだ。

このプルーストの認識を記憶にとどめておいてください。これは後に、オデットに対するスワンの、アルベルチーヌに対する語り手の、それぞれ強烈な嫉妬と疑いを描写する箇所で何度も登場することになるでしょう。

さて、こうして衰弱していったヴァントゥイユ氏は、コンブレーの住民が自分たちに敵意を燃やしているのを知るにつけ、自分たちが社会のどん底にいるように感じるようになっていたにちがいありません。そのため、これまでは見下していた人に対しても急にへりくだった態度に出る機会が増えてきたのです。

ある日のことです。語り手の一家がスワンとコンブレーの街を歩いていると、ヴァントゥイユ氏に出会いました。すると、スワンは、地位の下落した人に対してわざと親切にするという、驕慢《きょうまん》な自尊心に駆られたのか、あえてヴァントゥイユ氏に話しかけ、最後に、いつかお嬢さんをタンソンヴィルによこして演奏を聴かしてくださいと頼んだのです。

二年前にこんな招待を受けたら、ヴァントゥイユ氏はかんかんに怒ったはずだった。だが、いまでは、スワンに対する深い感謝の気持ちで一杯になり、そのため、この招待を受けたりしたらずうずうしく思われるのではないかと感じたのである。

ヴァントゥイユ氏は、スワンが立ち去ると、「なんて素晴らしい人なんでしょう」と感動しましたが、それでもスワンが身分違いの結婚をしたのは誤りだと付け加えるのを忘れませんでした。結局、ヴァントゥイユ氏は娘をスワンのところにはやりませんでした。そのことをスワンは一番残念がりました。

というのも、スワンは、ヴァントゥイユ氏と別れるたびに、同じヴァントゥイユという名前で、どうも彼の親戚ではないかと思われるある人物について、前々から尋ねてみようと考えていたことを思い出したからだった。

じつは、この一節は、スワンがオデットに恋をするきっかけになったピアノ・ソナタの作者がヴァントゥイユという名前であった（じつは、ヴァントゥイユその人でした）ことへの伏線となっているのですが、これもまたいずれ明かされることになるでしょう。

こうした二人の出会いがあってから、数年が経過し、語り手の一家は、亡くなったレオニ叔母の相続の問題を片付けるために、またコンブレーにやってきました。両親は、相続書類の作成や公証人や小作人との交渉に忙殺されて、外に散歩に出ることがなかったので、語り手は一人でコンブレーの周囲を歩きまわる機会を得ることができました。

一人でいるというだけで胸が高鳴ってくるのに、ときにはこれとはっきり区別できないもう一

つの興奮がそれにくわわることもあった。それは、急に目の前にあらわれた娘を両腕で思いきり抱きしめたいという欲望から生まれる興奮だった。

語り手が、こうしたエロチックな夢想にいざなわれたのは、木々や丘などの自然の美しさが女の美しさを感じさせたからですが、実際には、抱擁することのできる農家の娘に会うこともなく、ただ、あてどない欲望に突き動かされてルーサンヴィルの森をさまよっているだけでした。そして、その空虚な欲望は、コンブレーの家の屋根裏部屋で、これまた空しいかたちで満たされることになるのです。

残念ながら、いくら私がルーサンヴィルの城郭の天守閣に祈っても、それは無駄だった。つまり、私は最初の性欲を告白するただ一人の打ち明け相手として天守閣を選び、だれでもいいからルーサンヴィルの村の女の子を一人よこして欲しいと頼んだのだが、願いは聞き入れられなかったのである。それは、コンブレーの家の最上階にある例のアイリスが匂うトイレに入って、半開きの窓ガラスの真ん中に天守閣の尖塔だけを見ていたときのことだった。私は、探険を企てる旅行者のような、あるいは絶望のあまりに自殺をはかる人のような、いずれにしろ悲壮なためらいを抱きながら、気が遠くなりながら、死へ至る道と思い込んでいた一本の未知の道を自分のうちに切り開いていった。そして、最後に、そばにたれ下がっていた野生のカシスの葉の上に、カタツムリの這ったような自然の痕跡を一本付け加えたのである。

この引用は、若き日のプルーストにとって宿痾《しゅくあ》となっていたものがオナニスムであり、これがプルーストに死の恐怖を与えていたことを明らかにしていますが、じつは、この文章は、「コンブレー」の冒頭にすでに出てきた場面の反復であり、共鳴でもあるのです。

私は家の最上階に上がっていき、屋根裏の勉強部屋の横にある小部屋で声を出して泣いた。そこには臭気止めのアイリスが匂いを放ち、また壁石のあいだから生え出した野生の黒カシスが半開きの窓から花のついた枝を差し込んでいたので、小部屋はさらに香りで満ちていた。本来は特殊で卑俗な用途にあてられていたこの小部屋の窓からは、昼間にはルーサンヴィル＝ル＝パンの城郭の天守閣が見えた。鍵をかけられる部屋がそこだけだったこともあって、私は、長いあいだ、侵されてはならない絶対孤独の必要なすべての仕事、すなわち読書、夢想、涙、それに官能の快楽のための隠れ家として使っていたのである。

ことほどさように、『失われた時を求めて』は、あらゆるところに張り巡らされた伏線によって、複雑に円環した構造をもっているのですが、循環ばかりしていて先に進まないことはありません。なぜなら、先に引用したオナニスムに捧げられた一節のあとには、プルーストにとってのもう一つのオブセッション（強迫観念）であったサド・マゾヒスムと同性愛のテーマがあらわれてくるからです。

15 ヴァントゥイユ嬢

メゼグリーズの方への散歩でルーサンヴィルの森を散歩しながら、空想の中の農家の娘（ジルベルトの幻影）に対して漠とした欲望を抱いた語り手は、満たされぬ欲望のゆえか、ルーサンヴィルの森で木々を小枝でビシビシと叩いてはサディスム的な衝動を紛らしていたようですが、それからの連想でしょうか、今度はサディスムについての考察が突然、あらわれます。

　この散歩から数年後、やはりモンジューヴァンの近くで、とても印象深い経験をしたが、その印象は当時は曖昧なままにとどまっていた。それからずっとあとになって、私はサディスムに

ついて明解な観念を得たのだが、それはおそらくこのときの印象から生まれたものであったようだ。いずれおわかりいただけるだろうが、このときの印象の記憶は、まったく別な理由から、私の人生で重大な役割を演じることとなるのである。

思わせぶりなこの記述は、これから描かれることになるヴァントゥイユ嬢とその女友だちとのレスビアニスム、および、ヴァントゥイユ嬢が亡き父親に示す激しいサディスムが、じつは、後に語り手の愛人となるアルベルチーヌとそのレスビアニスムの仲間との関係、および、その裏返しバージョンとしてのホモセクシュアリスム、そして、この二つの同性愛につきまとうサディスムとマゾヒスムなどの、いわばフラッシュ・フォワードとして機能していることを暗示しています。それゆえに、読者としては、これから展開されるレスビアニスムとサディスムをたんなるエピソードとしてでなく、無限反復可能な「構造体」の先駆けとして読む必要があります。

さて、その「構造体」はどのようにして示されるのでしょうか？

語り手は「それはひどく暑い日であった」と書き出し、両親が一日家を留守にするから、いくら帰りが遅くなってもかまわないと許可を得たので、ヴァントゥイユ氏の屋敷のあるモンジューヴァンの沼の水に映るスレートの屋根を見に出かけたのだが、家を見下ろす斜面の藪の中に寝そべっているうちに眠りこんでしまったとまず背景説明を行います。コンブレーでヴァントゥイユ父娘とよく会っていたときからはすでに数年が経過し、ヴァントュイユ氏は亡くなったばかりで、一人残されたヴァントュイユ嬢は一人前の娘になりかかっています。

語り手が目を覚ますと、もうほとんど夜で、明かりのともった窓にはヴァントュイユ嬢の姿が映っています。その部屋はかつて語り手がヴァントュイユ氏の立ち居振る舞いを覗き見していたのと同じ部屋です。ヴァントュイユ嬢はそこを自分の小サロンにしています。どうやらいま部屋に戻ったところらしく、正式な喪服をつけています。ヴァントゥイユの死からさほど日がたっていないためでしょう。

ここからナレーションは、晩年のヴァントュイユ氏が娘のレスビアニスムを悲しむあまり死期を早めてしまったことに移り、語り手の母の同情へと脱線しますが、すぐにもとに戻って、窓越しに目撃した光景へとつながります。

ヴァントゥイユ嬢のサロンの奥にはマントルピースがあり、その上には父親の小さな肖像写真が置かれていた。広い道から馬車の音が響いてくると、彼女は大急ぎで肖像をとりにいき、ソファに身を投げ出してから、小テーブルを引き寄せてその上に写真を置いた。かつてヴァントゥイユ氏が、私の両親に弾いて聞かせようとして、自作の楽譜を自分のかたわらに置いたのと同じだった。

ほどなくして、女友だちがやってきます。ヴァントゥイユ嬢は出迎えにいかず、ソファに腰を降ろしたまま、席を空けるように身をずらしますが、そのうちに、そうしていることが相手に不快な思いを与えるのではないかと思い返したらしく、急に不安になり、こうしているのは眠いからだと思わせるように欠伸《あくび》を始めます。こんな仕草を凝視しているうちに、語り手は娘のそうした態度が父親のヴァントゥイユ氏とそっくりなことに気がつきます。

やがて、ヴァントゥイユ嬢は起き上がって窓の鎧戸《よろいど》を閉めにいきますが、うまく閉まらないフリを装います。すると、女友だちが「それなら開けっ放しにしといたら。あたし、暑いから」と言うので、「そんな、見られちゃうわよ」と答えます。ところが、ここでまたヴァントゥイユ嬢は、人の考えを先回りして推測し、こう思われたら困るからこう言うといった類いの「気の遣いすぎ」の精神を発揮して、「見られちゃうって言ったけど、本を読んでるとこを見られちゃうっていう意味だからね」と付け加えます。これに対して、女友だちは、皮肉な調子で、愛情と意地悪が同時に込められた目くばせを添えながら答えます。

「その通りね、この時間ならまず見られてるわ。田舎でも、このあたりは人通りが多いから。
でも、だからどうだっての？　見られるのは、むしろ望むところよ」

これに対してヴァントゥイユ嬢はぶるっと身を震わせて反応します。この描写からわかるのは、ヴァントゥイユ嬢はレスビアニスムの関係においては受け身の女役であり、同時にＳＭ関係においてＭだということです。ＳＭのプレイにおいては、いわゆる露出プレイとか放置プレイというものがあるように、他人の視線を自分たちの関係の中に取り入れることで、嗜虐と被虐の強度を高めようとする傾向がありますが、そうした他人の視線の取り込みにおいて、より快楽を得るのはSのように見えながら、その実、Mだからです。

しかし、ヴァントゥイユ嬢というのは、どんな言葉を口にすれば自分の官能の要求する舞台が整うのか、そこのところの見極めがなかなかできない女らしく、いくら背徳の少女になりたいと思い、それにふさわしい言葉を見つけようと思っても、いざ自分がそれを口にすると妙にそらぞらしく聞こえてしまう（ということが自分でわかる）ため、「あなた寒くない？」などという場違いな言葉を口走ってしまいます。とはいえ、最後には、とうとう、以前相手から言われたキメの文句を真似してこう言ったのでした。

――「今晩のお嬢さま、なんだか、ひどくいやらしいことをお考えのようですわね」

その後、二人のレスビエンヌの、愛し合う二羽の小鳥のようなふざけあいと追いかけっこが始まり、ついで、ヴァントゥイユ嬢は、女友だちにのしかかられてソファに押し倒されます。しかし、そのとき、ヴァントゥイユ嬢は、さきほど仕組んでおいた効果（ヴァントゥイユ氏の肖像写真をソファのわきに置いておく）とは裏腹に、女友だちがヴァントゥイユ氏の写真に背を向けていることに気づくと、たったいま「ふと」写真を見つけたようにこんな言葉を口にします。

「あら！　お父さんの写真があたしたちのしてること見てるわ。いったいだれがこんなところに置いたのかしら。ここはこの写真を置くべき場所じゃないって、もう二十ぺんも言ってたのに」

―――――

この言葉で、語り手はヴァントゥイユ氏が以前、そっくり同じことを言ったことを思い出しますが、女友だちは、まるで何度も繰りかえされた性の典礼に従うかのように、この言葉に対し、こう答えます。

「ほっときなさいってば。もうあんな人いないんだから、あたしたちにつべこべ言えるわけじゃないし。それとも、あんた、こんなふうに窓を開けっ放しにしてると、あいつが外から見てて、あんたにコートをかけにくるとでも思ってんの、あのくそ爺《じじい》が？」

―――――

ヴァントゥイユ嬢は「まあ、なんてことを」と呟きますが、しかし、それは女友だちを非難しているわけではなく、女友だちが自分に与えてくれるだろう快楽に軽くブレーキをかけようとしていたのでしたが、しかし、その「偽善的でいて、しかも優しい非難」さえ、「自分が身につけようとしている悪の破廉恥な形態」だと判断したからこそ発せられたものなのでした。

さて、ここからが、プルーストの描くレスビアンSMの極致です。

ヴァントゥイユ嬢は、身を守るすべもない死者に対してかくも残酷な仕打ちをすることのできる当の人間から優しく扱ってもらえるという、究極の快楽の予感に抵抗することができなかった。恋人の膝に飛び乗ると、その娘ならしてもらえるはずのキスをせがむように、清純な仕草で額を差し出した。そして、このように自分たちが、ヴァントゥイユ氏を墓の中まで追いかけていって父親の資格を剝奪するという、残酷の極点に二人して到達できたことの喜びで恍惚としていたのである。（中略）「わかる？　この老いぼれ爺に、あたしが何をしたいか」と、女友だちは写真を取り上げながら言った。それから、ヴァントゥイユ嬢の耳許で、私に聞きとれない言葉を囁いた。「まあ！　できっこないわ」「あたしにできないって言うの？　こいつの顔の上に唾を吐くことが？」と、相手はわざと乱暴な声で言った。それ以上はもう聞こえなかった。ヴァントゥイユ嬢が、物憂げで、ぎこちない、せわしげな、正直そうで悲しげな様子で、鎧戸と窓を閉めにきたからである。

ここでは、ヴァントゥイユ氏の代わりにヴァントゥイユ氏の写真が、二人のレスビエンヌのSM的快楽を昂進させる小道具として使われていますが、思い出していただきたいのは、女友だちに侮辱してもらうためにヴァントゥイユ氏の写真をソファの横に置いたのはヴァントゥイユ嬢自身だったことです。つまり、女友だちとの関係ではヴァントゥイユ嬢はMですが、ヴァントゥイユ氏に対してはあきらかに

Sなのです。なぜなら、ヴァントゥイユ氏の肖像に唾が吐きかけられるのを見て興奮し、それをセックスの刺激としているのですから。しかし、それは同時にMでもあるのです。なぜなら、ヴァントゥイユ嬢は父親から決して切れてはおらず、心の底ではいまだに愛情で結びついていると感じているのですから、この意味ではMでもあるのです。

ことほどさように、SMという人間関係の心理は複雑なものなのですが、そのことを考慮に入れてでしょうか、語り手（＝プルースト）は、後に、もしヴァントゥイユ氏が生きてこの場に立ち会っていたとしたらどう考えただろうと想像し、「おそらく彼はそれでも娘の善良さを信じつづけたことだろう」と結論します。その理由はといえば、それは、次のようなSMと悪との、ほとんど決定的ともいえる関係性なのです。ちなみにプルーストがヴァントゥイユ嬢をサディストとしているのは父親のヴァントゥイユ氏との関係においてです。

ヴァントゥイユ嬢のようなサディストは、悪の芸術家なのである。そして、ほんとうの悪人は悪の芸術家にはなりえないものなのだ。なぜなら、ほんとうの悪人にとって、悪は外部のものではなくて、ごく自然に備わった本性のようなものだから、自分自身と区別することはできないからである。美徳とか、死者の名誉とか、親への子としての愛とかは、本人がそのようなものへの信仰を持ち合わせていない限りは、それらを汚したところで冒瀆の快楽は味わうことができないはずなのである。

これは、私が『SとM』（幻冬舎新書）という本の中で考察したことと同一の真理です。SMとは、それがSMプレイと呼ばれていることからも容易に理解できるように、「悪」を演じるロールプレイング・ゲームなのであって、悪を演じることのできる演技者でなければサディストにはなりえないのです。

しかし、ここで疑問が生じます。なにかといえば、ヴァントゥイユ嬢と女友だちは、なにゆえに自分たちのレスビアニスムのセックスの快楽を、ヴァントゥイユ氏の肖像の冒瀆というサディスムと結びつけようと思ったのでしょうか？

それについて、語り手はこう答えます。

ヴァントゥイユ嬢のような類いのサディストは、案外、純粋な心の持ち主であり、生まれついて徳を備えているために、官能の快楽でさえなにか悪いもので、悪人の特権だと感じてしまうのだ。そのため、いざ官能の快楽にふけるときになると、悪人の皮を被らなければならなくなり、自分の共犯者にもそれを被らせようとする。こうすることで、真面目で優しい魂から逃れて、一時的に非人間的な快楽の世界に入り込むことができるという幻想を抱くのである。かくて、私は、ヴァントゥイユ嬢には悪人になりきることがどれほど困難であったかを見ぬき、彼女がどれほど悪人になりたがっているのかということを理解したのだった。

さきほど、語り手が、ヴァントゥイユ氏がもし二人の冒瀆場面を目撃していたとしても、まだ娘の善良さを信じるだろうと結論したことの意味がこれでおわかりになったと思います。ヴァントゥイユ嬢は、自分の善良さをあまりに強く意識していたがために、悪の芸術家としてのサディストに変身して「非人間的な快楽の世界」に逃げ込もうとしたのです。

さて、これで、ヴァントゥイユ嬢にとってのＳＭの本質というものがおわかりになったかと思いますが、しかし、もう一つの重要な指摘がなされていたことにも気づかなくてはなりません。それは、あまりに彼女が善良なために、官能の快楽でさえなにか悪いものであると感じられてしまったという、性の快楽と悪との複雑な関係性です。というのも、これこそは、ＳＭは性欲を悪しきものと考えるキリスト教から派生してきたと私が考える根拠であるからです。この点にかんして、語り手は仮面を脱いで、プルーストとなってこう断言します。

悪がヴァントゥイユ嬢に快楽の観念を与えたのではない。悪が快楽のように思われたのでもない。快楽が悪いものに見えたのだ。そして、快楽にふけるたびに、それ以外のときには決して生まれることはなかった悪の観念がかならず彼女の正しい心につきまとうので、ついには、彼女は快楽のうちになにか悪魔的なものがあると思い込み、これを「悪」と同一視するに至ったのだ。

なかなか鋭いSM論ですが、しかし、ほんとうのことを言うと、プルーストがSM論をここで展開するのは、意図的に隠蔽してはいるものの、その実わかる人にはわかってもらいたいと思う、あることとのアナロジー（類推）を設定しているからなのです。

なんのことかといえば、それは、ヴァントゥイユ嬢のSMに入る直前に置かれた語り手のオナニスムのことなのです。

そう、SMを語ると見せかけて、プルーストはここで、オナニスムの快楽と悪との関係性を披露しているのです。その証拠に、先の「悪がヴァントゥイユ嬢に快楽の観念を……」以下の文章の「彼女」を「私」に置き換え、これをオナニスムのことだと思って読んでみてください。すると、それは、プルーストが『失われた時を求めて』の一つのライト・モチーフにしている「オナニスムの快楽と悪との関係」にそのまま転化することができるのです。

というわけで、われわれは、なぜプルーストがオナニスムについての考察の直後に唐突なかたちでヴァントゥイユ嬢のSMを持ってきたのかが理解できるようになるのです。オナニスムもSMも、プルーストが善良で、「快楽が悪いものに見えた」からこそ、二つの大きなオブセッション（強迫観念）として取り付くことになったのです。

この意味で、『失われた時を求めて』は、快楽と悪との弁証法の物語であるともいえるのであり、『ソドムとゴモラ』という第四篇のタイトルは、雄弁にそれを物語っているのです。

16 ゲルマント公爵夫人

レオニ叔母の家から父母と語り手が午後の散歩に出る場合、「メゼグリーズの方」と「ゲルマントの方」という正反対の二つの方向がありました。

「メゼグリーズの方」に行くときには、サン＝テスプリ通りに面した叔母の家の大きな門から出るのが常でした。こちらの散歩コースには、タンソンヴィル（スワン氏の邸宅とサンザシのある生垣）、ルーサンヴィルの森と城跡、モンジューヴァン（ヴァントゥイユ氏の邸宅と大きな沼）などが含まれていましたが、行程が短く、すぐ戻ってこられるという理由から、空模様のあやしいような日が選ばれました。

一方、「ゲルマントの方」への散歩は行程が長かったため、晴天が続いて雨降りの心配がないときでなければ、出かけられませんでした。夕食の席で、「明日、今日のように晴れていたら、ひとつゲルマントの方に行ってみよう」という話が持ちあがると、翌日の昼食後、すぐに庭の裏門からペルシャン街に出て、ロワゾー街で《ロワゾー・フレシェ館》という、十七世紀にモンパンシエ公爵夫人、ゲルマント公爵夫人、モンモランシー公爵夫人などがときどき泊まったという旅館の前を通りすぎ、遊歩道へと進むと、そこにサン＝ティレール教会の鐘塔が見えます。

しかし、「ゲルマントの方」の散歩の魅力は、その先の田園風景にありました。

ゲルマントの方の最大の魅力はといえば、それは、ほとんど常にヴィヴォンヌ川がかたわらを流れていることだった。私たちは、家を出て十分ぐらい歩いたところで、旧橋（ポン＝ヴィユ）という歩道橋で初めてヴィヴォンヌ川を渡る。コンブレーに到着したその翌日が復活祭の日曜だと、お説教が終わるや否や、天気さえよければ、私はこの旧橋まで走っていって、大祝日の朝の混乱の中で川を眺めるのであった。

このヴィヴォンヌ川にかかる歩道橋のポン＝ヴィユとは、コンブレーのモデルとなったイリエの町の端を流れるロワール川（城巡りで名高いあのロワール川の上流）にかかるその名も同じポン＝ヴィユのことで、私も以前、二度に亘《わた》ってイリエ・コンブレーを訪れたさいに実際に足を運んでみましたが、置換の原則を好むプルーストには珍しく、『失われた時を求めて』のポン＝ヴィユは現実のそれをかなり忠実に再現していることがわかりました。

川は黒く剝《む》き出しになったままの土に挟まれながら、空の青色を反映して流れていた。川のお付きとなっているのは、あまり早く来すぎたラッパズイセンと、少々早めに到着したサクラソウの群れだった。一方、あちこちに咲いた青い嘴《くちばし》の一輪のスミレの花が、そのコーン型の筒に蓄えた匂いの雫の重さで茎を撓《たわ》めている。

ヴィヴォンヌ川にはハシバミの青い葉で覆われた曳船道《ひきふねみち》がありました。曳船道というのは、川を船でさかのぼるときに、綱でつないだ馬やロバの力で船を引くための道です。その葉陰で、麦藁帽子を被った一人の男が釣りをしていました。コンブレーの住人ならだれでも知っていたはずの語り手にも素性をつきとめることができませんでしたが、一家が通るときに軽く帽子を上げて会釈したところを見ると、父母とは知り合いだったようです。しかし、語り手が名前を尋ねようとしても、魚が驚いて逃げないように父母は口をきくなという合図をするのでした。

曳船道の反対側は牧草地になっていて、昔のコンブレーの伯爵たちの城跡が点在し、同じコンブレーという地名のもとに、中世の城塞攻防戦の跡がしのばれて、幾層もの歴史が重なっていることがよくわかりました。牧草地には卵の黄身のように真っ黄色なおびただしい数のキンポウゲがあたり一面に咲き乱れ、輝いていました。

私は、子どもたちが小さな魚をとるためにヴィヴォンヌ川に仕掛けた水差し型の釣り具を眺めて楽しんだ。水差しには川の水が入っているが、川の中で水に包まれてもいる。水が凝固したかのように透き通った横腹の「容器」であると同時に、クリスタルガラスが流れているかのような川というもっと大きな容器に沈んでいる「中身」でもある。

このヴィヴォンヌ川に投げ込まれたガラスの容器を巡る「容器」と「中身」の比喩は、作品全体の比喩ともなっているのですが、それはいったん措いておいて、水面に浮かぶ睡蓮などの水生植物の見事な描写を見てみることにしましょう。

やがてヴィヴォンヌの流れは、水生植物でせき止められる。まずは睡蓮のように孤立した水生植物があらわれる。流れを横切るような生え方をしていたのが運のつきで、水に揺られて一刻も休むこともできず、機械仕掛けの渡し舟さながらに、岸に近づいたかと思うと反転してただちにもとの岸へ戻り、永久に往復運動を繰りかえしているのだった。

語り手は散歩のたびにこの睡蓮を見つけましたが、それは十年一日のごとくに同じ奇妙な動作を繰りかえす神経症患者を連想させました。祖父は、そうした一人にレオニ叔母を数えていました。同じ繰りかえしから抜け出そうとしながら、その意志がかえって反復の歯車の動きを強めて、またもや同じことを始めてしまうからです。

ヴィヴォンヌ川をもうすこし先まで進むと、池のように流れが淀んだ場所がありましたが、そこは睡蓮の園のようになっていました。この睡蓮の描写は、モネのそれを思わせる美しいものです。

水面のあちらこちらがイチゴのように赤くなっていたが、それは中心が真っ赤で縁が白い睡蓮の花が川面に浮かんでいたからである。さらに先へ行くと睡蓮の花の数は増えるが、川面の色はかえって薄くなり、きめは荒く、ざらついて、襞が増える。偶然なのか、花々はじつに優雅な渦巻型に並んでいた。まるで雅な宴の後の悲しい落花狼藉、花環のモスローズがほどけて漂っているのを見る思いだった。

この睡蓮の庭園を出ると、ヴィヴォンヌ川はふたたび速い流れとなります。そこでは、小舟を漕ぐ人が櫂《かい》から手を離して、舟底に身を横たえ、空を見上げながら、幸福と平安の予感を顔に浮かべている光景を何度も見かけることがありました。語り手が父母と一緒に水辺のアイリスのあいだに腰を降ろして持参した果物やパンやチョコレートを食べていると、サン＝ティレールの鐘の音が聞こえてくるのでした。

森の木々に囲まれた水のほとりには、「楽しみの家」と呼ばれる別荘が点在していましたが、そうした家の一軒の窓辺に、この土地の人とは思えない顔つきをした、エレガントなヴェールをつけた若い婦人の姿があらわれることがありました。

岸辺の木々の向こうを通りかかる人びとの声が聞こえると、ぼんやりと目を上げはするが、人の顔を見るまでもなく、女性にはすべてはっきりとわかっていた。あの人たちは、自分を裏切った男のことを知っているはずはないし、これからも知ることはないだろう、また、あの人たちの過去の中には不実な男の痕跡はなく、未来にもしるしをとどめることはないだろう、と。（中略）男が通るはずはないとわかっている道を散歩して戻ってきた女性が、あきらめきったその手から長い手袋を空しい優雅さで外すところを、私はじっと眺めるのだった。

この一節は、バルザックの『ざくろ屋敷』を連想させます。ちがうのは、『ざくろ屋敷』では、男に裏切られて水辺の別荘に「骨を埋め」にやってきた貴婦人には二人の子どもがいたという点です。いずれにしても、この唐突にあらわれる隠棲《いんせい》した「窓辺の貴婦人」のイメージはいかにもバルザック的なもので、プルーストがバルザックの熱心な読者であったことを示しています。

しかし、小説の構成の面からいったら、この水辺の別荘に隠棲した貴婦人というのは、語り手にとってきわめて重要な意味を持っています。すなわち、「ゲルマントの方」という表現に暗に含まれている「ゲルマント公爵の邸宅」という目的地と、実際の散歩コースとしてたどっていくヴィヴォンヌ川の曳船道の終点としての「水源」が重なるところに二重写し的に出現する「あるもの」を暗示する機能をもっているのです。それは、これに続く一節を読むと明らかになります。

ゲルマントの方への散歩では、一度もヴィヴォンヌ川の水源までさかのぼることができなかった。その水源のことはよく思い浮かべたが、私にとってひどく抽象的で観念的な場所のように思われていたので、それが県内に位置し、コンブレーからさして離れていないところにあると聞かされたときには、古代には地球上のどこかの別の明確な地点に〈地獄〉に通ずる入口が開かれていたと教えられたときと同じくらいに仰天してしまった。また、私がなんとしてもたどりつきたかった散歩の終着点まで、つまりゲルマントまで足をのばすことは一度もできなかった。その地所には、城館の主、つまりゲルマント公爵夫妻が住んでいることは知っていた。彼らが生身の人間であり、いま現に存在していることもわかっていた。しかし、彼らのことを考えるたびに、私の頭の中にあらわれてくるのはまったく触れえないイメージばかりであった。すなわち、あるときは行きつけの教会のタピストリー「エステルの戴冠式」に描かれたゲルマント伯爵夫人のイメージであり、また、あるときは、聖水を額に受けているか家族のいる席にいるかによって色彩がキャベツのような浅緑から青梅の色へと変わるステンドグラスのジルベール・ル・モーヴェのように色合いの変化する人物のイメージとなる。また、あるときは幻燈に映されて私の寝室のカーテンの上をさまよったり天井に上ったりするあのゲルマント家の祖先ジュヌヴィエーヴ・ド・ブラバンのイメージであらわれてくるのだった。要するに、ゲルマント夫妻は、常にメロヴィング朝時代の神秘に包まれ、まるで夕陽に浸されるようにゲルマント Guermantes の《antes》というシラブルから発するオレンジ色の光の中に浸っていたのである。

これは『失われた時を求めて』の結末である第七篇『見出された時』との内的な呼応関係を暗示する重要な一文といえます。

ヴィヴォンヌ川の水源も、「ゲルマントの方」のゲルマント公爵夫妻も、語り手がいざ具体的なイメージを浮かべようとすると、立ちあらわれてくるのは、子どものころに教会のステンドグラスや幻燈で見たことのある「描かれたイメージ」ばかりなのですが、それは、語り手のイメージの喚起の仕方が、だれかが表出したイメージからイメージをつくるという二次創作的なイメージ喚起法であったからにほかなりません。そして、それはこの時期に、漠然と表現者になりたいと思うようになり、どうやれば独自の芸術的方法論を確立できるのか悩みはじめていた語り手にとっては、解決の困難な問題の一つと感じられることになります。

たとえば、語り手は、ゲルマントの方への散歩の道すがら、暗い色をした花の房で囲まれた小さな土地の前を通ったりすると、気に入りの作家の描写を思い出し、これぞ描写にぴったりの風景だと感じいることがありました。作家の言葉による描写が現実に先行している二次創作的イメージ喚起法です。

ところで、ゲルマント公爵家の主治医をつとめるペルスピエ医師からゲルマント家の庭園の花々や美しい流れの話を聞くと、語り手の頭の中では、作家の描写とペルスピエ医師が語るゲルマント家の庭園のイメージが合体し、さらには、想像の中でつくりあげた風景の中で自分がゲルマント夫人と恋仲になっているイメージさえ思い浮かべてしまうのでした。

そして、このとき、突然のように、文学を職業としたい、作家になりたいという欲望があらわれてくるのです。

私は、ゲルマント夫人が突然、気まぐれの発作から私に夢中になり、お屋敷に招待してくれることを夢想した。昼間のあいだ、夫人は私と一緒にニジマスを釣る。（中略）夫人はまた、私が構想を練っている詩の主題について語らせた。そして、こんなふうに空想しているあいだに、私は、いずれ作家になろうと考えているなら、何を書くべきか心得ていなくてはならないと気づいた。ところが、自分が何を書きたいのか考えながら、そこに無限の哲学的な意味を込められるような主題を探そうとすると、そのとたん、私の精神は機能を停止してしまう。いくら注意を向けても目の前にあるのは虚無だけで、自分には才能なんか皆無で、もしかすると脳に病気があって、才能が花開くのを妨げているんじゃないかと感じられてくるのだった。

しかし、それにしても、ゲルマント公爵夫人との恋の夢想から作家になりたいという願望へ、ナレーションはなぜ唐突に転換したのでしょうか？

おそらく、語り手の脳裏に、バルザックの『幻滅』第一部の主人公リュシアン・ド・リュバンプレがいきなりその地方の名士の妻であるバルジュトン夫人に詩の才能を認められ、恋仲になるというエピソードが下敷きとしてあったからではないかと思われます。

しかし、これは、あくまで物語をつなげていく上での「戦術」であり、全体的な「戦略」ではありません。では物語の根幹となる「戦略」とはなんなのでしょうか？

それは、まず主人公がさまざまな二次元的視覚的素材から勝手につくりだしたイメージに恋してしまい、三次元の現物があらわれたときには幻滅するが、さらに進むと、想像力がその三次元の現物をも素材にしてふたたび二次元的な幻影をつくりだし、それが次にはまた三次元的現物を素材にして……と

いう、例の「萌え」の弁証法です。この弁証法こそが、物語の「戦略」的な布置であり、ナレーションを進ませる最大の駆動力として機能しているのです。

そして、「萌え」の弁証法が機能しはじめると、語り手は、そのアウフヘーベン（止場）の過程を自分の想像力が無限に羽を伸ばしているものと錯覚しますから、突然、自己表現したい、表現者になりたいと思うようになるのです。ところが、「萌え」の弁証法は、実際には、「語り手の資質」にすぎず、芸術創造に必要な才能とは別物ですから、いざ表現しようとすると、語り手はおおいに失望することになります。

かくて、語り手はしばらくのあいだ、表現者になりたいという願望と、そんな才能は皆無だという絶望という二つの極点（ポール）のあいだで、「萌え」の弁証法によって行ったり来たりを繰りかえすことになるのです。

具体的に見てみましょう。

「萌え」によって、ゲルマント公爵夫人に恋していた語り手は夫人のことをしょっちゅう家で口に出していましたが、そのことに気づいた母親が語り手に耳寄りな話を伝えます。医師のペルスピエ先生はゲルマント公爵夫人の主治医ですが、今度、先生の娘さんが結婚することになったので、その結婚式にゲルマント公爵夫人が出席する予定になっているというのです。

これで、語り手は萌えに萌えて、一気にボルテージが上がってしまい、結婚式のミサに勇んで出席することになりますが、では、結果はどうだったのでしょうか？

結婚式のミサの最中、教会の守衛が軽く身体を動かしたが、その移動で、突然、礼拝堂に座っているブロンドの婦人の姿が見えた。高い鼻ときつい目付きの青い瞳の貴婦人で、モーヴ色の滑らかな、新しい、光沢のある絹のスカーフを首に巻いていたが、鼻梁《びりよう》のわきに小さなおできが一つできているのが気になった。よほど暑いと感じているのか、顔は赤くなっていたが、その皮膚の表面には、見せてもらった肖像写真となにかしら似ているところが、わずかにわかる程度ではあるが、認められることは認められた。私が気づいた婦人の顔の特徴をあえて言葉にするならば、高い鼻と青い瞳ということになり、かつてペルスピエ医師がゲルマント公爵夫人の顔を描写してくれたさいに用いた言葉とまさに同じものになるので、「この貴婦人はゲルマント夫人によく似ている」と私は結論したのである。

語り手は、さらに、この礼拝堂はジルベール・ル・モーヴェのもので、墓石の下にはブラバン伯爵たちが眠っており、また、話によれば、そこはゲルマント家専用の礼拝堂であるというようなことを思い出したあげく、最終的にこう結論します。

ゲルマント夫人の肖像に似ていて、ゲルマント夫人がそこに来る予定になっていた当日に、この礼拝堂の中にいる人となると、それはどう見てもたった一人しかいない。つまり、これがゲルマント夫人その人なのだ！　私の幻滅は大きかった。その幻滅は、私がゲルマント夫人のことをイメージするとき、タピスリーやステンドグラスの色でもって夫人を思い描き、いまの時代に生きる人とは異なる別の時代の、別の素材でできた人とばかり思い込んでいたのに、そのことに全然気づいていなかったところからきていた。

ここまでは、予想できた展開です。しかし、語り手の「萌え」の弁証法はこのあと、不可思議な思考の運動を見せることになるのです。

17 文学的才能

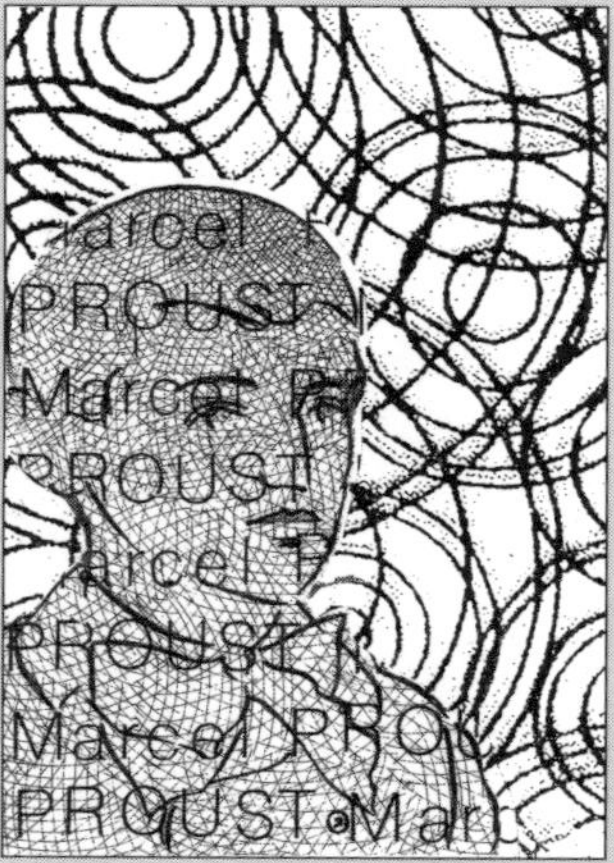

イメージをめぐるサルトルの考察の中で有名なものの一つに、「イメージの中のパルテノン神殿の円柱は数えられない」というのがあります。つまり、人は、想像力によってパルテノン神殿を漠然と想起することはできますが、現実とちがって、いざイメージの中に「数」のような具体性を求めるとなると挫折するほかないというものです。

ところで、このテーゼを反転して、次のようにいうこともできます。

「現実の具体性はつねにイメージを裏切る」

つまり、目の前に生の現実があらわれて、具体性を露骨に示したとき、その剝き出しの具体性は、人が漠として抱いていたイメージを瓦解させ、失望と落胆を誘うということです。
　結婚式のミサで教会の礼拝堂に座っているゲルマント夫人とよく似た女性を見たとき、語り手は、どうも客観的な状況証拠からして、これはゲルマント夫人と見なすしかないと思い至りますが、その際、語り手を激しく失望させることになるのは、そのゲルマント夫人らしき婦人の鼻のわきにぽつんとできていた「おでき」と「赤ら顔」なのでした。肖像画やステンドグラスやタピスリーや人の言葉から勝手に想像していたイメージの中には、そうした「おでき」や「赤ら顔」といった具体性は登場しえないからなのです。

　これまで一度として、私はゲルマント公爵夫人が赤ら顔をして、サズラ夫人のようにモーヴ色のスカーフを被っているなどと思ってみたこともなかった。（中略）「えっ、これなの？　こんなものなの、ゲルマント夫人というのは？」と呟きながら、私は注意ぶかく、かつ驚いた顔つきで、目の前にある姿を見つめていたが、もとよりそれは、ゲルマント夫人という名で繰りかえし私の夢にあらわれてきたイメージとはいささかの関係もないものだった。なぜなら、それは、私が自分の思いどおりにつくりあげたものなどではなく、たったいま、教会の中で初めて、私の目に飛び込んできたものだったからだ。それは（中略）いたってリアルなものなので、鼻のわきで赤く腫れている小さなおできに至るまで、すべて生の法則に従属している事実を証明していたのである。

「おでき」や「赤ら顔」といった現実の具体性は、語り手が勝手につくりあげたイメージとは絶対に相いれないものだったのです。

しかし、ここまでなら、われわれのような凡人でも理解できますし、その通りだ、こういうことはよくあるよ、と思うはずです。ところが、ここから先のリアクションは、語り手のイメージの紡ぎ出し方がきわめてユニーク、というよりも、かなり転倒・倒錯しており、『失われた時を求めて』という作品が書かれることになる必然性もそれに由来しているのではないかと想像させるものがあるのです。

とはいえ、あれほどまでによく夢に見たゲルマント夫人が、いまや私の外に確固として存在していることがわかると、その事実は私の想像力によりいっそう強力な力をふるいはじめたのだ。そのため、予想外の現実に接して一瞬麻痺した想像力はたちまち蘇り、私にこう語りはじめた。「シャルルマーニュ以前から、栄光に輝くゲルマント家は家臣の生殺与奪の権を握っていた。ゲルマント公爵夫人はジュヌヴィエーヴ・ド・ブラバンの後裔《こうえい》なのだ。夫人はこの土地の者をだれ一人として知りはしないし、だれ一人とも知り合いになろうとはしないだろう」

これが何を意味しているかわかるでしょうか？

イメージの力、すなわち想像力というものは、たとえ現実の具体性によって挫折・幻滅させられても、次には、摩訶不思議な修復作業によってその傷を克服し、挫折・幻滅を乗り越えて進んでいくことがあるということです。この意味で、想像力というのは、現実の試練に耐えてより強くなる信仰と似たところがあります。サルトルは、これを捉えて、想像力とは、映像を信じる「信憑の力」にほかならないと断定したのです。

ここから、想像力＝信憑力の恐るべきパワーが全開になります。

語り手は、ゲルマント夫人と思われる貴婦人をじっと見つめて、高く秀でた鼻、赤い頬、といった特徴を記憶の中に保存し、貴重な情報としてインプットするうち、不思議なことを考えるようになるのです。

ゲルマント夫人の顔についていろいろと考えた私の思考のすべてがその顔は美しいと結論づけた以上――そしておそらくは、期待を裏切られたくないというあの欲望が特別に働いて、自分自身の最良の部分を保存したいという本能のかたちとしてそう断定したのだろうが――、私は夫人の肉体を見てほかの女の人と変わらないと一時は思っていたにもかかわらず、いまでは夫人をほかの人間たちとは完全に別格扱いにして（中略）、まわりの人たちが「あの人はサズラ夫人やヴォントゥイユの娘さんよりきれいだ」などと、夫人が二人と比較可能な存在であるかのごとくに言うのを聞くと、ひどい苛立ちを覚えた。そして、私の視線は、夫人のブロンドの髪、青い目、襟足などに立ちどまり、別の女の顔を思い出させるような特徴を片端から取り除

いていった。こうしてわざと不完全なものにつくり変えたこのスケッチを前にして、私はこう叫ぶのだった。「なんてきれいな人だろう！　なんて上品な人なんだろう！　ぼくの前にいるのは、ゲルマント家の誇り高き貴婦人、ジュヌヴィエーヴ・ド・ブラバンの後裔のあの人なんだ！」

ようするに、ステンドグラスやタピスリーに描かれたジュヌヴィエーヴ・ド・ブラバンの肖像から思い描いたゲルマント公爵夫人のイメージの力が強力すぎたので、語り手は、たとえ鼻のわきにおできのような具体的な欠点を見つけだしても、それを見て見ないふりをして、逆に、自分のイメージに合うような好ましい特徴だけを拾い上げ、頭の中のイメージに合わせて現実のゲルマント公爵夫人の映像に美容整形をくわえ、最後は、「なんて美しい人だろう！」と叫ぶに至るのです。言いかえると、現実のゲルマント公爵夫人がイメージの中のそれと合致しないのなら、イメージに合わせて現実のゲルマント公爵夫人の方を「変えてしまえ」ということになるのです。

そして、そのあげく、語り手は、ゲルマント夫人の、特定のだれに向かって微笑むというのではなく、臣下の者に満遍なく分かち与えるような視線にぶつかると、妙な幻想を抱くに至るのです。

その微笑が、夫人から目を離さずにいた私の上に落ちてきた。すると、私は、夫人がミサの最中にジルベール・ル・モーヴェのステンドグラスを通ってきた陽光のように青い眼差しを私の上にとどめたことを思い出し、こう言い聞かせたのだ。「そうだ、夫人はきっとぼくに気があるんだ」。こうして私は夫人の気に入られたと信じこんだ。

そうなのです。自分の頭の中にあるイメージを信じる力というのは、「おでき」のような現実の醜い具体性にぶち当たっても、これを見て見ないふりをするくせに、恋する相手から視線を投げかけられるというようなかすかなリアクションがあったりすると、それを自分の都合のいいように思いきり拡大解釈し、気に入られたのは自分だと「信じこむ」のです。

夫人は教会を出たあとでも私のことを考えるだろう、もしかすると、ゲルマントに帰ってからも私が原因で夜に寂しい思いをするかもしれない。そう思うやいなや、私はもう夫人に恋していたのだ。

このあたりの心理の運びは、二次元恋愛の「萌え」系のオタクが、自分の愛するキャラに扮したコスプレのウェイトレスに「なにげなく」見つめられただけで、その視線を有意味的に解釈してしまい、ストーカー的な恋心を発動するのとまったく同じメカニズムに基づいています。

こうした意味でも、『失われた時を求めて』の語り手は元祖オタクといえるのです。

ところで、このように、ゲルマント公爵夫人が自分に気があると思い込むことで公爵夫人に恋してしまうというストーカー的な恋愛感情は、語り手を幸福にするかというと、逆に不幸にしてしまいます。というのも、すでに指摘したように、語り手の思い込みには、バルザックの『幻滅』のバルジュトン夫人とリュシアン・ド・リュバンプレの関係がレフェランス（参照）として設定されていますから、リュシアンの才能と美貌にバルジュトン夫人が恋したように、語り手がゲルマント夫人から恋されるには、文学的才能を持っていなければならないことになりますが、語り手は、肝心要《かんじんかなめ》の文学的才能に自信が持てないままでいたからです。

ゲルマント公爵夫人に対する恋心の芽生えのあとに、唐突に（じつは、そうではなく、すこし前の文学的煩悶にちゃんと続いているのですが）あらわれてくる才能の欠如の悩みは、まさに、こうしたストーカー的恋愛のメカニズムによるものなのです。

この日からというもの、ゲルマントの方へ散歩に出かけるたびに、私は自分に文学的な才能がないならば、有名な作家になるという大それた望みはあきらめねばならないと思うようになり、以前にもまして才能の欠如をひどく悲しむようになったのだ。

恋心と密接な関係に置かれたこの才能コンプレックスの告白は、『失われた時を求めて』を読む上できわめて重要です。なぜなら、『失われた時を求めて』は、その全体が才能コンプレックス克服の物語として読むことができるからです。

　すなわち、語り手は、自分がゲルマント公爵夫人やジルベルトに「恋される資格」として、自己に文学的才能があること、少なくともその確証を得られることが最低の必要条件だと勝手に想定しているのですが、この「美女に値するは天才のみ」という等価交換的思い込みは、メイド喫茶のウェイトレスの気を引くためにひたすら筋肉トレーニングに励んだ筋肉オタクが、途中から筋トレを自己目的化することで最終的には恋とは無関係に筋骨隆々たる肉体を手に入れるのと同じように、美女の幻影が「おでき」の類いによって崩れ去ったあとでさえも、才能の研磨を自己目的化し、ほとんどオートマティスムと化すことで、思いもかけなかった「自信」を獲得するに至り、ついには文学作品（『失われた時を求めて』）の創造へと向かう結果となるのです。

　これは逆に見れば、筋肉オタクが筋骨隆々たる肉体を得るためにはメイド喫茶のウェイトレスに恋す

る「必要」があると考えたように、語り手も文学的才能を確信するため、ゲルマント夫人やジルベルトに「恋しなければならなかった」という理屈になります。

ようするに、完全なる本末転倒の典型であり、語り手は『失われた時を求めて』の執筆に着手するために、ゲルマント夫人やジルベルトに恋する「必要」を感じるようになったということなのです。

この倒錯の構図は、サド・マゾヒスム、とりわけマゾヒスムのそれとよく似ています。マゾヒストというものは、なによりもまず自分の被虐願望を満足させなければならないという至上命令がありますから、ここから出発し、自分の思いどおりに自分をいたぶってくれる理想のサディストを追い求めることになりますが、それは現実には簡単には手に入れることができないため、それならいっそこれを育てあげてしまおうと決意するのです。こうした「神が存在しないなら、これを発明しなければならない」式の倒錯は、そのまま『失われた時を求めて』のあらゆる局面で見出され、ほとんど基本的な構造となっていると言えるのです。

『失われた時を求めて』にサド・マゾヒスムがしばしば登場するのは、まさにこうした「ないものはこれを発明してしまおう」という心理メカニズムの対応関係のゆえなのです。

しかしながら、いかに『失われた時を求めて』全編がこうした一種の「発明家精神」に貫かれていたとしても、それだけでは永遠に問題が解決しないのも事実です。なぜなら、「ないものはこれを発明してしまおう」として発明されるのは、現実ではなくイメージや観念だからです。イメージや観念は、そこに充填されたエネルギーがいかに強力であろうと、現実の中に足掛かりを持ちませんから、永遠の空回りを余儀なくされることが多いのです。

では、『失われた時を求めて』の語り手は、この永遠の空回りから脱することはできないのでしょうか？

否。さんざんにもがき苦しんだあげくに、ある瞬間、語り手は現実の中に一つの足掛かりを得て、空回りから脱する可能性を垣間見ることになるのです。続く引用にはその転回のきっかけとなった体験が明瞭な言葉で綴られています。


ひとり離れたところで夢想にふけっていたりするとよけいに無念の思いが強くなり、ひどく苦しくなったので、こうした無念さを二度と感じないですむように、私の心は、苦痛を前にすると、一種の自己抑制をかけるようになった。つまり、詩や小説のことだけではなく、才能のなさゆえに期待できなくなった詩人としての将来も、考えるのをいっさいやめることにした。すると、こうしたさまざまな文学的関心の外側の、それとはまったく関係ないところで、私の足をとめさせるようなある事件が生じた。民家の屋根や、小石に反射する太陽の光や、ある道から立ち上る匂いなどを見たり嗅いだりした瞬間、突然、私は特別な喜びを覚えて歩みをとめたのである。足をとめた理由はもう一つあった。それは、こうしたものたちは、目に見える向こうになにかを隠していて、それを捉えるよう私にさかんに誘いをかけているのだが、いざ私が捉えようとすると、どんなに頑張ってもそれを見つけだすことができなかったからだ。私は、

これらのものの中になにかがあると感じ、その場に立ちどまり、身動きもせずにじっと見つめ、匂いを嗅ぎ、思考の力でイメージや香りの彼方に向かおうとつとめたのだ。

これは一読しただけで、語り手が小説の冒頭で（ということは晩年に）体験することになるマドレーヌと紅茶の前駆的体験であることがよくわかります。しかも、ここでは文学的才能の欠如の苦しみと対比的に置かれているので、その構造がスケルトン図面のようによくわかります。

すなわち、まず文学的才能の欠如に対する苦しみがあり、そこから逆算されるかたちで、「恋」が発明されるのですが、そうは簡単にことは運ばず、「美女に値するは天才のみ」の等価交換的思い込みによって、振り出しに戻り、才能の欠如がまた嘆きの種になって、絶望にかられますが、しかし、この苦しみのどん底において思考の放棄が起きた瞬間、突如、エピファニー（公現）のように、「特別な喜びを覚えて歩みをとめ」るようなものがあらわれてくるのです。

しかも、それは、マドレーヌと紅茶体験と同じように、「目に見える向こうになにかを隠していて、それを捉えるよう私にさかんに誘いをかけているのだが、いざ私が捉えようとすると、どんなに頑張ってもそれを見つけだすことができなかった」のです。

つまり、意識的な努力によっては、その喜びの源泉は開示されえないのです。しかし、いつかは作家になれるのではないかという希望に手掛かりを与えてくれるような類いのものではないにもかかわらず、体験の貴重さだけは直感的に把握できたのでした。

それというのも、こうした印象といつも結びついていたのは、知的には価値のない特殊なもの、抽象的な真理などとは無縁な特殊なものだったからだ。しかし、これらの印象は、少なくとも説明しようもない喜び、ある種の豊かさを秘めた幻影を私にもたらすことで、偉大な文学作品をつくるために哲学的主題を探し求めるたびに感じていた憂愁や無力感から、私を解放してくれたのだった。

では、いったい、その貴重な体験とは具体的にどのようなものだったのでしょうか？

18 マルタンヴィルの鐘塔

ゲルマントの方に散歩に出たときに限って、語り手は、文学的才能の欠如に苦しめられることが多かったのですが、しかし、一方では、屋根や、石の上に反射する太陽の光を見た瞬間、また、道から立ち上る香りなどを嗅いだときなどに特別の喜びを感じることがありました。

ところで、そうした喜びを与えてくれるものは背後になにかを隠しているように思われたので、語り手はその「なにか」を必死になって探すのですが、努力は報いられません。

しかし、一度だけ例外がありました。

ゲルマントの方への散歩が長引いた帰り道、往診途中のペルスピエ医師が馬上から語り手の一家を見つけ、馬車に乗せてくれたときのことでした。医師はマルタンヴィル＝ル＝セックの患者の家に寄らなければならないので、馬車を疾駆させていました。

ある道の曲がり角で、マルタンヴィルの二つの鐘塔があらわれたとたん、私はほかのどんな喜びにもたとえようのない特別な喜びを感じた。二つの鐘塔には夕陽が当たっていて、馬車の動きと蛇行する道のため、鐘塔は何度か位置を変えるように見えた。ついで二つの鐘塔と丘一つ谷一つで隔てられ、より高く遠い台地の上に立っているヴィユヴィックの鐘塔があらわれたが、それは、すぐ近くにあるかのように見えるのだった。

語り手は、鐘塔のかたちや線の移動などを考えに入れながら、喜びの因ってきたるところを分析しようと試みます。

この動きの背後、この光の背後になにかが潜んでいるのだが、それは鐘塔に含まれていると同時に鐘塔によって隠されているらしい、と思われた。

最後の言葉に注目してください。印象派の画家たちの考えと基本的に同じだからです。印象派は事物や風景の印象を捉えようとして、事物や風景をそのまま描くと肝心の印象が消えてしまうのに気づき、

印象そのものを画布に定着する方法を模索するに至ったのですが、語り手が悟ったのも同じことでした。すなわち、鐘塔に含まれていると同時に鐘塔によって隠されているらしい「なにか」を摑もうと試みたのです。

ところで、そうしているうちに、馬車は突然、マルタンヴィルの教会の前でとまります。

語り手は、さらに快感の源泉を分析しようとしますが、原因追求の義務感が煩わしくなり、分析を中断してしまいます。馬車はふたたび出発し、語り手は前と同じように御者台に乗って鐘塔の方を振り返ります。御者はおしゃべりする気がなさそうなのです。

私はしかたなく自分自身を相手に、さきほど見た鐘塔のことを思い出そうとした。やがて鐘塔の輪郭と夕陽に照らされた表面に、まるで樹皮のような裂け目が生じ、中に隠れていたものがすこしだけあらわれると、私の中に一瞬前には存在していなかった思いが生じた。それは頭の中で言葉として表出された。

語り手は、マルタンヴィルの鐘塔の背後に隠れていたものが言葉のかたちをとってあらわれたことに気づき、ペルスピエ医師から鉛筆と紙をもらって短文を書きつけます。以下は、語り手が初めて書いた文章の冒頭です。

「地平線からそれだけが高く飛び出すように、そして、見渡す限りなにもない野原で迷い子になったかのように、マルタンヴィルの二つの鐘塔が空に向かって伸びていた。やがて、それらが三つになるのが私たちに見えた。マルタンヴィルの二つの鐘塔の正面に、遅れてやってきたヴィユヴィックの鐘塔が大胆に方向転換して合流したからだ。数分がたち、私たちの馬車はかなりのスピードで進んでいった。にもかかわらず、三つの鐘塔はあいかわらず遠くの前方にあった。さながら野原に下りたまま身動きもせず、陽に照らされてようやく判別できる三羽の鳥のように。ついでヴィユヴィックの鐘塔がわきに退いて、遠くに離れ、マルタンヴィルの二本の鐘塔だけが残った。夕陽が塔の斜面を赤く照らしてたわむれながら微笑んでいるさまが、これほど遠く離れているのに、私の目にはしっかりと見えたのである。(後略)」

これを前出の地の文と比較すると、言葉のかたちをとったものの特徴が見えてきます。マルタンヴィルの二つの鐘塔と、そのあいだに割り込むヴィユヴィックの鐘塔が、「さながら野原に下りたまま身動きもせず、陽に照らされてようやく判別できる三羽の鳥のように」という直喩で表されていることです。鐘塔の背後に隠された、喜びの源である「なにか」を言葉にするには、かつて経験した近似の印象を探し出し、「比喩」の関係に置いて、両者のあいだに生まれる「アナロジー」をあぶり出すしかないということになります。

実際、この文を書き上げた語り手は、自分の気持ちをまさに比喩を用いて表現することになります。

私は、ペルスピエ医師の御者がマルタンヴィルの市場で買ったニワトリの籠を置く座席の片隅でこれを書き上げたとき、ひどく幸福な気持ちになった。この一文が鐘塔とその背後に隠されているものから私を解放してくれたように感じたので、さながら私自身が雌鶏となって卵を産みでもしたかのように、声を張りあげて歌をうたいはじめたのだ。

さて、こうして語り手は、ゲルマントの方で出会った自然や建造物の背後に隠されているなにかを「言葉」に変える契機を摑んだのですが、ゲルマントの方への散歩がもっとも幸福な午後であったとするなら、その「反動」として、今度は「散歩のあと」に訪れるあの不安、「就寝の悲劇」への恐怖が語り手の心を塞がせることになります。

具体的にいえば、ゲルマントの方からの帰り道、左手にある農園が見えるあたりに来ると、語り手の胸は、その後の展開を予想して、どきどきしはじめるのです。

というのは私にはわかっていたからだ。三十分もたたないうちに私たちは家に帰るだろう、そして、ゲルマントの方に散歩に出かけたために夕食が遅くなる日の決まりで、私はスープを飲み終えるとすぐに寝にやらされるのだが、こうしたときには母は夕食にお客がいるときと同じように食卓にとどまるので、就寝した私のところにおやすみを言いに上がってきてはくれない

――だろう、と。

この悪い予感、「悲しみの地帯」と語り手が呼ぶものは、バラ色が黒色や緑色と一本の線でくっきりと分けられているように、ゲルマントの方の喜びの地帯とは画然と隔てられているのです。逆にいうと、ゲルマントの方での快感・幸福があまりに強く意識されたので、それとの対比で、「就寝の悲劇」が苦しい予感となってあらわれたということです。

――このように、私は心の中に継起する状態をはっきり識別する術を学んだが、それはまさにゲルマントの方に散歩に出たことによる。それぞれの状態はしばらくのあいだ私の中で続き、やがて、体温が規則正しく変化するように、一方の状態が戻ってくると、もう一つの状態が追放されるという具合に、毎日を二分するに至ったのだ。

ところで、たがいに独立し対立しあっている状態のうち、メゼグリーズの方とゲルマントの方は、生活の意味を完全に変えてしまうような新しい真実の発見を準備していましたが、語り手は、やがて、そうした真実はそれが発見された瞬間に存在しはじめるという事実に気づきます。

――なるほど、自然のこの一角、たとえば庭のこの一隅が、夢見る少年という一介の通行人の目で

――ちょうど、群衆の中に紛れこんだ伝記作者によって王が観察されるように――長いあいだ見つめられるということはあっただろう。だが、そのときには、庭の一隅は、まさか自分のはかない特徴がその少年のおかげで永遠の生を授けられることになろうとは夢にも思っていなかったにちがいない。サンザシが生垣沿いに発している あの匂いも同じ場所に野バラが咲けばすぐに消えうせるだろうし、ある小径の砂利を踏みしめる足音もエコーを伴わないだろう。また、川の水が水草にぶつかってできる泡もすぐに破裂するだろう。だが、そのあいだに、それらを持ち帰り、かくも長い幾歳月、それらを生きながらえさせてきたのは、まさに私の高揚した心があったからにほかならない。

こうしたリラやサンザシの咲き乱れるメゼグリーズの方、あるいはヴィヴォンヌ川に浮かぶ睡蓮やキンポウゲがあるゲルマントの方は、語り手にとって記憶の中の理想郷となっているので、長じてから、旅行の途中で似たような光景に出会って心うたれても、どうせならメゼグリーズの方やゲルマントの方をもう一度見てみたいという欲望に強く捉えられることになりますが、それは、そのあとに続く例の悲しみの状態との対比でよけいに際立つことになるのです。

とはいえ、それぞれの場所には個人と結びついたものがある。そのため私がもう一度ゲルマントの方を見たいという欲望に捉えられたというので、人がヴィヴォンヌ川と同じくらい美しい睡蓮、それどころかもっと美しい睡蓮の浮かんでいる川のほとりに連れていってくれたとしても、私の欲望は満足させられなかったにちがいない。それはちょうど、夕方、家に帰りつき、あの苦悩が――あとになって恋愛の中に移動し、恋愛と不可分なものになってしまうあの苦悩が――その時刻に目覚める時刻になったというので、母よりもっと美しくもっと聡明な母親がおやすみを言いにきてくれたとしても、そんなことは望んでいないと思うのと同じなのである。

この箇所は、誤解を受けやすい一節ですので、あらかじめ注意をしておくことにしましょう。ポイントは、ゲルマントの方への散歩で経験したことや、母がおやすみを言いに二階に上ってきてくれた経験などは一回的で再現不可能な経験であり、同じ条件、あるいはそれ以上の良い条件が整ったとしても同じような情動を味わうことはできないという意味での「絶対性」ではないのです。

重要なのは、ゲルマントの方への体験と母がおやすみを言いにきてくれる体験という二つの体験の絶対性が、プラスとマイナスのベクトルの「大きさ」において対比的な関係にあるということなのです。二つは対比の「大きさ」において等しいため、そのどちらかが意識に喚起されるや、たちまちのうちにもう一つも呼び出されてくるような二元的構造になっているということが重要なのです。

そうなのだ、私が幸せに眠りにつき、いささかの憂いもなく心やすらかに眠りこむのに不可欠だったのは母がおやすみを言いにきてくれて、その顔を（中略）私の方に差し出してくれることだった。このような心の安らぎは、以後どんな恋人も与えてくれなかったものである。（中略）これとまったく同様に、私がなんとしてもふたたび見たいと思っているのは、かつて散歩したゲルマントの方である。カシの並木道の始まるところにあった農園、隣りあった二つの農園からすこし離れたところにあるあの農園、夕陽が照り映えて牧草地が沼のように見えるとき、リンゴの木の葉陰が際立つ、あのゲルマントの方なのだ。

ここまで執拗に対比構造を繰りかえされたなら、どれほど感度の鈍い読者でも、その正反対のベクトルの「大きさ」の対応関係には気づかざるをえませんが、同じような構造は、じつは、メゼグリーズの方とゲルマントの方という二つの方角においても観察されているのです。げんに、「コンブレー」の最後は、二つの方角の反対ベクトルのパワーバランス構造によって締めくくられることになります。

メゼグリーズの方とゲルマントの方は、そこで私がさまざまに異なる印象を同時に味わったという理由から、それらを私のうちで永久に分かちがたいものとして結びつけてしまったが、まさにそのために、どちらの方向も将来、私を多くの幻滅や多くのまちがいにさらすことになったのである。というのも、私がある人に再会したいと願うようなことがあった場合、じつは、その人がサンザシの生垣を連想させてくれたからであるにすぎなかったり、ある人への愛情の蘇りを覚えたのは、たんにこの二つの場所を再訪したいと思ったからだということに気づかなかったりすることがあったからだ。(中略)また二つの方角はこれらの印象に、私にしかわからない魅力と意味を付け加えてくれることもある。夏の夕方、穏やかに晴れていた空が一転、野獣のように唸り声をあげはじめ、皆がこの雷雨をうらめしく思っているようなときでも、私だけは恍惚として、落ちてくる雨の音を通して、目には見えねどもいまもなおそこに現存するリラの香りを嗅ぐことができるが、それこそはメゼグリーズの方のおかげなのである。

こうして、二つの方向の構造的な対比関係が喚起されたのを最後として、紅茶に浸したマドレーヌをきっかけにして蘇ったコンブレーの記憶と映像の連鎖は一応の完結を見ることになりますが、語り手による記述は、このあと、「コンブレー」冒頭の「長いあいだ、私は早めに寝ることにしていた」で始まるプロローグへと連結されるエピローグへと変化して、物語の円環構造を閉じることになります。

こんなふうにして、私は夜が明けるまで、コンブレー時代のことを、また、眠れずにもだえた悲しみの夜のことを、また最近になって、一杯の紅茶の匂いによって(中略)イメージが蘇ってきた多くの日々のことを、さらに思い出の連鎖により、私がこの小さな町を離れて幾歳月を経た後に知った、私の誕生以前にスワンが経験したある恋愛の細部などを次々に思い浮かべるのだった。

注目すべきは、この最後の言葉です。というのも、ここで、語り手は、「コンブレー」を「スワンの恋」へとつなげるための最低限の「リアリズムの保証」、スワンの恋について細部まで正確に知るという偶然の機会（手紙ないしは手記の発見？）に恵まれたというアリバイ工作を行って、二つの物語の連結性を強調しているのですが、しかし、そうしたアリバイ工作を述べたその舌の根も乾かぬうちにあっさりとこんな「アンチ・リアリズム宣言」をしてしまいます。

私たちはこんなふうに、ときには数世紀前に死んだ人の生活について、親友の生活よりもはるかに詳しく正確な細部に至るまで知ったりするが、そうした正確な知識というものは、離れた町と町のあいだで話をすることが昔は不可能と見えたように、およそありえないことに思えるものかもしれないが、それは、その不可能性を回避する方法を知らないからの話である。あとからあとからと次々に付け加えられたこれらの数々の思い出は、もはや一つの塊を成しているとしか見えないけれど、しかし、そのおのおのの思い出のあいだには（中略）ほんとうの裂け目や断層とは言えないまでも、少なくともある種の岩や大理石の中には認められる類いの、起源や年代や「生成期」のちがいなどを示す石目模様やまだらな色などを識別することができなかったわけではないのである。

ようするに、語り手は、スワンの恋の細部をあとから知りえたのは、リアリズム的な「発見された手記・手紙」の類いに因るものではないのだよと、漠然と読者に伝えようとしているのですが、そのアンチ・リアリズム的手法については「ある種の岩や大理石の中には認められる類いの、起源や年代や『生成期』のちがいなどを示す石目模様やまだらな色など」を手掛かりにするのと似ているとだけ言って、具体的にはなにも明示していません。

その代わりといってはなんですが、「コンブレー」の掉尾を飾る最終節は「たしかに、朝が近づくころには、もうずっと前から、目覚めにつきものの曖昧模糊としたつかの間の状態は消え去って久しかった」という覚醒を強調する文章で始まり、ナレーションは、夢の手法ではなく、覚醒＝リアリズムの手法に基づくのだよ、とはっきりと開示しているように見えます。

ところが、そう、まさに、「ところが」なのです。ナレーションはさらに屈折して、目覚めたと思ったら、やはりそれも夢だったよ、いや、待てよ、これが現実なのかもしれない……というような無限の宙吊りの中で終わることになるのです。

ところが、朝の光が（中略）チョークで書いたように、暗闇の中に誤りを訂正する白い最初の筋を引くやいなや、窓はカーテンと一緒に退いて、私が誤ってここだと思い込んでいたドアの框《かまち》から離れ、一方、記憶がうかつにもそこにあると思い込んでいた机は、窓に席を譲るためにあわてて逃げ出し、そのついでに暖炉を前に押し出し、廊下との境界壁を後退させたのだった。ほんのすこし前には化粧室が広がっていた場所には、いまや小さな中庭が位置を占め、私が暗闇で再建していた住まいは、目覚めの錯乱の中で垣間見たほかの住居に合流していた。その住まいが姿を消したのは、朝日が指を上げてカーテンの上に引いた青白いしるしを見たからだった。

お見事！　というほかない『スワン家の方へ』のエピローグです。かくして、すべては、覚醒と半覚醒のイタチごっこと化し、どこが頭で尻尾なのか捕まえられぬままに、「失われた時」の最終的発見は物語の最後の最後たる『見出された時』へと送り返されることになるのです。

A LA RECHERCHE DU TEMPS PERDU

Du côté de chez Swann

第一篇

スワン家の方へ

第二部

スワンの恋

UN AMOUR DE SWANN

19 反対のスノビズム

この章からようやく『スワン家の方へ』第二部「スワンの恋」に入っていきます。

この部分は、『失われた時を求めて』の中でも、唯一、三人称による語りという形式を取っており、独立した三人称小説として読むことも可能です。

しかし、その一方では、三人称の語り手は『スワン家の方へ』第一部「コンブレー」の一人称の語り手と同一人物という設定がなされています。語り手は、前の章で見たように、リアリズム小説によくあるようなアリバイ的配慮を施し、ある特別の方法によってスワンの恋の詳細を知り、それを報告しているのだと述べていますが、具体的にはそれがどのようなものかは明示していません。したがって、同一の語り手による同一の物語の一部と見なすことも可能なのです。

いずれにしろ、読者は「ちょっと変だけれど、まあいいか」と思いながら読み進めていくうち、いつしか三人称のナレーションにすっかり慣れて不自然さを感じなくなってしまうのですが、そのまま小説の最後まで三人称が貫かれるのかと思いきや、次の『スワン家の方へ』第三部「さまざまな土地の名・名前というもの」になると、今度はまた一人称の語りに戻るのです。

その結果、読者は「やっぱり、これは変だな。小説の了解事項に対するルール違反じゃなかろうか？」と思うことになります。ところが、この疑念もまた、その後の一人称の圧倒的な語りを読み進めていくうちに、いつしか忘れられたように感じられるのです。

しかし、結局のところ、やはり疑念は「残る」のです。「スワンの恋」だけが突出して「変」であることが意識から消えることはなく、一つの「異物感覚」となって最後まで残存することになります。

問題は、このどうしても消え去らない「異物感覚」にあります。なぜなら、だれよりも小説の構造には鋭敏な神経の持ち主だったプルーストが、読者が抱くであろう「異物感覚」に無自覚であるはずはありません。言いかえれば、「異物感覚」はプルーストが意図的に読者に与えようとしたものであると見なすことができるのです。

では、プルーストの意図とはなんだったのでしょうか？

この答えについては、「スワンの恋」を読み終えたあとに考えることにしたいと思います。というのも、「スワンの恋」というのは、まさにこのナレーションの転換についてのプルーストの「実験」であるからです。つまり、その実験を最後まで追跡しない限り、答えは出てこないということなのです。「スワンの恋」は、次のようなヴェルデュラン夫人の主宰するブルジョワ的サロンの特徴の分析から始まります。

その必須条件というのは、ヴェルデュラン夫人が芸術や文学や社交生活にかんして下した判定を絶対的な価値基準すなわち《信条《クレド》》として遵守することでした。とりわけ、ヴェルデュラン夫人がこだわったのは、自分たちよりも階級的、審美的に「上の」サロンに集う人たちを「やりきれない連中」として見下し、こうしたサロンにくわわりたがる者たちをクレド侵犯者として除名の処分（出入り禁止）にするということでした。

ヴェルデュラン家の「小さな核」、「小さなグループ」、「小さなクラン」に参加するには一つの条件を満たすだけで充分だったが、それは必須の条件だった。

ヴェルデュラン夫人のサロンでは夜会服は禁じられていた。おたがい「仲間同士」だし、あの「退屈な連中」に似ないようにしなければならない、ということだった。その連中はペスト菌のように忌み嫌われ、大きな夜会のときにしか招かれなかったし、大きな夜会もごくまれにしか開かれなかった。例外は、画家を楽しませることができそうだとか、音楽家の宣伝になりそうな場合だけだった。それ以外のときは、「仲間同士」でなぞなぞ遊びに興じたり、平服での夜食会ですませていた。それも小さな「核」によそ者はだれも交えずに、ごく内輪だけで集うのが常だった。

ところで、こうした自分たちよりも階級的・審美的に上のサロンに通う人たちを「退屈な連中」として馬鹿にして蔑む態度は、「コンブレー」に登場した大叔母によく似ています。

大叔母は、どんなに小さな強みだろうと、他人にそれがあると知るやいなや、そんなものは強みでもなんでもなく、むしろ弱みなのだと自分を納得させ、その人たちを羨ましがるのが悔しいために、逆に彼らを憐れむのだった。

こうした強がりをする人というのは、プルーストが指摘するまでもなく、フランス人によくあるタイプで、私も実際にこの種の態度を見せつけられ、驚いたりしたことが何度かあります。そして、そのたびに、「おやおや、ここにもあの大叔母やヴェルデュラン夫人がいるのか！」とプルーストの観察眼の確かさに感じいったものですが、じつは、このフランス人の独特の「強がり」に注目したのは、プルーストが最初ではありません。すでに、十七世紀の文人ジャン・ド・ラ・フォンテーヌが『寓話』でフランス人の「強がり」を描いているのです。

キツネとブドウ

ガスコーニュ生まれのキツネが、ノルマンディー生まれだという人もいるが、
おなかがすいて、ほとんど死にそうになっていたとき、ブドウ棚の上に、
明らかに熟しきって、紫色の
皮に覆われたブドウの実を見た。
ぬかりない奴は、喜んでそれで食事をしたかったのだろうが、
手がとどかなかったので、
「あれはまだ青すぎる。下郎《げろう》の食うものだ」と言った。
愚痴をこぼすよりもましなことを言ったではないか。

（『寓話（上）』今野一雄訳、岩波文庫）

私は、アテネ・フランセに通っているときフランス語中級の最初の授業でこれを読み、腰が抜けるほどびっくりすると同時に、ある意味、フランス人というものの本質を理解したように感じました。というのも、ラ・フォンテーヌがこの寓話のもとにした『イソップ寓話集』では、教訓が逆になっていたはずだからです。確かめてみた結果は次の通りでした。

狐と葡萄《ぶどう》

腹をすかせた狐君、支柱から垂れ下がる葡萄の房を見て、取ってやろうと思ったが、うまく届かない。立ち去りぎわに、独り言、

「まだ熟れてない」

このように人間の場合でも、力不足で出来ないのに、時のせいにする人がいるものだ。

（『イソップ寓話集』中務哲郎訳、岩波文庫）

ようするに、イソップがキツネ否定派であるのに対して、ラ・フォンテーヌはキツネ肯定派であり、キツネ的に思考することが、精神の健康には適した「困難解決法」ではないかと問題提起しているのです。重要なことは、フランス人の多くは、少なくとも、私の知り得た範囲では、ラ・フォンテーヌと同じくキツネ肯定派だということです。手の届かない葡萄を、手が届かないといって愚痴をこぼすよりも、「あれはまだ青すぎる。下郎の食うものだ」として切り捨ててしまう方を好むのです。

となると、ここでプルーストは、大叔母やヴェルデュラン夫人をかならずしも否定的な存在として描いていないのではないかと考えてみる必要が出てきます。もちろん、肯定的ではないのですが、さりとて全面的に否定しているわけでもない。

では、なんのために、大叔母やヴェルデュラン夫人の思考法が問題とされているかといえば、それはもう一つの態度との対比においてです。

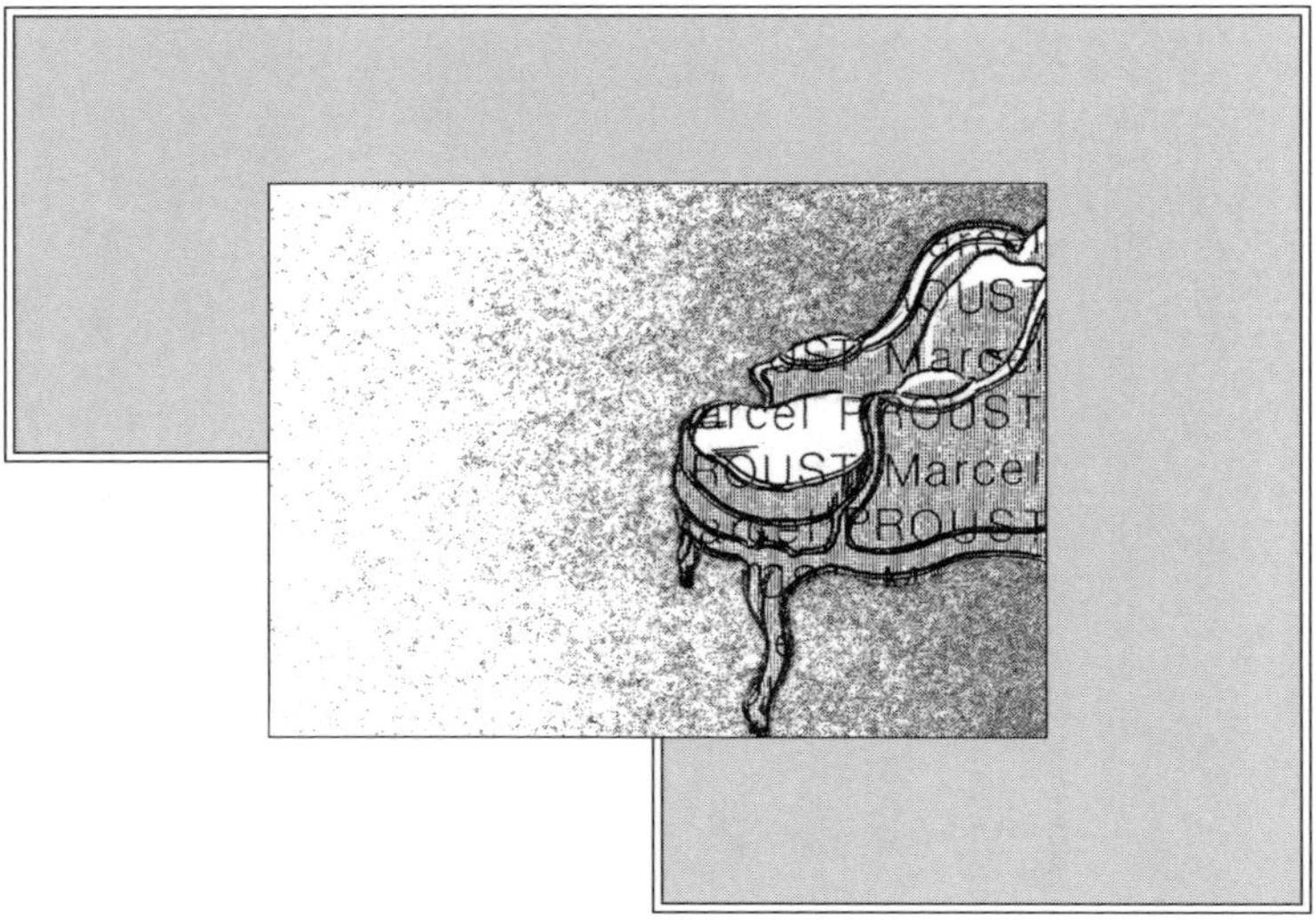

大叔母やヴェルデュラン夫人の態度の反対、それは、手の届かない葡萄に、手が届かないというまさにその理由によって憧れ、実際以上に高く評価し、手の届かない人たちを外見や言動だけでも真似ようとする態度です。つまりは、スノビズムです。「コンブレー」に出てきたルグランダン氏などがこの口です。

しかし、そうだとすると、大叔母やヴェルデュラン夫人は「スノビズムの反対」ということになってしまいそうですが、実際には、「スノビズムの反対」なのではなく「反対のスノビズム」なのであり、こちらも立派なスノビズムなのです。

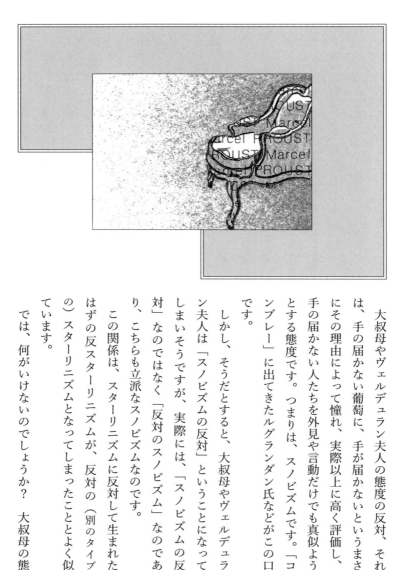

この関係は、スターリニズムに反対して生まれたはずの反スターリニズムが、反対の（別のタイプの）スターリニズムとなってしまったこととよく似ています。

では、何がいけないのでしょうか？　大叔母の態度をもう一度思い出してください。

大叔母は、どんなに小さな強みだろうと、他人にそれがあると知るやいなや、そんなものは強みでもなんでもなく、むしろ弱みなのだと自分を納得させ、その人たちを羨ましがるのが悔しいために、逆に彼らを憐れむのだった。

つまり、大叔母やヴェルデュラン夫人の「反対のスノビズム」とは、なによりもまず自己肯定・他者否定の自己愛が強烈にあり、それを中心に世界がまわっているのです。

しからば、いったいなにゆえに、プルーストは、この「反対のスノビズム」集団であるヴェルデュラン夫人のサロンの話から「スワンの恋」を始めたのでしょうか？

それは、シャルル・スワンという人物の「恋」の特殊性をあぶり出し、その摘出された特殊性を鏡にして、語り手のアルベルチーヌへの恋の特異性を描くことにあるのですが、しかし、先回りして結論を言ってしまう愚を犯すよりは、スワンがなにゆえにヴェルデュラン夫人のサロンに出入りするようになったかという物語の発端から見てゆくことにしましょう。

ヴェルデュラン夫人のサロンは、そのクレドが厳しすぎたために、次々に信者を失い、最後には、ごく少数の女信者しかいなくなってしまいました。その結果、次のような例外事項を設けるに至ったのです。

コタール医師の若い夫人を除けば（中略）、最終的に残った女信者は、ヴェルデュラン夫人からオデットと呼ばれ、「とてもかわいい人」と紹介されている、ほとんど半社交界のクレシー夫人なる女性と、例のピアニストの叔母に当たる、元門番という女だけだった。

サロンの常連の女性が高級娼婦と元門番とはなんともお寂しい限りですが、しかし、例のキツネ的思考を得意とするヴェルデュラン夫人ですから、決してそのように思うことはなく、「相手の強みは弱み」「自分の弱みは強み」と考え、こんなふうに信者のスカウトを開始するのです。

もしも、ある男の「信者」に友人がいたり、または「常連」である女性に男友だちができたりする場合、相手のためにその人たちがサロンを「すっぽかす」恐れが出てくると、ヴェルデュラン夫妻は「それなら、いっそここに連れてらっしゃいよ！　あなたのお友だちを」と言うのだった。ただし、それは女性がサロンで恋人と会い、夫妻を愛するのと同じ程度に相手を愛し、また夫妻よりも相手が好きにならないという条件を満たしている場合であり、それさえクリアしていれば、女性が愛人を持つことを夫妻は恐れたりはしなかった。そしてその相手がヴェルデュラン夫人に隠しだてをしない人物かどうか、「小さな党」にくわえてもよい人間かどうか面接試験をしてみるのだった。（中略）だから、その年に、例の半社交界の女がヴェルデュラン氏に、スワンさんという素敵な人と知り合いになったのだが、サロンに招《よ》んでいただけたらきっとスワンさんは喜ぶだろうとほのめかすと、ヴェルデュラン氏はその場で妻に望みを伝えた。

こうして、スワンはヴェルデュラン夫人のサロンにあらわれ、そこの常連の一人となって、物語の中に登場してくるのですが、非常に興味深いことに、スワンはヴェルデュラン夫人のサロンとはおよそ似つかわしくない人物であると何度も強調されているのです。すなわち、スワンはユダヤ人の株式仲買人という出自にもかかわらず、最上流貴族の多く住むフォーブル・サン゠ジェルマン地区のサロンに自由に出入りし、政財界の大物ともつきあっている社交人士なので、ヴェルデュラン夫人からすれば「退屈な人間」の典型のはずなのです。ところが、スワンはなぜか、ヴェルデュラン夫人のサロンに招かれたがったのです。

たしかに、この「小さな核」はスワンが出入りしている社交界とはなんの関係もなかった。だから、生粋の社交人士は、社交界で特権的な地位を占めているスワンがヴェルデュラン夫妻のサロンに紹介されようと汲々《きゅうきゅう》としているのを見て、さぞやいぶかしく思ったことだろう。じつはスワンはたいそう女好きだったのだ。貴族社会の女性についてはほぼ知り尽くして、吸収すべきものはもはやなにもないと判断すると、スワンは、フォーブール・サン゠ジェルマンが交付してくれたこのような一種の帰化証明書、すなわち貴族の称号に等しいものを軽視して、一種の交換価値か信用状くらいにしか重きを置かなくなったのだ。

ところで、スワンには、文学や芸術を愛する社交人士にはふさわしくない、もう一つの特徴がありました。それは、女の好みによくあらわれていました。スワンは、洗練された芸術的ディレッタントらしからぬ、次のような女の好みを持っていたのです。

スワンはともに時を過ごす女たちを美しいと思うようにするのではなく、最初に美しいと思った女たちと一緒に時を過ごそうとつとめるのだった。しかも、たいていスワンが美しいと思うのは、かなり卑俗な美しさの女だった。というのも、スワンがそうと意識せずに求めていた肉体的特徴は、大好きな巨匠たちが彫刻や絵画に描いた女たちを美しくしている特徴とは正反対のものだったからである。深みと愁《うれ》いのある表情が官能を凍らせたのに対し、健康的で豊満なバラ色の肉体は官能を一気に目覚めさせるのであった。

このスワンの「趣味」を記憶にとどめておいてください。後に、これが大きな意味を持ってくることになりますから。実際のところ、スワンは旅先でも自分の好みにある女を見つけると、まるで探検家が現地で折り畳みテントを組み立てるような容易さでその土地に人間関係を築きあげ、女に接近を図るのでした。

しかし、こうした趣味の片寄りが、彼に利益よりも損を与えることも少なくありませんでした。たとえば、数年前からスワンに気があり、歓心を買おうとやっきになっていた公爵夫人がいたのに、スワンは、まるで飢えた男がダイヤモンドを一片のパンと交換してしまうように、公爵夫人の執事の娘が自分の好みにぴったりなので執事に紹介の電報を打ってほしいと要求し、公爵夫人の信用を一気に失ったりしたのですが、こうしたことも一度や二度ではなかったのです。

また、毎晩のように語り手の祖父母の家に夕食をとりにきていたスワンがあるときを境にパッタリと姿を見せなくなったことがありました。じつは、スワンはいつのまにか祖父母の料理女に手をつけていたのですが、飽きがきて縁を切ろうとしたのです。出納簿《すいとうぼ》の中から別れの手紙が発見されてその事実が明らかになったのです。

では、スワンが恋することになるオデット・ド・クレシーは、はたして、こうしたスワンの趣味にかなった女性だったのでしょうか？

「スワンの恋」は、まさにこの問題を中心にして展開していくことになるのです。

20 二人のモデル

スワンの好みがどんなタイプだったかといえば、健康的でぽっちゃりしたごく普通のブルジョワ的美人で、美の巨匠たちの絵に登場するような憂愁をたたえた奥の深い美人はむしろ大の苦手でした。

ですから、ある日、劇場で旧友から、魅惑的な美人としてオデット・ド・クレシーを紹介されたとき、スワンは瞬間的に次のような否定的な判断を下したのです。

スワンの目から見ると、彼女はたしかに美しくないわけではなかったが、どちらかといえば関心をひかれないタイプの美人、いっこうに欲望をかき立てられず、むしろある種の肉体的嫌悪感さえ引き起こす類いの美人に見えた。男には、それぞれ異なるものの、官能の欲するのとは真逆のタイプの女がいるもので、スワンにとって、オデットはまさにそういう女の一人に見えたのである。

こういうことはよくあります。「官能の要求するタイプ」の美人でない限り、男の欲望というのは容易には発動されないものなのです。

では、具体的には、オデット・ド・クレシーはどんな顔立ちだったのでしょうか？

好みとなるには、オデットの横顔は彫りが深すぎ、肌は繊細すぎるように思えた。頬骨は突起しすぎで、目鼻立ちにはやつれが目立つように見えた。瞳は美しかったが、大きすぎてみずからの重みで撓んでいるため、顔の残りの部分がこの目のために疲れているようで、顔全体がいつも具合の悪そうに、不機嫌そうに映ったのである。

オデットという登場人物の造形においても、プルーストは、フロイトのいう「圧縮」という夢の作業と似たようなこと、つまり、実際に出会ったり、知っている何人かの高級娼婦の特徴を合成しているにちがいありません。これといった特定の人物一人をモデルにしたのではなく、複数のモデルがいるのです。ですから、オデットのモデル探しなどしても、ほんとうは意味のないことなのです。

しかしながら、その合成の仕方は、何人かのモデルから目・鼻・口・顔かたちと別々にもってきてつなぎあわせるモンタージュ式合成ではなく、むしろ、顔なら誰々、声と話し方は誰々、性格は誰々というような、「大きなくくりのパート別」に行われているものと想定されます。というのも、「圧縮」という夢の作業がまさにこの方式を採用しているからです。

といっても、プルーストがフロイトにならったというわけではありません。プルーストはフロイトと「同じように」夢の作業を検討していって、この夢の作業のメカニズムを「独自に」発見したのでしょう。そして、オデットがこうした顔をしているのは、合成すべき複数の高級娼婦の中からもっともオデットの造形にふさわしいと判断した顔の人物を選んだことから来ていると思われます。

では、先の描写にある顔の特徴は、どのようなモデルをもとにしているのでしょうか？

これは、あくまで私の想像にすぎませんが、伝説の高級娼婦《クルチザンヌ》リアーヌ・ド・プージィではなかったかと思われます。

このリアーヌ・ド・プージィの人となりについては、ジャン・シャロン『高級娼婦リアーヌ・ド・プージィ』（小早川捷子訳、作品社）という伝記がありますから、詳しくはそれを参照していただきたいと思いますが、とにかくプルーストが『失われた時を求めて』を構想・執筆していた世紀末からベル・エポックにかけて、一番有名で、一番スキャンダラスで、一番「勝ち組」の高級娼婦といったら、このリアーヌ・ド・プージィをおいてほかにはなかったのです。

とりわけ、愛人をシャツのように取り替え、そのたびに、わらしべ長者のように金と地位の階段を上がっていって、ついにルーマニアのギガ大公夫人に収まるというその経歴は、オデットにきわめてよく似ています。

また、いかにも世紀末の美人らしい憂愁をたたえた奥の深そうな顔や、恋人に貢がせた高価な宝石を身にまとっているところなど、スワンの目を介したオデットの否定的描写に合致しています。

ところで、私がリアーヌ・ド・プージィこそオデット・ド・クレシーの主要モデルの一人ではないかと推測するのは、それなりの根拠があるのです。リアーヌの伝記作者ジャン・シャロンが引用しているリアーヌ自身の回想録の中に、プルーストが登場していることです。

すなわち、リアーヌは、プルーストの親友で美男子だったレーナルド・アーンに一目ぼれし、さかんにラブ・レターを送ったあげく、ついにアーンの心を射落としたのですが、その恋のキューピッド役をつとめたのがプルーストだったのです。


一九〇二年十二月十六日、レーナルド・アーンが『カルメル会修道女』を上演した際、音楽家とクルチザンヌの間の使者を務めたのは、マルセル・プルーストであった。

「オペラ＝コミック座でレーナルドの『カルメル会修道女』の総稽古があった。わたしも観《み》に行ったが、とても感動した……。レーナルドはぴりぴりし、ひどく興奮していたが、幕間ごとにマルセル・プルーストをわたしのところに寄越すことを思いついた。マルセルはこのまたとないチャンスのために、自分の習慣を破ったのであった。彼は自分の近況を語り、わたしの近況をたずねた。そしてわたしやわたしの取巻きたちの考えや印象を知りたがった。彼はにこにこして手紙を運び、楽しげに言葉を伝えた」

レーナルドに対する束の間の勝利から教訓を得たリアーヌは、マルセルを火の試練にかけることはしないだろう。彼女は『失われた時を求めて』の未来の著者を、「苦悩するわたしの弟」と呼ぶだけで満足した。

（『高級娼婦リアーヌ・ド・プージィ』）

オデット・ド・クレシーとリアーヌ・ド・プージィとのあいだに、なんらかの関係があるのでは？と疑った批評家や伝記作者は、ジャン・シャロンだけではありません。すでに、一九五三年の時点で、アンドレ・ジェルマンは『プルーストの鍵』というモデル探しの本で、二人の貴族的な偽名の脚韻がよく似ていると指摘しています。

このような指摘を総合して判断すると、プルーストは少なくとも、オデットの経歴と顔という主要な部分は、リアーヌ・ド・プージィを下敷きに使っているように思えるのです。

ところで、フロイトは、圧縮という夢の作業が行われるのは、もし、こうしたカムフラージュを施されず、当該人物がそのまま夢の中に出てきてしまっては、夢を見ている当人の意識に気づかれ、そのショックで夢が中断してしまう恐れがあるからだと考えています。

言いかえると、圧縮は、無意識の中の剝き出しの欲望が夢を見ている人の意識の「検閲」を潜《くぐ》りぬけるために、意図的にくわえる変装の手段なのです。

プルーストもまったく同じように考えて、オデット・ド・クレシーを造形しています。なんのことかといえば、顔と経歴をリアーヌ・ド・プージィのそれにすることで、別のモデルの存在を覆い隠そうとしていているのです。

では、その別のモデルとはだれなのでしょう。多くの研究者が一致してあげているのが、ロール・エーマンという高級娼婦です。

ロール・エーマンは、画家ゲインズバラの師だったフランシス・ヘイマンの末裔で、技師の娘として生まれましたが、幼くして父を亡くしたため、高級娼婦への道を歩みはじめます。その愛人にはオルレアン公やギリシャ王を数えましたが、プルーストとのかかわりが生まれたのは、彼女がプルーストの母方の大叔父ルイ・ヴェイユの愛人となったことがきっかけでした。

プルーストは十七歳のとき、この大叔父の家でロール・エーマンと初めて出会います。このとき、ロールはプルーストより二十歳年上の三十七歳でした。この出会いは「コンブレー」にも描かれていたので、ご記憶の読者もいるかと思います。プルーストにかんすることならなんでも出ているフィリップ・ミシェル＝チリエ『事典　プルースト博物館』（保苅瑞穂監修、筑摩書房）を引くと、ロール・エーマンにかんして、次のようなエピソードが取り上げられています。


金髪に黒い瞳、ぽっちゃりとしていたが、大変優雅で才気のあったエーマンは、文学的サロンを開いていて、そこには信奉者（にして愛人）のポール・ブールジェが押しかけた。彼は、「グラディス・ハーヴェイ」という名の中編小説（中略）で彼女をモデルにする。1888年10月、ロールは、その抜刷を自分のペチコートの絹地で装釘させてプルーストに送った。彼女は、陶器のコレクションを（オデットのように）所蔵しており、プルーストに《心を見抜くザクセン焼のお人形さん》というあだ名をつけた。プルーストは彼女にお気に入りの菊花を贈るのでお金を使いはたした。（中略）プルーストは、その死の数カ月前、すんでのところで彼女と喧嘩別れをしそうになった。オデット・ド・クレシーの特徴の中に自分の姿を認めて、彼女はプルーストに激烈な言葉を連ねた手紙を送りつけ、その中でプルーストを《怪物》呼ばわりしたのである。

（『事典 プルースト博物館』）

プルーストは、弁解にこれつとめますが、ロールはなかなか許そうとはしませんでした。それというのも、オデット・ド・クレシーはロールと同じラ・ペルーズ通りの四番地に住んでいたほか、いろいろな類似点を示していたからです。

たとえば、オデットは、スワンと出会ったあと、何通も熱のこもった手紙を送りつけてきて、ぜひともスワンのコレクションを見てみたいと頼みこみ、「そちらの home」でお目にかかれたらうれしいとか、スワンの住む界隈のことを「とても smart でいらっしゃるあなたにとって、あまりに不似合いです」などと書いて寄越したのですが、そうした変な英語の使い方は、まさしくロールのそれをなぞっていたのです。

しかし、われわれとしては、やはり、ロール・エーマンの「金髪に黒い瞳、ぽっちゃりとしていた」という姿かたちに注目したいと思います。なぜなら、プルーストがロールをモデルにしてオデットを造形するに当たって、顔と経歴だけはリアーヌ・ド・プージィの方を採用しているという事実がこの「逆証」によってあきらかになるからです。

もし、オデットがロールと同じように、「金髪に黒い瞳、ぽっちゃり」としていたら、ロールそのものになってしまい、容易にモデルであることが露見してしまいますが、顔と経歴を別人のものにしておけば、その心配はない、とプルーストは判断したのでしょう。ただし、結果的には、この手の圧縮的カムフラージュは役に立たなかったのですが。

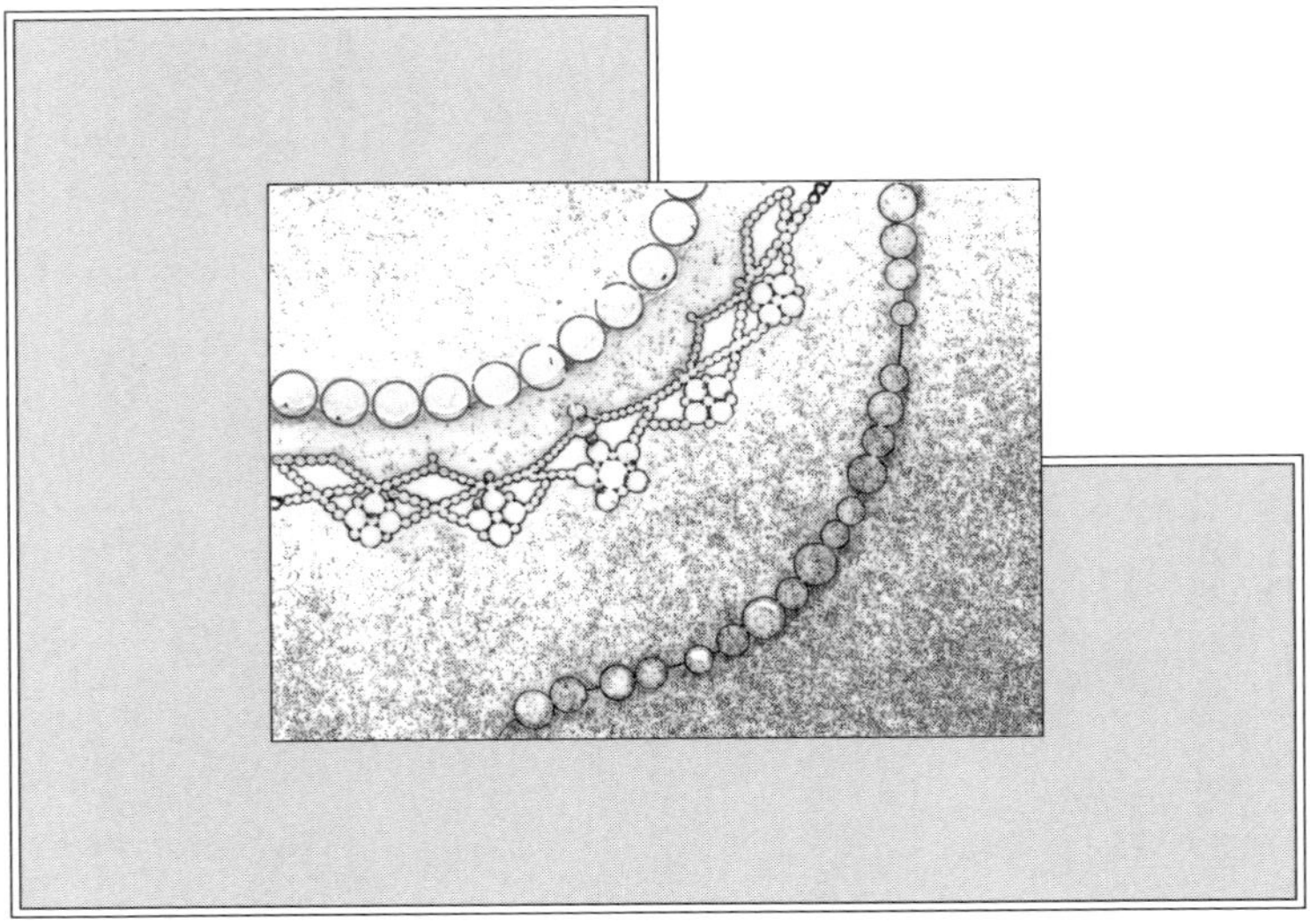

しかし、ここで大きな問題となるのは、じつはモデルに対する配慮などではないのです。ロールの首から上をリアーヌのそれにすげ替えたというプルーストの合成工作は、この手の物語「外」的考慮ではなく、物語「内」的な考慮に基づいているからです。

考えてもみてください。もし、オデットが本物のロール・エーマンそっくりの「金髪に黒い瞳、ぽっちゃり」タイプの女性だったとしたら、どういうことが起きるのかを。

スワンは、まさにこれぞ自分の好みのタイプと思って、簡単に恋心を燃え上がらせるでしょうが、しかし、それでは、スワンのほかの多くの恋と同じ結末を迎えてしまい、「スワンの恋」という特異な恋物語は誕生しなかったはずなのです。

言いかえると、このオデットの首のすげ替えは、「スワンの恋」の非常に特殊な心理的メカニズムを描くために導入された仕掛けだったのです。

では、その仕掛けは、具体的には、どのような恋のメカニズムを標的としていたのでしょうか？ プルーストは、オデットからの手紙攻勢を受けた最初のころのスワンの心境を描きつつ、こんなコメントをくわえています。

だが、スワンはすでにいささか不惑の年齢に近づいていた。その年齢だと、人は愛する喜びだけで愛の満足を得ることができるようになり、相手からも愛されたいとは思わなくなるものである。とはいえ、たがいの心が近づくことは、若いときのように恋愛が必然的に向かうあの目

的ではなくなってはいるものの、ある種の連想から恋愛と強く結びつけられているので、心の近づきが恋愛より前に出現するようなことがあると、それが恋の発端となることもありうるのだ。昔なら、人は愛する女の心を所有することを夢見ていたが、後になると、女の心は自分のものと感ずるだけで、その女を愛せるようになる。ことほどさように、人は恋愛の中にとりわけ主観的快楽を求めるようになるので、女の美しさへの好みが恋愛のもっとも主要な要素となるはずの年齢においても、また、たとえ恋愛の基礎にあらかじめ欲望が存在していない場合でさえ、恋愛がそれも肉体のみの恋愛が生まれることがあるものなのだ。

例によって錯綜した文章なのでわかりにくいかもしれませんが、恋愛というのは、別段、相手の肉体的特徴を好みと感じたから生まれるというような単純なものではなく、たとえば相手の方から積極的に働きかけられて「好きです」と言われたり、あるいは仕草や態度などでそう匂わされたりすることでも十分、生じるものだという事実を述べているのです。

そして、この「最初は好きだと思わなかった」相手との恋こそが、「スワンの恋」全編を導くテーマであり、肉体的好みや愛がなくとも、なにかしらの連想がスターターとして働いて恋のメカニズムが稼働しはじめると、ほんとうの恋が発生し、それがどんどん成長していって巨大な幻影となるという不思議な体験が語られているのです。

人生もこういった時期に差しかかると、恋愛はすでに何度も経験しているので、昔のように、心が不意打ちをくらって呆然自失しているあいだに、恋愛の方が固有の運命的な法則にしたがって勝手に動き出すなどということはもはやない。むしろ、私たちの方が恋に手助けをしてやって、記憶や暗示の力を借りて恋愛を無理やりつくりあげるのだ。なにか一つでも恋愛の徴候があらわれるや、私たちは記憶の力を借りてほかの徴候を思い出してこれを蘇らせる。恋の歌なら、その全歌詞が心に刻まれているから、女の美貌が賛嘆をかきたてるといったような歌の出だしを女が歌ってくれなくとも、続きの文句はすぐに見つけられるのだ。

とはいえ、スワンとオデットの恋のデュエットは、そうは簡単には始まらなかったようです。やはり、どうしても、好みでない姿かたちが妨げとなるのです。

オデットと話をしているあいだに、スワンは、この女の素晴らしい美貌が思わず恋に落ちる類いの美しさでないのを残念に思った。それに、オデットの顔が、実際よりも痩せこけ、とがって見えたことは言っておかなくてはならない。なぜなら額と頬の上のなめらかでより平らな表皮が豊かな髪で覆い隠されていたからである。当時の女性たちはその髪を「前髪」として延ばしてから「カール」して巻きあげ、両方の耳に沿って垂らしていたのだ。

このあたりの描写は、まさにリアーヌ・ド・プージィの写真を横に置きながら書いているように思えるところです。肖像写真をお目にかけられないのが残念ですが、リアーヌはたしかに、「額と頬の上のなめらかでより平らな表皮が豊かな髪で覆い隠されていた」ばかりか、「髪を『前髪』として延ばしてから『カール』して巻きあげ、両方の耳に沿って垂らしていた」のです。

しかし、そんな好みに合わないオデットから、ある誘いを受けたことから、スワンの心は次第に変化していくことになります。それは、スワンが研究の対象としているフェルメール・ファン・デルフトのことを引き合いに出して、オデットが次のように言ったときのことでした。

「わたしなど、厳《いか》めしい先生がたの前に引き出された蛙のようなものですわ。でも、わたし、もっとしっかり勉強して、ものを覚えたいと思っていますし、その手ほどきをしていただきたいんです。きっとおもしろいでしょうね、古い本を読んだり、古文書をあさったりするのは！」

さて、今後、スワンの恋はどのように展開していくことになるでしょうか？　はたまた、オデットの誘惑のテクニックは？

プルーストの小説というのは、読みようによっては推理小説のように読むことができるものなのです。

21 ヴァントゥイユの小楽節

スワンはオデットに連れられてヴェルデュラン夫人のサロンに出入りするようになり、そこでの特殊な経験からオデットに恋してしまうのですが、このヴェルデュラン夫人のサロンの常連たちというのが、『失われた時を求めて』全体で思いのほか重要な役割を担うことになります。しかし、それはまだ先のこと。ここではひとつ、常連の一人であるコタール医師の人となりを分析するプルーストの筆の冴えぶりを紹介するにとどめましょう。

——

コタール医師というのは、話し相手がふざけているのかそれとも真面目なのか理解できない類いの人で、話し相手にどんな口調で答えたらいいかいっこうにわからなかった。そこで医師は万一の用心にと、顔にどんな表情を浮かべるときでも、条件つきの仮の微笑を付け加えていた。その微笑には日和見の曖昧なニュアンスがあり、もし相手の発言が冗談だったとわかったときでも、馬鹿真面目という非難を免れることができるようになっていた。

コタール医師は、この曖昧な微笑を武器にして、自分の単純さを悟られないようにしていたのですが、実際には単純ですから、どんなつまらないニュースにも不意をつかれてしまうのです。具体的に言うと、今夜の夜会にスワンさんがお見えになりますとヴェルデュラン夫人が告げたとき、コタール医師は「スワン？　いったいだれですか、スワンて！」と思わず叫んでしまったのです。しかし、その驚愕と不安というのは、ヴェルデュラン夫人が「ほら、オデットさんが話してたお友だちですよ」と言うと、そのとたんにぴたりと鎮まってしまう類いのものでした。

また、コタール医師は、謙遜の表現というものを理解できないタイプの人間でした。そのため、ヴェルデュラン夫人が最大の好意のつもりでサラ・ベルナールの舞台に招き、前桟敷を用意して、きっと先生は、何度もサラ・ベルナールをご覧になっていらっしゃるでしょうし、席は舞台に近すぎるかもしれませんねと言ったところ、コタール医師は、なるほど、席はちょっと近すぎますと答え、サラ・ベルナールにもそろそろ飽きがきてるところでしたと付け加えたのです。そして、まるで馬鹿の仕上げをするように、奥様がぜひにとおっしゃったものですからと言ったのです。これにはさすがのヴェルデュラン

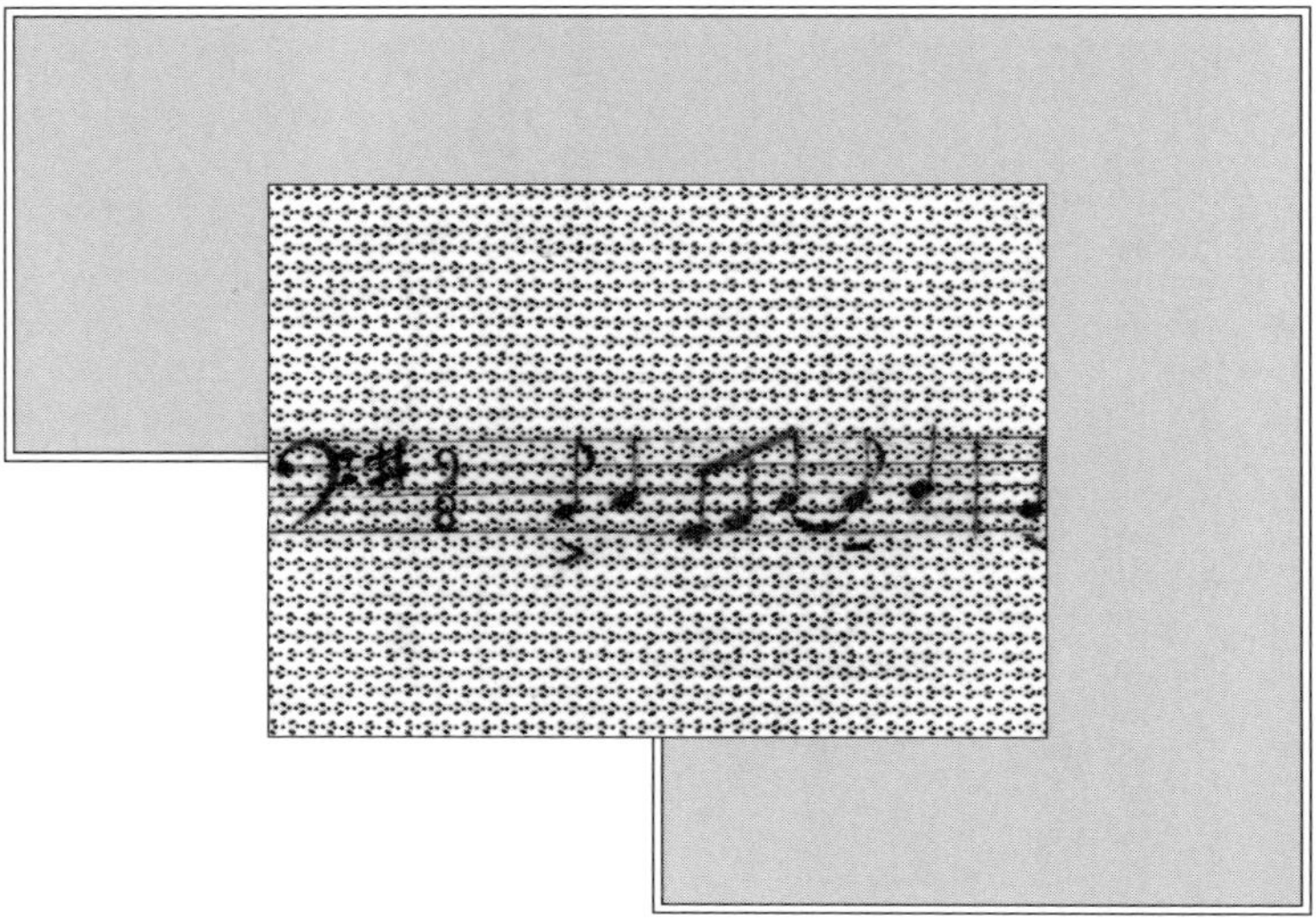

夫人も驚いて、夫に、先生に謙遜して、つまらないものを差し上げるなんて言うのはまちがっていたかもしれないと打ち明けたのでした。

　ところで、スワンは、長年、ハイソサエティのサロンに出入りしていたおかげで、自分より下の人には進んで好意を示すというマナーを身につけていましたから、ヴェルデュラン夫妻にもいっぺんで気に入られたほどですが、それでも、コタール医師に対してだけはすこし冷淡な態度をとりました。

　というのも、コタール医師が、まだ言葉も交わさないうちから目配せをしたり、曖昧な微笑を浮かべているからでした。スワンは、この目配せや微笑をどう取っていいかわからず、もしや自分が悪所に出入りしたときコタール医師が居合わせたのではないかと疑ったりします。しかし、医師の隣にいるのがコタール夫人である以上、そんなことをするわけがないと思い返し、そのまま、コタールの表情の意味を探る努力を放棄してしまいました。

コタール医師はまた、会話の中で大袈裟な言葉や強調の言葉を使うのは時代遅れという固定観念を持っていましたから、ヴェルデュラン氏がサロンに居合わせた若いピアニストに一曲弾いてくれるよう頼んだとき、スワンが「いや、それは光栄です」と答えたのを、非常に場違いな表現として受け止め、それを嘲《あざけ》るつもりで、「それは光栄です、わが国にとって！」と言いながら、両手を大袈裟に上げて叫んだりしたのです。

このように、コタール医師というのは、「そうそう、そういう人いる」と思いたくなるようなトンチンカンな人ですが、サロンの主催者であるヴェルデュラン夫人もまた、「そうそう、そういう人いる」という類いの人で、スワンがヴァントゥイユのソナタとの運命的な出会いをする場面の前段では、そうしたキャラクターがかなり意地悪く書き留められています。

ヴェルデュラン氏が自分たち夫婦が見つけた名曲「嬰《えい》へ調のソナタ」を、スワンのためにピアニストにぜひとも弾いてもらおうと提案すると、ヴェルデュラン夫人はこう答えるのでした。


「あら、だめ、だめ、わたしのソナタだけは許して！（中略）この前みたいに泣きすぎて鼻風邪をひきこんだり、顔面神経痛にまでなりたくないですからね。あんなプレゼント、真っ平ごめんですよ。もう一度、あんなことを繰りかえす気にはなれませんわ。みなさんは健康ですからよろしいでしょうよ。わたしみたいに一週間も寝込んでしまうなんてことはないでしょうか

――ら！」

これは、私が「織細ドーダ」と呼んでいるタイプの自慢トークの典型です。つまり、自分はあまりに織細なために、ピアノ・ソナタを聴くと、感動から涙がとめどなく流れ、その結果、鼻風邪から顔面神経痛になってしまった、ドーダ、すごいだろう、私はこれくらいに繊細な神経の持ち主なんだ！ と自慢しているのです。もし、ほんとうにそうなら、なにも言わずにその場を立ち去ればいいことですが、そうしないのは、「織細ドーダ」を皆に聴かせたいという気持ちが優先するからです。

ちなみに、プルーストは、こうコメントしています。

――

ピアニストが弾きはじめようとするたびにかならず繰りかえされるこのどうでもいいいざこざは、「女主人」の魅力的なオリジナリティーとその音楽的感受性の豊かさの証拠として、まるで初めてであるかのように、その場に居合わせた友人たちを大喜びさせた。

そして、いつものように、ヴェルデュラン氏が、それではアンダンテだけ弾いてもらおうと妥協すると、これまた、いつものように、ヴェルデュラン夫人は「アンダンテだけですって？ まあ、なんてことを！」と抵抗するのですが、結局、コタール医師の「今回だけは大丈夫」というとりなしで、しぶしぶ同意し、ピアニストはめでたくピアノに向かうことができるのですが、このとき、プルーストは、重要な伏線を張ります。

オデットはすでに、ピアノのそばの、タピストリー張りのソファに腰を下ろしていた。「ほら、ここ、わたしの大好きな席よ」と、彼女はヴェルデュラン夫人に言った。ヴェルデュラン夫人は、スワンが固い椅子に腰かけているのを見て、移動させた。「そこは、お楽じゃありませんでしょ。オデットさんのお隣におかけなさいませよ。オデットさん、スワンさんに座るところをつくってさしあげてね」

というわけで、いよいよ、スワンにとって「運命」の「嬰ヘ調のソナタ」になるわけですが、それを聴いた直後のスワンの反応にかんしては、プルーストの筆は意外にそっけないものです。

さて、ピアニストが弾き終えたとき、スワンはそこに居合わせただれよりも、このピアニストに親切に振る舞ったが、それはこういうわけだった。

問題は、「こういうわけだった」として、突然、過去にさかのぼって紹介されるスワンの経験です。すなわち、スワンは、前年のある夜会で、ピアノとヴァイオリンで演奏された曲を聴いたとき、とりわけ、ピアノのパートを耳にしたとき、大きな快感を覚えたのですが、そこから、かなり特異な経験を

します。

ところが、ある瞬間から、スワンは自分を喜ばせているものの正体をはっきりと識別できず、それに名前を与えることさえできなかったのだが、なぜか突然、魅惑されてしまったのである。夕べの湿った空気に漂うある種のバラの香りに、鼻孔をふくらませる特性があるように、その楽譜あるいはハーモニーは通りがかりにスワンの魂をより広く開いてくれたのだが、それがなんなのか自身にもわからぬまま、スワンはそれを拾いあげようとしていたのだ。

すでに、慧眼なる読者は気づかれたことと思いますが、これは、語り手たるマルセル少年が「コンブレー」で、マドレーヌと紅茶、およびマルタンヴィルの鐘塔で体験したあの感覚の印象と重なるものです。しかし、すこし位相が異なるところもあります。それは、音楽の与えた「印象」について数ページも続く記述の中に、しばしば「恋」の譬えが登場してくることです。

その楽節は、ただちに特殊な官能の喜びを生み出してくれたが、それはこの曲を耳にするまで思いもよらなかった喜びだった。この楽節のほかはなにものをもってしても不可能な喜びで、その楽節に対してスワンは前例のない、一種の恋を感じたのであった。

音楽による不意打ちというと小林秀雄のモーツァルトを思い出しますが、スワンの場合、ピアノ・ソナタの楽節から得たのが、恋に似たなにか、官能の喜びを生み出してくれるなにかだったのが特徴です。スワンはなによりも恋に生きる男だったのです。スワンはソナタの楽節にまた出会いたいと思い、実際、楽節は演奏中に三度あらわれたのですが、もたらされた官能の喜びは最初のものより深くはありませんでした。このあたりは、マドレーヌと紅茶の経験とそっくりです。

しかし、帰宅すると、スワンはやはりその楽節が必要だと感じた。あたかも、通りがかりにちらりと見かけた女から、人生における新しい美のイメージを授けられた男のようだった。そのイメージは男の感受性にかつてないような価値を与えたにもかかわらず、男は、すでに愛してしまっているこの女、名前さえ知らないこの女に、再会できるかさえわからない状態にいるのだった。

この譬えは、明らかに、ボードレールの「通りすがりの女《ひと》に」という詩をレファレンスにしています。

街路が耳を聾《ろう》さんばかりに私のまわりで吠《ほ》えていた。
すらりと、細く、喪の正装に、悲しみの威儀を正して、
一人の女が通って行った、華麗な手の片方に

レースの飾りと裳裾《もすそ》とをつまんで、ゆらゆらさせながら、
軽やかに上品に、彫刻の脚を進めて行った。
私と言えば、気の変な男のように立ちすくみ、飲み干していた、
そのひとの目の、嵐《あらし》をはらんだ鉛いろの空の中に、
魂を奪うやさしさと　いのちを奪う快楽とを。

一瞬の稲妻……あとは闇！　――消え去った美しいひと
そのまなざしが私をいきなり生き返らせたひとよ、
君にはもはや永遠の中でしか会えないのか？

どこかよそで、遠いところで！　もう遅い！　たぶん二度とは！
なぜなら君の逃げ先を私は知らず、君も私の行く先を知らない、
おお　私が愛したはずの君、おお　それをちゃんと知っていた君！

（『悪の華』安藤元雄訳、集英社文庫）

プルーストは、ボードレールのこの詩から、「一瞬の稲妻……あとは闇！　――消え去った美しいひ

と／そのまなざしが私をいきなり生き返らせたひとよ」という恋による生の回復というテーマを得たにちがいありません。

なぜなら、さきほどの引用に続いて次のような文章がくるからです。

一楽節に対するこの恋ですら、スワンにはいっときは一種の若返りのきっかけになるように感じられた。（中略）スワンは心の中に、あのとき耳にしたあの楽節の思い出の中に、またその楽節が見つけられないかと期待してピアニストに弾いてもらったいくつかのソナタの中に、もはや存在を信じられなくなっていたあの目に見えない現実の一つが存在しているのを見出したのだった。

つまり、スワンにとって、後にヴァントゥイユのソナタとわかるこのピアノ・ソナタは、ボードレールの「通りすがりの女に」と同じく、すでに久しく失われてしまっていた青春の蘇生のきっかけとなるのです。

しかし、前年に聴いたこのピアノ・ソナタの印象は、その後これを耳にしなかったために次第に薄れていったのです。ちょうど「通りすがりの女」のイメージが薄れていくように。

ところが、ヴェルデュラン夫人のサロンで若いピアニストの演奏する「嬰へ調のソナタ」を聴きはじめて、数分たったとき、スワンは、あの愛する楽節があらわれたのを認めたのです。

長いですが、重要な箇所なので省略せずに引用してみましょう。

その楽節はかなり特殊で、なんとも個性的な魅力をもっていたから、どんなものでも代役はつとまりそうもないものだった。スワンはまるで、通りですれ違ってすっかり魅了されながら、二度とめぐりあえまいとあきらめていた女に、なじみのサロンでばったり出会ったような思いだった。その楽節すなわち女は、先導するように、すばやく、かぐわしい香りをあたりに漂わせながら、スワンの顔に微笑の反映を残して遠ざかった。だが、いまやスワンはこの未知の女の名を訊くことができた（ヴァントゥイユ作曲の『ピアノとヴァイオリンのためのソナタ』のアンダンテの部分だと教えてくれた）。彼はそれをしっかりと捉えていたから、これからは好きなだけわが家に迎えて、その言葉づかいや秘密を知ろうとつとめることもできると思った。

さて、以上で、スワンの恋が生まれるきっかけとなるヴァントゥイユのソナタをプルーストがボードレールの「通りすがりの女に」をレフェランスにして描写してきたことの意味が理解できるようになったかと思いますが、いかにもプルーストらしい皮肉が効いているのは、スワンの恋は、決して通りすがりの女に対して発動されたのではなく、ヴェルデュラン夫人が仕組んだ着席位置、すなわちヴェルデュラン夫人の「意志」によって、隣にいたオデットに対して生まれてくるという点です。ただし、この時点では、恋はまだスワンの心の中では芽生えてはいません。

ヴェルデュラン夫人が夫に、「さあ、この子にオレンジエードを差し上げてね。それぐらい頑張ってくれましたものね」と言っているあいだに、スワンはオデットに向かって、この小楽節にどれほど激しく恋したかを語って聞かせた。ヴェルデュラン夫人はすこし遠くから「あらあら！　オデットさん、なんだかいい話のようね」と言ったのに対して、オデットが「そう、とてもいいお話ですわ」と答えたので、スワンはその率直さを素晴らしいと感じた。

この最後の言葉に注目しましょう。スワンは、オデットの率直さを「素晴らしい」とは思ったものの、オデットに「恋する」までには至っていなかったのです。プルーストはその理由をはっきりと示します。

同じ美しさでも、オデットより、バラのようにみずみずしくふっくらとしたかわいいお針子の方がずっと好ましいとスワンは感じていたし、お針子にすっかり夢中になっていたので、むしろ宵のうちはこの子と一緒に過ごす方がいい、オデットにはどうせあとでまた会えるのだから、と思っていたのだ。

非常にシンプルでわかりやすい理由です。

また、もし、スワンがヴァントゥイユのソナタを聴いたことで、そのまま直接的にオデットに恋するようになっていたとしたら、その恋の取り持ち役は、ヴェルデュラン夫人ということになります。というのも、スワンがサロンに入っていくと、ヴェルデュラン夫人はオデットのかたわらの席を指名し、ピアニストには二人の恋の国歌のように、ヴァントゥイユの小楽節を弾かせたからです。

ところが、どうしたことか、これほどのお膳立てにもかかわらず、オデットに対するスワンの恋はなかなか始まらないのでした。

では、いったい、恋はどんなことをきっかけに始まるのでしょうか？

22 エテロの娘チッポラ

容姿が好みではないにもかかわらず、スワンがしだいにオデットに惹かれるようになっていったというそのプロセスは、恋愛感情はいかにして発生するのかという大問題を考える一助となります。

まず、スワンが説明不可能な官能の喜びを感じたヴァントゥイユのソナタをヴェルデュラン夫人のサロンで聴いたときに、夫人がスワンの隣の席にオデットを配したという隣接性が挙げられますが、この段階ではまだ、スワンは自分の好みに忠実で、オデットにほとんど恋愛感情を抱いてはいません。

しかし、それにもかかわらず、スワンは、少なくとも「観念的」には、ソナタの小楽節を自分の恋愛と結びつけて考えるようになっていたのです。

スワンは小楽節をそれ自体として考えるよりも――（中略）――むしろ自らの恋の証《あかし》、恋の一つの思い出であると見なしていた。

この部分は思いのほか重要なのですが、あとで、似たような心の動きが出てきたときにまとめて扱うことにして、ここでは軽く記憶にとどめておくだけにしましょう。

第二のプロセスは、より露骨な「周囲の協力」です。

スワンが恋の証と考えたことがまさに、ヴェルデュラン夫妻や若いピアニストにも、彼と同時にオデットのことを考えさせ、二人を結びつけていたのである。

高校や大学、あるいは職場などで、当人同士はなんの恋愛感情も抱いてはいないのに、まわりが盛んに囃《はや》し立てたがために、ほんとうに恋愛感情が生まれ、恋人になってしまったということはよくありますから、こうした「周囲の協力」という要素は決して軽視してはならないものです。

第三は、相手の「積極性」です。オデットはスワンがヴァントゥイユのソナタの全曲演奏を希望したのに対して、こんな反応を示しました。

――オデットはスワンにこう言った、「ほかになにか？　これが私たちの曲じゃありません？」。

ところが、こうなってもまだ、スワンは例の自分好みのお針子とつきあうのをやめてはいないのです。ヴェルデュラン夫人のサロンに出かけてオデットと会う前には、かならず、お針子と逢引を重ねていたのです。つまり、いくら周囲が囃し立て、相手が積極的に振る舞っても、まだスワンには明らかな恋愛感情は起こってはいないということです。

しかし、プルーストは、巧みな伏線として、次のようなスワンの行動と心理を書き留めています。

スワンはオデットを、凱旋門裏のラ・ペルーズ通りの小さな館まで送っていく。（中略）なぜなら、別れたあとでオデットはだれにも会わないし、二人のあいだにだれも割りこんでこないし、オデットが自分と一緒にいるのをだれからも妨げられることはないような気がしたからだ。

――――――

これはストーリー展開の必要ばかりか、恋愛のプロセスにとっても欠かせない伏線なのですが、しかし、これもまた後ほど触れることにして先に進みましょう。というのも、次に、第四のもっとも重要なファクターがあらわれてくるからです。

こうして、オデットはスワンの馬車に同乗して帰るようになった。ある晩、彼女が馬車から下り、スワンが「それではまた明日」と言って馬車に戻ろうとすると、オデットはなにか思いついたように家の前の小さな庭から最後に残ったキクを一輪摘んで、そこにいたスワンに差し出した。スワンは帰る道すがら、じっとキクを唇に押しあてていた。何日かして花が枯れると、机の抽出《ひきだ》しに大切にしまいこんだ。

これは、オデットの仕掛けた「贈り物として花一輪」という第四のファクターなのですが、これはしばらくすると、よりパワーアップしたかたちでクレッシェンド的に再登場してきますから、そのときに詳しく検討してみましょう。

さて、このように、ヴェルデュラン夫人のサロンが開かれるたびに出会って親しさを増していったはずの二人ですが、だからといって、その仲が深まったわけではありません。わずかに二度ほど、昼間のうちに、スワンは「お茶をいただく」ためにオデットのアパルトマンを訪れただけでした。

では、スワンはオデットのアパルトマンのアンティーム（親密）な様子を見て、いっきに恋愛感情が喚起されたのかといえば、そうでもないのです。なぜなら、プルーストが描写している限りでは、オデットの部屋のインテリアは、その主人の趣味に見合って、けっしてセンスのいいものとはいえなかったからです。

ただ、プルーストの描写の中にはスワンの恋愛感情の発動に欠かせない小道具がいくつか、まるで隠し味のように配置されていますから、これを見ていくことにしましょう。
一つ目はすでに登場したキクです。

大小のサロンの前には小さな控えの間があって、（中略）壁に沿って横いっぱいに長方形の箱が置かれており、そこに温室のように一列に大輪のキクが咲いていた。当時としては珍しい大きさだったが、後に園芸家が栽培に成功したキクの大きさと比べるとさほどのものではなかった。スワンは、前年からキクが流行してきたのを苦々しく思っていたのだが、このときばかりは、どんよりした曇った日々に、明るく輝くこれら星たちの香り高い光に照らされるように、キクがバラ色に、オレンジ色に、白に、縞模様をなして薄明かりの部屋を飾っているのを楽しんだ。オデットは首や腕をあらわにしたバラ色の絹の部屋着でスワンを迎えた。

二つ目は、オデットがスワンを出迎えたときに着ていたバラ色の絹の部屋着です。
三つ目は、オデットがおもしろいと思っているラン科の花、とりわけカトレアです。カトレアはキクとともにオデットのお気に入りでしたが、その理由はというと、カトレアが花のようには見えず、絹かサテンでできているように見えたからです。

オデットはこうした自分の持っている中国の骨董品はどれもかたちが「おもしろい」と言った

が、どうやらラン科の花、とくにカトレアについても同じ考えのようだった。カトレアはキクとともにオデットのお気に入りの花で、カトレアが花のようにではなく、まるで絹かサテンの造花のように見えるところがミソだと思っていた。オデットはカトレアを一つ取り上げると、「これなんか、まるで私のコートの裏地から切り抜いてきたみたいでしょう」と言った。

そして、四つ目は紅茶です。

オデットはスワンに「彼の」紅茶を淹《い》れながら尋ねる、「レモン？　それともクリーム？」。スワンが「クリーム」と答えると、笑いながら、「ほんのちょっぴり、でしょ！」と言う。そして彼がおいしいと言うと、「ほうら、何がお好きか、ちゃんとわかっているんですわよ」と答える。

さて、これら小道具のうち、最初の三つは、あくまで次の決定的な一節の伏線として置かれた小道具ですが、四番目の紅茶は、すでにして恋愛感情の発動に一役買っています。

事実、この紅茶はオデット自身にとってもそうだったように、スワンにとっても貴重なものに思えたのだ。恋愛というものは、快楽の中に自己の正当化と、持続の保証とを見出す必要があ

るが、快楽は逆に恋愛がなければ快楽でなくなり、また恋愛とともに終わる。だから、スワンは夜会服に着替えるために七時にオデットと別れて家に帰るとき、四輪箱型馬車《クーペ》に揺られながら、その日の午後がもたらしてくれた喜びを抑えることができずに、繰りかえしこう自分に言いきかせたのだ、「あんなふうに、あのかわいい女を手に入れたばかりか、その家であんなに珍しいものを見たり、おいしくて珍しい紅茶をご馳走してもらえるというのも、なかなか乙なもんだ」。

この分析を読むと、ふーむ、プルーストはすごいと思わざるをえないのですが、これまた、その理由については後述することにして、いよいよ、問題の一節、スワンの二度目の訪問の箇所へと進むことにします。

スワンは、オデットを訪れる前、オデットのことを心にイメージしようとしているのですが、実際のオデットは頬が黄色っぽく、しかも赤い斑点がポツポツと出ているという、はなはだ興ざめな様子をしていたので、そうしたところにはあえて目をつぶり、バラ色のみずみずしい頬骨だけを思い浮かべようとしていました。

ところで、このとき訪れた理由というのは、オデットがスワンの所有している版画を見たがっていたので持っていってやると約束したためでしたが、この二度目の訪問が、オデットに対する恋愛感情の発動に決定的な役割を演ずることになりますので、すこし注意して引用を読んでください。

スワンはオデットが見たがっていた一枚の版画を持っていってやった。オデットはすこし加減が悪いらしく、モーヴ色のクレープ・デシンの部屋着でスワンを迎え入れたが、まるでコートでも羽織っているときのように、胸の前で豪奢な刺繡をほどこした布を掻き合わせていた。スワンのそばに立って、ほどいたままの髪を頰にそって垂らし、眺める版画の方へ疲れずに身をかがめるために軽くダンスするような姿勢で片足を曲げていた。オデットは頭をかしげながら、元気がないときにはひどく疲れて無愛想に見える大きな瞳で版画をじっと見つめていたが、その姿にスワンははっと驚いた。システィナ礼拝堂の壁画に描かれたエテロの娘チッポラにそっくりだったからである。スワンは、常日頃から巨匠の絵画の中に私たちをとりまく現実の一般的特徴を見出す癖があったが、それだけではなく、一般化はとうてい無理と思われるような私たちの知り合いの顔の個人的な特徴さえ発見して喜ぶという特殊な趣味を持っていた。

注目すべきは、スワンは、版画を眺めるために首をかしげたオデットのその姿の中にボッティチェルリ（サンドロ・ディ・マリアーノ）描くところのエテロの娘チッポラを認めて驚いたということで、断じて、その逆ではないということです。つまり、「チッポラ→オデット」であって、「オデット→チッポラ」ではないのです。言いかえると、スワンにとっては、芸術作品の美、しかも具体的な芸術作品の与える感覚的な喜びが先にあり、それを一つのレフェランスとして、個々の人間の肉体的な美しさを再発

見してこれを愛でるという風変わりな性向があったのでした。

いずれにせよ、しばらく前からスワンが体験していた印象の充溢《じゅういつ》という現象はむしろ音楽を愛する彼の心から来ていたのだが、絵画に対する彼の趣味を豊かにしていたことも確かなのだ。おそらくは、それが原因となったのだろう、スワンがそのときにオデットとボッティチェルリの通称で呼ばれるサンドロ・ディ・マリアーノの描くチッポラとの類似の中に見出した喜びはよりいっそう深いものになり、スワンに長く影響を及ぼすことになった。（中略）スワンはすでにオデットの顔の評価基準を変えていた。すなわち頰の質のよし悪し、つまり、もし接吻するようなことがあった場合、唇で頰に触れるさいに見出すはずの純粋に肉としての柔らかさといった基準ではなく、むしろ繊細で美しい描線のからみとしてオデットの顔を評価するようになっていた。視線で渦まく曲線を追い、うなじのリズムを豊かな髪や瞼の曲線に結びつけながら、繊細で美しい描線をときほぐしていくのだった。あたかも、オデットの肖像を心で描くことで、オデットという典型が初めて理解可能な明瞭なものになっていくとでもいうように。

こうしたスワンの性向は、私が何度か指摘している語り手の、おそらくはプルースト自身の「萌え」体質、すなわち、三次元の存在よりも二次元の存在により大きな魅力を覚えるという体質にかなりの部分が由来しています。スワンも、語り手の「私」と同じように、血肉の通っていない、二次元の存在にこそ欲情する「萌え男」なのです。

しかし、スワンがたんなる「萌え」と異なるのは、肉体的には健康的なピチピチギャルが好きなのに、ボッティチェルリの描くチッポラを連想させるからという理由でオデットに魅せられていくという点です。

では、こうした現象は、いったいいかなるところにその淵源《えんげん》を持つのでしょうか？

この問題を解くためには、それこそ本一冊分の分析が必要のように思われるので、あとでじっくり考えるとして、ここでは、スワンの恋の直接的な原因が、チッポラとオデットの類似、より正確にいうならば、チッポラの特徴をオデットの中にいちいち確認してゆく過程にあったという点を再度確認しておきましょう。

スワンがオデットを見つめると、顔にも身体にもフレスコ壁画の一部があらわれてくる。以来、オデットのそばにいるときでも、あるいはただ彼女のことを思っているときでも、スワンは常にフレスコ壁画のこの部分をオデットの顔に探し求めた。スワンがこのフィレンツェ派の傑作にこだわったのはオデットのうちにそれを見つけたからにほかならないのだが、この類似がオデットにも美しさを与え、いっそう貴重な女にしたのも確かである。スワンはあの偉大なるサンドロなら絶賛したはずの女の価値を自分が評価し損なっていたことを悔い、またオデットに会うという楽しみが彼自身の美学的教養によって正当化されるのをうれしく思った。

この最後にある「正当化」という言葉に注意しましょう。原語は justification（justifier の名詞形）です。日本語で「正当化」というと、正しくないものを無理やり正しいと言いくるめるという悪いニュアンスがありますが、フランス語の justifier はむしろ「正当な根拠を与える。根拠づけする」というような意味です。

つまり、「オデットに会うという楽しみ」が、彼女はボッティチェルリのチッポラに似ているという「美学的教養」によって、正当な根拠を与えられたということです。

これは、思っているよりも重要な指摘です。

例としては、骨董の箱書を連想すればわかりやすいかもしれません。私たちは、ある骨董がとても素晴らしいものだと感じています。しかし、もしかすると、それは偽物かもしれず、私たちが「素晴らしい」と感じることには根拠がまったくないかもしれないのです。

しかし、その骨董を容れている容器に、その真性さを保証する根拠が見出されるなら、私たちは、素晴らしいと感じたのはまちがっていなかったのだと思い返すにちがいありません。

あるいは、その骨董があまりたいしたものだとは思わなくても、箱書が真性さを保証しているなら、私たちは、骨董を素晴らしいものと錯覚するかもしれないのです。

ここのあたりをプルーストは、次のように言っています。

「フィレンツェ派の作品」という言葉は、スワンにおおいに役立った。この言葉のおかげで、オデットのイメージは肩書を与えられたかのごとくに、これまで入り込めなかった夢の世界に入り込むことができるようになり、気高さに浸されるに至ったからだ。つまり、スワンはこれまでオデットをただ肉欲的な観点からのみ眺めていたため、顔や身体ばかりか、その美しさのすべてについてもたえず新たな疑念が湧き起こり、その結果、恋心も弱まっていたのだが、そういった肉欲的な見方に替えて、確かな美学の教えを根拠にすると、たちまち疑いは消え去り、恋心は確かなものとなるのだった。

ようするに、ボッティチェルリのチッポラは、オデットという、スワンにはその良さがわからない

「骨董」の価値を保証する箱書のようなものだったというのですが、しかし、ほんとうにそれだけなのでしょうか？

どうもそうは思われません。

じつは、ボッティチェルリのチッポラに似ていたからオデットが好きになったという現象は、最近の脳科学の発達により、決して例外的なものではなく、ある普遍性をもっていることが明らかになっているのです。

次回は、その脳科学を援用して、「スワンの恋」の分析を試みてみましょう。

23 恋の取り違え

最近、脳科学に凝っています。文学作品というのは脳科学から見ると研究材料の宝庫で、これまで理解の難しかった複雑な心理も脳科学の理論を使うと嘘のようにきれいに解けてしまうからです。

スワンがオデットに抱いた恋心もこの例外ではありません。プルーストは脳科学のことを知っていたのではないかと疑いたくなるほど的確に脳の働きを把握して、スワンの恋愛感情の発生を記述してゆきます。まず、ヴァントゥイユのソナタからいきましょう。

スワンは、前年、さる夜会で、ある音楽を耳にして甘美な快楽を感じたのですが、次の年（ということは物語の現在時）にヴェルデュラン夫人のサロンで若いピアニストの弾くソナタを聴き、二度とめぐり会えないとあきらめていた女に行きつけのサロンで不意に出会ったような思いを味わいました。そして、そのときに隣にいた、自分の好みではないオデットに恋愛感情の芽生えのようなものを感じたのです。

さて、こうした不可解な心理を脳科学ではどう説明するのでしょう?

脳科学者の池谷裕《いけがやゆう》二《じ》さんが、出身校の高校生に脳科学を講義したライブ『単純な脳、複雑な「私」』によると、人間の「心」の働きは、脳が進化の過程で、感覚システムをほかの目的に転用した結果、つまり「使い回し」によって生まれたのではないかというのです。

たとえば、脳の中で肉体的な痛みを感じる痛覚システムというものは、いじめのような社会的な痛みの検出にも使われるのです。それは、被験者を含めて三人でバレーボールのテレビゲームをしてもらい、ほかの二人(じつはコンピュータ)が示し合わせてボールを被験者に渡さずに「のけ者」にするような実験をしたところ、脳の痛覚システムの部位が反応したことから見事証明されました。

実は、この実験は「のけ者にされたときの脳の反応を調べる」という研究。そんな状況に置かれたときの脳の反応をMRIで測定してみたわけ。そしたら、驚くことに、〈痛み〉に反応する脳部位と同じ領野が活動したんだ。(中略)つまり、脳から見ると、仲間外れにされたときの不快な感情は、物理的な「痛み」と同質なものだといえる。(中略)進化の遺産を「使い回す」こと自体は、生物界ではあちこちに見られる普遍的な現象だ。そんな流れのひとつとして、「社会的な心の痛み」もまた、「痛み」の神経回路を使い回したというわけだ。

（池谷裕二『単純な脳、複雑な「私」』朝日出版社）

この使い回しのシステムは、じつは、痛覚システムばかりか快感システムにおいても観察されるのです。すなわち、五感の快感を感知する脳の部位（テグメンタ）は、肉体以外の快感、具体的にいえば、恋愛をしているときにも活動するのです。

つきあいはじめてまだ三カ月以内のベタベタ・カップルを選びだし、そうしたカップルに恋人の写真を見せて、脳のどの部分が活動するかを観察すると、肉体的な快楽を感じるテグメンタが働いていることがわかるのです。

つまり、恋愛しているとテグメンタが活動しているというわけです。さて、このテグメンタ、実は、恋愛以外のときにも活動することが知られています。

たとえばヘロインを服用しているとき。（中略）ヘロインを服用すると、まさにこのテグメンタが活動するんですよ。つまり、テグメンタは快楽中枢なんですね。

（同書）

さて、以上で、私がスワンの恋を分析するのに、最新の脳科学の知識を持ち出した理由がすこしずつわかりかけてきたのではないでしょうか？

それはこういうことです。

スワンは、前の年、ピアノとヴァイオリンのソナタを聴き、曰く言いがたい快感を得ましたが、ヴェルデュラン夫人のサロンで若いピアニストの奏でるソナタを聴き、ふたたび強い快楽を得たのです。このとき、スワンの脳のテグメンタは活発に活動していたにちがいありません。

ところで、このテグメンタの活動中、スワンの隣にはオデットが座り、スワンの意志とは関係なく、いかにも自分たちが公然の恋人であるかのように振る舞って、周囲の人の同意を得ようとしていました。ただし、この時点では、プルーストは、スワンの心に恋愛感情が生まれたとは言っていません。なぜなら、オデットはスワンの好みの顔や肉体を有していないからです。しかし、プルーストはその一方で、こんな意味深なことをほのめかしています。すでに引用した箇所ですが、あえてもう一度、引いてみましょう。

スワンはオデットを、凱旋門裏のラ・ペルーズ通りの小さな館まで送っていく。（中略）なぜなら、別れたあとでオデットはだれにも会わないし、二人のあいだにだれも割りこんでこないし、オデットが自分と一緒にいるのをだれからも妨げられることはないような気がしたからだ。

さて、これらのスワンの心の動きを脳科学的に、つまりテグメンタの反応という面から追ってみる

と、どうなるでしょう。

スワンは、ヴェルデュラン夫人のサロンでオデットの隣にいるとき、ピアニストの弾くソナタを聴き、テグメンタを強く刺激された状態になります。このテグメンタというのは、恋に落ちたときにも似たような反応を示すので、脳はテグメンタが刺激されている事実の原因を探す努力を続けているうちに、それは恋愛感情かもしれないという結論に達してしまったようなのです。言いかえると、スワンの脳はソナタによるテグメンタの刺激を、オデットによって触発された恋愛感情であると「誤読」した可能性が高いのです。しかし、ほんとうに、こうした脳による「誤読」という現象は起こりうるのでしょうか？　可能性は十分ある、というのが池谷さんの考え方です。

脳科学では、これを「錯誤帰属《さくごきぞく》」と呼ぶのだそうです。脳が、自分の行動の意味や目的を早とちりして、勘違いな理由づけをしてしまうことですが、池谷さんは、その例として、「吊り橋の上での恋の告白は成功率が高い」というのを挙げています。

吊り橋の上は高所ですよね。だから緊張するわけです。高所恐怖症じゃなくても多少ドキドキする。そうしてドキドキしているときに告白されると、脳はおバカさんなので、そのドキドキしている理由を勘違いしてしまう。「あれ、自分はときめいているのか？」とね。

つまり、本当は吊り橋が怖くてドキドキしているのに、「告白してきたあの人が魅力的だから、私はこんなにドキドキしているんだ」と早とちりする。そして、相手に好意を持ってしま

うというわけです。こういうことが脳には本当に起こるんですね。（同書）

ヴェルデュラン夫人のサロンで、ソナタをふたたび耳にしてまたもや快感を感じたスワンの脳は、その快感の出所を突き止めようと努力しているうちに、視覚システムの方が隣にいたオデットを捉えたので、快感はオデットと一緒にいることから発生したのではないかと早とちりしたというのがもっとも正しい解釈のようです。

同じような「誤読」による「早とちり」現象がクレッシェンド的にあらわれるのが、オデットが自分の周囲に配置して、スワンの五感を刺激するように差し出す、キクの花、バラ色の部屋着、カトレア、そして紅茶といった小道具です。

これらの小道具登場のさいの描写を、もう一度検討してみましょう。

こうして、オデットはスワンの馬車に同乗して帰るようになった。ある晩、彼女が馬車から下り、スワンが「それではまた明日」と言って馬車に戻ろうとすると、オデットはなにか思いついたように家の前の小さな庭から最後に残ったキクを一輪摘んで、そこにいたスワンに差し出した。スワンは帰る道すがら、じっとキクを唇に押しあてていた。何日かして花が枯れると、机の抽出しに大切にしまいこんだ。

オデットからもらったキクの花の香りと色彩、および、それを唇に押しあてたときの触覚などが、スワンの脳の感覚システムにある種の快感を呼び起こし、そして、その快感の原因を探すうちに、脳は、キクをくれたときのオデットのイメージと名前を見つけだしたのでしょう。

また、スワンが日中にオデットのアパルトマンを訪れたとき、オデットが部屋着を着てあらわれるときの描写は、これまた、脳の「誤読」を示したテクストとして優れたものといえます。

大小のサロンの前には小さな控えの間があって、（中略）壁に沿って横いっぱいに長方形の箱が置かれており、そこに温室のように一列に大輪のキクが咲いていた。当時としては珍しい大きさだったが、後に園芸家が栽培に成功したキクの大きさと比べるとさほどのものではなかった。スワンは、前年からキクが流行してきたのを苦々しく思っていたのだが、このときばかりは、どんよりした曇った日々に、明るく輝くこれら星たちの香り高い光に照らされるように、キクがバラ色に、オレンジ色に、白に、縞模様をなして薄明かりの部屋を飾っているのを楽しんだ。オデットは首や腕をあらわにしたバラ色の絹の部屋着でスワンを迎えた。

スワンはすでに、オデットからもらったキクによって、元来は、その流行をいまいましく思っていたにもかかわらず、この日本渡来の花を好きになっています。そこにもってきて、秋の薄日の中に輝くさまざまな色彩のキクの大輪を見て、ますますこの花に好感を抱くような心理になってきました。すると、オデットは、そうしたキクの効果をうまく活用するように、キクの中の一色であった「バラ色の絹の部屋着」であらわれたのです。これを図式化すると、次のようになるでしょう。

オデット＋キク→好印象→キクの大輪→さらなる好印象→キクの中の色と同じバラ色の部屋着→さらにさらに強い好印象→オデットの首筋と腕→恋愛感情の目覚め

オデットは、脳科学は知らなくとも、当然、こうした小道具による好印象のクレッシェンド的連鎖については（少なくとも無意識においては）承知していたにちがいありません。なぜなら、このあと、追い打ちをかけるように、部屋の奥まったところにもうけられた窪みの一つにスワンを招いて一緒に座ると、次のような振る舞いに出たのです。

「そんな格好じゃあ、お楽じゃありませんでしょ。ちょっとお待ちになってね。いま直してさし上げますから」と言うと、素晴らしい工夫を思いついたときに示す得意げな微笑を浮かべながら、スワンの頭の後ろや足の下に日本の絹のクッションを置き、たとえ豪華な品物でも惜し気なく使い、値打ちなど意に介していないと言わんばかりに、クッションをくしゃくしゃにしてみせた。

オデットは、キクの花というジャポニスムによって引き起こされた好印象の連鎖につらなるよう、「日本の絹のクッション」を値打ちなどどうでもよいと言わんばかりにスワンの頭の後ろや足の下に置いたわけですが、いうまでもなく、そうしたときには、オデットの肉体は「バラ色の絹の部屋着」を着ただけでスワンの至近距離にあり、スワンの脳は視覚や聴覚の面だけではなく、嗅覚や触覚をも介して、オデットの肉体を全面的に感じ取っていたにちがいありません。そして、こうした感覚システムを介しての快楽の供与は、当然ながら、肉体そのものへの欲望へとつながっていくことになります。

こうして、五感の快楽で攻め立てられたスワンの脳の快楽部位（テグメンタ）は、まちがいなく、それらの快楽をオデットその人への恋愛感情であると「早とちり」することになるのです。しかし、オデットのしたたかな脳科学的な誘惑戦略は、さらなる直接的な効果を狙うことになります。それが、カトレアの花です。

オデットはこうした自分の持っている中国の骨董品はどれもかたちが「おもしろい」と言ったが、どうやらラン科の花、とくにカトレアについても同じ考えのようだった。カトレアはキクとともにオデットのお気に入りの花で、カトレアが花のようにではなく、まるで絹かサテンの造花のように見えるところがミソだと思っていた。オデットはカトレアを一つ取り上げると、「これなんか、まるで私のコートの裏地から切り抜いてきたみたいでしょう」と言った。（中略）オデットは飾ってある品々を片端からスワンに見せた。陶器の花瓶の飾りとなったり、衝《つい》立《たて》に刺繡されたりしている焰《ほのお》のような舌の怪物キマイラ、ランのひと束の花弁、ルビーを目に象眼したニエロ銀のヒトコブラクダと暖炉の上で隣りあっている翡翠《ひすい》のヒキガエル（中略）これらを次々にスワンに見せながら、オデットは怪物の獰猛《どうもう》さを怖がったり、その変な格好を笑ったり、花のみだらな姿に顔を赤くしたりした。

中国の骨董品に描かれたラクダやヒキガエルはさておき、ここでは、「絹かサテンの造花のように見える」カトレアの花びらのきめの細かさ、および、赤面させずにはいない「花のみだらな姿」を中心にして描かれていることに注目してください。ようするに、肉体の軽微な接触によって喚起されたであろうスワンの快楽を、今度は、カトレアという花を介して、オデットは、自分の性器のイメージへと誘い、その素晴らしさ（＝いやらしさ）の前味（アヴァン・グー）を味わうようにと誘導を行っているのです。

そして、次にいきなり紅茶の直接的な味覚が来るのです。

オデットはスワンに「彼の」紅茶を淹れながら尋ねる、「レモン？　それともクリーム？」。スワンが「クリーム」と答えると、笑いながら、「ほんのちょっぴり、でしょ！」と言う。そして彼がおいしいと言うと、「ほうら、何がお好きか、ちゃんとわかっているんですわよ」と答える。

このように、オデットは、視覚、聴覚、触覚、嗅覚、味覚、というように五感のすべてを動員して、スワンの脳のテグメンタを刺激しつづけたあげくに、その類い稀な快感を自分の存在が与えるそれ（つまり恋愛感情）と「誤読」するように仕向けているのです。

そして、プルーストは、以上のようなオデットによる誘惑のフルコースを総括して、前項で引用した言葉を綴るのですが、このテクストこそは、プルーストが紛れもなく優れた「脳科学者」であることを裏書きしているのです。

事実、この紅茶はオデット自身にとってもそうだったように、スワンにとっても貴重なものに思えたのだ。恋愛というものは、快楽の中に自己の正当化と、持続の保証とを見出す必要があ

るが、快楽は逆に恋愛がなければ快楽でなくなり、また恋愛とともに終わる。だから、スワンは夜会服に着替えるために七時にオデットと別れて家に帰るとき、四輪箱型馬車に揺られながら、その日の午後がもたらしてくれた喜びを抑えることができずに、繰りかえしこう自分に言いきかせたのだ、「あんなふうに、あのかわいい女を手に入れたばかりか、その家であんなに珍しいものを見たり、おいしくて珍しい紅茶をご馳走してもらえるというのも、なかなか乙なもんだ」。

かくして、スワンは、オデットが次々に繰り出す感覚攻めにまんまとしてやられて、その感覚の快楽を、本来は好みでないはずのオデットへの恋愛感情と「早とちり」することになるのです。

ここまでいえば、スワンがボッティチェルリの描くチッポラと、オデットを二重写しにして、チッポラへの賛嘆をオデットへの恋と取り違えることは、完全な「必然」として理解することができるはずです。

スワンは仕事机の上に、オデットの写真のように、エテロの娘の複製画を置いた。その大きな瞳、まだ成熟前の肌を想像させる繊細な顔、やつれた頬にかかる見事な巻き毛を感嘆しながら眺め、審美的観点から美しいと感じていたこれらの特徴を生身の女のイメージに当てはめては肉体的長所につくり変え、ものにできるかもしれない女のうちにそれらの長所がみな集められ

ているのに気づいてうれしくなった。眺めている傑作絵画の方に私たちを連れてゆくこうした漠とした共感は、スワンがエテロの娘の肉体を持つオリジナルを知ったいまとなっては一つの欲望と化し、オデットの肉体からは刺激されなかった欲望の代わりをつとめることになったのである。

池谷裕二さんがいうように、恋愛は脳の「誤読」、「早とちり」が決めるのです。そのことをなによりも雄弁に証明しているのが「スワンの恋」なのではないでしょうか。

24 当惑するスワン

スワンが、本来は自分の好みではないオデットに恋心を感じていくプロセスを主として脳科学の知識を借りて分析してみましたが、このプロセスは、サルトルが『想像力の問題』で問題としている「芸術鑑賞的な思念様態」という考え方によっても理解できるものです。

すなわちサルトルは、人が芸術作品（たとえば、セザンヌが油彩で描いたリンゴ）を鑑賞するときには、現実の事物（リンゴ）を見るのとはおのずから異なった特別の思念様態が採用されると述べています。モネやルノワールの印象派の風景画を見るときも同じです。

人はそれを絵の具の無秩序な塊とは見なさず、独特の美的秩序を持った風景なり静物として見ることができますが、それは「対象は芸術作品だから、そのように見ないといけない」という無意識の思念様態を働かせているからだというのです。

スワンのオデットに対する態度というものは、これとは逆の、しかし、基本的には同一のプロセスです。「エテロの娘チッポラ」で引用した箇所をもう一度、このサルトル的観点から検討してみましょう。

「フィレンツェ派の作品」という言葉は、スワンにおおいに役立った。この言葉のおかげで、オデットのイメージは肩書を与えられたかのごとくに、これまで入り込めなかった夢の世界に入り込むことができるようになり、気高さに浸されるに至ったからだ。つまり、スワンはこれまでオデットをただ肉欲的な観点からのみ眺めていたため、顔や身体ばかりか、その美しさのすべてについてもたえず新たな疑念が湧き起こり、その結果、恋心も弱まっていたのだが、そういった肉欲的な見方に替えて、確かな美学の教えを根拠にすると、たちまち疑いは消え去り、恋心は確かなものとなるのだった。

これをサルトル的解釈を入れてわかりやすく解説すると次のようになります。

すなわち、スワンが最初、オデットをあるがままの状態で眺めていたとき、それは現実のまずそうなリンゴを現実的な思念様態で見ていたのと変わりありません。オデットは、すこしもスワンの性欲をそそらなかったのです。ところが、ボッティチェルリのチッポラとの類似を発見してからというもの、ス

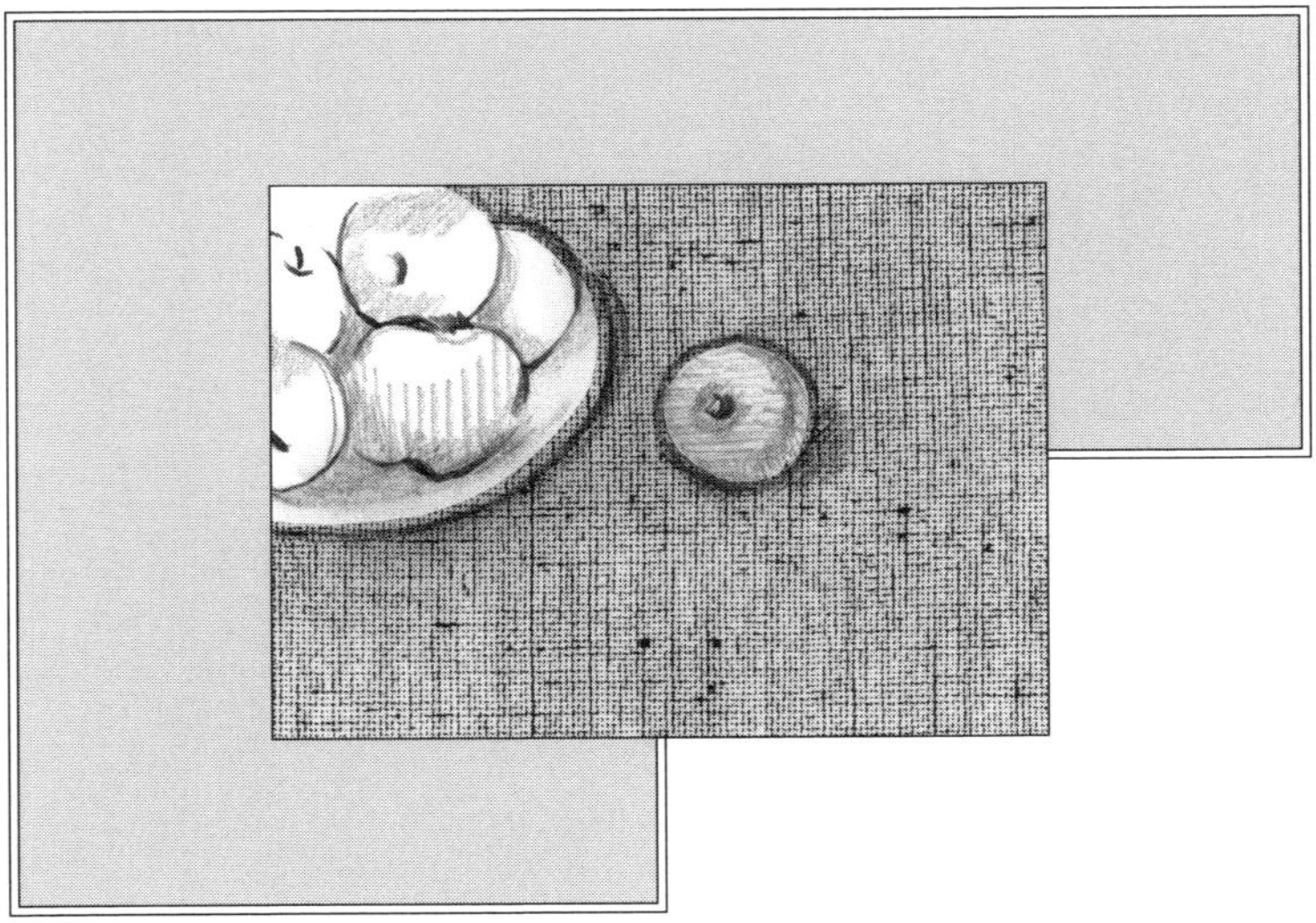

ワンは、セザンヌの描くリンゴとの類似を現実のリンゴの中に見つけた人のように振る舞いだします。つまり、現実のまずそうなリンゴを、セザンヌの描いたリンゴを眺めるような芸術鑑賞的思念様態で眺めるようになったのです。以後、そのリンゴは「うまそう」には見えなくとも、少なくとも「美しく」は見えるようになったのです。

ところで、リンゴの場合には、いくら「美しく」見えるリンゴでも、それをすぐに食べたいというふうにはことは運ばないはずです。芸術的な「美しい」リンゴと、現実のうまそうなリンゴとは別物ですから。

ところが、対象が人間の場合、とりわけ女性の場合には、これとはすこしちがった展開を見せることになります。オデットがボッティチェルリの描くチッポラと似ているという事実の確認から、オデットを芸術鑑賞的思念様態で眺めるようになり、彼女を

「美しい」と感じるようになったスワンは、たとえ、彼女の肉体が自分の好みと合わないということは意識しながらも、彼女に恋心を感じはじめてしまったのです。なぜなら、男の脳には、「美しい」と感じた女には恋するものという「錯誤帰属」、つまり誤読の回路があらかじめセットされているからです。リンゴなら、美しくてもまずそうなら食べない男でも、対象が女性だと、美しければ、好みに合いそうになくても、これに恋するということは十分起こりうるのです。誤読の回路が働くからです。

このボッティチェルリを長いあいだ見つめてから、自分のボッティチェルリのことを思い浮かべると、こちらの方が美しいように思えてくる．そして次にチッポラの写真を引き寄せると、まるでオデットを胸に抱きしめているような気になってくるのだった。

さて、このような特殊のプロセスを介してオデットに恋心を感じはじめたスワンですが、にもかかわらず、一つの大きな懸念がありました。それは、オデットに飽きを感じるのではないかという脅《おび》えでした。

そのため、スワンは自分の恋心を活発な状態に保っておくため、突然、偽りの幻滅や見せかけの怒りの手紙を書き、それを夕食前にオデットのところに届けるような真似をしてみせたのです。スワンには、オデットが仰天して返事をよこすのは、目に見えていました。きっとスワンを失うのではないかと不安になり、これまで一度も口にしなかった言葉を口にするだろう。事実、スワンは、彼女の書いたもっとも愛情深い手紙を受けとったのでした。その一つ、「メゾン・ドレ」からムルシア洪水罹災者のため催されたパリ・ムルシア記念日の当日にスワンのもとに届いた手紙は、こんな言葉で始まっていました。

「わたしのお友だちへ、あまり手が震えて、字を書くこともできないほどです」。スワンはこの手紙を、しおれたキクの花を入れておいた抽出しに入れた。

この段階では、スワンは恋の駆け引きの常道を踏まえていて冷静です。恋心もしっかりと制御されています。ところが、このあと、思わぬことから、スワンは自分の仕掛けた罠に自ら嵌まり、狂ったようにオデットに恋してしまうことになるのです。

あるとき、毎度のようにオデットを家まで送っていくのが嫌になったスワンは、若いお針子をブーローニュの森まで連れていくことにした。その結果、ヴェルデュラン家にはかなり遅くなって着いたので、スワンは来ないものと思ったオデットはもう帰ったあとだった。オデットがサロンにいないのを見て、スワンは胸に苦痛を覚えた。楽しみが奪い去られるのでないかと不安を覚えたとき、楽しみの大きさが初めてわかったのである。

ヴェルデュラン家のサロンの常連たちは、オデットの不在に当惑するスワンを見ておもしろがり、スワンはいよいよ本気でオデットに恋していると噂するようになります。

実際、このオデットの不在の発見によって、スワンが築いてきた有利な恋のポジションは一瞬のうちに消え去り、おろおろしながら、恋人の行方を探す哀れな男の姿があらわれてくるのです。

階段の踊り場のところで、スワンは給仕頭に後ろから声をかけられた。スワンがサロンに着いたとき給仕頭は席をはずしていたところだったのだが、オデットから、もしスワンがあとから来るようなことがあったら、家に帰る前にプレヴォの店でココアを飲むつもりだと伝えてくれと頼まれていたというのだ。——しかし、それはもうたっぷり一時間も前のことだという。スワンはプレヴォの店に向かった。

しかし、スワンの乗った馬車は交通渋滞に巻き込まれ、なかなか先に進みません。スワンは苛立ち、所要時間を必死に計算したりします。そして、そのとき、自分が陥っている心理状態の馬鹿馬鹿しさに気づきます。なにゆえに、オデットに会えないということにこんなに血相を変えているのかと。一時間前にヴェルデュラン家に向かうときには、こうなることを願っていたはずではないか？　そして、その瞬間に、スワンは次のような事実を発見して愕然とします。

プレヴォの店に運ばれていく馬車にこれまでと同じように乗りながら、スワンは自分がいままでの自分と同じではなく、また自分ひとりの自分だけでもないことに気づいた。新たな存在がそこにいて、自分にぴったりと密着し、自分と一体になっているのだ。これからはその存在を振り払うことはできなくなるだろうし、まるで主人や病気に対してそうするほかないように、よろしく折りあっていかねばならないだろうと感じたのである。

唐突に物語の中に差し挟まれたこのスワンのドッペルゲンガー感覚は、今後のストーリー展開を読む上で、思いのほか重要なものとなります。

なぜかというと、このとき、スワンは後に激しく苦しめられることになる嫉妬の萌芽を覚えていたのですが、その嫉妬という心理の本質は、愛する者がいるべきところにいないことによって生じる時間と空間の分裂にあるからです。

てっきりヴェルデュラン家のサロンにいると思っていたオデットがいないと悟ったとき、スワンは自分でも予想しえなかった動揺に見舞われ、さらにプレヴォの店に急ぐ途中で、不安はどんどん大きくなっていきましたが、これは、まさにオデットの不在がもたらした時空間の分裂の前兆だったのであり、その分裂の予兆がドッペルゲンガー感覚となってあらわれたものと解釈できます。

しかし、嫉妬による時空間の分裂という現象が明確なかたちを取ってあらわれてくるのはまだ先のことですから、読者としては、ここは、ドッペルゲンガー感覚があらわれたということだけを記憶にとどめて、先に進みましょう。

オデットはプレヴォの店にいなかった。スワンは大通りのレストランを虱潰《しらみつぶ》しに探そうとした。すこしでも時間を取り戻そうと、自分がレストランをいくつか探しているあいだに、御者のレミ（例のリッツォ作の総督ロレダーノ）にもほかのレストランを探させることにした。そして——自分の方では見つけられなかったので——あらかじめ打ち合わせしていた場所に行ってレミを待った。

ところが、レミの乗った馬車はなかなか戻ってきません。そこで、スワンは、刻々と近づく瞬間を、レミから「ご婦人はあそこにいらっしゃいます」と言われる瞬間か、あるいは「どのカフェにもいらっしゃいませんでした」と言われる瞬間か、両様に思い描くということを繰りかえしていたのです。

こうした経験は、われわれにもあります。なかなか来ないバスを停留所で待っているとき、向こうからやってきたバスが自分の待っていたバスだったか、ちがうバスだったか、近づいてくる瞬間を両様に思い描くときがそれです。

やがて、レミは戻ってきました。オデットの姿はどこにも見えなかったと言い、「こうなりましたらお帰りになるほかあるまいと思いますが」と自分の考えを付け加えたのです。この言葉にスワンは逆上します。そして、もし見つけだしてやらなかったら、オデットは立腹するだろうと答え、明かりが消えはじめた大通りの並木で、娼婦に言い寄られたりしながら、黄泉《よみ》の国で失われた妻エウリュディケを探すオルフェのように焦燥感を募らせていくのです。

さて、問題は、いるべきはずのところに恋人がいなかったことからくるこの不安感、焦燥感です。プルーストは、じつは、これこそが、恋愛を決定的につくりだすもっとも有効な方法であると喝破して、次のように述べています。

恋愛にはこれをつくりだすさまざまな処方がある．つまり、この聖なる病を広める要因はいろいろとあるが、なかでももっとも効果的なものの一つは、時として私たちの上に襲いかかるあの激しい動揺の息吹きである。（中略）相手がほかの人よりもこちらの気に入っていようがいまいが、そんなことは関係ない。必要なことは、その人物を好きになると、ほかの人が好きになるのを許せなくなるということなのだ。

では、どのような瞬間にこうしたことが起きるというのでしょうか？　プルーストは、相手がいないことによって生じる「不安」にその原因を見ようとします。

しかも、この条件が実現されるのは――相手が目の前にいないこうした瞬間に――ほかの快楽を追求するどころか、突如私たちの心の中に、同じ相手に対する不安な欲求が生まれる瞬間で

ある。それは同じ人を対象とするものでありながら、なんとも理不尽な欲求、この世界の法則からすると、満たすのも不可能、癒すのも困難な、とんでもない欲求なのだ——すなわち相手を独占所有したいという、常識外れの痛ましい欲求なのである。

すこしわかりにくい表現なので、私流にパラフレーズすると、おおよそ次のようになると思われます。

すなわち、われわれは、ある魅力ある人物に好意を寄せていても、それがいきなり激しい恋愛感情に変わることはありません。しかし、ある偶然から、その人が本来いるべきところにいないのを発見すると、その「不在」によって、極端に不安な欲求が生まれるのです。その不安な欲求とは、「不在」をいっさい許さず、相手を常に手元において監禁しなければすまなくなるような「完全所有」の欲求、つまり排他的な、独り占めの欲求なのです。プルーストは、この独り占めの「完全所有」の欲求こそが恋愛感情の誕生には不可欠であると見なしているのです。

スワンは、オデットがヴェルデュラン家におらず、プレヴォの店にもいなかったことから、急にこうした排他的な「完全所有」の欲求に捉えられてしまったのですが、その結果、なんとしても、オデットを見つけださずにはいられないというところにまで追い詰められてしまいます。

御者に向かってうまく見つけだせたら報酬を弾むと約束した。それはまるで、なんとしてもオ

デットに出会いたいと思っているその願いが、御者に成功への欲望を吹き込み、たとえオデットが寝に帰ってしまっていても、彼女を大通りのレストランに出現させるとでもいうようだった。スワンはメゾン・ドレまで行き、トルトニにも二度も入り、それでも見つからないので、カフェ・アングレに戻ってふたたび出てくると、イタリアン大通りの角で待たせている馬車に向かって恐ろしい形相で大股で歩きはじめた。そのとき逆方向から来た人と鉢合わせした。オデットだった。あとでオデットが説明したところによると、プレヴォが満席だったのでメゾン・ドレに夜食を取りに行ったのだが、奥まった席だったので気がつかなかったにちがいない、ちょうど自分の馬車に戻るところだったというのだ。

オデットはまさかスワンに会うとは思ってもいなかったので、ぎょっとした身振りをした。一方、スワンもパリ中を探しまわっていたのは、オデットに出会えると思ったからではなくて、期待をあきらめるのがあまりにつらかったからである。

この一節は、「スワンの恋」の中でも一、二を争うほどに重要な箇所で、スワンとオデットという中心人物のキャラクターが見事に交錯するハイライト・シーンといえます。

いよいよ、スワンの恋も佳境に入ってきたようです。

25 カトレア事件

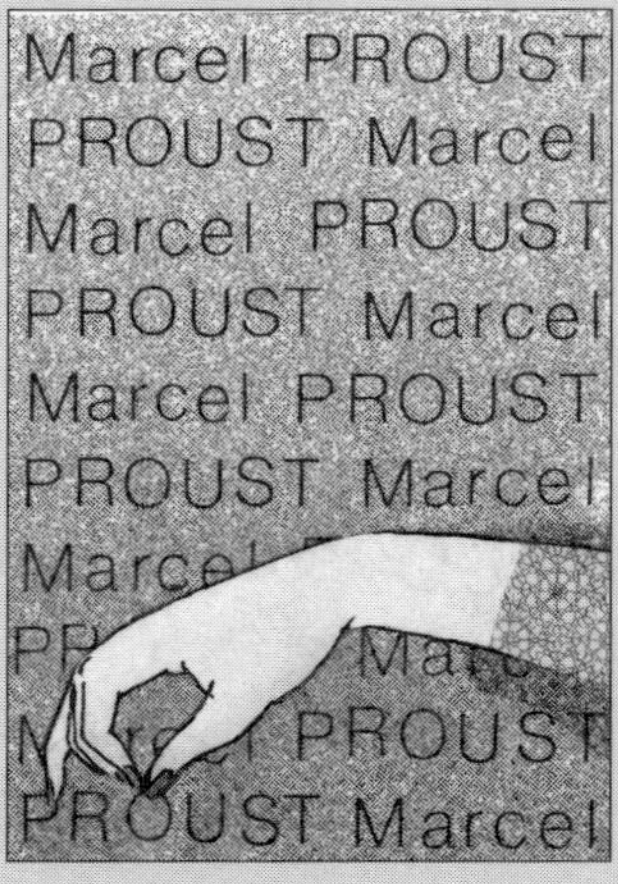

イタリアン大通りのカフェやレストランを片端から探し歩いたあげくに、ようやくオデットを見つけだしたスワンは、ある種の不思議な喜びに包まれながら、オデットの馬車に乗り込み、自分の御者にはあとからついてくるように命じます。そして、「スワンの恋」でも一番有名な「カトレア事件」が起きるのです。

オデットはカトレアの花束を手に持っていた。スワンが目をやると、レースのスカーフで覆った髪にも、白鳥の羽根飾りに同じラン科の花をさしているのがわかった。肩に羽織ったマンテ

――――ィラの下にはゆったりとした黒ビロードの服を着ていたが、それが斜めにからげられたところに白い畝織《うねお》りのスカートの裾が覗いている。またデコルテのコルサージュの胸あきのところにも白い畝織りの切り替え部分が見えていて、そこにも別のカトレアの花がさしてあった。

オデットはスワンがいきなり姿を見せ、そのまま馬車に乗り込んできたのでかなり動揺していました。それにくわえて、馬がなにかに驚いたらしく馬車が大きく揺れたので、思わず大きな叫び声をあげました。

このとき、スワンはオデットの肩を抱きしめながら、こう言ったのです。

――――「おや、揺れた拍子に、コルサージュの花がずれてしまったね。よろしければ、直させていただけますか？　落ちないように、もうすこし深くさしておきましょう」

オデットは「ちっともかまいませんわ。どうぞご遠慮なく」と答えましたが、スワンは、いまは口をきいてはいけない、息切れがひどくなるからと言い、しきりに胸のあいだのカトレアの花を直すふりをしながら言葉を続けます。

――――「さて、こんなふうに深くさしておけば……ほんとのところ、おいやじゃありませんか？　ほんとに、この花、匂いがないのかな、匂いを嗅いでも、かまいませんか？ じつをいうと、一度も匂いを嗅いだことがないんですよ。嗅いでもかまいませんか？ ほんとうのことをおっしゃってくださいね」

オデットは、微笑みながら肩をすくめ、「おわかりじゃありませんか、そうされるのが大好きだってこと」と言いたいかのように、スワンのなすがままにまかせました。

そこで、スワンはもう一方の手でオデットの頬をなであげ、オデットの大きな瞳を覗きこんでボッティチェルリの描くチッポラの顔を認めると、夢の実現に立ち会ったような気分に浸るのでした。

こうして二人はその晩、ついに関係を結ぶに至るのですが、それ以後も、スワンは数日間、胸のカトレアを直すという口実を用いてからことに及ぶようになります。

このように、しばらくのあいだ、スワンの愛撫は、最初の夜の順序通りに、まず指や唇でオデットの胸に触れることから始まるのだった。そして、ずっとあとになって、カトレアを直すこと（ないしはその真似をする儀式）がとうに廃《すた》れてしまっても、「カトレアをする（faire catleya）」という隠喩は、二人が肉体的な所有の行為——もっともなにも所有することはないのだが——を指し示そうとするときに、カトレアのことなど思い浮かべることもなく口をつく単純な言葉となり、このしきたりが忘れ去られたあとでも、それを記念するものとして二人の言葉づかいの中に生き延びたのである。

以後、スワンはすっかりオデットに打ち込んで、あれほど頻繁に出入りしていた社交界にもあまり足を運ばなくなったばかりか、ほかの女には目もくれなくなります。どこにいても、晩になるとかならずオデットに会いに出かけたのです。

そんなスワンの変貌を描写した一節に、プルーストはなにげなく、次のような言葉を差し挟みますが、これは後の展開を考えると、重要な伏線といえます。

オデットはかならず自分を待ってくれているはずだ、ほかの男たちと別な場所にいるわけがない、また自分もオデットに会わずに家に帰ることはないという確かな気持ちがあったので、オデットがヴェルデュラン家にいなかった晩に覚えたあの苦悩、いまでは忘れてしまったがいつ再発してもおかしくはないあの苦悩も、スワン自身気づかぬうち消えてしまった。いまやその苦悩も鎮静されているので、なんとも心地よく、いっそこれを幸福と呼んでもいいと感じたほどだった。あるいは、オデットがスワンにとってこれほど大切な存在に思えたのも、この苦悩のおかげかもしれない。

しかし、さすがのスワンも、深くつきあってみると、オデットがあまりセンスのいい女でもないし、知的な女でもないと悟らざるをえなくなります。たとえば、あるときオデットが「あの人、絶対にシックな場所にしか行かないのよ」と言うのを耳にしたので、スワンはシックな場所とはどういうところかと尋ねてみました。すると、オデットはいくぶん馬鹿にしたような口調で、こう答えたのでした。「たとえば日曜日の朝のアンペラトリス大通り、五時の湖水一周、木曜日のエデン座、金曜日の競馬場《イッポドローム》、それからダンスパーティ……」。

　これは、当時のスノッブたちが口にしているシックな場所を受け売りで列挙したものにすぎず、オデットという女の底の浅さを示すよい例なのですが、しかし、だからといって、スワンの恋心がさめたわけではないのです。むしろ、その逆でした。スワンの方がオデットの凡庸で悪趣味な感受性を肯定し、オデットを自分の方へ引き上げるのではなく、自分をオデットの水準まで下げていくことに喜びを感じ

るようになったのです。
こうしたオデットの凡庸で趣味の悪いアイテムの中でも、スワンがひときわ高く買っていたのが、ほかでもない、ヴェルデュラン家のサロンです。

スワンは、オデットを取り巻いているもの、つまり彼女に会って言葉を交わすのに役立つものが好きだったが、そうした意味ではヴェルデュラン家の集まりこそは最高だった。そこでは、食事でも音楽やゲームでも、また仮装夜食会や郊外へのピクニックでも、観劇でも、ごくたまに「つまらない連中」のために催される「大夜会」でも、あらゆる楽しみの底にはオデットの存在があり、オデットの姿が見え、オデットとの会話を見出すことができたからだ。ヴェルデュラン夫妻はスワンをサロンに招いて、オデットという貴重な贈り物をプレゼントしてくれたのだから、スワンとしては、ほかのどんな場所よりもこの「小さな核」が好きで、この「小さな核」にこそほんとうの価値があると思うようにつとめたのである。

そして、あの高度な趣味人だったスワンがサロンに集まる連中を高く評価するようになったばかりか、ヴェルデュラン夫人は偉大な魂の持ち主だと公言するほどになったのです。
ところが、ヴェルデュラン夫妻に対するスワンの評価が高まれば高まるほど、スワンに対するヴェルデュラン夫妻の評価は下がっていったのです。最初にそれを口にしたのはヴェルデュラン氏でしたが、もちろんヴェルデュラン夫人が感じていたことを代わって言葉にしたにすぎません。

その原因は、オデットに対する愛情を毎日ヴェルデュラン夫人を聞き手にして打ち明けるのをスワンが怠っているとか、あるいはヴェルデュラン夫妻の歓待を利用するのに妙に控えめだとか、あるいは夫妻には見当もつかない理由で晩餐に来ないとかいうものでしたが、ほんとうの理由はほかにありました。

しかし、苛立ちの深い原因は別のところにあったのだ。ヴェルデュラン夫妻は、スワンの心には入り込めない聖域があり、その聖域の内部では、口にこそ出さないもののスワンはあいかわらずサガン大公夫人はグロテスクな女性ではないと思い、コタールの冗談は全然おもしろくないと言いつづけているのだ。また、スワンはけっして愛想のよさを棄てたわけでもないし、ヴェルデュラン夫妻の教義に刃向かったわけでもないが、夫妻は教義をスワンに押しつけて完全に改宗させることは不可能だと悟らざるをえなかった。その困難さはいまだかつてだれに対しても経験したことのないものだった。

では、なにゆえにスワンに対するこうしたヴェルデュラン夫妻の評価の下落が起きたのでしょうか？それはオデットの紹介でサロンに登場した古文書学者フォルシュヴィル伯爵と対比されたためでした。フォルシュヴィルは、たいへんなスノッブで、ヴェルデュラン夫人が自分の知り合いに見当ちがいの批判を浴びせたときでも、平気で同調できる神経を持っていましたし、コタール医師のセールスマン風の愚にもつかない駄洒落にも鼻白むことはありませんでした。つまり、あらゆる点でスワンとは反対のろくでもない男だったのですが、まさにこうした特徴がヴェルデュラン夫人の気に入り、喝采を浴びたのでした。

では、スワンはというと、オデットから、久しい以前から知っているフォルシュヴィルについての感想を求められたとき、フォルシュヴィルが女に気に入られそうな美男子であることもあって軽い嫉妬が働いたのか、不用意にも「不潔なやつですよ」と言ってしまいました。そればかりか、もう一人サロンに招かれていたソルボンヌ大学の教授ブリショのペダンティックな俗悪な態度にむかついていたので、ブリショから振られた話題に対し、自分はまったく興味がないと答えて、ヴェルデュラン夫人の憤激を買ってしまったのです。

しかし、こうした失策も、スワンが犯したもう一つの大罪に比べればどうということはないものでした。

失墜の悲劇は、ヴェルデュラン氏からスワンについて感想を聞かれたフォルシュヴィルが、もっと容易にオデットに接近するにはスワンのご機嫌をとっておいた方が得策だろうと判断して、スワンはラ・トレムイユ家とかレ・ローム家といった由緒ある貴族のサロンに出入りしていると夫妻に話したときに起こりました。

ヴェルデュラン氏は、妻が「つまらない連中」と呼ぶこうした上流貴族の名前が会話に飛び出したのにひどく狼狽して、妻に視線を向けました。ヴェルデュラン夫人は絶対に事実を認めまいと決意したのか、なにも聞こえなかったふりをして、突然、能面のような動きのない顔になってしまったのでした。もしこのとき、スワンが状況を見るに敏なスノッブ性を持ち合わせていたら、ここで、フォルシュヴィルのように、ラ・トレムイユ家の人たちをこれ見よがしにこき下ろしてヴェルデュラン夫人のご機嫌を取ればよかったのですが、スワンは反対に、ラ・トレムイユ公爵夫人について、「じつに聡明な女性ですよ。ご主人も文字どおり学殖豊かな方です。お二人とも魅力的な人物です」と弁護にまわってしまったのです。

スワンのこうした反応に対してヴェルデュラン夫人が下した判決は決定的なものでした。

ヴェルデュラン夫人は一人の不信心者のおかげで小さな核の精神的統一がいまや妨げられんとしているのを感じ、その言葉にどれほど自分が苦しめられているのかわかろうとしないこの頑固者に腹を立てて、思わず心の底からこう叫ばずにはいられなかった。

「そうお思いになりたければ、どうぞご自由に。でも、せめてわたしたちにはそんなことおっしゃらないでくださいましね」

この取り返しのつかない失策により、スワンは手ひどい報いを受けることになります。フォルシュヴィルがオデットに強い関心を持っていると知ったヴェルデュラン氏が妻にそのことを伝えたところ、ヴ

エルデュラン夫人は夫に向かってこう答えたからです。

「ちょうどいいわ。オデットも一度ご一緒にお昼をいただきたいって言ってましたから。その話、進めてみましょうか。でもスワンには内証よ。だってあの人、座をすこし白けさせるでしょ」

────────

ひとことで言えば、スワンとオデットのキューピッド役を演じたヴェルデュラン夫人は、今度は、新しいお気に入りたるフォルシュヴィルをオデットと結びつける取り持ち役を引き受けようとしているのです。

この「王妃の寵」の切り替えは、すぐにオデットにも伝わりました。

────────

オデットはフォルシュヴィルが帰るのを名残惜しそうに見送った。スワンと一緒に帰るのを断る勇気は持ち合わせてはいなかったが、馬車に乗っているあいだ不機嫌そうで、スワンが家に寄ってもいいかと尋ねると、いらついたように肩をすくめて「そりゃいいわよ」と答えた。

では、ヴェルデュラン夫人にもオデットにも愛想をつかされたスワンは、そのことに気づいていたのでしょうか？　そんなことはなかったのです。

スワンはヴェルデュラン家で失寵《しっちょう》の瀬戸際に立っていることをいまだ気づかなかった。あいかわらず、愛情に曇らされた目で、夫妻の滑稽さを好意的に眺めつづけていた。

上流のサロンでは仲間外れにされる経験のほとんどなかったスワンは、こうした「空気」の変調を嗅ぎつけるほどの鋭敏さは持ち合わせていなかったのです。そして、その鈍感さは、オデットとの関係においても観察できるものでした。

ある晩のこと、スワンはどうしても出席しなければならない宴会があり、帰途、どしゃぶりの雨にもかかわらず、オデットのアパルトマンを訪れたのでしたが、オデットは冷たい態度で出迎えました。スワンが遅くなったことを詫びると、ほんとうに遅いわねと不満を示し、さきほどの夕立で気分が悪くなり、頭痛がするので、三十分以上は引き留めたくない、十二時になったら帰ってもらう、ひどく疲れているので休みたいと平然と言い放ったのです。

「それじゃカトレアなしなの？　今夜は？」とスワンは尋ねた。「ほんのすこしのかわいらしいカトレアでいいんだけどなあ」

すこしふくれてむかついた様子でオデットは答えた。

「だめ、今夜はカトレアなし。そんなことわかるでしょうが。わたし気分が悪いのよ！」

――

「カトレアで気分がよくなるかもしれないよ。まあ無理にとは言わないけれど」

オデットから帰る前に明かりを消してくれと頼まれたスワンは自分でカーテンを閉めて、おとなしく引き上げたのですが、自宅に帰ってから、突然、一つの考えに捉えられます。

そして、このときから、スワンにとっての「失われた時を求めて」が始まることになるのです。

26 嫉妬と嘘

オデットから「今夜はカトレアなし」と言われて、悄然《しょうぜん》と自宅に戻ったスワンでしたが、突然、自分のあとにだれかほかの男が来ているのかもしれないと思い返し、辻馬車を拾って、彼女のアパルトマンのある通りに駆けつけました。

すると、なんとしたことでしょう、ほとんどのアパルトマンの窓は真っ暗なのに、オデットのアパルトマンの鎧戸からは光がもれていたのです。「オデットがここで待っているよ」と告げていた喜びの光が、いまや、「オデットはお待ちかねの男と一緒にここにいるよ」と告げる苦痛の光に変わってしまっていたのです。窓に近寄ると、ひそひそと囁くような声が聞こえました。

その光は、スワンが帰ったあとに男が訪れたことを告げ、オデットが嘘をついていたこと、また、いまオデットが相手の男とともに幸福を味わっていることを証拠立てていた。

ところが、不思議なことに、スワンは来てみてよかったと思ったのです。

なぜなら、家にいられないと感じさせたあの激しい苦しみは、曖昧でなくなったことによって、鋭利さも薄れていたからだ。そして、いま、オデットの別の生活、さきほど突然のように疑いを向けたにもかかわらずなす術のなかったこのもう一つの生活は、いま目の前にあってしっかりと捉えられており、ランプの光に煌々《こうこう》と照らし出されて、そうとは気づかずにこの部屋に閉じこめられているのだ。

スワンは、アパルトマンに踏み込んで現場を取り押さえてやろうかと考えましたが、いやそれよりも、鎧戸を叩いてオデットが男といるところを自分は知っているのだぞと教えた方が得策かもしれないと思い返しました。

しかし、そんなことよりも、この窓ぎわでスワンが感じた興奮というのが、われわれ恋愛心理研究家にとっては、なかなか興味深いものなのです。

このときスワンが感じていたほとんど快楽に等しいものは、疑いや苦しみが鎮静したということとは異なるなにか、むしろ知性の快楽といえた。オデットを愛するようになってからというもの、いろいろなものに対して昔感じていた楽しい関心が蘇ってきたが、それはオデットの思い出に照らし出されたからにすぎなかった。ところが、いまや、嫉妬によって蘇ったのは、勤勉だった青春時代に持っていた別の能力、すなわち真実追究の情熱だったのである。とはいえ、それは自分と愛人のあいだにある真実、愛人によってのみ照らし出されるまったく個人的な真実への情熱だった。オデットの行為やつきあい、計画、およびその過去などを唯一の対象とし、それに無限の価値を与えて、そこに無私の美があると見なすような真実追究の情熱だったのである。

では、このオデットの裏切りを機に突如スワンのうちにわき出てきた「知性の快楽」「真実追究の情熱」が、恋愛心理の研究家にとってなぜ興味深いものと思われるのでしょうか？

思うに、それはラ・ロシュフーコーが『箴言集』で定式化した、次のような真理と深い関係を持っているからです。

嫉妬はかならず愛とともに生まれるが、かならずしも愛とともに死なない。

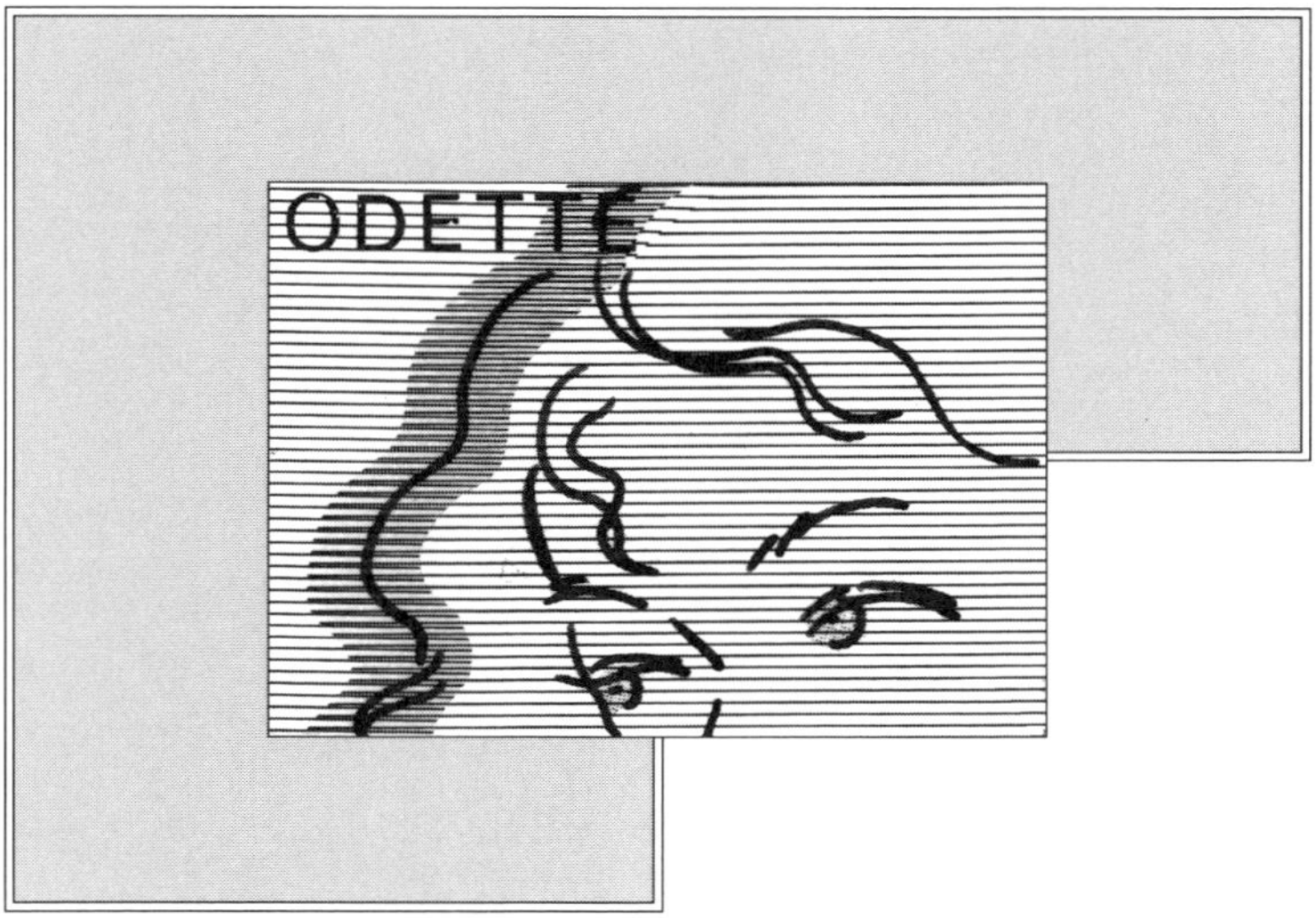

つまり、嫉妬は愛よりも長生きして、ほとんど死にかけている愛を延命させる働きがあるということです。

オデットに対するスワンの愛が惰性から次第に弱まりを見せていたとき、別の男がいるのではという疑念によって、嫉妬の炎が点火されたまさにそのことにより、スワンの愛は不思議なかたちでヴァージョン・アップするという展開になってきたのです。

しかし、ここまででしたら、スタンダールのいう「結晶作用」と同じで、とりたてて独創的な分析ではありません。

プルーストがすごいのは、この嫉妬が生み出すのは、「知性の快楽」「真実追究の情熱」であると喝破している点です。愛における嫉妬というのは、あくまで個人的なものに対する好奇心でありながら、その実、あらゆる種類の真実追究の知的な情熱に等しいものなのだと断言しているのです。これは、愛と嫉妬の分析として、新しい地平を切り開いた独創的な観点であるといえるでしょう。

これまで、スワンは個人の日常生活の中の事実や行為に対して好奇心を働かせることは低俗的で無意味なことと考え、そんなことをしたら身を汚すと思っていたのです。

しかし、恋愛というこの奇妙な時間においては、相手の個人的なものがきわめて奥の深いなにかに変わるので、オデットという女のとるにたりない行動に対してスワンが感じた好奇心は、かつて〈歴史〉に対して抱いた好奇心と同じ類いのものだった。以前なら恥ずかしくてとてもやれないと思われたさまざまな行為、たとえば、いま窓の前で中を探るとか、明日にでも無関係な人たちにかまをかけてやろうとか、あるいは召使を買収したり、いまドアに耳を当てて立ち聞きしたりするといったこうした行為が、いまや、スワンにとっては、テクストの解読、さまざまな証言の比較検討、記念碑の解釈などとすこしも変わらぬ、字義どおりの知的価値を有する、まさに真実の追究にふさわしい科学的な調査方法そのもののように思われてくるのだった。

ここで述べられているのは、たんに「スワンの恋」のみならず、『失われた時を求めて』全体にとってもきわめて重要な分析であるといえます。

なぜなら、『失われた時を求めて』における恋愛は、かならずや「失われた時」を求めること、つまり「歴史」における真実の追究というかたちをとることになるからです。そして、その真実の追究の方法はといえば、恋愛の対象たる「女」を一つのテクストと見なした「解読」であり、その女をめぐる人たちの証言の「比較検討」であり、女の残したさまざまな身のまわり品という記念碑の「解釈」となるからです。

さて、スワンは窓からもれ出る光とひそひそ声を前にして、しばし逡巡します。この窓ガラスをコツコツと叩いて、自分がオデットの情事の動かぬ証拠を握っていることを教えるべきか、それとも焼き餅焼きは嫌いだと言われそうだからここは我慢すべきか、おおいに迷うのですが、結局、最後は「真実追究」の願望が勝利を収めます。

> しかし、真実を知りたいという欲求の方がはるかに強く、また、はるかに貴いことのように思われた。命と引き換えにしても正確に復元したいと思ったこの状況が、光の筋のもれてくるこの窓の向こうに読みとれるのだ。それは、貴重な写本が、黄金に輝く表紙（中略）の下に読み取れるのと同じだった。

そこで、スワンは爪先だちになり、思いきって鎧戸を叩きます。すると、会話が一瞬途絶えたあと、男の声が「どなた？」と尋ねます。スワンは、その声がオデットの知り合いのだれの声であるか同定し

ようとしましたが果たせず、もう一度鎧戸を叩き、「近くを通りかかって明かりが見えたもので。もう気分はよくなったのかどうか、聞こうと思っただけだ」と叫びます。

すると、驚いたことに、見たこともない二人の男が窓ぎわにあらわれ、ランプの明かりで部屋の中が見渡せたのです。それはまったく見知らぬ部屋でした。スワンは隣の家の窓を叩いてしまったのです。

スワンは非礼を詫びて、自宅に帰りました。

では、スワンはこのときどのような感情を覚えたのでしょうか？

一つは好奇心を満たすことができた満足。もう一つは、嫉妬にかられて相手を愛しすぎていることの証拠を与えずにすんだという安堵感です。

しかし、これ以来、このときのことを思い出すたびにスワンは刺すような痛みを感じるようになったのです。

さながら、それは肉体的な苦痛のようにスワンを襲い、思考の力では苦痛を軽減できないのだった。（中略）思考が苦痛を思い出しただけで、苦痛が再生してしまう。考えまいとすることがそれを考えることとなり、苦しみがいや増すのだった。

この痛みの因ってきたるところは、せんじ詰めれば嫉妬の働きにありました。

スワンはオデットと会って別れてから、オデットの微笑や頭の傾け方、また腕の中に抱かれているときの眼差しなどを思い出し、幸せな気分になりましたが、そうしたときには、愛の影であるかのように嫉妬があらわれて、「ほかの男たちに抱かれて激しく燃えているときの姿態や恍惚とした姿勢」をスワンに想像させることになったのです。

その結果、嫉妬が生まれる前とはまったく異なった心理をスワンは味わうことになります。

スワンはついに、オデットの横で味わった快楽、二人で考え出したあげく不用意にもその気持ちよさをオデットに教えてしまった愛撫、オデットのうちに見出した魅力など、そのことごとくを後悔するようになった。なぜなら、そうしたものを想起したとたんに、それは新たな責め苦のもととなって苦しみを増すことがわかっていたからだ。

不思議といえば不思議な心理ですが、嫉妬という感情を一度でも味わったことのある人には理解できるものでしょう。やがて、この感情は、とことんスワンを追い詰め、最後には苦しみを味わわずにすむ唯一の解決策を採用させる結果になるのですが、それはまだ先のこと。ここではとりあえず、スワンが感じた嫉妬の苦しみが具体的にどのようなケースで発動されるのかを見ていくことにしましょう。

最初の嫉妬の発作は、ある日の昼間、スワンがふと思い立ってオデットのアパルトマンを訪ねて呼鈴を鳴らしたところ、中で物音がし、足音が聞こえたにもかかわらず、オデットがドアを開けようとはしなかったときに起こります。

スワンは苛立ち、通りに面したアパルトマンの窓の前に立ち、窓ガラスを叩いて名前を呼びますが、だれも窓を開けにはきません。あきらめて、スワンはいったんその場を立ち去りますが、一時間後に戻ってきます。すると、オデットは家にいて、さっきスワンが呼鈴を鳴らしたときには眠っていたのだと言い訳します。呼鈴の音に気づいて駆けつけたがもう彼は帰ってしまったあとだった、窓ガラスが叩かれるのもちゃんと聞こえたと言うのです。このとき、スワンの感じたことをプルーストは次のように記述しています。

スワンはただちにこのようなオデットの言い分の中に、正確な事実の断片が含まれていることを認めた。それは、嘘をついている人たちが不意をつかれたときに、偽りの事実をでっち上げようとするとき、そうした捏造した嘘の中に気休めに事実の断片を紛れ込ませ、その効力によって、嘘をいかにも真実らしく見せかけたつもりになるのと同様である。

ここにおいて、嫉妬のほかに嘘という要因がくわわり、心理の綾のからまりをさらに複雑にしてゆきます。

なぜなら、嘘というものは「真実追究の欲望」を混乱させる大きな罠となるからですが、しかし、本当に困惑すべきは、その嘘の中にいくばくかの真実の断片が混入させてあることです。その真実の混入の仕方について、プルーストは、嘘と真実のブレンドをつくりだしてしまうオデットの心理をこんなふうに分析します。

> 頭の中を探しても空っぽなのだが、にもかかわらずなにかを言わねばならない。そのときにオデットが思わず摑んでしまうのは、手の届くところにある、隠しておきたいと思っていた当のもの、しかも真実であるゆえに一つだけそこに残っていたものなのだ。オデットは、それ自身はたいした意味のないこの小さな断片を一つ取り上げて、これは結局のところほんとうの断片なのだから、嘘の断片のような危険は少ないはずと考える。

これは、嘘をつく人に普遍的に見られる心理です。どうせなら、証明不可能な一〇〇パーセントの嘘をつけばいいものを、そこまでのフィクション作成能力はないため、真実と嘘をブレンドした中途半端なものをこしらえてしまうのです。ところが、嘘が露見するのは、このブレンドにあるとプルーストは喝破します。

> ところが、それこそオデットの考えちがいなのである。それによって裏切られるのだ。オデットが理解しなかったのは、この切り取られた真実のピースには特有の角があり、それがぴったりと収まるのは、それを適当に抜き出してきたほんとうの事実の中だけであり、それをでっち上げの事実にはめこもうとすると、常にはみ出す部分や隙間が埋められない部分があったりし

て、真実のピースはこのでっち上げの事実からとり出されたものではないことがわかってしまうのである。
――――

嘘についての重要な指摘です。おそらく、警察の取調官などは、かならずやこの真理を熟知しているにちがいありません。

では、具体的にスワンはどのようにして、このことを悟ったのでしょうか？　オデットは、スワンが呼鈴を鳴らし、窓を叩いたのはたしかに聞こえたと白状していますが、そのことがオデットがドアを開けさせなかったという事実とは矛盾してしまっているという点です。

――――
だが、スワンはこの矛盾をオデットに指摘しなかった。なぜなら、オデットに好きなように語らせておけば、オデットはさらに新しい嘘をつくだろうが、そうした嘘は真実を見出すかすかな手掛かりを提供してくれるにちがいないと考えたからだ。
――――

このようにスワンはオデットに好きなだけ嘘をつかせておきました。その嘘が真実を開示する手助けとなるかもしれないと考えたからです。

――――
これら嘘の言葉は、無限に貴重であるにもかかわらず残念なことに絶対に発見不可能なあの現実を、聖女ヴェロニカの聖なるヴェールのように漠然としたかたちで保存しているように感じた。この現実について、スワンが手に入れられるものとてはこの女の解読不可能な聖なる痕跡のような嘘しかありえない。その現実はこの女の記憶の中に隠匿されたままであり、女はその価値もわからずにこれを眺めているだけで、スワンにその現実を譲り渡そうとは決してしないのだ。

ここでもう一度、スワンにとって何が重要なことかを確認しておきましょう。もっとも大切なこと、それはもはや愛ではなく、「事実」や「真実」になってしまっているのです。スワンが心の底から知りたいと思うのは、自分が呼鈴を鳴らし、窓ガラスを叩いたときに、部屋の中に男がいたのか否かという「事実」、あるいはそれがだれだったのかという「事実」だけであり、オデットが自分とその男のどちらを愛しているかとか、自分へのオデットの愛は本物だったのかということなどはどうでもいいことになっているのです。言いかえれば、オデットが真実を語ってくれること、これさえあれば、ほかはなんにも要らないのです。

ことほどさように、愛から嫉妬が生まれ、その嫉妬が真実への欲求をつくりだしてしまった結果、スワンはまことにもって厄介な現実に直面せざるをえなくなってしまったのです。

なぜならば、真実の追究というのは、必然的に「失われた時間の追究」という「時間の病」をもたらすことになるからです。

27 分裂する時間

恋愛よりも真実の追究が大事となってしまったスワンにとって、オデットの言葉は逆にとても大切なものとなりました。つまり、ある錯綜した事件を担当している刑事にとって、取り調べている被疑者の自白が、たとえ嘘ばかりだとしても、真実を再構成するための唯一の手掛かりになるのと同じなのです。

そこで、スワンは口をはさむことなくオデットをしゃべらせておきました。なぜなら、その言葉は、言葉の背後に現実を隠そうという意志が働いているために、かえって、現実の刻印をとどめていることになり、現実の曖昧なかたちを描き出してくれると感じたからです。

ところで、スワンにとってどんなものと引き換えにしても手にしたいと願ったその真実は、オデットにとってはどうでもいいものであり、そのほんとうの価値もわからぬまま、彼女の記憶の中で失われていくことになるとスワンは気づきます。

この恐れを感じたとき、スワンは自分の関心や悲しみの原因について考察を巡らします。というのも、客観的に見て、オデットの日々の行動は、ほかの男たちと結ぶ関係も含めて、それ自体では激しく興味をそそるようなものではないし、人を自殺に追いやるほどの病的な悲しみを発散しているわけでもない。とすると、真実追究のためには、どんな犠牲を払ってもいいと考えることは馬鹿げてはいないかという反省が働いたからです。

> こうした関心や悲しみは病気のように自分のうちにしか存在していないものである。とするなら、病気が全快すれば、オデットの行為も、ほかの男に与えたかもしれない接吻も、ほかの多くの女たちのそれと同様に、無害なものになるだろう。このことはよく理解できた。

この認識はきわめて重要なものです。なぜなら、実際、最後には、オデットの不貞や嘘といった、この時点でスワンを自殺に追いやりかねなかったことごとも、ほかの女のそうしたことと同様に、どうでもいいことになってしまうからです。

しかし、この段階では、原因は自分の中にしかないとちゃんとわかっていながら、スワンは、まだ、好奇心を満足させること、すなわち、真実追究の努力を不条理なものとは感じていなかったのです。

スワンがいまオデットの嘘に対して感じているこの苦痛を伴う好奇心はたしかに彼の心のうちにしか原因を持ってはいない。しかし、だからといって、この好奇心を重視して、それを満たすためにあらゆることをするのが馬鹿げたことだとはどうしても思えなかったのである。

それを証明するかたちになったのが、スワンがオデットに別れを告げて帰ろうとしたときに起こったことです。オデットはもっといてくれと頼み、彼の腕を摑んで引き留めようとしましたが、しばらくすると、入口のドアがふたたび閉まる音が聞こえて、だれかが馬車で立ち去る音が聞こえました。どうも、スワンに会わせてはならない人が、オデットは外出していると言われて帰っていったようなのです。

そのときスワンは、ふだんとはちがった時刻に訪れたために、知られたくなかったオデットの多くのことの邪魔をしたのに気づき、おおいに落胆し、胸が締めつけられるような気持ちを味わった。

あっさりと書き留められたように見えながら、この言葉は、「スワンの恋」における嫉妬という時間

の病を理解するうちで意外に重要なヒントとなります。というのは、ここでスワンは、自分がいつもとは異なる時間帯にオデットを不意に訪問したことで、自分が思い込んでいたのとはまったく異なる展開を見せているオデットの時間というものが存在する事実を発見し、愕然としたからです。言いかえれば、この瞬間から、スワンは時間の分裂（多様なる時間可能態の存在）に苦しむことになるのです。

そして、その苦しみを倍加するかのように、深い考えもなくオデットが行ったある行為が、スワンを真実追究の地獄に突き落とすことになります。

それは、オデットが別れ際にスワンに数通の手紙を託し、投函するように頼んだことでした。スワンは手紙を持って外に出たのですが、家に戻ったとき、それを持って帰ってしまったことに気づき、ポストに入れようと引き返します。しかし、投函直前、中の一通がフォルシュヴィルに宛てたものであ

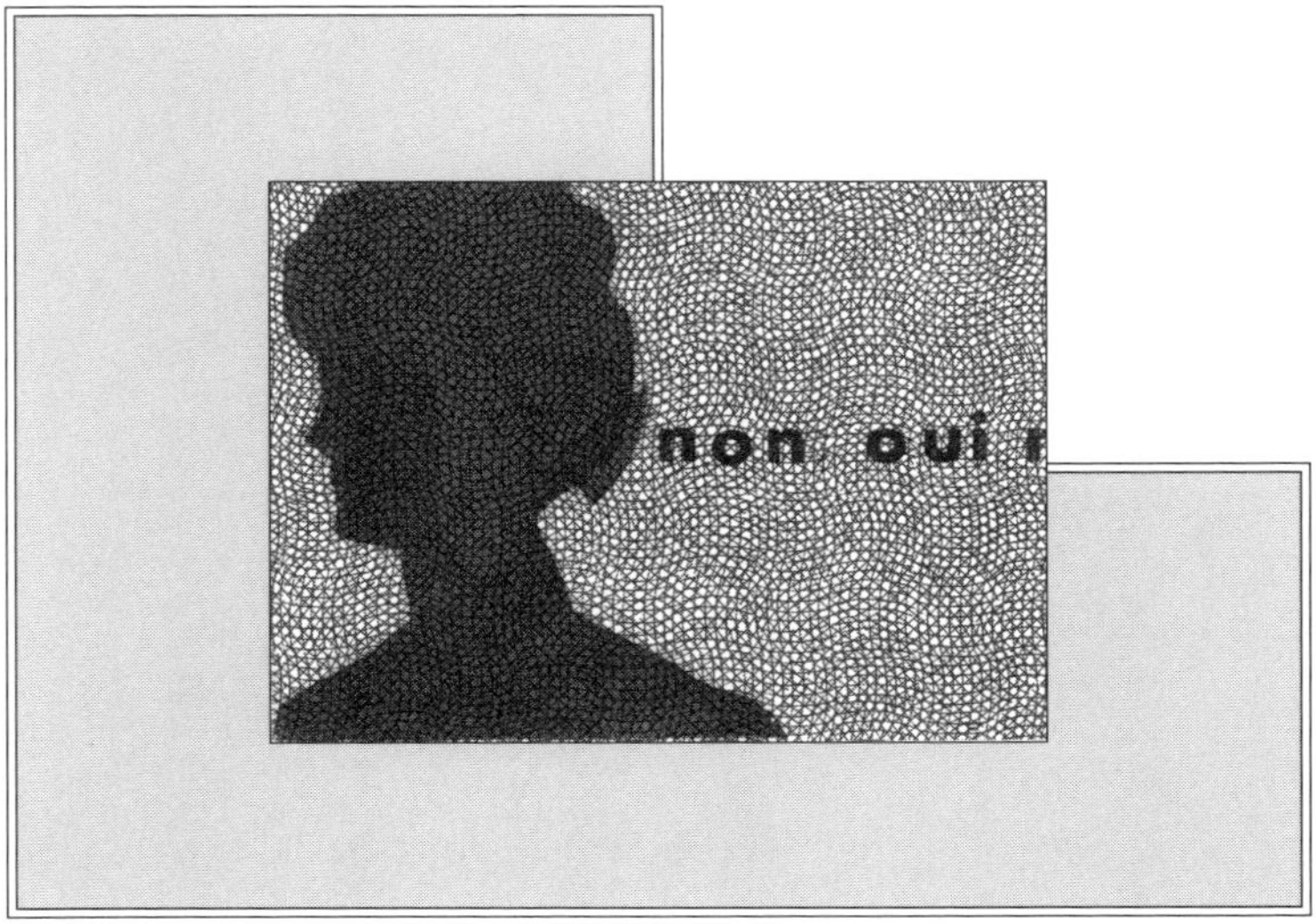

ることを発見し、それだけを持って帰ります。

この瞬間から、真実追究の魔が彼にとりつきます。「読むことこそが、疑惑から解放される唯一の方法」だからです。しかし、さすがのスワンでも封を切って読むのははばかられたので、蠟燭の明かりに照らして中の便箋の言葉を判読しようと試みます。

最初、なんとか読めたのは「わたしは、ああしてよかったと思っています」という言葉だけでしたが、やがて初めは判読できなかった二文字があらわれます。

「わたしは、ああしてよかったと思っています。ドアを開けた相手は叔父でしたから」。ドアを開けた！　だって？　これでわかった。今日の午後、スワンが呼鈴を鳴らしたとき、フォルシュヴィルが来ていたのだ。オデットはあわてて、フォルシュヴィルを帰らせたのだ。だから、あの物音が聞こえたのだ。

結局、スワンは全文を読んでしまいました。そして、かつてオデットが自分に宛てて書いてきた手紙に比べるとフォルシュヴィル宛ての手紙には真心がこもっている言葉が少ないと思い、フォルシュヴィルの方がだまされていると喜びますが、しかし、もしフォルシュヴィルとのあいだになにもなかったのなら、なぜ、こんな文面の手紙を書いたのか、などと疑問はいっそう深まっていきます。

ついで、スワンの嫉妬は暴露されたものを楽しみはじめた。まるで嫉妬それ自体が独立した利己的な生活力を持っており、自分の養分となるものならなんでも、たとえスワン自身を犠牲にしてさえ、貪欲にこれをむさぼり食ってしまうかのようだった。

この嫉妬の無限増殖ぶりをプルーストはタコに譬えます。

スワンの嫉妬は、タコが一本目、二本目、三本目とそのもやい綱のような足を繰り出すように、まず、一つ目がこの夕方の五時という瞬間にしっかりとへばりつくと、次には別な瞬間に、さらにまた別な瞬間にと、へばりつくのだった。

こうして、タコに譬えられた嫉妬は、追究すべき時間を次々に増やしていって、スワンを時間の病でがんじがらめにすることになります。そして、ついにはスワンの性格まで変えてしまうのです。

ところで、フォルシュヴィルの手紙を盗み読みした日からひと月ほどたったある晩、スワンはヴェルデュラン夫妻がブーローニュの森で催した晩餐会に出かけたのですが、そのときヴェルデュラン夫人と何人かの招待客とのあいだでひそひそ話が交わされているのに気づきます。どうやら、パリ西方十五キロほどのところにあるセーヌ河畔の町シャトゥーで明日開かれるパーティに来るように、ピアニストに念を押しているようなのです。ところが、スワンには誘いはまったくかかっていなかったのです。

ヴェルデュラン夫人は曖昧な言葉で小声でしか話さなかったのですが、状況が飲み込めていない画家が、「真っ暗闇で『月光』ソナタを弾いてもらわなくちゃ」と大声で叫んだため、スワンにはすべてがわかってしまいます。このときのヴェルデュラン夫人の反応を描くプルーストの筆は見事の一言につきます。

ヴェルデュラン夫人はスワンがすぐそばにいるのに気づいて曰く言いがたい顔つきをした。それは話している者を黙らせたいという気持ちと、聞いている者にはそしらぬふうを装いたいという気持ちとがたがいに相殺されて生まれたひどくうつろな表情だった。無邪気を衒《てら》った微笑の下に共犯者の示す合図ならざる合図が隠されている。すなわち、それはへまに気づいた者たちならだれもが浮かべる表情、へまをやった本人にへまをしたことをわからせるつもりが、へまの対象となった相手にへまをばらしてしまうあの表情だった。

スワンは、困惑しているオデットに説明を求め、明日、シャトゥーに行くのをやめにするか、それとも自分を招待させるようヴェルデュラン夫人に働きかけるようどちらかにさせようと思いましたが、そうしているうちに、馬車が呼ばれ、ヴェルデュラン夫人はついに決定的な一歩を踏み出すことになります。

すなわち、ヴェルデュラン夫人はスワンに招待のことを口にしないまま別れの挨拶をしたあと、フォルシュヴィルを馬車に乗せると、オデットを自分の馬車に乗せようとしているスワンを完全に無視し、オデットに向かって、フォルシュヴィルの隣に席がとってあるから、こちらの馬車に乗るようにと言い放ったのです。

オデットが「はい、どうも」と率直に答えたので、さすがのスワンも腹を立て「そんな馬鹿な！　ぼくが送ると思っていたのに」と叫び声を発しました。

このスワンの反応に対して、ヴェルデュラン夫人はすかさず反撃をくわえました。

「あら、もうお一人でお帰りになってもようござんしょ。これまでずいぶんとオデットさんにご一緒にお帰りになるようおすすめしましたからね」

――――――――

そして、スワンが重要な話があるからオデットと帰らなければならないと抗弁するや、夫人は「あらそうですの！　なら、お手紙をお出しになれば……」と平然と答えたのです。

スワンは「さようなら」と言って手をさしのべたオデットに微笑を返そうとしましたが、その打ちひしがれたような様子は惨めそのものでした。

その夜、ヴェルデュラン夫人は自宅に戻ったあと、夫に向かって、スワンをさんざんに罵ったあげく、腹立ちまぎれに「いったいなんなの、あん畜生ったら！」と付け加えましたが、その様をプルーストはこんな譬えをつかって描写しています。

ヴェルデュラン夫人は、おそらく自分を正当化しようとする無意識の衝動に従ったまでのことなのだろう——ちょうどコンブレーで、若鶏がなかなか死なないのに苛立ったフランソワーズのように——人畜無害な家畜をひねりつぶそうとする農夫が断末魔の家畜の足掻きにあって思わず発するような罵倒を、知らず知らず用いてしまったのだった。

一方、一人ブーローニュの森に取り残されたスワンはというと、こちらは顔色の悪さを心配する御者を引きとらせた後、徒歩で森を抜けて帰ることにしました。

そして、道々、ヴェルデュラン夫人の取り巻き連中が、翌日、シャトゥーの夜会で交わすだろうグロテスクな会話や仕草を想像し、思いきり罵倒を浴びせて、溜飲を下げたのですが、だからといって、これでオデットのことを断念できたわけではないのです。そうした罵詈雑言を列挙しながらも、まだ未練を捨てきれずにいたのです。

しかし、このときを境に、スワンとオデットを結びつけていたヴェルデュラン家のサロンは二人の逢引の障害となっていきます。オデットは決まって「明日の晩はだめなの。ヴェルデュランさんのお宅で夜食会がありますもの」というのでした。また、ヴェルデュラン夫人に誘われて、オペラ＝コミック座に『クレオパトラの一夜』というオペラを観劇に行かなくてはならないようなときには、スワンは、悔しまぎれにオデットやヴェルデュラン夫人をあえて蔑むような言葉を吐いて、自分の心はもうオデットを離れてしまっているかもしれないなどと警告してみせるのでしたが、オデットはしたたかなもので、こんなスワンの説教を冷静に値踏みしていたのです。

話の意味はわからなかったものの、この演説がいわゆる「お説教」の類いに属するものであり、非難や泣き落としのジャンルに入ることは理解できた。オデットはいろいろな男とつきあってきた経験から、こういう言葉は、枝葉末節はともかく、惚れていなければ男が口にしないものだということはわかったし、男が自分に恋しているなら、言葉に従う必要はない、放っておけばいっそう男は夢中になるはずだと結論づけることができたのである。

また、別のときには、スワンから、きみの嘘こそが不仲の原因をつくっていると非難されても、オデットはまったく動じるふうを見せませんでした。その理由についてプルーストは次のように分析しています。

だが、スワンが嘘をつくべきでない理由をこんなふうにいくら並べたてても、それは無駄だった。オデットのうちに、もし嘘をつくための普遍的な体系のようなものが存在しているなら、スワンのあげたこうした理由はその体系を崩せたかもしれないが、オデットはそんな体系など持ってはいなかったのである。オデットは、自分のしたことでスワンに知られたくないものが

あると思うと、それをスワンに言わないようにしたにすぎない。ことほどさように、嘘というのはオデットにとって一時しのぎの特殊な方便であって、嘘に頼るか、あるいは真実を告白するか、それを決める唯一のものも、そのときどきの特殊な理由、つまり、真実を言っていないとスワンに見破られる可能性が大きいか小さいかによるのだった。

つまり、オデットはいきあたりばったりに嘘をついているだけなのですが、まさにこの嘘の非体系性がスワンを混乱させ、恋の深みにひきずりこむことになるのです。同じように、ヴェルデュラン夫人に誘われてオデットがサン＝ジェルマン＝アン＝レやムーラン、あるいはコンピエーニュなどの郊外に出かけ、そのまま現地に泊まって翌日にパリに帰るような場合には、彼女はパリに帰ったことをスワンに伝えようともしませんでした。ところが、オデットの投げやりなこの態度がスワンの恋心を逆にかきたてる原因となるのでした。

こうなったのも、オデットがスワンのことなど考えもしなかったからだった。さらに、このようにスワンの存在すら忘れてしまった時間は、オデットにとって、どれほど巧みに媚びを売るよりも有効にスワンの気を惹きつけておくのに役立った。なぜなら、そうした時間をスワンは悶々として過ごすことになったのだが、その心の動揺は、かつてヴェルデュラン家でオデットを見つけられず、ひと晩中探し求めたその日に恋が芽生えたのと同じように強烈にスワンの上に作用したからだった。

いずれも、なんという巧みな恋のメカニズムの分析でしょうか？

しかし、私が一番感心したのは、オデットが確信をもって口にする嘘にかんする次のような分析です。

ときに、オデットは小旅行をしてパリに戻ったあと何日かたってからでなければ帰京をスワンに知らせなかった。もう以前のように、万一に備えて真実から借りた小さな断片で防御することもなく、今朝の汽車で帰ってきたところだと、平然と告げる。この言葉は嘘だった。（中略）ところが、あにはからんや、スワンの頭には、こうした言葉がなんの障害を受けることもなくすんなりと入り込み、疑義を差し挟む余地のない不動の真実という性格を帯びる。だから、友人のだれかが同じ汽車で来たけれどもオデットは見かけなかったと言ったとしても、スワンは、両者の言葉が一致しないのは友人の方が日付か時間をまちがえたからだと信じることになる。オデットの言葉は、あらかじめ嘘ではないかと疑ってかからない限りは、嘘に見えなかったのである。

このスワンの心理は奇妙なものですが、不思議なリアリティを持っています。つまり、スワンは、オ

デットの言葉の多くが嘘だということを知っているのですが、その全部が嘘だとすると、想像力によって過去を再構築する支点が完全に失われてしまうので、最低限、支点になるようなところでは、オデットはまちがいなく真実を語っていると信じこもうとしているのです。

ですから、真実と信じた支点もまた嘘だと判明するようなことがわかると、すべての推量を一から開始しなければならず、スワンは完全に苦境に追い込まれることになるのです。

なんという恐るべき恋の分析でしょうか？

スワンの恋はまだまだ悪夢のように続いていくのです。

28 治癒不能な病

スワンの恋が治癒不能な病になってしまった最大の理由は、オデットの嘘つき癖がスワンの嫉妬を倍加し、「真実追究の欲望」を発生させてしまったことにあります。つまり、嫉妬が「時間の病」に変質したことが関係しているのですが、「スワンの恋」の後半は、全篇この「時間の病」の症例研究に充てられているといっても過言ではありません。

こうした「時間の病」は、最初、次のようなメカニズムによって生まれます。

オデットは人の噂になるのがいやだからと、人の出入りする場所でスワンと同席することを許さないのが常だったが、それでもスワンも一緒に招待されたような夜会（中略）では、同席せざるをえないこともあった。しかし、そんなときには、スワンはオデットを見かけても、ほかの男と楽しんでいるところを見張っていると思われるのが怖くて居残る勇気がなかった。ひとり寂しく家に帰り、不安で悶々としながらベッドに入るのだが、（中略）オデットの楽しみが終わるのを見届けなかっただけに、それが無際限に続くように思われた。

まず確認しておきたいのは、二人が一緒にいる限り、（つまり、夜会の途中までは）、二人は同じ空間と時間を共有しており、時空間の分裂は起こっていないことです。分裂がない限り、オデットにうるさがられても、スワンは安心していられます。

ところが、スワンが自分の感情を押し殺して、ひとり寂しく家に帰ってくるや、時空間は、スワンのそれとオデットのそれに分裂し、たがいに相手の時空間を所有することはできなくなります。言いかえると、「別れ」が起こったとたん、スワンはこの時空間の分裂に耐えられなくなるのです。なぜなら、所有することの不可能な時空間に属するオデットは、次元のちがう宇宙にいる人のように、スワンにとってキャッチすることは不可能になるからです。そしてまさに、捕縛できないがゆえに、異次元のオデットのイメージは無際限に膨れあがることになるのです。

しかしながら、この場合には、少なくとも分裂の瞬間まではスワンはオデットと時空間を共有していましたから、嫉妬と苦しみは強烈ではあるにしても、耐えがたいものとはなっていません。

ところが、なにかのきっかけで、オデットのいたはずの確定的な時空間に裂け目が発見され、分裂が確認されるようなことがあると、病の進化はとめようがなくなります。たとえば、社交界で、昔、オデットがニースやバーデン・バーデンでかなり浮名を流していたという噂を耳にするや、スワンは果てしない悲しみに突き落とされるのでした。

これまで、スワンはバーデンやニースの国際色豊かな生活ほどつまらないものはないと思っていた。ところが、オデットがかつてこうした歓楽の町で高級娼婦として幅をきかせていたと聞いたとたん、はたして、それがいまではスワンの援助のおかげで苦しまなくなった金銭的必要を満たすためだったのか、それとも毎度おなじみの浮気心のためなのか、その点は絶対に知るよしもないゆえに、スワンはなすすべのない、理不尽な不安に駆られ、目もくらむような苦悩を抱いてこの底なしの淵を覗きこむのであった。

そして、スワンは、もし当時のコート・ダジュールの新聞記事がオデットの行動や心理を解き明かす助けとなるなら、美学者がボッティチェルリ研究のために十五世紀フィレンツェの資料を調査する時以上の情熱を傾けただろうと感じるのでした。

また、あるとき、オデットが口にした男の名前は愛人の名前にちがいないと思い込み、興信所に調査を依頼したところ、それは二十年前に死んだオデットの叔父の名前だったとわかったこともありました。

ところで、「叔父」という言葉が出たついでに指摘しておけば、オデットのような天性の嘘つき女というものは、なぜか、親戚が、それも叔父（伯父）だとか従兄弟だとかの男の親戚がとても多いということです。もちろん、嘘を覆い隠すために、とっさに口を衝いて出る名前なのですが、スワンにとっては、そうした親戚の名前もまた、右に述べた「時間の病」を発症させる原因の一つとなるのです。

オデットが口実として引き合いに出すこうした親戚や昔の友だちの一人に、語り手の大叔父アドルフがいました。この人物のことについては、すでに「コンブレー」で登場しているので、ご記憶の方も多いかと思います。そう、語り手のマルセル少年が訪ねていくと、折から愛人の高級娼婦がいて……というあのエピソードのアドルフ叔父です。（とすると、語り手が会って会話を交わしたあの高級娼婦はオデットだったということになります！）そのアドルフ叔父が、「スワンの恋」では、アドルフ大叔父として再登場してくるのです。

スワンは、オデットが私の大叔父のアドルフと面識があるばかりか好感さえもっていると知り、自身も大叔父と親交があったので、ある日ベルシャス通りの小さなアパルトマンに大叔父を訪ね、オデットを動かすのに影響力を行使してくれないかと頼んだ。（中略）叔父はスワンに向かって、しばらくオデットと会わずにいればかならず前より愛してもらえるようになると忠告し、オデットに対しては、スワンが会いたがるところで会ってやりなさいと勧めた。ところが、それから数日後、オデットはスワンに、叔父もほかの男と同じだとわかって失望したと言った。叔父が力ずくで犯そうとしたというのである。スワンは叔父に決闘を申しこもうといきり立ち、オデットになだめられた。以後、叔父に会ってもスワンは握手を拒んだ。しかし、内心では叔父とこんなふうに仲違いしたのを残念に思った。叔父に会って腹蔵《ふくぞう》なく話ができたなら、オデットが昔ニースで送っていた生活についての噂の真相を知ることができたのにと思ったからである。

プルースト研究家によると、「スワンの恋」のこのアドルフ大叔父と「コンブレー」のそれが同一人物であるとすると、明らかなアナクロニズム（時間軸の食いちがい）が存在するということですが、われわれは、『失われた時を求めて』をリアリズムの観点からは考察しないという立場に立っていますから、この点はまったく問題はありません。

問題はむしろ、オデットが介在した結果、アドルフ（大）叔父と不仲になるという点が、スワンと語り手でよく似ているという、構造的な相似です。プルーストは、「コンブレー」と「スワンの恋」を結びつける通底器のような装置をところどころに配置していますが、アドルフ（大）叔父もこうした通底器の一つなのかもしれません。

さて、以上のように、「時間の病」は、最終的には、スワンがオデットと共有していなかった過去のすべての時間にさかのぼり、スワンが予想していなかったオデットの未知の行動を露見させ、スワンに苦しみを与えますが、同じことは未来に対しても起こるのです。

たとえば、二人が珍しく一緒の時間を過ごしているとき、スワンはほかの男からの誘いに応じていそいそと出かけてゆくオデットを苦々しい思いで送り出しながら、こんな究極の手段まで考えるのでした。

ときにスワンは、オデットを怒らせる恐れがあっても、行先をつきとめようと決意し、フォルシュヴィルと手を握ることとさえ考えた。フォルシュヴィルなら教えてくれるかもしれないと思ったのだ。もっとも、オデットと夜の時間を過ごす相手の男がだれかわかっているときには、自分の交友関係の中に、オデットと一緒に出かけた男を間接的にでも知っている知人が見つからないようなことはごく稀だったから、いろいろと情報を得ることができた。そして、友人のだれかにこれこれの点を明確にしたいのだがと依頼の手紙を書く段になると、もう答えの得られない質問を自分にする必要はなく、別の人に探索の仕事を肩代わりしてもらえたと安堵を覚えるのだった。

なんという倒錯でしょうか！　スワンは、オデットの新しい愛人の知人を、さらにはその愛人その人自身を興信所の探偵として雇いたいと願っているのです。

それどころか、スワンはこのアイディアを実際に実行に移すところまでいったのです。ただし、その相手というのは、ソドムの民として知られるシャルリュス氏でした。シャルリュス氏は、スワンへの友情から、オデットのエスコート役を買って出て、あとで、オデットの言動の詳細を報告してくれると約束したのです。

翌日、スワンは、シャルリュス氏に質問をしすぎるのは気がひけるので、最初の答えが理解できないふりをして、すこしずつ別のことを聞き出していった。その一つひとつの答えを聞いてスワンは安心した。なぜならオデットが罪のない楽しみで夜を過ごしていた事実を知ったからだ。

スワンはまた、オデットの行き先がわからない場合でも彼女の存在を実感できるという理由から、彼女の自宅で留守を預かっていたいと申し出ますが、さすがにこれはオデットに拒絶されてしまいます。そこで、しかたなく家に帰って寂しくベッドに入りますが、いざ眠ろうとすると、ぞっとするものが湧き上がり、嗚咽が始まるのでした。

いったい、なぜこんなことになったのかその原因を知ろうとも思わず、スワンは目を拭《ぬぐ》うと、「なんてこった、ノイローゼになってしまったようだ」と苦笑いした。明日もまたオデットの行動を探らなければならないし、女に会うために力になってくれる人に働きかけねばと思う

と、ひどい倦怠感を覚えずにはいられなかった。このように休みなく、変化もなく、成果も得られない行動が必要だというのがひどくつらくなり、ある日、スワンは腹にでき物があるのに気づくと、もしかするとこれは死に至る腫瘍かもしれない、そうなったらもうなにも思い患う必要もなくなるだろう、これからはこの病気に支配され、弄《もてあそ》ばれて、いずれ息の根をとめられてしまうのではと考えて、心の底から喜びがこみあげてきた。

人はよく、恋患いで死ぬことがあるといいますが、もしかすると、それは、こうした「時間の病」からくる疲労が原因なのかもしれません。
ところが、このような死の願望と同時に、強い生への執着も、恋患いという「時間の病」の果てに生まれてくるから不思議です。スワンもこのケースでした。

にもかかわらず、スワンは、いつかオデットを愛さなくなる日が来るまで生きていたいと思った。そうなったら、オデットはなにひとつ隠し事をする必要もなくなるだろうから、午後に会いに行ったあの日にフォルシュヴィルと寝ていたのか否を教えてくれるだろう。

「真実の追究」のために生きていたい！　なんと悲しい願いでしょうか。これほどまでにスワンは「時間の病」にとりつかれてしまっているのです。

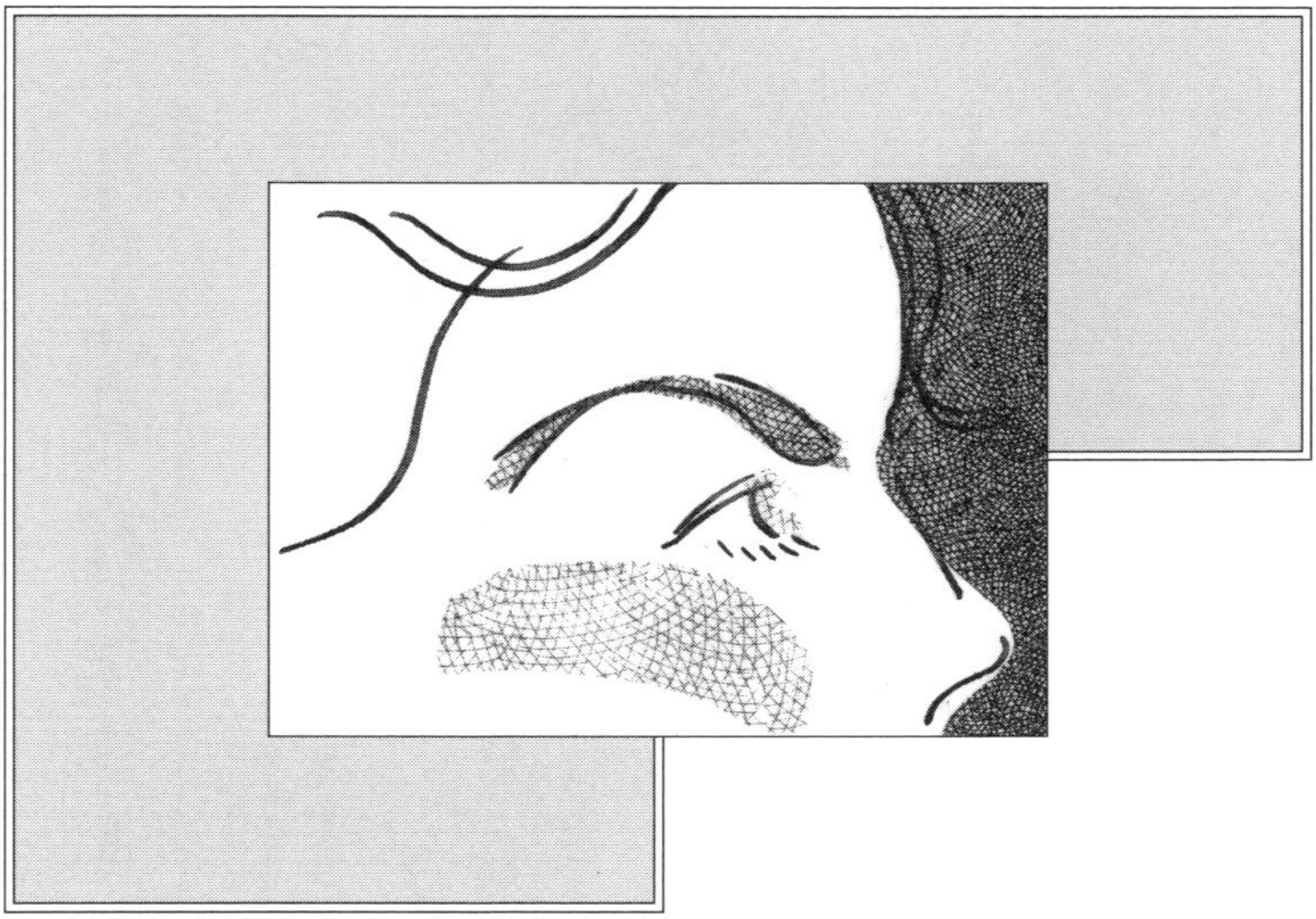

では、スワンを恋にのめり込ませていくのは、こうした「時間の病」によるマイナスのベクトルばかりなのでしょうか？

じつは、そうでもないのです。時としては、恋の初期のように、プラスのベクトル（希望と喜び）も恋患いの重症化に与《あずか》って力あったのです。

それは、オデットがなぜかバイロイトの音楽祭に行きたいなどと柄にもないことを言い出したときのことでした。オデットは、フォルシュヴィルとヴェルデュラン夫妻をバイロイト音楽祭に招待するという話をしてしまったので、スワンがそのための金を送ってくれるとうれしいのだがという手紙を送ってきたのですが、当然、その招待旅行からスワンは除外されていることはわかっていたので、スワンはこうしたことが起こった場合のときに備えてあらかじめ決めておいた手厳しい文面の拒絶の手紙を書いたのでした。

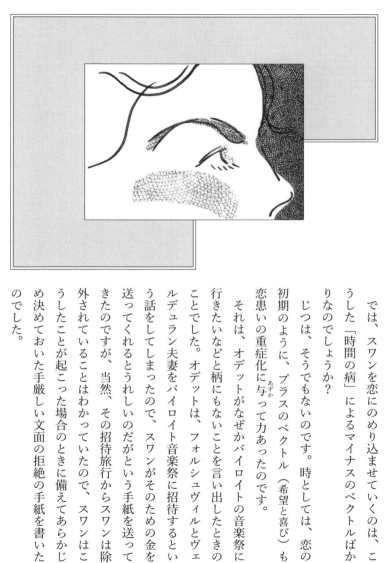

このときの怒りは一時的にスワンに復讐の喜びを与えましたが、幾日かすると、スワンの心の中で手厳しい処置をしたことへの後悔が生まれます。それと同時に、あの浮気女のオデットのイメージは消え、かつてのような優しげなオデットのイメージがすこしずつ回復されてくるのでした。

こうして、極端から極端へと揺れ動いたあと、嫉妬のせいで一時しりぞけられるかたちになっていたオデットはもとの場所へ、スワンには魅力的な女に見えるあのアングルへと戻ってきた。心に浮かぶオデットは愛情あふれ、眼差しには同意があり、そのためにじつに美しい。スワンは、オデットがそこにいて接吻できるかのように、唇を想像の中のオデットに差し出さずにはいられなかった。

じつは、この手の、憎しみと拒絶の決意の次にあらわれる愛情の揺れもどしこそが、恋する人にとって、一番危険なものなのです。なぜなら、それは鬱と鬱とのあいだに間欠的にあらわれる躁にも似て、次なるより重症の鬱を準備するものだからです。

かくて、スワンは苦しみの化学作用の結果として、まず恋から嫉妬をつくりだした後、ふたたびオデットへの愛情や憐憫をつくるようになった。オデットはまたもとの魅力的な心優しいオデットに戻っていた。つらくあたったことが悔やまれた。すぐにそばへ来てもらいたいと思っ

たが、その前になんとかオデットを喜ばせて、感謝の表情を戻し、微笑がつくられるのを見たいと考えた。

こうしたスワンの恋心の揺れもどしは、あくまでスワンの心の中で起こった動き（つまり思い込みによる一人芝居）にすぎず、オデットが客観的に変化したわけでもなんでもありません。変わったのは、スワンの方なのです。

そのあたりのことをオデットはしっかりと観察していました。スワンという男は、ときにやけに冷たい態度に出ることがあるが、次には、後悔からかならずふたたび優しい態度に出る。そのことが彼女にはとっくにお見通しだったのです。

だから、オデットには、何日かたつと、怒ったはずのスワンが前と同じように優しく、おとなしくなり、仲直りを求めにやってくることがわかっていた。そのため、気を損ねることも恐れず、苛立たせても平気になり、都合次第でスワンがいちばん執着する愛のしるしさえ拒むようになった。

このように、スワンの恋は、プラスのベクトルにおいても、マイナスのベクトルにおいても、重い症状を加速する方向にしか働かなくなっていきます。

ほんとうのところ、スワンの恋は、肉欲の範囲をはるかに超えたところにまで広がっていた。オデット本人さえ、もはや、そこではたいした位置を占めてはいなかったのだ。

スワンはテーブルの上に置かれたオデットの写真をふと見ては、ほとんど驚きの気持ちで「これがオデットなんだ」と考えるのでした。

スワンの恋というこの病はあまりに多様化し、スワンのあらゆる習慣、あらゆる行為、あらゆる思考、さらには健康、睡眠にまで、つまりスワンの生命そのもの、さらには死後にかくありたいと望んでいるものまで深く蝕《むしば》んでいたので、ほとんどスワン自身を壊してしまわない限り、病をスワンから取り除くことはできないまでに一体化していた。つまり、スワンの恋は、外科の言葉でいうところの手術不能になっていたのだ。

ことほどさように、恋というのは、ガン細胞のごとく、ほうっておくと宿主に死が訪れるまでは増殖をやめない恐ろしいものなのです。

29 記憶との対峙

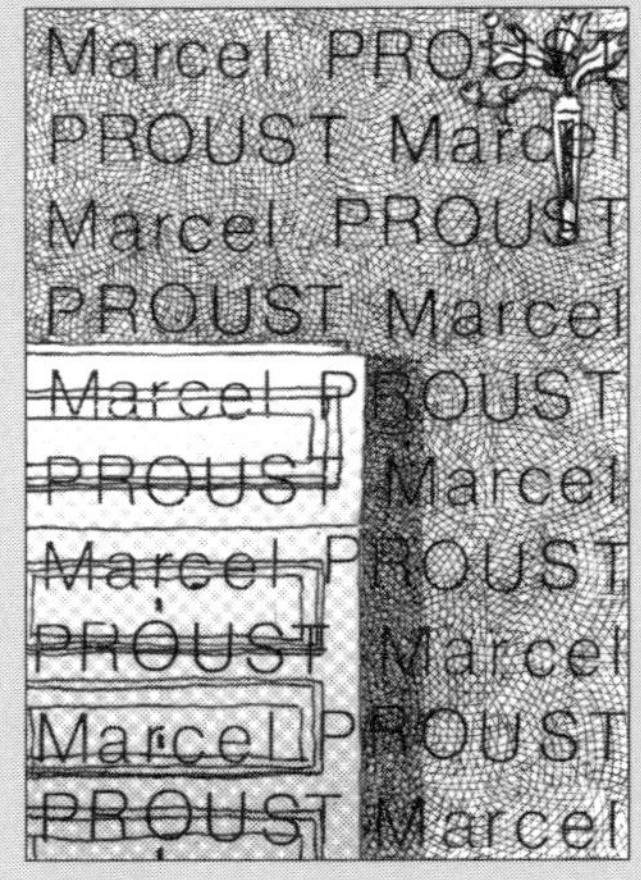

スワンが嫉妬という名の「時間の病」にとりつかれて以来、オデットはスワンのすべてをうとましく思い、その言動にいちいち苛立ちを覚えるようになっていました。スワンに対するオデットの態度は一日一日と冷たくなっていたのです。

ところで、こうしたオデットの日々の変化はたしかにスワンにとっては悩みの種でしたが、死に至るような大きな苦悩ではありませんでした。なぜなら、スワンは、オデットが自分を愛してくれていたころの態度といまのそれを対比し、落差の大きさを比べてみるという危険をできる限り避けようとつとめていたからです。

書斎には整理ダンスが一つあったが、スワンはタンスの方に目を向けないようにして、部屋に出入りするときもそれを避けるようにしていた。その抽出しには、初めてオデットを送っていった晩にもらったキクの花や「どうしてお心も一緒にお忘れになってくださらなかったのでしょうか。お返しなどいたしませんでしたのに」とか、「昼でも夜でも、どんなときでもかまいません、ご用がおありでしたら一言お知らせください。どうぞわたしを自由に使ってくださいね」などと書かれた手紙がしまわれていたからである。この整理ダンスと同じように、スワンの中には、心をそこに向けない場所があって、必要とあればいろいろともっともらしい理屈をつけて迂回し、心がその前を通らないようにしていた。それは、幸せだった日々の思い出が息づいている場所だった。

しかし、こうした周到な回避作戦も、年末のある晩、スワンがサン＝トゥーヴェルト侯爵夫人の邸で開かれた夜会に出かけていったことから、すべて台なしになってしまうのです。

その晩、スワンが夜会に出席しようと着替えをしていたときのことです。シャルリュス男爵があらわれ、サン＝トゥーヴェルト夫人の夜会に同行してもいいと申し出てくれたのです。

スワンは、それを聞くと、どうせならオデットを訪れて気を紛らしてやってくれないかと提案し、ついでに、夏に三人で周遊旅行をするといった類いの計画を決めてきてくれるとありがたいのだがと言い、もし、オデットがそのことで面会を望んだなら、自分はサン＝トゥーヴェルト夫人の夜会にいるから手紙を寄越してほしい、夜会にいない場合は、まっすぐ帰宅するから、自宅に手紙を送るように頼んだのです。

シャルリュスはスワンの依頼通りにすると約束し、ラ・ペルーズ通りのオデットの家に向かいました。

こうしてスワンは久しぶりに社交界の人たちと顔を合わせたのですが、プルーストがこのサン＝トゥーヴェルト夫人の夜会に集う面々を一筆書きにしたポルトレ（人物描写）は、ある意味、『失われた時を求めて』の白眉なので、スワンの恋を主筋とするストーリー展開とは関係がないにもかかわらず、どうしてもここで紹介せざるをえません。

たとえば、招待客を出迎えるグレーハウンドのような獰猛そうな顔の召使がスワンの持ち物を受け取ろうと前に出たとき、「スワン本人を軽蔑しながら、その帽子には敬意を払っているように見えた」とか、入口のところで会話していたフロベルヴィル将軍の片眼鏡は、「凱旋将軍然とした、品のない顔の瞼のあいだに入り込んだ砲弾の破片のように、光っていた」といったところです。

しかし、なんといっても圧倒的なのは、ゲルマント家と姻戚関係にあることを唯一の自慢にしているガラルドン侯爵夫人の描写です。夫人は従妹であるレ・ローム大公夫人が結婚以来六年になるのに、自分を一度も招待しなかったことに腹を立てていました。そこで、「レ・ローム大公夫人のお宅ではお見かけしませんね」という人には、ナポレオン三世の従妹であるマチルド皇女に会う危険性があるからと言い訳することにしていたのです。自分のような過激正統王朝派の家系の人間は王位簒奪《さんだつ》者たるナポレオン一族の人間に会うことは許されないからだという意味です。そのあげく、こうした言い訳を繰りかえしているうちに、それがほんとうの理由のように思えてきたのです。レ・ローム大公夫人にどうやったらお会いできるのかと尋ねたことなどはすっかり忘れ、自分の方が二十歳も年上なのだから、こちらから手を差し伸べる必要はない、会いたければ向こうから来いと、屈辱的な思い出を消し去るようにしていたのです。

こうした内心の声に力を得て、ガラルドン侯爵夫人は昂然と胸を張ったため、肩は胴体から切り離れたかのように後方に放り出された。そのため、肩の上にほとんど水平に乗った格好の頭は、羽根をつけたまま丸ごと食卓に供されたあの誇らしげなキジの胴体に「後付けされた」頭を思わせた。

ガラルドン侯爵夫人は「ゲルマントの従兄弟たちの家で」とか「ゲルマントの叔母のところで」などと、《ゲルマント》の名前をさかんに引き合いに出すのでした。これは、私の提唱しているドーダ理論、つまり「ドーダ、まいったか、私の方がすごいだろ！」の「ドーダ」が人間心理の根底にあるという理論において、「知り合いドーダ」に分類されるものです。プルーストは社交界の人びとのドーダには非常に敏感で、どんな言動にもドーダを見出さずにはいられなかったのです。

たとえば、ほかならぬレ・ローム大公夫人です。彼女のドーダは、わかりやすいドーダである「陽ドーダ」ではなく、私が「陰ドーダ」と名付けた類いの「隠れたドーダ」ですが、プルーストはこの陰ドーダも容赦せずに摘発しています。

ところが、ちょうどそこへ、まさかサン＝トゥーヴェルト夫人の邸で見かけようとは思いもかけなかったレ・ローム大公夫人が到着したのである。夫人は、このサロンには恩を売るために寄っただけで、格上の家柄を見せつけようとするつもりはないと示すために、かきわけるほど人がいるわけでもなく、先に通すべき人がいるわけでもないのに、肩をすくめてはこっそりと入ってくると、そこが自分の居場所だとでもいいたげに、わざと片隅に引っ込んでいた。

この種の陰ドーダは、私もときどき、新人作家の出版記念パーティなどで見かけるもので、大物作家がよくこういった手口のドーダを使って、隅の方に佇んでいるのを目撃することがあります。

それはさておき、やがて、この二人の社交界夫人のドーダがまともにぶつかりあう瞬間がやってきます。カンブルメール侯爵夫人の隣に座ったレ・ローム大公夫人がショパンのプレリュードの演奏に耳を傾けていると、それにガラルドン夫人が気がついたからです。ガラルドン夫人は、自分はこの人とことさらに関係を持ちたがっているわけではないと思わせるように尊大で冷ややかな態度を保ちながらも、大公夫人を否応なく会話に引き込むにはどうしたらいいかと思案したようです。そして、レ・ローム大公夫人のそばに行くと、「ご主人はどう？」と、レ・ローム大公が重病であるかのように心配そうに話しかけたのです。

この言葉に大公夫人は思わず噴き出しました。その笑いは、自分はある人をからかっているのだとはっきり皆に示すとともに、精彩ある口許と輝く瞳に自分の魅力を集中させて、いっそう自分を美しく見せようという意図に基づくものでした。そして、大公夫人はさらに「ぴんぴんしてますわ！」と答え、また笑いました。

すると、ガラルドン夫人はそっくり返りながら、やはり大公の健康が気になっているといった様子で、「オリヤーヌ」と親しげに呼びかけたのですが、この「オリヤーヌ」という呼びかけにプルーストが付した注がまた見事なものです。

こう呼びかけられたとき、レ・ローム大公夫人は「まあ驚いたわ」とでも言いたげな笑いの表情を浮かべ、目に見えない第三者の方に向かって、ガラルドン夫人に洗礼名で自分に呼びかける許可を与えた覚えはないと証明したがっているように見えた。

しかし、ガラルドン夫人はかまわず、レ・ローム大公夫人に対し、明日の晩、モーツァルトのクラリネット五重奏曲を自宅のサロンで演奏させるから、感想を聞かせてほしいと、なにか用事でも頼むように招待したのです。

レ・ローム大公夫人は、招待に応じたくないので、「でも、その五重奏曲なら知っていますわ。すぐにでも意見を言えましてよ」と答えました。しかし、ガラルドン夫人は、「ねっ、夫の具合があまりよくないの。肝臓なの……。だからあなたにお目にかかれたら大喜びすると思うわ」と、自宅の夜会に来ることを慈善の義務のように強要したので、大公夫人は、明日の晩は友人のところに行くと約束しているが、もし抜け出せたらうかがうと、やんわりと招待を断ろうとします。

すると、ガラルドン夫人は、友人といえばこの夜会にはスワンが来ていたはずだが、もう会ったのかとレ・ローム大公夫人に尋ね、二人も大司教を出しているカトリックの名門のこの家の夜会にスワンが来るのは妙な話だと言って、スワンのユダヤ性を持ちだします。

しかし、大公夫人が自分はそんなことはすこしも

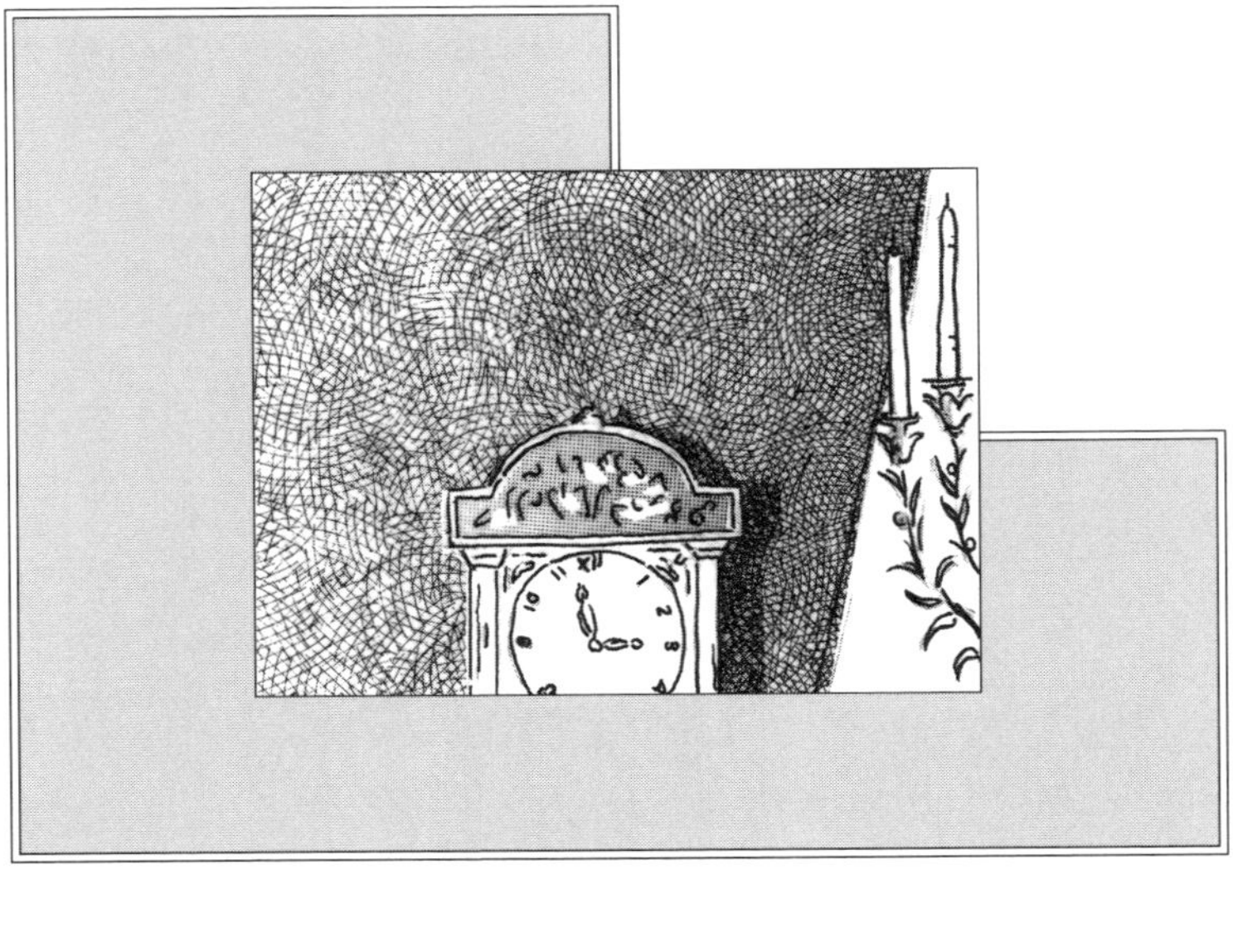

気にしていないと平然と言い放ったので、ガラルドン夫人は、スワンがカトリックに改宗したユダヤ人であることは知っているが、それは見せかけにすぎず、ほんとうにユダヤ教を捨てたわけではないだろうと非難します。これに対し、大公夫人は「そういうことには、まるで疎いもので」と軽く受け流し、ガラルドン夫人がなおも「あのスワンさんは、自宅にお招きできるような方ではないとおっしゃってる人もいるのよ？　ほんとうかしら？」とスワンのユダヤ性を露骨に匂わせると、「それがほんとうなのは、あなたがよくご存じのはずよ。だってあなたいくら招待なさっても、あの人ったら、一度もお宅にうかがわなかったんですから」と、思いきりガラルドン夫人の鼻をへし折って悔しがらせます。そしてこの従姉のそばを離れ、自分がいることに気づいて大喜びするサン＝トゥーヴェルト夫人や、挨拶に来たフロベルヴィル将軍としばらく社交界辞令的な会話を交わしてから、大好きなスワンとうれしげに話しはじめます。

このスワンとレ・ローム夫人との会話から、読者は、夜会に来ているカンブルメール侯爵家の嫁が「コンブレー」で登場したルグランダン氏の妹であるという事実や、大公夫人がカンブルメールという名前が変な名前だと思っていること（ワーテルローで包囲されたカンブロンヌ将軍が降伏勧告を受けて「メルド（糞！）」と答えた故事から、「メルド」という代わりに「カンブロンヌの言葉」などという婉曲表現がある）などを知らされますが、それと同時に、スワンがなぜ上流階級の人たちから、それも自らエスプリがあると自認する人たちから愛されていたのか、その理由が明かされます。スワンは大公夫人と、些細なことに至るまで同じような判断を下すので、表現の仕方や発音に至るまでひどく似通っていたからです。ひとことで言えば、スワンは上流階級の人びとの思考法に寄り添った会話を交わす術を心得ていたために、彼らから親友のように扱われていたのです。

この晩も、スワンは、レ・ローム大公夫人からパルム大公妃の夜会に出かけないかと誘われますが、シャルリュス男爵にサン＝トゥーヴェルト夫人のところを出たらまっすぐ自宅に帰って返事を待つと伝えてあったので、レ・ローム大公夫人の誘いを断ってしまいます。そして、そろそろ帰ろうかと思った矢先、フロベルヴィル将軍からカンブルメール若夫人を紹介してくれないかと頼まれてサロンに戻ったところ、音楽がふたたび始まったために曲が終わるまでは帰るわけにはいかなくなります。このときです、スワンにとって思いがけない記憶の湧出《ゆうしゅつ》が起こったのは。

とりわけスワンを苦しめ、楽器の音を耳にしただけでわめきだしたいほどの苦痛を味わわせたのは、オデットの来るはずもないこの場所、オデットのことなどだれ一人とも知らず、なにひとつ彼女のことなど知るよしもない、オデットがまったく不在のこの場所に、いつまでも追放の身として閉じこめられていることだった。

ところが、突如として、当のオデットが入ってきたような感じがした。しかも、この出現から胸が引き裂かれるような苦痛を感じたので、スワンは思わず心臓のあたりに手をやった。

突然の興奮はヴァイオリンの音が高音を維持したまま、さながらなにかを待ち受けるようにそこにとどまっていたからです。

スワンがはっと気がついて、「これはヴァントゥイユのソナタの小楽節だ、聴いてはだめだ！」と思ったが、時すでに遅く、オデットが愛してくれていたころの思い出が、この日まで存在の奥深く不可視のところに封じこめてきたすべての思い出が、まるで愛し合っていたころの光が突然また射してきたかと錯覚したかのように、一気に目を覚まして意識に浮上し、スワンのいまの不幸などお構いなしに、忘れていた幸福のルフランを狂ったように歌いはじめたのである。

こうしてスワンは、ヴァントゥイユのソナタを耳にしたことから、記憶の中に深く閉じこめておいたものが次々に蘇ってくる現場に立ち会い、驚き、おののくことになるのです。

スワンにはすべてがふたたび見えた。オデットが、じっと唇を押し当ててから馬車の中に投げこんだあの雪のように白いちぢれたキクの花びらが、――「お便りを書いているこの手が、あまり震えるものですから」という文面を読んだ便箋のレター・ヘッドに薄浮き彫りのように刷られていた「メゾン・ドレ」のアドレスが、オデットが「また近いうちに声をかけてくださるんでしょうか？」と哀願をこめて言ったときに顰めた眉の寄り方が。

記憶の突然の湧出はまだ続きます。スワンは髪を床屋にブラシ刈りにしてもらったときの鏝《こて》の匂いも、にわか雨も、オデットと無蓋四輪馬車に乗って月光を浴びながら帰る道の寒かったことも、季節ごとの印象や皮膚の反応などのすべてを思い出し、それをいまの状況と引き比べて深い絶望を感じます。

あのころは恋に生きる男の喜びを知って、官能の好奇心を満足させていた。寸止めにできると信じ、恋の苦しみを知るはめになるとは思いもしなかった。ところが、いまでは、漠とした光の輪のようにオデットの魅力がどこまでも広がる恐怖感を感じ、オデットの行いをたえず監視することもできず、いついかなるときもオデットを所有しているわけにもいかないという途方もなく大きな不安に苛まれている。そうしたものに比べると、オデットの魅力などとるに足りないものにすぎない！

ここで注目すべきは、最後の一節です。つまり、ヴァントゥイユのソナタによって蘇ったオデットとの幸せな日々の記憶と対比されて浮かび上がってくるのは、「いついかなるときもオデットを所有しているわけにもいかないという途方もなく大きな不安」ということです。つまり、時空間の分裂によって余儀なくされる「時間の病」の苦しさがスワンを責めさいなんでいるのです。なかでも、スワンを苦しめたのは、あのイタリアン大通りでやっとオデットを見出した晩の記憶でした。

あの夜のことは、ほとんど超自然の出来事のように思われた。事実あの晩は（中略）まさしく神秘の別世界に属していたにちがいない。すべての扉がふたたび閉ざされてしまったいまとなっては、二度とそこに帰っていくことのできない別世界だったのである。

こうしてスワンは、ヴァントゥイユのソナタをふたたび耳にしたことから、自分でも思ってもみなかったような、ある決断へと踏み出すことになるのです。

30 パラレル・ワールド

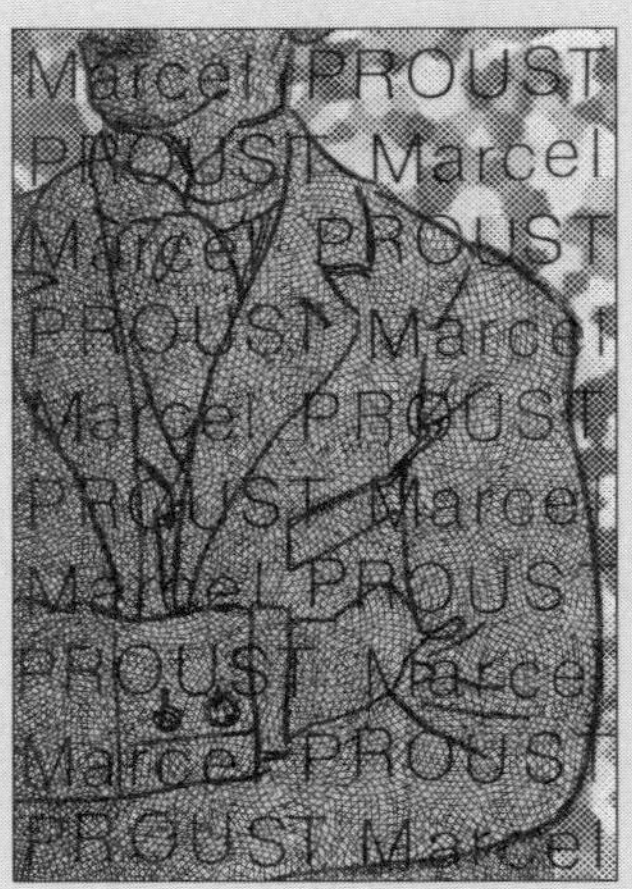

ヴァントゥイユのソナタの小楽節を聞いた瞬間、スワンは記憶の中からオデットが自分に恋していたころのすべてが蘇ったように感じましたが、なかでも鮮烈な映像を伴ってあらわれたのは、イタリアン大通りでオデットと遭遇したあの晩のことでした。しかし、反面その晩のことは、ほとんど超自然の出来事のように思われ、扉がいったん閉ざされたが最後、二度と戻ることのできない不思議な別世界のことのように感じられたのです。

これは、『スワンの恋』全体を解き明かすためにきわめて重要な指摘だといえます。というのも、この印象は、以後の展開において、ＳＦでいうところのパラレル・ワールドに近いものをプルーストがイメージしていた事実を暗示しているからです。

では、パラレル・ワールドとはなんなのでしょう。それは、われわれが存在し、生活している現実世界とはまったく別の、だが、なにもかもそっくり同じ世界（もちろん、そこには「われわれ」もいるのです！）が異次元の時空間にパラレルに（並行するように）存在しているという幻想から出発したSF的アイディアです。

このパラレル・ワールドには、普通、現実世界の人間は入り込むことはできませんし、垣間見ることもできません。しかし、なにかの拍子に時空間に「歪み」が生じるようなことがあると、パラレル・ワールドの扉が開いて、そこをこっそり覗いたり、あるいは往還したりすることができるようになる、と考えられているのです。

オデットに対するスワンの嫉妬を介して、プルーストが読者に示そうとしているのは、このパラレル・ワールドのようなものではないでしょうか？　とりわけ、ヴァントゥイユのソナタをサン＝トゥーヴェルト侯爵夫人の夜会でふたたび耳にしてオデットとの幸福だったころのことを思い出して以後は、かなり頻繁にパラレル・ワールドへの言及が見られるようになります。

まず、ヴァントゥイユのソナタの例の小楽節そのものが、パラレル・ワールドに属するものと見なされています。

――スワンは、この音楽のモティーフを、別の世界の、もう一つの秩序の真の想念、つまり、闇のヴェールに覆われ、いまだ知られず、知性をもっては入り込むことのできないが、しかし、それぞれが完璧に区別され、価値も意味も異なっている想念、と見なしていた。

このように、スワンは、ヴァントゥイユのソナタの小楽節はパラレル・ワールドにスワンを誘うと同時に、そのパラレル・ワールドがはっきりと存在することを知らせる異次元世界のサンプルと考えているのですが、音楽を聴いているうちに、作曲家のヴァントゥイユもまた、そのパラレル・ワールドへ入り込む鍵をピアノの鍵盤の上に発見した人であることに気づきます。

スワンには（中略）、ヴァントゥイユに開かれていた領野は、七つの音からなるあの貧弱な領野ではなく、ほとんど知られることなく手付かずのまま残っている、無尽蔵の鍵盤であることがわかった。その鍵盤の上で、かつて何人かの偉大なる作曲家が、何百万とある愛情、情熱、勇気、静謐などの無数の鍵からいくつかを発見して曲をつくったのだが、それらの鍵というのは、たがいに厚い未探検の闇に隔てられており、また、一つの宇宙が別の宇宙とは異なるように、まったく異なっているのである。彼ら偉大なる作曲家は、自分たちが見出したテーマと照応するものをわれわれのうちに喚起することで、われわれの魂の中のあのおおいなる夜、われわれがただの空虚、虚無だと思っているために入り込むことなど絶望的に不可能だと感じるあの夜によって隠蔽されている無限の富と無限の多様性をしっかりと見せてくれるのである。ヴ

――ァントゥイユはまさにそうした作曲家の一人であった。

この引用からわかることは二つあります。

一つは、プルーストが想定しているパラレル・ワールドとは、われわれの心（魂）の中にありながら、普通の手段では入り込むことなど不可能な闇、つまり心の中にある無限に豊かで多様性に富んだ未踏空間であると考えていることです。

もう一つは、そうしたパラレル・ワールドにアクセスできるのは、ヴァントゥイユのような真の芸術家だけであり、その芸術家がこちら側のワールド、つまりわれわれが住む現実世界の素材（ピアノの鍵盤、絵の具）を使って、われわれにそのワールドを垣間見せてくれるということです。

ひとことで言えば、パラレル・ワールドとは、真の想念に満ちた世界であり、本物の芸術家だけが恒常的にアクセスできる世界なのです。

ただし、プルーストによれば、スワンのような芸術的な表現手段を持たないが、芸術を理解するアマチュアの心のうちにおいても、このパラレル・ワールドは潜在的なかたちでは現存しており、現実世界の「なにか」を介して、たとえば、ヴァントゥイユの小楽節のような現実のものを介して、自らの存在を知らせてくるということになります。

――したがって、ソナタのこの楽節は現実に存在していると信じたスワンはまちがってはいなかったのだ。たしかに、それはこの観点からは人間世界のものであったが、にもかかわらず、明らかに超自然の存在たちの次元に属していた。そうした超自然の存在たちというのは、われわれが見たことは一度もないにもかかわらず、この見えざる世界の探検家が、アクセスしたその聖なる世界で捉え、持ち帰って、われわれの世界の上でしばし燦然《さんぜん》と輝かせることに成功したならば、われわれが恍惚として眺めそれを認めざるをえなくなる存在なのである。

これは、プルーストが、比喩ではなく、実際に、SF的な発想によって超自然のパラレル・ワールドをイメージしていたことの紛れもない証拠となります。プルーストとSFの父と呼ばれるジュール・ヴェルヌは、異次元世界の旅行者に理想を仮託していたという点において、完璧に一つに重なる作家なのです。

ところで、語り手がスワンの内面に降りていってこうしたパラレル・ワールド談義に熱中しているあいだにも、サン＝トゥーヴェルト夫人の夜会では、ピアニストとヴァイオリニストによってヴァントゥイユのソナタの演奏が続けられ、最終楽節に至りますが、その最後の部分で、演奏家たちはもう一度、例の小楽節を奏でることになります。

そのとき、スワンは、嗚咽を感じながらも、不思議な自己分裂を経験します。

――スワンは小楽節がもう一度語りかけることになるのを知っていた。そして、自己分裂の程度が著しかったせいか、すぐに自分はその小楽節と直面するだろうという予感があらわれるや、美しい詩句や悲しい小説がわれわれのうちに引き起こすあの嗚咽で激しく体を揺さぶられた。ただし、その嗚咽は、われわれが一人でいるときの嗚咽でなく、むしろ、友だちといるとき、友だちの中に似たような感動でほろりとなっている別の自分を認めて、もらい泣きをするときのような嗚咽であった。

自己分裂した一方の自分の嗚咽を友からの「もらい泣き」として捉えるこうした覚めた意識がスワンに訪れたことを記憶にとどめておきましょう。というのも、ナレーションが進むにしたがって、この意識の分裂は、パラレル・ワールドの記述があらわれるたびに登場するからです。

いずれにしても、スワンはヴァントゥイユのソナタの小楽節を聞いて、パラレル・ワールドを垣間見たのですが、じつは、そうした経験をしたのはスワン一人ではなかったようです。というのも、隣の席にいた、率直なことで知られるモントリヤンデール夫人は、スワンに向かって「素晴らしいですわ、わたし、こんな強烈な体験は初めて」と言いかけて、正確を期するつもりか、「コックリさん以来ね」と付け加えたからです。

コックリさん（ターブル・トゥルナント）というのは、テーブルの脚が床を打つ回数で異次元の人からの意志を知るという心霊実験で、この時代に流行していたものです。言いかえると、モントリヤンデール夫人もまた、ヴァントゥイユのソナタを聞いて、そこになにかしら異次元的なもの、超自然的なものを感じ取っていたのでしょう。
では、ヴァントゥイユのソナタのパラレル・ワールド体験によって、オデットに対するスワンの感情はどのように変化したのでしょうか？　じつは、このあと、意外な結果が述べられているのです。

この晩以来、スワンは、オデットがかつて自分に対して抱いたような気持ちは二度と蘇ることはないと悟り、幸福への希求ももはや実現することはあるまいと理解した。そして、たまたまオデットが親切なところを見せ、なにかの気遣いを示して優しくしてくれるような日があっても、それはあくまで見せかけにすぎず、オデットが自分の方に戻ってくるように思えても、じつは偽りのしるしなのだと思った。

そのため、スワンは、もしこのままオデットが姿を消してくれたらいいのにと思ったり、事故に遭って死んでくれたらと夢想するのでしたが、しかし、実際には、別れる決心がつかぬままオデットと時間を過ごし、時として、オデットがフォルシュヴィルと旅行に出ると言い出したりすると激しい嫉妬を感じながら日々を送っていました。
そんなある日のこと、スワンは、オデットが数え切れないほどの男や女の愛人であったことを暴露する匿名の手紙を受け取りました。書いたのはだれだろうと、レ・ローム大公やオルサン氏の顔を思い浮かべて当て推量をしましたが、結局、決定的なことはわかりません。

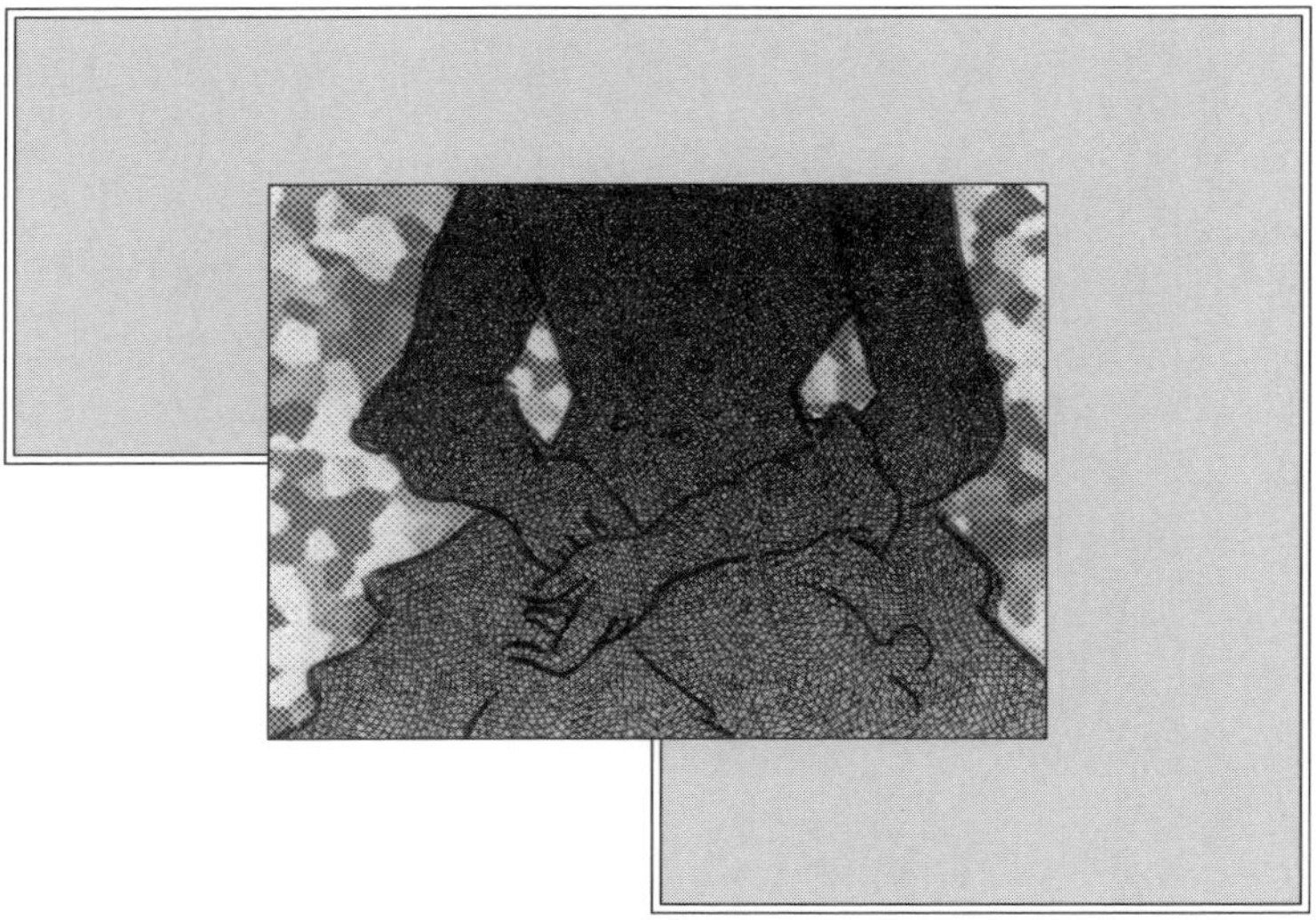

ところが、ある日、レ・ローム大公夫人と夜の芝居を見にいくため、演目を知ろうと新聞を広げた瞬間、『大理石の女』というタイトルが目に入り、愕然とします。というのも、このタイトルから、昔、ヴェルデュラン夫人がオデットに向かって「いいこと、あんたは大理石でできてるわけじゃないんだから、わたしがやろうと思えば、ペシャンコにすることもできるのよ」と話していたのを思い出したのです。

つまり、ヴェルデュラン夫人は、オデットのレスビアンの相手であり、自分を裏切ったら承知しないからと匂わせていたようなのですが、そのときはまだオデットを信用していましたから、オデットが「冗談よ」というのを、真に受けていたのです。

しかし、いまとなっては、冗談とは思えません。おまけに、匿名の手紙にはオデットがたくさんの女も相手にしているとあったではありませんか！ しかも、オデットがヴェルデュラン夫人にかわいがられてキスまでされていると打ち明けたときの言葉がなまなましく記憶に蘇ってきて、スワンはいよいよ二人の女の関係が怪しいと思うようになったのです。

そこで、スワンはオデットに、「ほら、覚えているだろ、きみとヴェルデュラン夫人の仲のことでぼくの頭に浮かんだ疑いのこと。頼むから教えてくれ、あれはほんとうだったのかい、相手はヴェルデュラン夫人でも、別の女でもいいんだけど」と問いかけます。

オデットが「もう言ったでしょ」と答えたので、スワンは、ラゲのノートルダム（聖母）のメダルにかけて誓えるのかと尋ねました。オデットが信心深く、このメダルにかけてなら嘘をつけないことを知っていたからです。

オデットは巧みに話をそらそうとしましたが、スワンがなおも執拗にくいさがったので、ついに怒りながら、こう言い放ちます。

「もう、知らないったら知らないのよ。もしかしたら、すごく前に、自分のしてることがなんだかわからずに、二度か三度はしたかもしれないけれど」

スワンは、このやけっぱちの告白を聞き、心臓に十字架を彫りつけられたようなショックを受けます。というのも、「二度か三度は」という言葉を耳にしたときに感じた苦痛はいままでのどんな苦痛と

も異なる、妙にリアルなおぞましさと非常に特殊な残酷さを伴ったものだったからです。

ところが、こうしたまったく新しいタイプの苦痛を受けながら、スワンはオデットから気持ちが離れるどころか、逆にどんどん引き付けられていく自分を感じます。

プルーストは、こうしたなんとも矛盾したスワンの心の動きを次のように描いていますが、これは全編の白眉ともいえる恋愛心理の分析です。

ところが、こうした苦悩のすべての原因であるオデットは、スワンにとって、あいかわらず大切な存在だった。それどころか、ますます貴重な存在となったのである。それはあたかも、苦痛が大きくなるにつれて、この女だけが持っている鎮静剤や解毒剤の価値が増大しているかのようだった。スワンは、突然、症状が悪化したことに気づいた病人にいっそう手厚い看護をするように、オデットによりこまやかな気遣いを示したいと思った。オデットが「二度か三度はしたかも」と告白したあの恐ろしいことが繰りかえされることのないように望んだ。そのためには、オデットをしっかりと監視する必要があると感じたのである。

われわれが注目すべきは、オデットのレスビアン疑惑という新たな苦痛原因の発見もまた、ヴァントゥイユの小楽節と同じように、パラレル・ワールドの存在をよりリアルに実感させる類いのものであるという点です。

ヴァントゥイユの小楽節を耳にしたとき、スワンはヴァントゥイユこそは、別世界（パラレル・ワールド）から真の想念を摑み取り、それに対応するピアノの鍵盤を使って、われわれの心の中に存在するパラレル・ワールドを垣間見せてくれるのだと感じたのですが、じつは、このパラレル・ワールドなるものは、かならずしもすべてが好ましい理想郷なのではないのです。

すなわち、人が嫉妬というもう一つの扉からパラレル・ワールドにアクセスしてしまった場合には、それは、現実世界よりもはるかに大きな苦痛を人に与える地獄として現出することもあるのです。

では、どうしてそうなるのでしょうか？

それは、恋という摩訶不思議な現象によって、われわれがほかの人のすべてを、つまり、その他者の肉体や精神ばかりではなく、他者の属するすべての時間と空間までを「所有」しなければ気がすまない「時空間の病」に罹患するからです。

だが、とスワンは嘆息した。どうやったらオデットを女たちから保護することができるのだろう？　一人の女からなら守ることは可能かもしれない。しかし、女は何百人といるのだ。そして、彼は、ヴェルデュラン家にオデットがいないのに気づいたことで、一人の他人を所有しようなどという永遠に不可能な欲望に捉えられたあの晩、いかなる狂気が自分の上を通りすぎたのかを理解したのだ。

そう、恋心に駆られて他人の時空間まで「所有」しようと思うことこそが、地獄のパラレル・ワールドの扉を開くことに通じるのです。

しかし、そうと知りつつも、オデットの「二度か三度は」という言葉によって、ふたたび開かれてしまったパラレル・ワールドの扉はもう二度と閉じられることはありません。

すでにスワンはふたたび質問攻めを始めていた。というのも、スワンの嫉妬は、どんな敵も厭《いと》わないような手間をかけてこの打撃を彼に食らわせ、これまでに一度も経験したことのないような残酷な苦痛を味わわせたにもかかわらず、まだそれでは充分ではないと考えたのか、さらに深い傷を与えようとしていたからである。こうして、意地悪い神のように、彼の嫉妬はスワンに息吹を吹き込み、破滅へと駆り立てていった。

はたして、地獄門としてのパラレル・ワールドの扉を閉ざす方法があるのでしょうか？　スワンの苦しみはなお続きます。

31 打ちのめされるスワン

スワンは、オデットが軽率にレスビアンの過去を明かしたことから嫉妬に苦しみますが、オデットが適当に言を左右してはぐらかしているあいだは、それほどの苦痛は感じないですみました。ところが、オデットが、知りたいのは正確な事実だけだというスワンの言葉を真に受け、「あれは、たしかブーローニュの森にいたわたしをあなたが島に探しにきた晩のことではないかしら？　あなたは、その晩、レ・ローム大公夫人のところに晩餐に行っていたはずよ」と言い、隣のテーブルに座った女から岩の向こうで水に映じる月影を見ないかと誘われたことがあると告白した瞬間から、苦しみが倍になって襲ってくることになります。

この第二の打撃は第一の打撃よりも残酷だった。スワンはこれほど最近の出来事だとは思いもしなかったからである。彼の目には隠されながら、それを発見する術がない出来事。しかもそれは知らない遠い過去の中にあったのではなかった。はっきりと覚えている晩、オデットとともに過ごし、彼女から詳しいことを教えられていると信じていた晩の出来事だったのである。

記憶の中では甘美なものと映じていた二人の恋の過去そのものが、ブーローニュの森の島での出来事が発覚した瞬間から、生傷のように痛みはじめるのでした。オデットはすこしだけ、当たりさわりのないことを告白したつもりなのですが、それがまさに、想定外の事実を暴露してしまうのです。

スワンはこの種の苦しみはこれからも繰りかえされるにちがいないと予感し、オデットが口にした言葉をいくつか思い返してみるのでしたが、それらはいつも凶暴で禍々《まがまが》しい姿であらわれて彼に痛烈な一撃をくわえるのでした。

いったい突然、彼がはまったこの陥穽《かんせい》はなんなのでしょう？　スワンは地獄からの脱出方法を考えますが、出口など見つかりそうもありません。驚いたことに、オデットがよく口にする「まあ、そんなご冗談を！」というような無意味な言葉までが、自分を異常に苦しめるようになるのです。

だが、彼は理解した。単純な文句だと思っていたものは、全体の骨組みの一つの部品にほかな

らず、オデットの話に耳を傾けているあいだに彼が感じる苦しみは、そうした部品のあいだに身を潜めていて、いつでも彼を苛めるために動き出す用意をしているのだと。（中略）それから数カ月たったあとも、こうした昔の物語が、初めての現実暴露のように、彼をいつも打ちのめしてしまうのだった。彼は自分の記憶の恐るべき再生能力に賛嘆の念を覚えた。

嫉妬からくる好奇心を満足させようとすれば、新たな責め苦に苛まれるのがわかっていたので、スワンは途中からは好奇心を発動させないように心掛けました。知り合う前のオデットの生活は、もはやぼんやりとした抽象的な広がりとしてあるのではなく、具体的な事件に満ちている時間となって出現してきたのです。スワンはうっかりその細部を知ってしまったが最後、耐えることのできたはずの無色透明な過去までが、不潔な肉体を持った悪魔のような様相を呈するに至るのではないかと強く恐れるようになります。ひとことで言えば、苦しむのが怖いので、過去のことは考えないようにつとめたのです。

ところが、スワンがこれほど努力したにもかかわらず、オデット自身がまったくそれと知らずに過去の秘密を軽率に暴露してしまうことがあったため、苦しみが突如、幾層倍にもなって襲ってくるのでした。

たとえば、売春疑惑にかんするやり取りです。匿名の手紙が、オデットは取り持ち女のところに行ったことがあると告げていましたが、スワンもさすがにそれは嘘だろうと思っていました。しかし、頭の隅に疑念がすこし残っていたので、それを一掃してもらおうとして、オデットにそのことを問い質してみたのです。

すると、なんとしたことでしょう。オデットは「まさか、とんでもない！」と打ち消したのですが、強く否定しようとするあまり、昨日も、取り持ち女から、ある国の大使が強くあなたを所望しているから希望通りにしてあげなさいと頼まれたが、自分はそんなことは嫌いだから、はっきりと断ったと言い、「お金に困っているならばともかく」と付け加えたのでした。

こうした思いがけない新事実の暴露が頻繁に起こるので、スワンはそのたびに新たな苦しみに捕らえられ、「時空間の病」はますます重くなっていくのでした。

それにまた、過去の過ちを見破られたと思い込んでオデットが告白をするようなことがあると、スワンにとっては、その告白そのものが疑惑に終止符を打つどころか、新たな疑惑の出発点となってしまうのだった。というのも、オデットの新たな告白が疑惑と正確に照合していることは決してなかったからだ。オデットは告白の中で肝心なことはすべて伏せておこうとしたが、無駄だった。どうでもいいようなことの中に、スワンが夢想だにしなかったものが残っていて、その新しさによってスワンを打ちのめし、嫉妬問題の解決を先に延ばすことになったからである。

こうした新事実の発覚の中で最悪なものは、スワンがオデットに決定的にのめりこむきっかけになったあのイタリアン大通りの出会いでした。

あるとき、オデットはパリ・ムルシア記念日にフォルシュヴィルの訪問を受けたと語った。「えっ、そのときにはもう彼と知り合いだったの？　ああ、そう、そうだったね」と、スワンは気を取り直して、知っていたふりを装った。だが、突然、いまも大切に保存してある手紙をオデットから受け取ったあのパリ・ムルシア記念日に、オデットはもしかするとメゾン・ドールでフォルシュヴィルと昼食をともにしていたのかもしれないと思い、ブルブルと震え出した。

スワンがメゾン・ドール（メゾン・ドレと同じ）についてはちがったことを聞かされたのではと問い質すと、オデットは、スワンがプレヴォまで自分を探しにきた晩にはメゾン・ドールから出てきたと言ったが、ほんとうはあの店には行っていなかったのだと正直に答えました。というのも、スワンの様子から、相手はもうそのことを知っていると思ったからです。つまり先手を打ってスワンの疑惑のもとを断ったつもりだったのです。続けて次のように説明したのも、先制攻撃のつもりだったのです。

そう、たしかにメゾン・ドレには行っていなかったのよ、だってフォルシュヴィルさんの家から出てきたところだったんですから。でもプレヴォにはほんとうに行ったのよ、絶対に嘘じゃないわ。だって、プレヴォでフォルシュヴィルさんと出会ったために、彼から家に寄って版画を見ていかないかと誘われたんですから。でも、フォルシュヴィルさんの家には先客がいたのね。あなたにはメゾン・ドールから出てきたと言ったけど、それはあなたが気を悪くするんじゃないかと思ったからなの。もうここまで言えばわかるでしょ、あなたのためを思ったからこそなのよ。たしかにわたしが悪かったかもしれないわ。でも、いまはもう正直に話してるじゃない。パリ・ムルシア記念日にフォルシュヴィルさんと昼食をとったというのがほんとうなら、そんなことを隠して何になるというのよ。第一、あのころはわたしたちそれほど親密な仲じゃなかったんだから。

この「正直な」告白は、スワンを完全に打ちのめしてしまいます。オデットがメゾン・ドレから出てきたのではなく、フォルシュヴィルと会っていたのだと白状したパリ・ムルシア記念日というのは、スワンが馬車の中でオデットの胸のカトレアを直して、「カトレアをした」その記念日でもありました。スワンがオデットから一〇〇パーセント愛されていると信じていた日なのです。つまり、この告白により、オデットの語ったすべてが嘘で塗り固められたものであることが判明してしまったのです。

そして、スワンは、自らのもっとも甘美な思い出、福音書の言葉のごとくに信じてやまなかったオデットのもっとも単純な言葉、彼女から教えられた日常の行動、婦人服の仕立て屋の店とかブーローニュの森とかイッポドロームといった類いの彼女がもっとも通いなれた場所、こうしたものすべての下に嘘がこっそりと忍び込んで身を潜めているのかもしれないと感じた。その嘘は、どれほど細分化された日常の中にもなにかしらの遊びと余裕を残す時間のあの超過分の力を借りて、ある種の行動を隠れ家として使うことができるのである。（中略）いまでは、記憶がメゾン・ドレという残酷な名を告げるたびにスワンは顔を背けるようになっていたが、それはつい最近のサン＝トゥーヴェルト侯爵夫人の夜会のときとは完全に様相を異にしていた。すなわち、ずっと昔に失ってしまった幸福を思い出させるからではなく、知ったばかりの不幸を喚起するからだった。

オデットが目の前にいる限り、愛と嫉妬が湧いてきて、スワンは片時も心の平和を得ることができなくなります。

オデットは、突然、気まぐれを起こして、アパルトマンに戻って「カトレアをしよう」と言い出してスワンに過剰な愛撫を浴びせることがあるかと思えば、また別なときには、行為の最中に急に怒りだして花瓶を叩き割る振る舞いに出ることもありました。不思議な物音が聞こえたのでスワンがアパルトマンを探しまわったからです。

スワンはまた、オデットの過去について情報を得ようと思い立ち、娼婦の館を訪れたりもしたのですが、相手をした娼婦がオデットのことをなにも知らないとわかったとたん、興味を失い、その場で別れを告げて帰ってきてしまったのです。

そんな折り、ヴェルデュラン夫人のサロンでは、病を得た画家にコタール医師が転地療養を勧めたことがきっかけとなり、常連たちがヨットで地中海にクルージングに出るという話が持ちあがりました。結局、ヴェルデュラン夫妻がヨットを購入し、サロンのほぼ全員が一年近くも地中海を周遊することになりましたが、その間、クルージングに参加しなかったスワンはすっかり落ち着いた気分になり、ほとんど幸福さえ覚えるようになったのです。オデットの不在によって、「時空間の病」から解放されたからです。

もし、事態がこのまま進行していったなら、いつしかスワンはオデットのことを忘れ、「時空間の病」から解放されたかもしれません。

そんなある日のこと、スワンは、リュクサンブール公園方面行きの乗合馬車で偶然、コタール夫人と同席し、会話を交わすはめになりましたが、そのとき、コタール夫人からオデットはクルージングのあいだ中、スワンのことを褒めちぎっていたと教えら

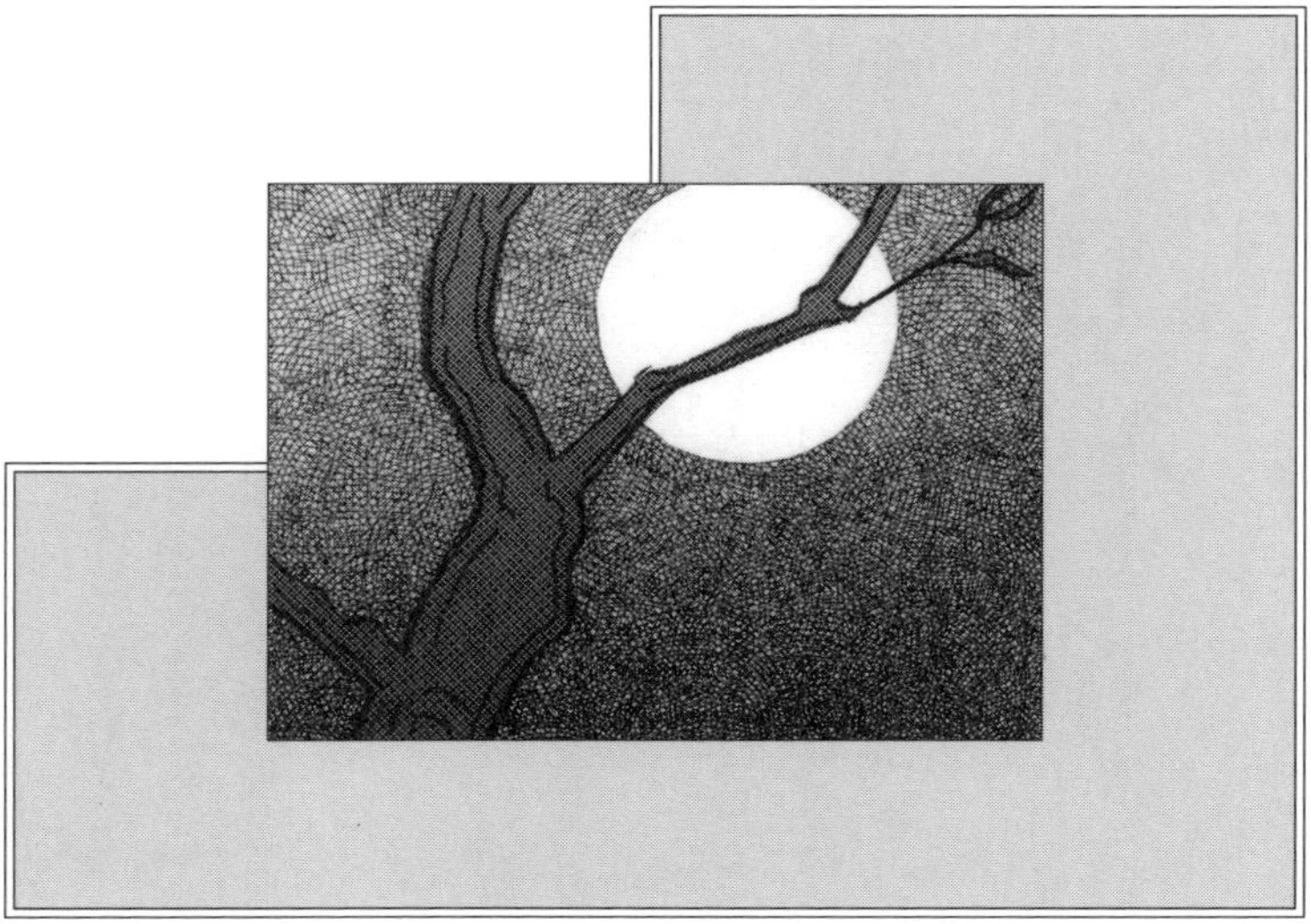

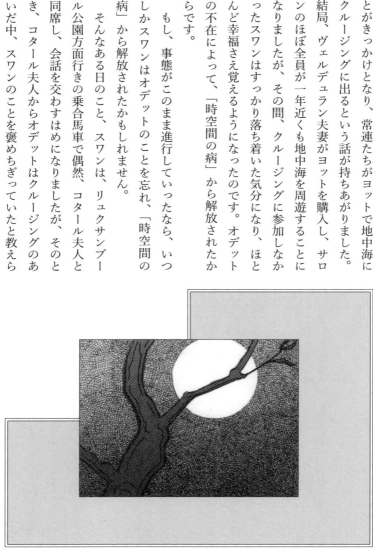

れ、突然の愛情の蘇りを感じます。

しかし、それは意外にも、かつてのような嫉妬と苦しみを伴った愛情ではなく、穏やかな好意の気持ちでした。オデットへの愛はいつしか完全に衰えていたのです。

ときどき、新聞で以前にオデットの愛人だった男の名前を見つけると嫉妬が蘇るのを感じましたが、その嫉妬でさえ、自分の苦しみが収まったことを証明してくれる類いの穏やかなものにすぎず、スワンはむしろ快い興奮さえ感じたのです。

それどころか、スワンは偶然、フォルシュヴィルがオデットの愛人だったという証拠を身近で拾いましたが、そのことでなんの苦痛も感じないことに驚きを覚え、この恋と永遠に決別する瞬間が前もって予告されなかったことを残念にさえ思うのでした。

そして、自分にあれほどの愛情と嫉妬を起こさせ、「時空間の病」に罹患させたオデットがまだ存在しているうちに、せめて心の中ででも別れの挨拶を交わしておきたいと思ったのです。

ところが、なんとしたことでしょう。スワンは、それから何週間かあと、オデットに再会し、泣きの涙にくれることになるのです。

ただし、それは夢の中での再会でした。

スワンは、ヴェルデュラン夫人、コタール医師、だれかよくわからないトルコ帽の若者、画家、オデット、ナポレオン三世、それに語り手であるマルセルの祖父などと一緒に崖に沿った道を散歩していました。

頬に波のしぶきがかかったので、オデットに拭くように命じられたのですが、どうしても拭くことができません。寝間着姿だったことも恥ずかしくてたまりませんでした。暗闇なのでだれにも気づかれないといいがと思っていると、ヴェルデュラン夫人が驚いたような顔でじっと覗きこみました。見ると、夫人の顔は崩れ、鼻が伸び、立派な髭が生えてきたのです。オデットの方に振り向くと、彼女の顔は青ざめて、小さな赤い斑点が浮かんでいます。顔はやつれていましたが、目には愛情があふれ、二つの涙のようにスワンの上に滴り落ちそうです。

スワンは突然、自分がオデットをほんとうに愛していたことを悟り、いますぐにでも彼女を連れて帰りたいと思います。ところが、オデットは手首にはめた時計に目をやって「わたしもう帰らなくちゃ」と言うと、今夜どこで落ち合うのかも告げぬまま立ち去ろうとします。

スワンは尋ねる勇気もなく、ヴェルデュラン夫人の質問に答えていますが、心臓は恐ろしいほどに高鳴っています。オデットに対して激しい憎悪が湧いてきて、目玉を刳《く》り貫き、頬をつぶしてやりたいとさえ思いますが、なぜか、坂道を下っていくオデットとは反対にヴェルデュラン夫人と道を登りつづけています。一秒後には、もう別れから何時間もたっていました。画家がスワンに、オデットの立ち去った直後にナポレオン三世の姿が見えなくなったと教え、二人は示し合わせて逃げたのだ、オデットは彼の愛人だったのだと断言します。すると、トルコ帽を被った若い男が突然泣きはじめたので、スワンは男の涙を拭ってやり、「どうして悲しがったりするのです。あれこそ、オデットのことをわかる男なのですから」と慰めます。

その瞬間、スワンは自分が自分に話しかけていたことに気づきます。トルコ帽の若い男とは、小説家が自分を分裂させて二つの人格を作るようにして生まれた、もう一人のスワンだったのです。一方、ナポレオン三世というのはフォルシュヴィルが変身を遂げたものでした。

スワンは、従僕が「床屋が来ました」と呼ぶ声で目覚めます。さきほどまで目の前にあった光景は消えていました。床屋に朝早く来るように命じていたのは、カンブルメールの若夫人がコンブレーに行くと聞いたので自分もコンブレーに出かけようと思ったからでした。そして、フロベルヴィル将軍をカンブルメール若夫人に紹介したサン＝トゥーヴェルト夫人の夜会のことを思い出し、あの晩にサン＝トゥーヴェルト夫人の夜会に行こうと決意したことの中に神の摂理のようなものを見たと感じたのです。

そして、一時間後、床屋にいろいろと注文をつけながら、自分の見た夢を回想しながら、オデットに対して夢の中で感じた愛情はいったいなんだったのだと考えているうちに、いつしか、変に下卑た口調で、心の中でこう呟いている自分を発見したのでした。

「なんてこった、人生の大切な数年を無駄にしちまった。好きでもないし、趣味でもないあんな女に最大の愛情を注ぎ込んで、死のうとさえ思ったなんて！」

ここで、「スワンの恋」は終わっています。後に明かされることですが、スワンはこのあと、轟々《ごうごう》たる非難を浴びながらも、オデットと結婚し、ジルベルトという娘をもうけることになるのです。

A LA RECHERCHE DU TEMPS PERDU

Du côté de chez Swann

第一篇
スワン家の方へ

第三部

さまざまな土地の名・名前というもの

NOMS DE PAYS : LE NOM

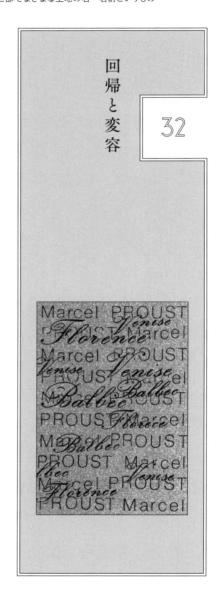

32 回帰と変容

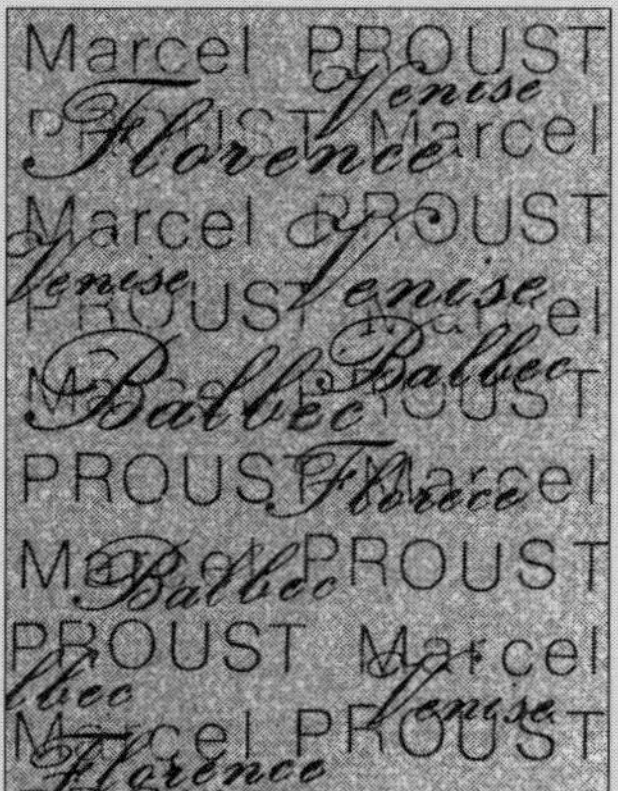

第二部「スワンの恋」では三人称だったナレーションは、この第三部「さまざまな土地の名・名前というもの」からはふたたび第一部「コンブレー」と同じ一人称に戻り、以後、最終篇の『見出された時』まで変更されることはありません。

この意味では、「スワンの恋」は、大きなカッコに入れられた挿入的逸脱だったということになりますが、しかし、実際には「さまざまな土地の名・名前というもの」は「コンブレー」への回帰であると同時に、「スワンの恋」で成し遂げられた物語的変容およびナレーション的変容をすべての面で引き継いでおり、「戻ったけれども、戻っていない」あるいは逆に「変わっていないはずなのに、変わっていた」ということになるのです。ひとことで言えば、「さまざまな土地の名・名前というもの」は、枝分かれして二つに分裂してしまった時空間を一つに統合する役割を果たしていると同時に、修復は結局不可能であったという紛れもない事実を読者に知らしめる働きも有しているのです。

たとえば、ナレーションが次のように始まっているのは、「コンブレー」の冒頭のナレーションの現在時に回帰したかのような印象を与えるはずです。

眠れない夜に、私は過去に泊まった部屋のイメージをいろいろと思い浮かべてみるのだったが、そんな中で、バルベックのホテルの部屋以上にコンブレーの部屋に似ていないものはなかった。

つまりナレーションは、「コンブレー」が始まってすぐにあらわれる次の箇所と呼応して、「これからは、コンブレーでの体験の次に、バルベックでの体験を物語ることにする」と宣言しているように見えます。

普通、私はすぐにふたたび眠りこもうとはしなかった。夜の大部分の時間を、昔の生活を思い起こしながら過ごした。すなわち、コンブレーの大叔母の家で、バルベックで、ドンシエールで、ヴェネツィアで、さらに別の場所で過ごした過去の生活をそれぞれに思い浮かべながら、

そこで知った場所や人を思い出し、そうした場所や人について自分の目で目撃したこと、人から聞かされたことをいちいち回想しながら過ごしたのである。

ところが、です。「ナレーションの現在時」に戻ったはずなのに、この語り手の心の中のモードは、もはや、「スワンの恋」のナレーションに入る前の、つまり「コンブレー」の原初的心的モードとは同じではなくなっているのです。

これが、『失われた時を求めて』という小説の端倪《たんげい》すべからざるところで、語り手は、常に一定した不偏不党の中立的なナレーターであるように見えながら、実際には、自分が物語る「物語内容」から強く影響を受けて、ナレーションの心的モードを微妙にアレンジさせていくのです。

それは、「さまざまな土地の名・名前というもの」の冒頭で、バルベックで滞在したホテルの部屋を回想した描写にすでにあらわれています。

語り手はまず、コンブレーの部屋を支配していた雰囲気が、ざらざらした粉のような空気をまぶした「食べられる」「信心深い」ものであったと言って、そこにマドレーヌの舌触りと形状の感覚を介在させたあと、バルベックの「海浜グランド・ホテル」の部屋のイメージの描写に移り、こちらの壁は、タイルを張り巡らしたプールの内壁のつるつるした面のようなエナメル塗りであり、その壁が、プールのイメージ、水のように透明でありながら塩気を含んだ青味がかった空気をたたえていたと対比を強調します。

次に、ナレーションは、バルベックの部屋のこうしたイメージは、じつは、各部屋を全部異なったコンセプトのインテリアにしようとして、この部屋には三方の壁にガラス戸つきの本棚を据え付けたデザイナーの工夫が思わぬ効果を発揮したものだと明かしてから、その本棚のガラスに映じた海辺の風景がマホガニーの木の部分によって区切られているため、リラックス効果だけを狙った月並みな海洋画を帯状に並べたモダン・スタイル（アール・ヌーヴォー）風の部屋のように見えたと述べます。

つまり、ここでは、バルベックの部屋のガラスに映じた海浜風景という「自然」が、海洋画という人間の感覚を介した「人工物」との類似で捉えられて分節化される（人間的な尺度に取り込まれる）というベクトルが示されているのです。

ところが次の段落では、これとはすこしだけ異なったベクトルがあらわれてきます。

すなわち、ナレーションは突然、語り手の「私」が女中のフランソワーズに連れられて嵐の日にシャン・ゼリゼの緑地帯に遊びに出かけていったころの（ということは、ようやく思春期にさしかかったころの）のことを語りはじめ、フランソワーズが新聞で読んだ恐ろしい難破事故の話をしたことを蝶番《ちょうつがい》にして、「私」が嵐の日のバルベックを想像したことへ話題を転じていきます。

そのころの私の最大の望みは、海の上に荒れ狂う嵐を見ることだった。ただし、一幅の名画としてでなく、一瞬ヴェールが剝がれたために自然のほんとうの姿が垣間見えたものとして。あるいはこうもいえる。つまり、私にとって真に美しい光景とは、目の楽しみのためにわざわざ

こしらえられたような美景ではなく、必然が生んだ代替不可能な光景であると実感できる光景であった。すなわち、自然の風景の美しさであり、偉大な芸術の美しさだったのである。

つまり、ここでもまた自然が分節化される現象が論じられていることに変わりはないのですが、その基準となるのは、書き割り的な凡庸な名画の美であってはならず、偉大なる芸術のみが創造しうるような美、あるいは一〇〇パーセントの自然の必要がつくりだした必然美でなければならないと主張されているのです。

この主張は、直接には、「コンブレー」の最後で登場したマルタンヴィルの鐘塔のエピソードとつながるものですが、しかし、その一方では「スワンの恋」のライト・モチーフとして使われていた「芸術作品をレフェランスとして自然（女性）を分節化する心的モード」とも通底しているのです。

というのも、右のような正論が語られていると思っていると、さながら自分ツッコミを入れるように、次のようなナレーションが入ってくるからです。

私はまたこんなことを望んでいた。嵐が絶対的に本物であるためには、岸辺そのものが自然の岸辺でなければならず、役所が最近つくった堤防であってはならないと。それにまた、自然は、それが私のうちに喚起するあらゆる感情によって、人間の生み出した機械的な産物ともっとも鋭く対立するもののように思われた。人工的な刻印が少なければ少ないだけ、その分、自然は、私の心の発露に十分な空間を与えてくれると思っていたのである。ところで、私がバルベックという名前を心にとめていたのは、ルグランダンが《あの不吉な海岸、かくも多き難船で知られる、一年の半分ものあいだ霧の死衣と波の泡によって包み込まれているあの海岸》と名句を暗唱してみせた場所のすぐ近くの浜辺として記憶していたからだった。

なんのことはない、「必然が生んだ代替不可能な光景」とか「偉大な芸術の美しさ」とかと「私」が理想化していたイメージの核にあったのは、俗物のルグランダンが文学作品からインスピレーションを受けて勝手につくりあげていた紋切り型のイメージであったのです。

それだけではありません。あるとき、「私」は、バルベックの浜辺が嵐を見るのに最適な場所であるか否かを、コンブレーでスワンに尋ねたことがあったのですが、そのときスワンの口から「バルベックの教会は十二、三世紀のものであるため、まだ半ばロマネスクの要素を持っている反面、北方ゴチックのもっとも興味深いサンプルでもあるのでしょう。おまけに、ひどく奇妙なことに、まるでペルシャ芸術のようでもあるのです」と聞かされて、その言葉をもとにして自分なりにバルベックのイメージをつくりだしてしまったのです。

換言すれば、「私」が「必然が生んだ代替不可能な光景」とか「偉大な芸術の美しさ」などとイメージしていたバルベックの「自然な」嵐の海というのは、もとを正せば、ルグランダンやスワンの言葉という「人工物」から発していたのでした。

つまり、ここでもまた、人工物をレフェランスにして自然を分節化するというスワン的な心的モードが繰りかえされ、語り手の心的モード自体、「コンブレー」に再接続する一方で「スワンの恋」を経ることによって変容を被っている事実がそれとなく明かされているのです。

私が「戻ったけれども、戻っていない」あるいは逆に「変わっていないはずなのに、変わっていた」と述べたのは、じつは、このような物語とナレーションという二つの次元でのことなのです。物語の次元では「回帰」しながら、ナレーションの次元では「変容」を被っているのです。

いや、物語次元でさえ「回帰」だけしているわけではないのかもしれません。「変容」もひそかに導入されているのです。

そして、それまで「スワンの言葉を聞くまで」は、人類の記憶に残っていない太古の自然、大きな地質学上の大きな変動と同じ時期の自然と感じられていたものが（中略）、突然、ロマネスクという時代を知って諸世紀のつらなりの中に組み入れられた結果、私にとってにわかに大きな魅力あるものとなったのだった。

ようするに、ここでもまた「人工物」をレフェランスにした「自然の分節化」という現象が「物語」の次元でも語られているのです。

それは、さらなる変奏を伴って表現されます。

語り手は、スワンの言葉を耳にして以来、嵐がやってきそうな予感の働く二月の夜などには、バルベックへ旅行してゴチック建築と荒れる海を見たいと熱望するようになり、明日になったら一時二十二分発のきれいな汽車に乗りたいと考えたのですが、それ以後、鉄道会社の広告や周遊旅行の案内でこの汽車の出発時刻を目にするや否や胸のときめきを覚えるようになります。

そうした出発時刻は、私にとっては、午後のある特定の点に、ある種の味わい深い切れ込みを入れ、神秘的な目印を与えているように思われた。そして、その切れ込みや目印を起点にして時間は脱線し、いまだ夜に、そして翌朝に汽車を運んではいるものの、もはや、それをパリで見ることはかなわず、むしろ、列車が通過していく町々の一つ、われわれが適当に選ぶことのできる町々のどれかにおいて見ることになる。なぜなら、汽車はバイユーに、クータンスに、ヴィトレに、ケスタンベールに、ポントルソンに、バルベックに、ラニオンに、ランバルに、ブノデに、ポン・タヴァンに、カンベルレにそれぞれ停車し、私に向かって差し出したこうした名前を片端から積み込みながら、威風堂々と前進を続けてゆくからだ。

この一節が、人工物による自然の分節化というイメージを、出発時間と経由駅の名前を記した時刻表のイメージによって文字通りに表現していることはあえて指摘するまでもないでしょう。ここでもまた同じ構造が回帰しているのです。

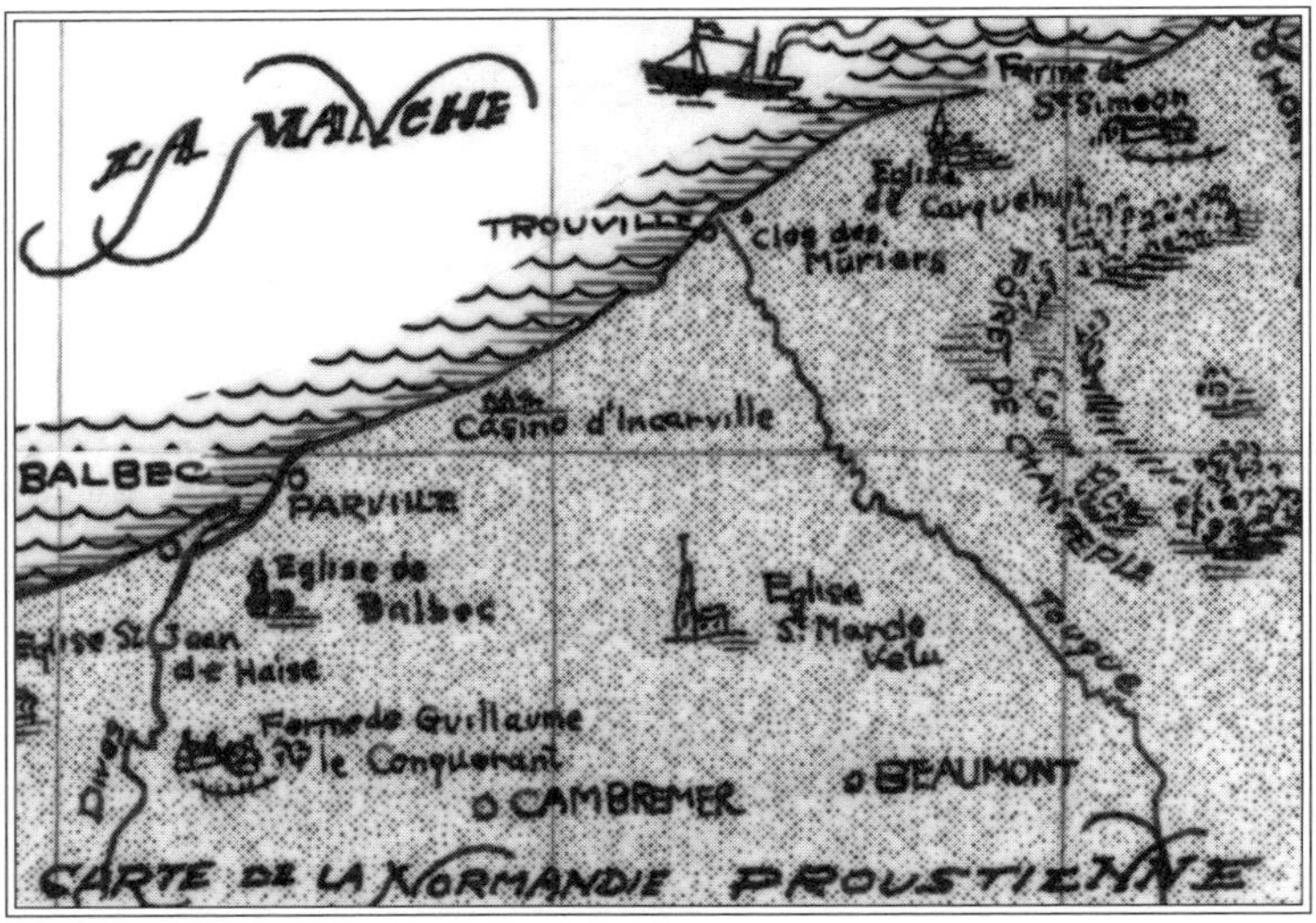

では、この「変容しつつ再帰する」あるいは「回帰しつつ変容する」という現象は、いったい何をきっかけに発生するものとプルーストは考えているのでしょうか？

その答えは、「さまざまな土地の名・名前というもの」というタイトルそのものにあります。なぜなら、土地の名こそ、音韻という人工物によって自然を分節化する営為そのものにほかならないからです。

それが開陳されている部分を引用してみましょう。

復活祭の休暇が近づくにつれ、「私」はバルベックという土地の名前を口にしては荒れ狂う海や嵐のイメージを想起して楽しんでいたのですが、ある日、両親が今年は一度北イタリアに連れていってやろうと約束してくれたので、とたんにそれまでのイメージは一掃され、逆の穏やかな春の夢想が、すなわち、アネモネやユリの咲き乱れるフィレンツェの丘のイメージがあらわれて、「私」の心の中で、欲望の方向をまったく逆に変えてしまったのですが、この突然の転換は何によってもたらされたかといえば、それは土地の名前であると、プルーストは次のように言うのです。

それら［大西洋やイタリア］の夢想をふたたび生み出すためには、ただ、バルベック、ヴェネツィア、フィレンツェといった名前を発音すればそれでよかった。それらの名前の内部には、地名が指し示した場所が私に吹き込んだ欲望がいつのまにか蓄積していたのである。たとえそれが春の季節であっても、ある本の中にバルベックという名を見つけると、それだけで私の心の中には嵐と北方ゴチックを見たいという欲望が生まれてくるのだった。また逆に、嵐の季節の一日であっても、フィレンツェないしはヴェネツィアという名前があるとそれだけで、太陽やユリを、ドゥカーレ宮殿やサンタ・マリア・デル・フィオーレ大聖堂を見たいという欲望が生じてくるのだった。

ところで、土地の名というのは、それが喚起する視覚的イメージとぴったりと重なりあっているのかといえば、かならずしもそうとは言いきれない部分があります。それはまさに、ソシュールのいうシニフィアンとシニフィエの関係そのものであり、プルーストは、この巻においては、土地の名前を含む固有名詞におけるシニフィアンとシニフィエの不思議な関係を俎上に乗せようとしているのです。

だが、これらの土地の名は私がこれらの都市についていたイメージを永遠に吸収したとはいえ、その吸収に当たっては、イメージを変形し、イメージの再現時には名前固有の法則に従わせることをあえてするのだった。つまり、土地の名は、結果的にはイメージを美しいものにしたのではあるが、しかし一方では、ノルマンディーやトスカーナの町を現実の姿とは異なったものに変えてしまうことで、私の想像力の身勝手な喜びを増幅すると同時に、私の旅の未来の幻滅を深刻なものにするというようなこともしたのだ。

このような調子で、プルーストは、土地の名によるイメージ喚起に伴う変形現象をさまざまに記述した後、土地の名に固有な問題を取り上げてゆきます。すなわち、仕事台、鳥、アリの巣といった普通名詞とは異なり、固有名詞は、地名にしても人名にしても、音韻というものが特異な効果をもつことを指摘した上で、最終的には、自身が創造したバルベックという固有名詞のイメージ分析に進んでいくのです。

33 ジルベルト

ここで、第三部「さまざまな土地の名・名前というもの　NOMS DE PAYS : LE NOM」という奇妙なタイトルについて触れておきたいと思います。なぜなら、第三部の内容そのものが、このタイトルと深い関係をもっているからです。

まず、表題のうち「さまざまな土地の名」についてですが、これは、冒頭から、プルーストがいくつかの町を合成してつくった架空の町バルベックをはじめとして、ブルターニュやノルマンディーの実在の都市の名前が列挙され、さらには、ヴェネツィアやフィレンツェなどイタリアの都市の名がたくさん引用されていることから、ある程度理解できます。地名というものに秘められたイメージ喚起力について考察が展開されているからです。

では、もう一つの「名前というもの LE NOM」についてはどうでしょうか？

じつは、これは既訳に逆らって私が試訳を呈示したもので、私の解釈が入っていますから、とりあえず、LE NOM を「名前というもの」と訳したその解釈の根拠を示しておく必要があります。

フランス語の nom という言葉は prénom（ファーストネーム）と対比された場合には人の姓（苗字）を表しますが、別段、これだけで固有名詞を意味するわけではなく、nom commun といえば普通名詞ですし、nom propre といえば固有名詞となります。もちろん、nom de paysとなれば地名という意味です。

したがって、普通なら、LE NOM も、ただ「名前」とか「名」と訳しておけばいいのです。事実、既訳はいずれもそうなっています。

しかし、私はどうしても nom の前についた定冠詞の le が気になってならないのです。というのは、この定冠詞の le は明らかに弁別的な意味を持っているからなのです。

試しに、le にはどんな意味があるのかを辞書で引いてみましょう。差し当たり、最初の二つだけを示します。

I《普通名詞とともに》

1《総称》…というもの，すべての… ▼ *Le chien est un mammifère.* 犬は哺乳動物である．*Je préfère le thé au café.* 私はコーヒーより紅茶が好きだ．（中略）

2《特定》

①《既知・周知の事物，唯一物を示す》その，例の．▼ la *Seconde Guerre mondiale* 第2次世界大戦．*le président de la République* 共和国大統領．*le soleil et la terre* 太陽と地球．（以下略）

（『ロベール仏和大辞典』小学館）

これらの例文を見て、大学でフランス語初級を学んだときのことを思い出して懐かしく感じられた読者がいると思いますが、じつは、定冠詞 le, la, les のもつ意味はこの二つがもっとも基本的なもので、われわれがいま問題にしているLE NOMという表題も、これがわかれば理解できるはずなのです。

まず、「1《普通名詞とともに》《総称》…というもの，すべての…」の語義から。

この語義については、ソシュールのいうところのシニフィアン／シニフィエの関係（シニフィカシオン）を頭に入れておくと、わかりやすいかもしれません。

私がいま「つ・く・え（机）」という言葉を甲さんと乙さんに向けて発したとしましょう。そのとき、この音声記号によって私と甲・乙さんの頭の中に同時にあらわれるものは「机」の実物ではありません。もし、そうであるなら、私がイメージに浮かべた机の実物Aと甲さんの頭の中の机の実物Bと乙さんの頭の中の机の実物Cは全部別物なので、三人のあいだで了解はなりたたず、意味作用は成立しないことになります。

しかし、実際には「つ・く・え」という音声記号で、三人のあいだで一瞬のうちに了解が成り立つのです。どうしてでしょうか？

それは、われわれが、子どものころに言語を覚えたとき、「つ・く・え」という音声記号と結び付けながら、机の実物A、B、C……Zのすべてに共通する性格と映像を、一瞬のうちに抽出し（これが概念作用です）、その抽出された漠とした概念に「つ・く・え」という音声記号を被せて、意味作用を完了したからなのです。

ソシュールは、この「つ・く・え」という音声記号（それが視覚記号に変換されたものが文字）をシニフィアン、この音声記号によって脳髄のうちに喚起される漠とした概念（それは映像ではなく、映像に似たもの）をシニフィエ、そしてこの二つが一瞬に結び付けられて発生する意味作用をシニフィカシオンと命名したのです。

ところで、フランス語では（ほかのインド・ヨーロッパ語でも同じですが）、シニフィアンによって喚起されるシニフィエが、具体的な実物により近いニュアンスで使われるときには un, une, des という不定冠詞を伴うのが普通です。une table といえば、どこかに任意に存在する実在の机のことです。

これに対して、実体的な映像なしでより概念的・抽象的に、つまり、よりシニフィエに近いニュアンスで用いられるときには、定冠詞 le, la, les を名詞に付けるという原則があります。

たとえば「Je lis un livre 私は本を読んでいる」というときには具体的な本を読むことですが、「J'aime le livre 私は本が好きだ」の場合は、具体的な事物ではなく「本というもの」が好きだというニュアンスになります。

つまり、動詞の性質により、不定冠詞か定冠詞かが決まってくることがあるのです。というわけで、定冠詞のついたLE NOMは、しいて日本語にすれば「名前というもの」と訳するほかはないということになります。

しかし、LE NOMに込められた意味は、じつは、これだけではないのです。なんのことかといえば、第二の語義の《特定》《既知・周知の事物、唯一物を示す》の中の「唯一物を示す」という意味合いが強く出てくることになるのですが、これについては、テクストを読みながら徐々に見てゆくことにしましょう。

さて、ようやくタイトルの意味を離れてストーリーに戻ってきたわけですが、いきなり長い脱線をしたのも、じつは、この脱線がないと、これまでの物語とうまくつながらなくなる恐れがあるからです。

ある年のこと、両親が復活祭の休暇をフィレンツェとヴェネツィアで過ごそうと言い出したため、語り手の「私」は興奮し、次から次へと土地の名前によって喚起されるイメージを繰り出しては楽しんでいましたが、興奮状態がいきすぎたため、ついに熱を出して寝込んでしまうことになります。

その結果、掛かりつけの医者から、イタリア旅行を見合わせるように忠告を受けたばかりか、興奮の原因となる旅行計画も向こう一年まかりならんと宣言されてしまいます。

それどころか、医者は名女優ラ・ベルマ（サラ・ベルナールからプルーストがつくった架空の人物）の舞台を見に劇場に出かけることさえ禁止するにいたります。

そんななかで唯一許されたのが、フランソワーズに付き添われてシャン・ゼリゼの緑地帯にある公園に遊びにいくことでした。レオニ叔母の（正確には大叔母の）女中だったフランソワーズは、叔母の死後、「私」の家の女中になり、「私」の養育係のような役割を演ずるようになっていたのです。

しかし、最初のうち、「私」はシャン・ゼリゼに行くのがすこしも楽しくはありませんでした。愛読書の中でシャン・ゼリゼが扱われていなかったからです。とりわけ大好きな作家ベルゴット（これもアナトール・フランスをもとに造形された架空の人物）が作中でシャン・ゼリゼをまったく登場させていないことが大きく作用していました。

これは例によって、バーチャル・リアリティに親しんでからでないとリアリティに親しめないという「私」のオタク的な心性を表しています。

ところがある日、木馬のそばの行きつけの場所で、「私」があまりにつまらなそうに遊んでいるのを見たフランソワーズが「私」をかわいそうと思ったのか、すこし離れた場所に「私」を連れてゆき、自分が占有している公園の椅子（有料！）に残してきた荷物を取りにいってその場にいなくなったときに、「事件」が起きます。

フランソワーズを待つあいだ、私は、太陽光を浴びて黄色くなった貧弱な短毛の芝生を踏みつけて遊んでいたが、その広い芝生の外れには彫像があってこちらを見下ろすかっこうになっていた。そのとき、一人の少女がマントを羽織りラケットをしまいながら、水盤の前でバドミン

トンをしているもう一人の赤毛の少女に向かって、小道の方からそっけない口調で叫ぶのが聞こえた。「さようなら、ジルベルト、わたし、帰るから。それと、忘れないでおいてよ。今夜、わたしたち、夕食のあとであなたの家にうかがうことをね」。このジルベルトという名前は、その名前で呼ばれた少女の存在をよりはっきりと私の心に喚起しながら、私のそばを通りすぎた。それは、口にされた名前が、話題となっていながらそこにいない少女ではなく、現に呼びかけられている少女その人に直接向けられていたためにいっそう喚起的だったのだ。

これは、「さまざまな土地の名・名前というもの」の中でもっとも印象的な場面です。「私」は芝生を踏みつぶして遊ぶのに夢中になっていたため、水盤の前でバドミントンをしている二人の少女に注意を払ってはいませんでしたが、突然、一人の少女がもう一人の少女に向かって「ジルベルト」と呼びかけたことから、曰く言いがたい不思議な印象を抱くことになります。そして、それ以後、ジルベルトという名前のこの少女に、いや正確にはジルベルトという名前そのものに精神を集中していくことになるのです。

ですから、もし、この呼びかけた少女が具体的な名前を出さずに呼びかけていたら、あるいは状況は、いや物語全体がちがってきたのかもしれません。

しかし、実際には、赤毛の少女は「ジルベルト」という固有名詞の音声記号（シニフィアン）で呼びかけられ、「私」がその音声記号によって注意を呼び覚まされて（おそらくは振り向きざまに）視線を向

けたところ、その視線の先に赤毛の少女が「いた」ため、新たな物語（ジルベルトへの恋）が発生してくることになります。
これは、呼びかけが「ジルベルト」という固有名詞で行われたがゆえの、普通名詞のシニフィアンとシニフィエの関係とはすこし位相の異なる現象です。
どこが異なるのでしょうか？
ここに一人、ようやく言葉を覚えかけている幼児がいたとします。その幼児は、大人がある「机」を指して「つ・く・え」と言ったとき、ほかの机というものの存在を知らずとも、「つ・く・え」が机の属性を備えたすべての机を指し示す漠とした音声記号であることを本能的に習得します。もし、こうした能力がそなわっていなかったら、幼児はこの世に存在するすべての机にそれぞれちがう名前を与えるほかなくなるでしょうが、現実にはそうしたことは起こらず、「つ・く・え」の音声記号（シニフィアン）と机の属性を備えた漠とした概念イメージ（シニフィエ）を連結することに成功するのです。

では、固有名詞ではどうなのでしょうか？

もし、幼児に向かって大人が一人の少女を指して「ジルベルト」という音声記号を発したとしましょう。その幼児の頭の中では、一瞬、混乱が起きるはずです。「ジルベルト」とは少女の属性を備えたすべての少女を指す普通名詞なのか、それとも、その少女だけに適応される固有名詞なのかという葛藤です。というのも、「机」と異なり、人間は一人ひとりが全部ちがうということはたとえ幼児でも理解しているため、こうした葛藤が生じるからです。

しかし、幼児はやがて、どういうメカニズムなのかは未解明ですが、「ジルベルト」とは「おねえさん」というような普通名詞ではなく、その少女だけに適用される固有名詞であることを学び、「ジルベルト」という音声記号でその特定の少女のイメージだけを思い浮かべるようになります。固有名詞を固有名詞として認識できるようになったのです。

ところで、この固有名詞を固有名詞として認識するという作業は、原則的には、その少女を前にしたときに「ジルベルト」という音声記号が発せられて初めて成り立つものなのです。逆にいうと、「ジルベルト」が不在のときにこの音声記号が発せられても、それが幼児の頭の中で特定の少女と結び付けられることはありません。「ジルベルト」はただ意味を欠いた音声記号として宙を舞うか、あるいは少年時代のプルーストのように、それをオモチャのように弄ぶようになるかのいずれかです。

ところで、この手の普通名詞と固有名詞の取り違い現象は、外国語をダイレクト・メソッドで学ぶ場合にも体験されることです。たとえば、北米大陸に上陸した移民が近くを流れる川の名前を知りたく思い、ネイティブ・アメリカンに尋ねたところ、ネイティブ・アメリカンは普通名詞を聞かれたのだと思って「川だよ」と答えたところ、移民がそれを固有名詞と捉えてしまったことから、以後、その川にはネイティブ・アメリカンの言葉で「川」を表す普通名詞がつけられた、といったようなエピソードです。

閑話休題。

さて、「私」のいるところで、赤毛の少女に向かってもう一人の少女が「ジルベルト」と呼びかけたエピソードに戻り、「ジルベルト」という固有名詞が発せられたあとに、私に起こった反応をもう一度確認しておきましょう。

このジルベルトという名前は、その名前で呼ばれた少女の存在をよりはっきりと私の心に喚起しながら、私のそばを通りすぎた。それは、口にされた名前が、話題となっていながらそこにいない少女ではなく、現に呼びかけられている少女その人に直接向けられていたためにいっそう喚起的だったのだ。

これが、私がさきほど例に出した幼児の固有名詞学習の例と符合していることに注目してください。

「私」ははからずも、幼児が大人から人名（シニフィアン）を聞かされて、特定人物（シニフィエ）と結びつけるときと同じ状況、つまり、固有名詞で指される人物が目の前にいるという状況に遭遇して、強い感銘を受けると同時に、固有名詞というものの本質について考えざるをえなくなり、最終的には、そうした固有名詞への執着が一つの原因となって、ジルベルトに恋するようになるのです。

つまり、ひとことで言えば、「さまざまな土地の名・名前というもの NOMS DE PAYS : LE NOM」という第三部のタイトルのうち後半の部分、つまり「名前というもの LE NOM」は、こうした一人の少女が発した「ジルベルト」という固有名詞をきっかけに生まれてくる物語（ジルベルトへの「私」の恋）を暗示しているのですが、ここでひとつ、私たちは、この「ジルベルト」はスワンとオデットという第二部の中心的な名前が結合したことで生まれてきた運命的な名前だということを忘れてはなりません。「さまざまな土地の名・名前というもの NOMS DE PAYS : LE NOM」は、「スワンの恋」から「私の恋」へと物語を引き継いでいくために用意された中継的な、しかし、非常に重要な役割を担っているのです。

34

夢のリアリティ

『失われた時を求めて』を読んでいて、いつも不思議に思うのは、語り手の「私」がいったい何歳くらいに設定されているのかがわからないことです。いや正確には、わからないようにわざと書かれていると言った方がいいかもしれません。

たとえば、シャン・ゼリゼの緑地帯の公園でジルベルトと出会ったときの「私」は何歳くらいなのでしょうか？

まず頭に入れておかなければならないのは、「さまざまな土地の名・名前というもの」は時代的に「コンブレー」よりもあとにくることです。つまり、「コンブレー」の最後で「私」はマルタンヴィルの鐘塔についての印象をエッセイに綴っているくらいですから、少なくとも、小学生ではありえず、十四、五歳には達していたはずなのです。事実、アドルフ叔父の家に出入りしていた高級娼婦（じつはオデット）との出会いを描いた箇所などからして、それくらいの年齢でないと辻褄があいません。

ところが、「さまざまな土地の名・名前というもの」において、「私」は、女中のフランソワーズに常に付き添われている事実から推測して、せいぜいのところ小学校高学年かリセの低学年くらい（十二歳前後）にしか思えないのです。

彼女がせめてシャン・ゼリゼに戻ってきてはくれないだろうか？　翌日、彼女はシャン・ゼリゼにはいなかった。だが、それに続く日々は会うことができた。私は、彼女が友だちたちと遊んでいる場所のまわりをいつもうろついていた。おかげで、あるとき、人取り遊びをするには人数不足と見た彼女は、自分たちの組にくわわる気はないのかと私に聞いてきたのだ。それ以後、彼女がいるときはいつも彼女と遊ぶようになったのだ。

女の子たちが集団で遊んでいる周囲をうろついて、人数が足りないのをこれ幸いと遊びに「まぜてもらう」というのは、思春期の少年がやることではありません。「性」の意識が確立する以前の子どもにしか許されないことです。

ところが、ジルベルトとシャン・ゼリゼで遊べるようになってから、「私」が、来るか来ないかわからないジルベルト（というのも天気が悪かったり、なにかお稽古事があったりするとジルベルトはシャン・ゼリゼには来なかったからです）に対して感じる不安や期待は子どものものではなく、立派に思春期の少年のものなのです。

たとえば、雪が初めて降ったある一日のこと。

「私」はよもやジルベルトがシャン・ゼリゼに来ていようとは思っていなかったのですが、案に相違して、ジルベルトは来ており、しかもグループのほかの女の子たちはだれもいなかったので、「私」はジルベルトと二人きりの時間を過ごすことができました。

そのうちにグループの女の子が一人また一人とあらわれて人取り遊びが始まりました。最初の日に「ジルベルト！」と名前を呼んだ例の女の子に「私」が近づくと、その子は「あなたはジルベルトの組に入りたいんでしょ、ちゃんと知っているわよ」と言ったので、「私」はなんとなくうれしくなりました。事実、ジルベルトは雪の芝生の上の組に入るよう「私」を呼んでくれたのです。こうして、最初はあれほど恐れていた一日は、私が「あまり不幸ではないと感じた数少ない一日」となりました。

さて、ここで問題なのは、本来なら「幸せに感じた」と言うべきところを「あまり不幸ではないと感じた」と総括している「私」の心理です。なにゆえに、「私」は「幸福だ」と率直に言えなかったのでしょうか？　その理由を「私」は次のように説明しています。

——というのも、私はジルベルトに会わずには一日として過ごせないと思い込むようになっていたのだが、（中略）ジルベルトのそばにいるその瞬間は、前の晩からあれほど待ち望み、そのために身を震わせ、彼女に会えるならすべてを犠牲にしてもかまわないと思い詰めていた瞬間だったにもかかわらず、現実にはいささかも幸せな瞬間ではなかったのだ。私にはそのことがよくわかっていた。なぜなら、それは、私が人生のうち、細心の、執拗な注意を集中する唯一の瞬間だったのに、彼女はそこに露ほどの喜びすら見出してはいなかったからなのだ。

ここで述べられているのは、平たく言ってしまえば、現実は常に想像の期待値を下回るということ、および、恋愛当事者の熱中度はかならずしも一致しないということの二点なのですが、しかし、ジルベルトと人取り遊びに夢中になっている少年が果たしてこのような複雑な心理分析をすることができるでしょうか？　おおいに疑問を感じる一節です。

同じようなことは、次の一節についてもいえます。

ジルベルトと離れているときはいつも、彼女に会う必要があると感じていた。というのも、彼女のイメージを思い浮かべようとたえずつとめているうちに、しまいにはうまくいかなくなり、私の恋している相手がだれなのか正確にはわからなくなってしまったからだ。それに、彼女はまだ私のことが好きだとは一度も言ってくれてはいなかったのだ。それどころか、ときには自分には何人か男の友だちがいて、彼らの方が好きだと公言していたし、私は、ぼんやりした子でゲームもうまくはないが、それでも一緒に遊びをするには良い仲間だと言っていたのだ。

これを読んだ読者は、なんだ、オデットに対するスワンそのものではないかと感じるにちがいありません。

事実、その通りで、オデットに対してスワンが抱いていた脳髄的な恋愛感情によく似たものを、「私」はオデットの娘であるジルベルトに対して抱いているのです。

ジルベルトがときどき、冷淡さをあからさまに見せつけるような態度を取るため、自分はほかの人間とはちがう扱いをされているという確信が揺らぎそうになるのも同じです。

スワンと「私」との類縁性は、ジルベルトと離れているときばかりか、一緒にいるときにも際立っています。

しかし、シャン・ゼリゼに着き、（中略）ジルベルト・スワンを目の前にするや否や、それまでは彼女に一目会えば薄れた記憶力ではもはや再現できなくなっていたイメージもたちどころに鮮明なものになるとおおいに期待していたにもかかわらず、また、昨日一緒に遊び、また、歩くときに考えるひまもなく一方の足をもう一方の足より先に出させるあの盲目的な本能によって、自動的に挨拶を交わし彼女であることを認識したにもかかわらず、ひとたびジルベルト・スワンの前に出ると、たちまちにして、彼女と私の夢想の対象になっていた少女はまったくの別人であるかのようにすべてが進んでいくのだった。たとえば、前夜から、私は、照り輝くようなふっくらとした頬の中の火のような瞳というものを記憶の中にとどめておいたのだが、いまジルベルトの顔が私に向かってはっきりとしたかたちで差し出しているのは、まさに私が思い出さなかったもの、すなわち、鼻の尖ったある種の形態なのである。

そうなのです。ここでは「私」はミニ・スワンとして、ミニ・オデットであるところのジルベルトと対峙し、同じように、身勝手な想像力で、ひとりよがりの苦しみを味わっているのです。

問題は、想像力の微妙な戯れを必要とするこうしたかなり複雑な恋愛心理が、はたして、シャン・ゼリゼで遊ぶ十二、三歳の少年にふさわしいか否かということです。

当然、否です。ふさわしいはずはありません。

では、プルーストは、なにゆえに、こうした矛盾をあえて犯したのでしょうか？　言いかえると、十二、三歳の少年にミニ・スワン的な想像力の悲劇を味わわせたのでしょうか？

それは、プルーストが、この「さまざまな土地の名・名前というもの」を一つの「夢」として描こうと試みているからにほかなりません。

『失われた時を求めて』という小説そのものがリアリズム小説とはまったく別のリアリティ、すなわち夢の中のリアリティの抽出を一つの目標としていることは以前にも述べましたが、「さまざまな土地の名・名前というもの」においては、その傾向が一段と強くなっているのです。

前述したように、「私」はまだ思春期には達していない十二、三歳の少年のようです。後に判明するある意図をもってプルーストがこのような設定をしているのですから、これを動かすことはできません。換言すると、プルーストは、シャン・ゼリゼの緑地帯の公園で遊ぶ「私」とジルベルトのあいだで起こるある決定的エピソード（第二篇『花咲く乙女たちのかげに』に登場します）を描きたいがために、「私」の外見を十二、三歳の少年としておきたかったのです。

しかしながら、その一方で、「さまざまな土地の名・名前というもの」は、小説の全体的な構成からして、「スワンの恋」と『花咲く乙女たちのかげに』をつなぐバトンのような機能を果たしていなければなりません。つまり、《オデット／スワン》の関係が《ジルベルト／「私」》を経ることで、次に《アルベルチーヌ／「私」》へと相似形的に移行することが必要なので、《ジルベルト／「私」》は《オデット／スワン》の関係を「なぞる」ことが不可欠なのです。

しかし、そうなると、十二、三歳にしか見えない「私」とジルベルトが、スワンとオデットのあいだで繰り広げられた心理戦争を「真似」しなければならないという「無理」と「矛盾」が生じてきます。

普通の小説家なら、こうした「無理」や「矛盾」は避けるものです。しかし、プルーストはむしろ、この「無理」「矛盾」を押し通すことにしたのです。その方が「夢のリアリティ」を巧みにつくりだすことができると判断したからです。

では、夢のリアリティとはなんでしょう？

夢において、私たちは平気で時空間の中を行き来します。幼年時代に過ごした場所に戻って、幼年時代の友だちと遊んだりします。ところが、その夢の中で「私」が体験している心理はいささかも子どもではなく、立派な大人の、つまり、その幼年時代からはるかに時間を経過したあとに「私」が感じたであろうような、妙に切迫した、不思議にリアルな心理であったりするのです。

これは、フロイトが「圧縮」や「置換」という概念で説明しようとした「夢の作業」のたまものです。夢は、フロイトでさえはっきりとは解明できないある目的をもってこのような修整を行っているのですが、おそらくプルーストは、フロイトと同じように詳しく夢の作業を分析して、その方法を学び、これを巨大なる記憶のドラマである『失われた時を求めて』に転用しようと考えたのです。「さまざまな土地の名・名前というもの」はまさにこうした夢

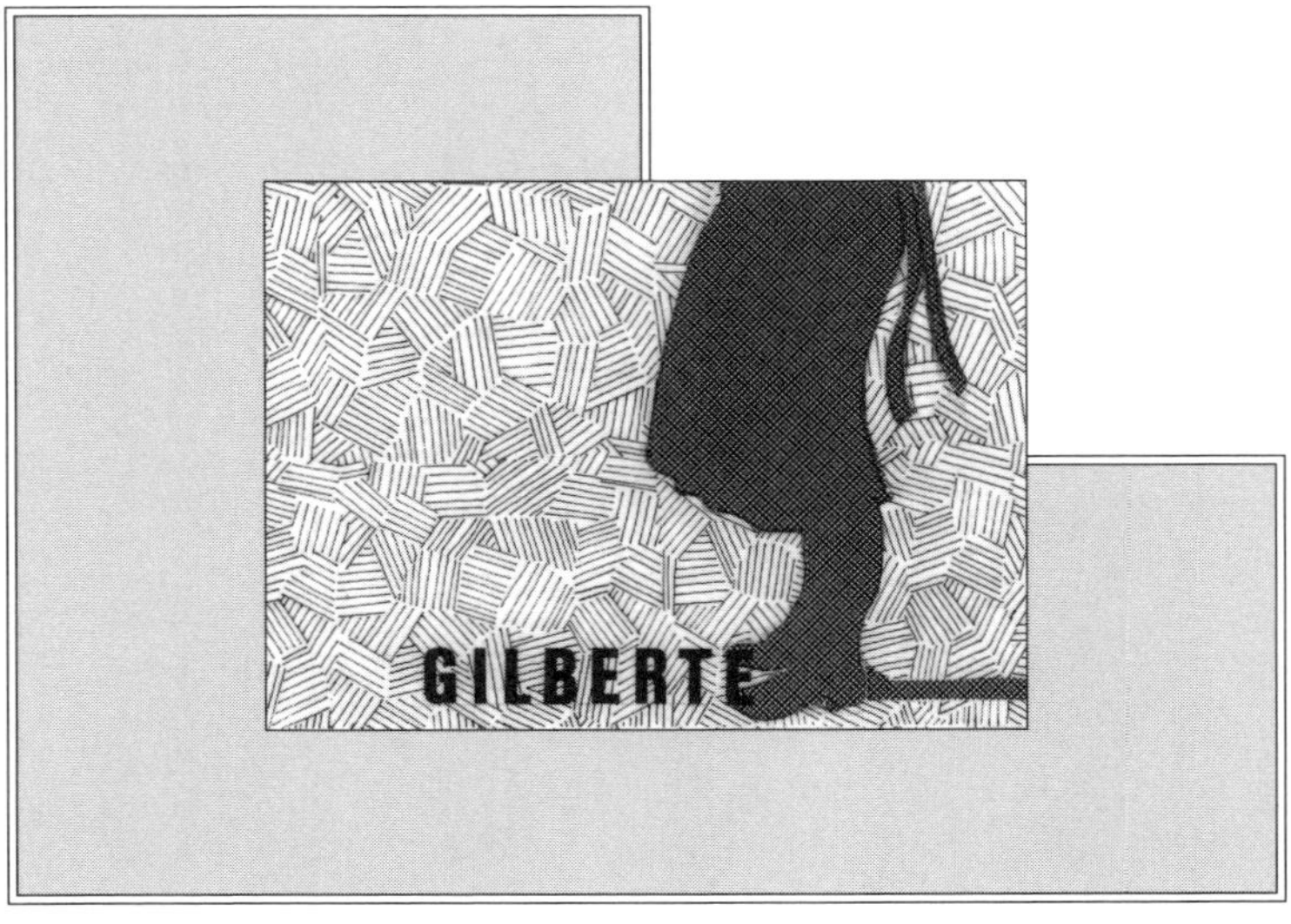

の作業に学んだプルーストの実験室のような様相を呈しているのです。

その具体例をいくつかお見せしましょう。

一つは、夢は、すべてが曖昧模糊としているように見えて、細部は気味の悪いほどリアルであるという特徴をもっていることです。「私」とジルベルトが遊ぶシャン・ゼリゼの緑地帯公園の細部もまさにそのようなものとして描かれています。

「私」がジルベルトと一緒にお菓子屋の屋台に行ったときのことです。お菓子屋は、スワンがパン・デピスという蜂蜜入りの香料パンを自分の便秘防止のためにしばしば買っていたため、その娘のジルベルトに対しても愛想がよかったので、二人はその屋台を選んだのでしょう。

ジルベルトは、笑いながら私に二人の小さな男の子を指さした。それは子どもの絵本に出てくる小さな色彩画家と小さな博物学者といった趣の男の子だった。というのも、一人の男の子は、赤い大麦飴をいやがり、紫色の大麦飴の方がいいと言い張り、もう一人の子どもは、女中が買い与えたプラムを目に涙を浮かべながら拒んで、最後に「あっちのプラムの方がいいもん、だって虫が中にいるから」と情熱をこめた声で言い放ったからだ。私はといえば、一スー［五センチーム］のビー玉を二つ買ったが、しばらくは、隔離された木椀に閉じこめられて光輝いている瑪瑙《めのう》玉の方を賛嘆しながら見つめていた。というのも、その瑪瑙玉は、まるで若い娘たちのようにブロンドの髪を見せて笑っている上に一つ五〇センチームもしたから、貴重な

ものに思えたのだ。ジルベルトは私よりもはるかにたくさんお小遣いをもらっていたので、私に向かってどの瑪瑙玉が一番きれいと思うかと尋ねた。瑪瑙玉は透明でありながら生命特有のぼやけを含んでいた。私は、彼女にどれか一つを選んでほかを全部犠牲にするというようなことをしてもらいたくはないと思った。それならいっそ全部買い占めてから解放してやった方がいい。だが、私は彼女の目と同じ色の瑪瑙玉を選んで指さした。ジルベルトはそれを取り上げると、中に封じ込められた金色の光線を探し、手でしばし弄んでから、身代金を払ったが、すぐにその捕らわれ人を私に渡し、こう言った。「ほら、取っておいて、あなたのよ。私からあげるわ。思い出に取っておいてちょうだい」

どうでしょうか、二人の男の子や瑪瑙玉といった小道具が非常に細部まで鮮明に描きこまれているがゆえに、全体からすると逆にリアルな感じがしなくなるという夢の中の体験の印象をうまく摑んでいるのではないでしょうか？

もう一つは、プティット・ブルーと呼ばれた、三つ折り状のエアメールに似た簡易速達郵便についての記述です。

「私」は、古典劇を演じるラ・ベルマに夢中で、ベルゴットがラシーヌについて書いた仮綴じ本を探していましたが、書店にはもうないということがわかったので、ジルベルトに貸してほしいと頼んでみることにしました。すると、ジルベルトが本の正確なタイトルを教えてくれないかと言ったので、私は、その日の夕方、プティット・ブルーを送ることにして、以前に戯れに何度もノートに書いたことのあるジルベルト・スワンという名前を表の宛名欄に記したのです。

次の日、彼女はモーヴ色のリボンをかけて白い封蠟を押した小包をもってきてくれた。中にはだれかに探させた仮綴じ本が入っていた。「ほらこれでしょ、あなたが私に頼んだものは」。彼女はそう言いながら、袖の中から私が送った速達郵便を取り出した。だが、その気送郵便の宛名欄には――それは、昨日まではなにものでもなく、小さなプティット・ブルーでしかなかったのだが、私が文面をしたため、それを配達人がジルベルトの家の門番に届け、召使が彼女の部屋まで運んだことによって、値のつけられないほど価値のあるもの、彼女がその日に受けとったあのプティット・ブルーの一つとなったのだ――つまり、印刷された囲みの中に私の字があったのだが、私はその字の空虚で孤独な線が自分のものだとはにわかに認められなかった。それというのも、そこには郵便スタンプが押され、配達人の一人が鉛筆で書いた走り書きがその上にくわえられていたからだ。それは、効率的にことが運ばれたしるしであり、外部世界の刻印であり、人生を象徴するスミレ色の帯であったのだが、そうしたものが、初めて私の夢に加担し、それを維持し、再度引き上げ、喜ばせてくれたのである。

読者はこれを読んでどんな感想を抱くでしょうか？

そこだけが異常に強調されることによって、プティット・ブルーの宛名欄に「ジルベルト・スワン」と記された字が、夢の中のような非現実味を帯びてきてはいないでしょうか？

そうなのです。まさにこれがプルーストが狙った効果なのです。そして、それはまた、表題の一部となっている「名前というもの」と深くかかわっているのです。

35 唯一の名前

プティット・ブルーの宛名欄に「私」の字体で記された「ジルベルト・スワン」という名前。
「名前というもの LE NOM」という第三部のタイトルは、ナレーションが進行するにつけ、この「ジルベルト・スワン」という名前に収斂《しゅうれん》していくことが次第に明らかになってきます。つまり、「私」にとっては、たんに「ジルベルト」という少女の名が意味を持つのではなく、「ジルベルト・スワン」という姓名こそが特別のニュアンスを含んでいることがわかってくるのです。

それはジルベルトの到着を待ちあぐねた「私」が凱旋門の方までシャン・ゼリゼを上って探しにいき、もう来ないものとあきらめて緑地帯に戻ったとき、そこにジルベルトを見出す場面あたりで顕在化します。ジルベルトは家庭教師の先生が買い物に出かけてレッスンがなかったため、住まいのあるボワシ＝ダングラス街からシャン・ゼリゼにやってきて、いつもの遊びを始めようと「私」を待っていたのですが、「私」はジルベルトよりもむしろ、娘を迎えにあらわれたスワンに強い印象を受けることになります。

スワン氏とマダム・スワンにかんすることは、常に変わらぬ私の関心の対象であった。そのため、こうした日々のように、スワン氏が（中略）ジルベルトを迎えにシャン・ゼリゼにあらわれると、その灰色の帽子とフード付きマントがちらりと見えた瞬間から私の胸は激しく動悸を打ちはじめ、いったんそれが収まったあとでも、彼の外見は私に強い印象を与えるのだった。

「私」は、以前コンブレーにいたころ、家の者からスワンはパリ伯（七月王政の君主ルイ・フィリップの孫）の友人であると聞かされたことがありましたが、そのときにはとくに感銘を受けることはありませんでした。しかし、いまは彼の交友関係に強い関心を寄せるようになっていたため、スワンのような大物がシャン・ゼリゼの雑踏の中に平然として紛れこんでいることに賛嘆の念を持つに至るのです。

ところで、「私」は目の前にあらわれたスワンに挨拶し、スワンもそれに応えましたが、どうもスワンは「私」のことを知っているようには見えません。コンブレーでスワンは何度か「私」を見ているので、知らないはずはないのですが。

一方、「私」はというと、スワンに対する態度は大きく変化していました。すなわち、ジルベルトに再会して恋するようになってからというもの、スワンはあくまでジルベルトの父親にすぎなくなり、コンブレーのときのスワンではもはやなくなっていたということです。いざ彼のことを考えなければならなくなっても、もはや昔のスワンのイメージにすがることはなくなっていたのです。

だが、それでも「私」は、人為的な横の補助線を引いて、いまのスワンを常連だったころの彼に強引に結びつけ、昔の歳月を思い出しますが、それはママンがお休みのキスをしにきてくれないことに駄々をこねていたころの自分の姿と重なったため、「私」は急に恥ずかしくなって回想をストップさせます。

さて、以上のようなスワンに対する「私」の態度をどう捉えたらいいでしょうか？

ナレーションを額面通りに受け取っていいのでしょうか？

そんなはずはありません。

というのも、ジルベルトはいささかもスワンとは切り離されておらず、むしろ「ジルベルト・スワン」であるからこそ「私」が恋心を覚えたのだという心理の構図が言外に示されているからです。

言いかえると、語り手としての「私」は作者プルーストの深い意図に気づかぬふりをして、「人為的な横の補助線」を引かないと、常連だったころのスワンといまのスワンを結びつけられないなどと言っていますが、じつはこれは真っ赤な嘘で、「私」の無意識のうちでは、ジルベルトは初めから「ジルベルト・スワン」と了解されていたのです。

その証拠となるのが次の一節です。

その一方で、私は本の一ページを読んでいたが、それはジルベルトが書いたものではないにしても、少なくとも彼女から渡されたものだった。というのも、ラシーヌの着想のもとになったギリシャ神話の美しさについてベルゴットが論じた例の本の一ページだったからである。私はその本を、ジルベルトからもらった瑪瑙の玉と一緒に自分のそばに置いていた。私のためにこの本をわざわざ家の人に探させたジルベルトの善意に感動していたからである。そして、その行為は、各人が自分の恋の理由を知りたくなって、文学や会話がこれぞ愛に値する性質と褒めているものを、自分の愛する人のうちに認めてうれしく思うのと同じであり、また、その性質が自然体の愛が求めるものとは正反対のものだとしても、その性質を偽造品をつくる要領で同化し、ついには愛の新しい理由に仕立ててしまうのと同様である。かつて、スワンがオデットの美しさを説明するのに、美学的な性格に根拠を求めたのと同じように。

すなわち、「私」がジルベルトに対して恋心を抱くに至るその経路は、じつは、スワンが自分の好みではないオデットの容姿に美学的な性格を「後付け」して恋に落ちたのと同じだと言っているのであり、「私」のジルベルトへの恋は、新訳聖書が旧約聖書を「なぞる」ように、スワンのオデットへの恋をなぞっているのです。

では、基本的にどこが同じなのでしょうか？

それは、「私」もスワンも、恋の対象たるジルベルトやオデットをしっかりと観察し、その容姿や性格が自分の好みに合っていると確認した上で恋へと進むという通常の恋愛の経路をとっていないことです。

これはいかにも不思議なのですが、オデットにしろジルベルトにしろ、『失われた時を求めて』には、ヒロインの外見的な姿形が具体的に描かれた箇所はほとんどありません。金髪なのか黒髪なのか、太っているのか痩せているのか、小柄なのか大柄なのか、目は大きいのか小さいのか、鼻は高いのか低いのか、一般の小説には欠かせないヒロインの外面描写が見当たらないのです。

もちろん、皆無というわけではありません。読者は、語り手の間接的な言及、たとえば、オデットは、金髪でぽっちゃり型の健康美人が好きなスワンの好みとは反対の美人であるという説明から、どちらかといえば、痩せ型・面長の美人であると想像がつきますし、またボッティチェルリ描くチッポラの横顔に似たところがあるというスワンの印象から、ある程度、その容姿を思い描くことができます。しかし、バルザックの小説のように、その執拗な描写をグラフィックに再現していくと、自然にイメージができあがるというようなことはありません。

こうした具体的な容姿描写の欠如は、すべてが曖昧模糊としている夢の世界の論理を採用しているプルーストの戦略であると片付けることもできますが、しかし、よく観察してみると、その曖昧さは、やはり、スワンと「私」に共通したある心の持ち様、つまり、対象の女をしっかりと見ないで（というよ

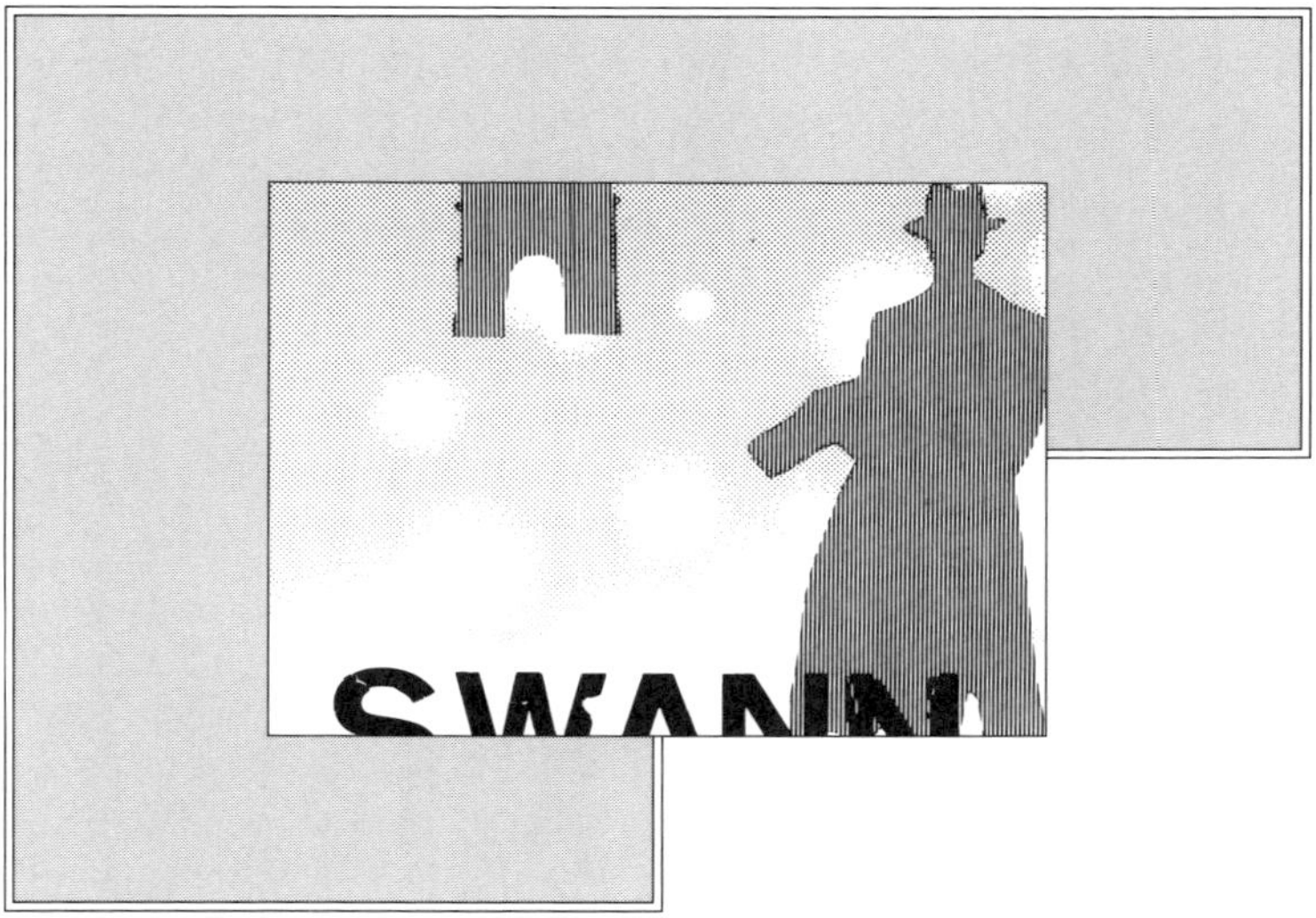

りも、見ようという意志を放棄して）、自分が夢想した好ましい映像を実際の女の上に被せるというオタク的な「勝手なイメージの貼り付け」から来ていると見なすことができるのです。

たとえば、先の引用に至るまでの「私」のオタク性の全開ぶりを見てみましょう。

「私」は、ジルベルトから一向にうれしい言葉を聞かされることがないので、ある日、思いきって失望を打ち明け、もっと長い時間一緒にいることはできないのかと尋ねます。

すると、ジルベルトは平然として、自分にはお茶の会があったり、南仏への家族旅行があったりするので、シャン・ゼリゼには来られないのだと断言し、パパが呼んでいるからわたし帰ると言ってそのままさっさと帰ってしまいます。

「私」は愕然とし、嗚咽を押し殺しながら、当分はシャン・ゼリゼに来られないというジルベルトの言葉を自分に向かって繰りかえしますが、いかにもオタクらしい身勝手な想像力の働きにしばらく身を委ねているうちに、なんとすっかり元気を回復して、また恋する男の心的モードに入ってしまうのです。

だが、私の心はジルベルトのことを思いはじめるや否や、その単純な働きにより、たちまちにして彼女の魅力に満たされてしまい、また心の襞の内的な強制によってジルベルトに対して私が置かれた特異なユニークな立場は——たとえそれが苦しいものであっても——、ジルベルトの無関心な態度にさえ、なにかしらロマネスクなものを付け加えはじめており、その結果、涙のただなかにあっても一つの微笑が生まれるのだったが、その微笑は、おずおずとした接吻へと通じる類いのものだった。そして、手紙が配達される時刻が来ると、その晩もいつものように、私は自分にこう言って聞かせるのだった。《これはきっとジルベルトからの手紙だ。とうとう彼女はずっとあなたが好きだったと告白するはめになったのだろう。そして、どうしてこれまでそのことを隠さざるをえなかったのか、また、なぜぼくに会わないでも平気だというふりをしていたのか、なにゆえに自分がたんなる遊び友だちのジルベルトにすぎないというふうを装っていたのか、そうしたひそかな理由を説明してくれるだろう》

ここには、対象とはまったく無関係に、自分勝手なイメージの連鎖の中を動きまわって一人悦に入るうちに、相手は自分を好きにちがいないと思い込むオタク（というよりもストーカー）特有の心理が見事に定着されています。ストーカー的傾向のあるオタクは、対象からいかに残酷な仕打ちを受けても、決してそれに傷ついたりすることはありません。外部から内部に目を向けるやいなや、ターミネーターのようにたちまち恋心が蘇生し、自己本位のサイクルの中を循環しはじめるのです。

それだけではありません。こうした心的傾向のあるオタクにとっては、どれほどつまらないものでも、それがすこしでも愛の対象と関係しているなら、愛を蘇生させる材料になるのです。

具体的にいうと、「私」はベルゴットを愛読することで「恋に恋していた」ため、ジルベルトに会わないうちから彼女のことを好きになっていましたが、いまでは、逆にジルベルトを愛しているためにベルゴットの作品が好きになっています。しかも、それは作品の内容ばかりではないのです。ジルベルトがベルゴットのその本を包んで持ってきてくれたという理由から、モーヴ色のリボンがかかった包み紙を愛しげに眺めているのです。同じように、ジルベルトが買ってくれた瑪瑙玉を取り出してはそれに接吻するのでした。

しかし、ときには突然、冷静に戻って、ベルゴットの本も瑪瑙玉も「私」がジルベルトと知り合う以前からこの世に存在しているものなのだから、そこに幸福の言葉を読み取る権利などないと気づくこともあります。ところが、そうした理性的な反省は長く続かず、また、例の蘇生作業が始まってしまうのです。

プルーストは、そうした愛の蘇生作業を、心の中の暗闇で働くお針子に譬えて次のように語っています。

私の恋心が次の日こそジルベルトからの愛情告白があるだろうと期待し、毎晩、昼間にした粗雑な作業を破棄してまた一から始めることを繰りかえしている一方で、私自身の暗闇の中には一人の未知のお針子がいて、抜いた糸を捨てることなく、ほかのすべての針仕事とはすこし異なった順序にそれを並べ換えるのだが、かといって、それで私の気に入ろうとか、私の幸福のために働こうとか気遣うことはない。お針子は、私の恋心にはまったく関心を持つこともなく、私が愛されていると初めから決めつけることもない。ただ、私にとっては説明不可能に思えるジルベルトの行動や、私が黙認した彼女の過ちなどを丹念に拾い集めていくだけである。するとそれらが集まって一つの意味を持つようになる。お針子がつくりだすその新しい秩序は、ジルベルトがシャン・ゼリゼにやってくる代わりにマチネに出かけたり、家庭教師と一緒に買い物に行ったり、新年の休みのために不在になるのを見ても、私のように「これは彼女が浮気だからだ。さもなければ親の言い付けに従っているからだ」とは考えないらしい。もしジルベルトが私をほんとうに愛していたなら、彼女は浮気でも親に柔順でもないことになるからだ。また親の言い付けに従うよう強制されていたのであれば、彼女に会えない日に私が絶望したのと同じ気持ちになっていたはずだからである。そのお針子の生み出す新しい秩序は、ジルベルトを愛している以上は、愛するとはなにかを知るべきではないかと告げていたのである。

じつをいえば、「私」やスワンのようなオタクに限らず、男というものはほぼ全員、その心の中の暗闇に、プルーストの言うところの「お針子」を飼っており、このお針子のおかげで、どんなに相手からすげない素振りを見せられても、決して絶望することなく、希望という、たちの悪いものを抱き続けることになるのです。

では、ジルベルトに相手にされなくとも、一向にめげることなく、その跡を空想の中で追っていた「私」にとって、お針子に供給すべき「糸」というのは、どのようなものだったのでしょうか？

それは「さまざまな土地の名」なのです。ただし、今度は、ノルマンディーやイタリアの避暑地・避寒地の名ではなく、パリ市街の中の「土地の名」です。

私はいつも手の届くところにパリの市街図を置いていた。というのも、スワン夫妻が住んでいる通りをそこに見つけることができるという理由で、その市街図には宝が隠されているように思えてきたからだ。そこで、楽しみのために、また一種の騎士道的な忠誠心から、私はなにかにつけてこの通りの名を口に出した。そのため、母や祖母とちがって私の恋心に気づいていなかった父は、こんなことを尋ねたのである。

「だがいったい、なぜお前はいつもいつもその通りのことを話すのだね？　なにか特別なものがある通りではないような気がするのだがね。たしかに、ブーローニュの森からはすぐのところにある通りだから住みやすいかもしれないが、同じような条件の通りはほかにいくらでもあるのだからね」

このように、「私」は、スワン夫妻の住む通りの名をたえず話題にのせますが、その一方では、スワンの名前そのものについても、家族がこれに言及するよう工夫をこらすことになります。

私はなにかにつけて両親がスワンの名を口に出すように仕向けるのだった。なるほど、自分自身でもこの名前をたえず繰りかえしていた。しかし、それだけでは足りず、この名前のえもいわれぬ音の響きを他人の口から聞きたいと思い、黙読だけでは満足できないこの音楽をだれかに演奏してもらいたいと念じていたのだ。私がずっと前から知っているこのスワンという名前はいまや私にとって新しい名前となっていた。ある種の失語症患者にごく普通の言葉がそう感じられるのと同様に。

というわけで、ついに、土地の名を露払いにして、「スワン」という名前が唯一無二のものとして登場することになったのですが、ここで、読者には、私が以前、《LE NOM》の定冠詞leには、「…というもの」という観念的な用法のほかに、唯一無二の存在を示すという用法があると指摘した事実を想起していただきたいと思います。

そう、表題の《LE NOM》とは「名前というもの」という意味と同時に「唯一の名前」という意味も表現しているのです。「ジルベルト・スワン」こそがその「唯一の名前」だったのです。

36 アカシア遊歩道

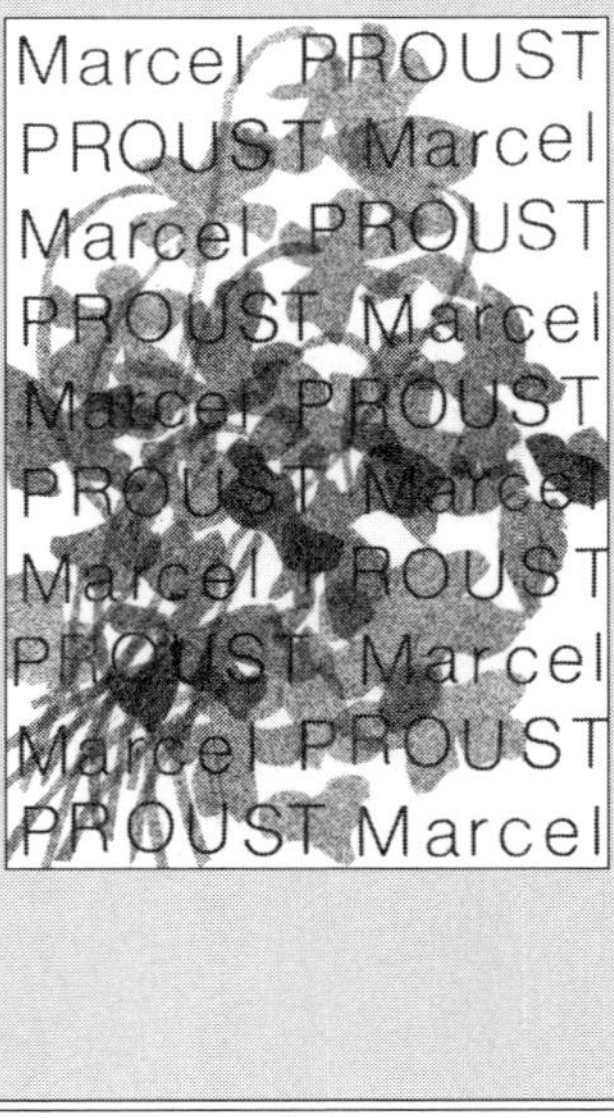

語り手の「私」にとって唯一の名前となったジルベルト・スワン。

「私」は自分以外の人の口からこの名前が発せられるのを聞きたいがために、スワン家のことに話を持っていこうと試みます。そのために、ジルベルトと一緒にシャン・ゼリゼで遊んでいるときに、いつもベンチに座って新聞を読んでいた老婦人のことを話題にし、どこかの大使夫人か妃殿下かもしれないなどとほのめかします。そして、ある日、ジルベルトがこの老婦人のことをブラタン夫人と呼んでいたことを思い出し、母親にそのことを話したところ、母親は言下に否定し、あれは執達吏《しったつり》の後家さんで、やたらに人と知り合いになりたがる困った女だけれど、もし、スワン夫人と知り合いだとすれば、頭がどうかしてしまったにちがいないと言い出しました。下層の出ではあるが、人から後ろ指を指されることはない女性だったからというのです。

この母親の言葉から、読者は、「私」の家庭ではスワンの結婚は承認されておらず、スワン夫人（オデット）は息子の友だちジルベルトの母親であるにもかかわらず、いまだに「元高級娼婦」扱いされているという事実を知らされることになります。

しかし、「私」はなぜかそのことに傷つくこともなく、あいかわらず食卓でスワンのことを話題にし、スワンに似るようにと自分の鼻を引っ張ったり、目をこすったりします。それどころか、スワンのように禿《はげ》になりたいとさえ思うのでした。

ある晩、夕食の席でのこと。母がいつものように午後の買い物の話をしているうちに、偶然、スワンと出会ったことを思い出します。傘を買いにマドレーヌ大通りのデパート「トロワ・カルティエ」まで出かけたところ、売り場でスワンとばったり出会って、立ち話を交わしたというのです。「私」はにわかに色めきたちます。スワンが「うちの娘がおたくの息子さんとよく遊んでいる」と語っていたと聞かされるに及んで、「私」はスワンの心の中に自分がちゃんと存在していたのだと思って、陶然となります。

しかしその一方で、父母にとって、スワンの家庭もその住処《すみか》もパリにたくさんある家庭や建物の一つにすぎず、特別なものとは見なされてはいないのだと気づき、変なのは自分の方かもしれないとも思うのでした。

色彩世界における赤外線に相当するようなものが感情世界にもあるとして、それをジルベルトを囲むすべてのものの中に感じ取るには、恋が与えてくれるこの余分で一時的な感覚が不可欠だったが、私の両親はそうしたものはまったく欠いていたのだった。

ようするに、人は恋をすると愛する人を囲むなにもかもが特別に好ましく見え、他人も同じだと思い込むことが多いけれど、じつは、そうしたアウラは恋している当人にしか感じられないという当たり前のことなのです。日本の諺《ことわざ》でいえば「あばたもえくぼ」と似たような心情です。プルーストの描く主人公は、スワンにしろ「私」にしろ、こうした類いのアウラに敏感なフェチ体質の人間なのかもしれません。

このように、プルーストの筆は、語り手の「私」がジルベルトへの恋をさかんに強調するにもかかわらず、やがてその関心がむしろスワンとスワン夫人の方に向かっていることをはっきりと暗示するようになります。

その具体的なあらわれが、スワン夫人がブーローニュの森のアカシア遊歩道を散歩する有名な場面です。

プルーストは、最初から、このアカシア遊歩道の光景を『失われた時を求めて』のハイライト・シーンにするつもりだったようですが、おそらく、どのようにして、そこにたどりつけばいいのかがわからなかったにちがいありません。

そこで、一計を案じ、ある人のことを好きになるとそのまわりのすべてのものまで好きになるという「私」のフェチ傾向をうまく使って「私」とオデットとの「接続」を行います。

しかし、ジルベルトに会えないとわかっているときなどは、スワン夫人が毎日、《アカシア遊歩道》や《グラン・ラック》、《マルグリット王妃の遊歩道》などを散歩するということを知っていたので、私はフランソワーズを引っ張ってブーローニュの森の方へと出かけるのだった。

なかでも、《アカシア遊歩道》は、プルーストによって、一つの特権的な場所として描かれています。

ブーローニュの森はまた複雑な場所で、閉じられた多様な世界が一カ所に集められていた。すなわち、ヴァージニアの開拓農場のように、赤い幹の木やアメリカカシワなどが植えられている農園に続いて、湖のまわりに植樹されたモミの林があらわれたり、高い木々が見えたりするのだが、その高木のあいだに、突然、しなやかな毛皮をまとった猛獣の目をした女が速足で散歩しながら姿を現すのだった。そこはまさに女の園だった。『アエネーイス』のミルテの遊歩道のように、女たちのためにただ一種類の樹木を植えた《アカシア遊歩道》には、噂に高い《絶世の美女》たちが頻繁に訪れていたのである。

もちろん、噂に高い《絶世の美女》というのは、オデットのような高級娼婦のことです。

高級娼婦というのは、オデットがそうであるように、愛とセックスを金銭と交換するという意味においてはたしかに娼婦ではあるのですが、選択権と拒否権が女の側にあるという点で、一般の娼婦とは決定的に異なっています。「合格」と判断した男以外は相手にしないのです。こう書くと、それでは普通の恋愛と同じではないかという声があがりそうですが、やはり普通の恋愛とは異なっています。それは、女が男を選んでも選択の代価は男が払わなければならない、しかも、ものすごく高い代価を支払うことになっているという点です。貧乏な男や身分の低い男は初めから選択から排除されているのです。

もう一つのちがいは、愛とセックスの拘束時間が短期契約ではなく長期契約であるということです。つまり、日本でいう「お妾《めかけ》さん」に近いわけですが、お妾さんにあるような「縛り」はほとんどありません。パトロンから豪邸と召使と馬車と生活費を与えられ、贅沢三昧にふけりますが、行動の自由は完全に確保されていて、チュイルリ公園でもブーローニュの森でもあるいはデパートでも、行きたいと思ったところにはどこにでも行けるのです。

では、なにゆえに、パリの高級娼婦たちは、ブーローニュの森、それもアカシア遊歩道に集まってくるのでしょうか？

ただの散歩のため？　もちろん、当時から空気のよい森のような場所で散歩することは健康によいと信じられていましたから、健康のための散歩という側面もなくはなかったでしょう。しかし、それはあくまで口実にすぎず、ほんとうの目的は別なところにありました。

答えをいきなりいうと、「就職活動」のためというのが正解です。

すなわち、すでにパトロンのいる高級娼婦もまたパトロンのいない高級娼婦も、ブーローニュの森のアカシア遊歩道に、よりリッチなネクスト・パトロンを探しにやってくるのです。アカシア遊歩道は、高級娼婦たちが自分を売り込むための「就活」の場所だったのです。

というのも、そこには、より美しい高級娼婦を囲いたいと願うリッチマンたちがたくさん集まってギャラリーを形成していたので、高級娼婦がアカシア遊歩道を優雅に歩けば、必然的に男たちの物欲しげな視線を浴びないはずはなかったのです。

この意味では、アカシア遊歩道での高級娼婦と金満家たちとの出会いと条件交渉は、ブーローニュの

森の別の場所で行われていた低級娼婦と非金満家とのそれと本質的に同じだったのですが、その契約金と契約期間には、それこそ「雲泥の差」がありました。三桁四桁当たり前といっても決して誇張ではありません。

しかしながら、アカシア遊歩道への集合は「就活」のためだけだったのかといえば、かならずしもそうとはいえません。正確には「就活」よりも大きな目的があったのです。

それは、私たちの用語でいえば、「ドーダ」ということになります。「ドーダ！　私はすごいだろう。ひれ伏して私を拝め。マイッタか、ドーダ！」というあのドーダです。

しかもそれは男に向けて放たれたドーダであると同時に、女に対するドーダでもあったのです。すなわち、同業の高級娼婦に対して、「あんたなんかよりも、私の方が数倍きれいで贅沢よ、ドーダ、マイッタか！」と衣装や馬車や召使などを誇示したい気持ちが、彼女たちをしてアカシア遊歩道へと向かわしめたのです。女の主要な敵は女であるというのがいつの時代にも共通した真理です。

語り手の「私」はというと、ジルベルトが好きだからジルベルトの母親であるスワン夫人も好きになったなどと称していますが、これは無意識の願望を覆い隠すためのこじつけにすぎません。動物園のオットセイを見にいく子どもたちがオットセイが登る岩の頂が見えただけで心を躍らせるように、「私」はアカシア遊歩道に近づく以前からアカシアの花の香りを嗅いで興奮していたのです。

――このアカシア遊歩道に行けば、エレガントな貴婦人を眺めることができるだろうと前々から聞かされていた。もっとも、そうした貴婦人たちは全員が結婚しているわけではなく、たいていはスワン夫人と並べて昔の源氏名で呼ばれている女性だった。彼女たちの中には、新しい名前を名乗っている者もいたが、それは一種のお忍びの名前にすぎず、そうした女性たちのことを話題にしている男たちは、相手にわからせるために、ご丁寧に新しい名をいちいち剝ぎ取って昔の源氏名で呼んでいた。私はこう考えた。つまり、《美》というものは――女性のエレガンスの領域では――隠された法則に支配されているのだが、彼女たちだけはその隠された法則に通じていて、《美》を現実のものとする力を持っているのだと。そして、私は、彼女たちの衣装や馬車、およびその他無数の細部が次第にあらわになっていく中に一つの啓示をあらかじめ認め、そうした細部の真ん中に私の信仰を置いていたのである。ちょうど、内的な魂がこうしたうつろいゆく束の間の全体に一つの傑作にふさわしい統一性を与えるように。

しかし、「私」が見たいと思っていたのは高級娼婦一般ではなく、やはり、スワン夫人でした。スワンを籠絡《ろうらく》した高級娼婦オデットであるからこそ、その高級娼婦的な面を自分の目で確かめてみたかったのです。そのことは、スワン夫人の詳細な描写を点検してみればよくわかります。

私は、スワン夫人をアカシア遊歩道で最初に見たとき、美的な価値と社交的な偉さの位階の中で簡素さこそが最上位に置かれるべきものだと勝手に決めつけてしまった。というのも、夫人はラシャ地のポロネーズに身を包み、虹雉《にじきじ》の羽根を一本飾ったトック帽を頭にのせ、コルサージュにはスミレの花束をさしただけの姿で、そこが自宅への最短距離だからとでもいいたげに、徒歩でアカシア遊歩道を横切りながら、遠くから彼女の姿を見かけて会釈をよこし、最高にシックな女だとたがいに囁きあっている馬車の男たちに軽く目配せで応えていたからである。

しかし、こうした印象は、たまたまスワン夫人が地味な衣装で統一し、徒歩で遊歩道を横切っているのを見たことから生じたにすぎず、別の機会に、夫人が豪華絢爛たるヴィクトリア（無蓋四輪馬車）に乗ってブーローニュの森の入口ポルト・ドフィーヌに姿をあらわすと、「私」はすぐに意見を変えて、豪華さこそ第一の価値であると思うようになります。というのも、オデットのヴィクトリアは、その名前が示すごとく、イギリスのヴィクトリア女王と結びついたイメージでありながら、じっさいには現実のどんな女王をもってきても不釣り合いに思えるほどに絢爛たる馬車だったからです。

すなわち、語り手の頭にあったのはコンスタンタン・ギース描く二頭の駿馬に引かれたヴィクトリアであり、バルザックの『ニュシンゲン銀行』などに出てくる「故ボードノール公爵」に仕える馬丁ティグル（虎）の操るヴィクトリアだったのです。ひとことで言えば、スワン夫人は、芸術作品や文学作品でしか描きようのない豪華絢爛たるヴィクトリア、最新流行ぶりによって古いタイプの馬車を顔色なからしめる超高級馬車に乗って登場してきたのです。

その馬車の奥にはスワン夫人がリラックスして座っていた。ブロンドの髪には花柄の――たいていはスミレの花柄の――リボンで巻いた灰色のメッシュが一束だけ目だっていた。そこから長いヴェールが垂れ下がり、手にはモーヴ色のパラソルが握られ、唇には曖昧な微笑が浮かんでいたが、その微笑は、私の目からすると女王陛下の好意のように見えた。しかし、じっさいには、高級娼婦の挑発であり、自分に挨拶する男たちに向かってしずかに投げかけられたものだったのである。

その微笑の意味するところは、「あなたのこと、とてもよく覚えているわよ」であったり、「残念ね。あなた運がなかったのよ」とか「もちろんOKよ。あとちょっとだけこの馬車の列についていくけど、できるだけ早く抜け出すから待っててね」など、じつに多様なものでしたが、ただ、ある種の男たちにだけは、無理につくった微笑をもってこう語っているように見えたのです。「まあ、あなたってなんて意地悪なの。どうしても人に話さずにはいられないのね」と。

一方、アカシア遊歩道に集まった高級娼婦たちに秋波を送っている男たちはというと、スワン夫人を見かけると、「きみ、わからないかな、あれはオデット・ド・クリシーだよ」とか、「自分はマク＝マオンが辞職した日にあの女と寝たんだ」とか「彼女の小さな家で一緒に寝ていたのだが、新聞売りの声で起こされた」とか、それぞれの思い出を露骨な言葉で交わし合っているのでした。

しかし、そうした中傷は「私」の耳には入らず、ただ、この有名な元高級娼婦について人びとが口にしている声のざわめきしか聞こえてはきませんでした。

やがて、スワン夫人がアカシア遊歩道を戻ってくるのを見かけると、「私」は思わず帽子を取って夫人に挨拶をしてしまいますが、夫人の方では、「私」が娘ジルベルトの友だちだということをまったく知らなかったので、見知らぬ少年に挨拶されたと思い、驚きながらも、愛想のいい笑みを浮かべて挨拶を返すのでした。

ときには、アカシア遊歩道ではなく、レーヌ・マルグリット通りで出会うこともありましたが、スワン夫人はそこで灰色のシルクハットを被った見知らぬ男と落ち合って、彼らの馬車を後ろに従えたまま、いつまでも立ち話をしているのでした。

こうして、「さまざまな土地の名・名前というもの」は、「私」が観察したスワン夫人の長い描写によって事実上の終わりを告げるのですが、しかし、じつは、そこで物語が完結したわけではなく、最後に、ナレーションの現在時から発せられた奇妙なエピローグがついてきます。

37 一行の空白

『スワン家の方へ』の第三部「さまざまな土地の名・名前というもの」は、ヴェルサイユのトリアノンに行こうと思い立った語り手がひさしぶりにブーローニュの森のアカシア遊歩道を通って、そこでしばし立ち止まり、感慨にふける場面によって締めくくられますが、その一節は注意して読む必要があります。

ブーローニュの森には複合的な性格がある。つまり、自然の森でありながら、動物《園》とか神話の《園》といったような意味合いでの人工的な場所でもあるという性格を備えているのだ

が、今年、私は、十一月初旬のある朝、トリアノンに出かける途中、森を横切っている最中にその性格をふたたび見出した。パリで、家に閉じこもっているとき、そのすぐ近くにいるのに秋の風景を見ぬまま秋が終わってしまうことにふと気づき、枯れ葉へのノスタルジーを覚えると同時に、それが眠れないほどの発熱となってしまったからだ。

さて、この引用の中の「今年」というのはいつのことでしょうか？

レーヌ・マルグリット通りでオデットが灰色のシルクハットを被った見知らぬ男と話しているところを「私」が目撃した場面のあと、一行の空白を置いて、右の文章が続いています。ですから、うっかりすると「私」がまだジルベルトとシャン・ゼリゼで遊んでいる時代について語られているのかと思ってしまうのですが、それに続くブーローニュの森の落葉についての美しい叙景文を読んでいくうちに、この「今年」は、もしかすると、「私」がいまこの物語を語っているナレーションの現在時なのかもしれないと気づきはじめるのです。

果たせるかな、原書で二ページ半ほど先に行ったところで、ついに次のような文章があらわれて、読者は、一行の空白によって、時間が大きく飛んだのだと知らされることになります。

森の木々は、私がまだものを信じていた思春期の幸福な時代を思い出させた。そのころ、私は、女性的エレガンスの数々の傑作が、木々の葉のあいだでしばし姿を見せるあの場所に熱心に通い詰めたものだった。木々の葉は自分たちは気づかずにそうしたエレガンスの共犯者となっていた。ところで、ブーローニュの森のモミやアカシアは、私がいま出かけようとしているトリアノンのマロニエやリラよりもはるかに心騒がせるものだったが、その下を通るたびに摑みとりたいと念じたあの美というものは、私という人間の外部には、すなわち一時代の思い出の中とか芸術作品とか、黄金のシュロの葉が台座の下に重なってたまっている《恋の神》の寺院とかいったものの中にはないのである。

つまり、さまざまな口実を設けて「私」がオデットの晴れ姿を見にブーローニュの森のアカシアの遊歩道まで出かけたのはベル・エポック期だったはずですが、「今年」という言葉によって示されているナレーションの現在時はそれからかなり時間を経た第一次大戦後のように思えるのです。

それを雄弁に物語っているのが、次にあらわれるヴィクトリア馬車と自動車との比較にほかなりません。

当時、私は自分の中に完璧さの概念を持っていて、それを、オデットを乗せたヴィクトリアや、その馬車を引く、スズメバチのように獰猛で軽快な駿馬の引き締まった体に当てはめていた。（中略）いまや私は、できることなら、もう一度、この目で、スワン夫人の大柄な御者が、にぎり拳のようにずんぐりして聖ゲオルギウスのごとくに子どもっぽいあの馬丁に監視さ

れながら、鋼鉄の馬の両翼が暴れ、息せき切らしているのを鎮めようとする姿を見てみたいと思った。だが、なんとしたことか、いまや目にするのは、ひげの生えた運転手がハンドルを握り、背の高い従僕が隣に座っている自動車だけでしかなかった！

つまり、御者の動かしていた優雅なヴィクトリアは、いつのまにか運転手が運転する散文的な自動車に取って代わられて、とっくの昔にアカシア遊歩道には姿を見せなくなっていたのです。

馬車から自動車への転換、それは時代が十九世紀から二十世紀へ、ベル・エポックから大戦後へと変わったことを意味しています。

変わったのは、乗り物だけではありません。乗り物に心地よく揺られていた貴婦人や紳士たちも、また、彼ら彼女らが着ている衣服もすっかり様変わりしてしまっていたのです。

たとえばオデットの被っていた帽子。オデットのそれは浅く、冠のように見えるものでしたが、いまでは、どの貴婦人も驚くほど大きな帽子を被り、木の実や鳥の羽根を上に戴せています。オデットが女王のように着こなしていた優雅なドレスの代わりに、グレコ・サクソン風のチュニックにタナグラ人形風の襞がついたドレスや、ディレクトワール・スタイルを真似た壁紙のような花模様のリバティ・ドレスが、アカシア遊歩道を闊歩しているのです。

また、オデットと並んで歩いていた紳士の頭にのっていたシルクハットは見当たらず、どの男もみな無帽で歩いています。

「私」は目の前に繰り広げられるこうした新しい光景になにか統一感のようなものがないかと探しますが、それは求めるだけ無駄でした。どれも、バラバラに、行き当たりばったりに目の前を通過していくだけで、その内部にはいかなる美も見当たりません。貴婦人たちにもエレガントには感じられず、ごくありきたりの装いで満足しているようでした。

こうした光景を眺めているうちに、「私」はある感慨を抱きます。

だが、一つの信仰が消えるときでも、その信仰が生命を与えた昔のものに対するフェティシュな愛着だけは生き残る（中略）。あたかも、神が宿るのはそうしたもの自体の中ではなく、私たちの中であるかのように、そして、私たちが現在、不信仰になっているのは、偶然の結果、すなわち神々の死によるものであるかのごとくに。

そして、現代風な衣装に身を包み、最新式の自動車に乗って通りすぎてゆく貴婦人や紳士をオデットと引き比べ、嫌悪に似た感情を覚えると同時に、失われてしまったものの大きさに胸を塞がれるのです。

なんとおぞましいことだろう！　と私はひとりごちた。こんな自動車を昔の馬車のようにエレガントだと感じることなどできようか？　たしかに、私はあまりに老いてしまった。――だ

が、そうだとしても、布製ではないドレスにくるまった女たちのいる世界に、私はもともと向いてはいなかったのである。（中略）なんとおぞましいことだろう！　エレガンスというものが死に絶えたいまとなっては、かつて知り合った貴婦人たちに思いを馳せることだけが私の慰めなのだ。だが、鳥籠や花畑に覆われた帽子を被ったあの女たちの醜悪さに気づかない男たちが、地味なモーヴ色のカポートないしは一輪のアイリスだけを真っすぐにさした小さな帽子を被ったスワン夫人を見かけたとしても、これに魅力を感じとるだろうか？　同じように、冬の朝、カワウソのパルトーを羽織り、ベレー帽だけを被ったスワン夫人が歩いてくるのに出会ったときに感じたあの感動を、彼らに理解させることができるだろうか？

このように、ヴェルサイユ宮殿のトリアノンに行くために、ブーローニュの森のアカシア遊歩道を横切っていこうと思い立った老いた語り手がそこで出会ったのは、まるでタイムマシンで未来にワープした時間旅行者が見るような、強烈な違和感を伴った光景だったのです。

もはや、オデットの時代のエレガンスは消え去り、二度と戻ってはこないばかりか、自分を含めた同時代の人びとが彼女たちに対して感じていたあの美の感覚や感受性さえも失われてしまったのです。

ここから、語り手の思いはひたすら過去の追憶へ向かっていきます。

——できるものなら、午後の終わりを、ああした貴婦人たちのだれかの家に出かけて過ごしたいと思った。スワン夫人の家が（この物語の第一部が終わる年の翌年まで）そうだったように、くすんだ色に塗られた壁のアパルトマンで、一杯のお茶を前にして午後を過ごすことができたらと感じた。そこでは、しばしのあいだ、十一月の薄明の中、オレンジ色の灯火が輝き、暖炉に赤い火が燃え、バラ色と白のキクの花が炎のように照り輝いていた。その瞬間というものは、（後に見るように）私が望んだような快楽を見出すことのできなかった瞬間に似ていた。しかし、いまとなっては、そうした瞬間さえ、たとえ私をどこにも導いてはくれなかったにしても、それだけで十分な魅力というものを持っていると感じられるのである。私は、自分が覚えているような状態でその瞬間をふたたび見出したいと念じた。だが、なんたることか、いまではルイ十四世風の真っ白なアパルトマン、青いアジサイが至るところに置かれたアパルトマンしか見出すことはできないのである。

では、いったいなぜ、ほとんど突然のように、『スワン家の方へ』の最後で、プルーストは語り手にこのような「失われた時」への強いノスタルジーを感じさせようとしているのでしょうか？

というのも、『失われた時を求めて』がここで終わるのならまだしも、物語はまだまだ先へと続くのですから、ナレーションの時系列をこの場でわざわざ紛糾させる必要はなかったように感じられるからです。

言いかえれば、読者は、プルーストがなぜ「さまざまな土地の名・名前というもの」の最後で、時の

隔たりを感じさせるようなナレーションを導入したのか、その動機について考えてみる必要があるのです。この唐突な時間のジャンプはなんのためなのかと?

ひとつ考えられることは、プルーストが円環構造を好んだことです。

すなわち、「さまざまな土地の名・名前というもの」は「眠れない夜に、私は過去に泊まった部屋のイメージをいろいろと思い浮かべてみるのだったが、そんな中で、バルベックのホテルの部屋以上にコンブレーの部屋に似ていないものはなかった」というように、ナレーションの現在時から始まっているのだから、最後に同じナレーションの現在時に戻るのは円環を一周したことになります。

また、「さまざまな土地の名・名前というもの」が含まれる『スワン家の方へ』もナレーションの現在時で始まっていますから、全体的に見て『スワン家の方へ』の最後に当たるこの部分が円環的にもとに戻るのは十分に頷けることです。

しかし、どうもそれだけではないような気がするのです。プルーストはここである効果を狙っているとしか思えないのです。

それは、物語だけに許される時間の空白のもたらす効果のことです。

プルーストは「フロベールの文体について」というエッセイの中で次のように述べています（拙訳）。

私の意見では、『感情教育』で一番美しいのはフレーズではなく、空白である。フロベールは多くのページを費やしてフレデリック・モローの行為をもっとも細かなことまで描き、叙述する。そのあとで、フレデリックはサーベルを下げた一人の警官が銃撃で死んだ一人の反徒を足蹴にするのを見る。「そして、フレデリックは、呆然とした。それはセネカルだったのである！」。ついで、《空白》が、とてつもなく大きな《空白》が来る。そして、トランジションが行われたことをまったく匂わせずに、突然、時間は、数十分ではなく、数年、いや数十年も飛んでしまうのである（中略）。

「そして、フレデリックは、呆然とした。それはセネカルだったのである！

彼は旅をした。憂鬱を知り、大型汽船を知り、テントの下での寒い目覚めなどを知った。彼は帰還した。
彼は社交界に出入りしたりした。
一八六七年の終わり頃、……」

おそらく、バルザックなら、しばしば「一八一七年、セシャール一家は」といった記述に出会うだろう。だが、バルザックにおいてはこうした時間の転換は行動的で記録的な性格を持っている。これに対し、フロベールは初めて、時間の転換を、物語の逸話と注解という寄生から解き放ったのである。フロベールが最初に物語の時間を音楽にしたのである。

プルーストが、「さまざまな土地の名・名前というもの」の最後で行ったことは、まさに彼がフロベールに学んだ、こうした「音楽的な」時間の転換だったのです。

たった一行の空白の生み出す、とてつもない効果。これをプルーストは使ってみたかったにちがいありません。

それはさておき、『失われた時を求めて』という大長編は、ここで終わるわけではありません。このあとも延々と続くのです。しかし、差し当たって『スワン家の方へ』はここで終わらせなければなりません。

では、「終わりだが終わりでない」という難しい着地をプルーストはどのように決めようとしたのでしょうか？

ここでようやく、「さまざまな土地の名・名前というもの」という表題が意味を持ってくることになるのです。次の最後の文章をよく読んでみてください。

私が知っていた現実はもはや存在しない。スワン夫人が同じ瞬間に同じようないで立ちであらわれないというだけで、アカシア遊歩道は別のものになってしまったのだ。私たちが知った多くの場所は、私たちが便宜上位置づけている空間にだけ属しているのではない。それらの場所は、そのときの私たちの生活をかたちづくっている隣接しあった印象の中の一枚の薄片にすぎない。ある種のイメージの思い出とは、ある種の瞬間を惜しむ気持ちにほかならない。そして、家々、通り、遊歩道などは、ああ、なんたることか、歳月のように、うつろっては消えてしまうものなのだ。

コンブレー、バルベック、ブーローニュの森、アカシア遊歩道、たしかにこれらの土地・場所の名は記憶の貯蔵庫となり、映像の結節点となります。

しかし、そうした思い出の土地であっても、そこにオデット＝スワン夫人という「唯一の名」が登場しない限り、それらは、同じ土地、場所であっても、まったく別のもの、関係のないものになってしまうのです。土地、場所は、それ自体で存在しているように思えて、じっさいには、それ自体では存在しえず、思い出の中の人物が消えたとき、土地も場所も、歳月のように、時間のように、過ぎ去り、消え去ってしまうものなのです。

では、失われた時は、永遠に見出しえないものなのでしょうか？

その答えを出すため、プルーストは、最終篇『見出された時』に至る膨大な原稿を書く必要に迫られることになるのです。

38 時代が見た夢

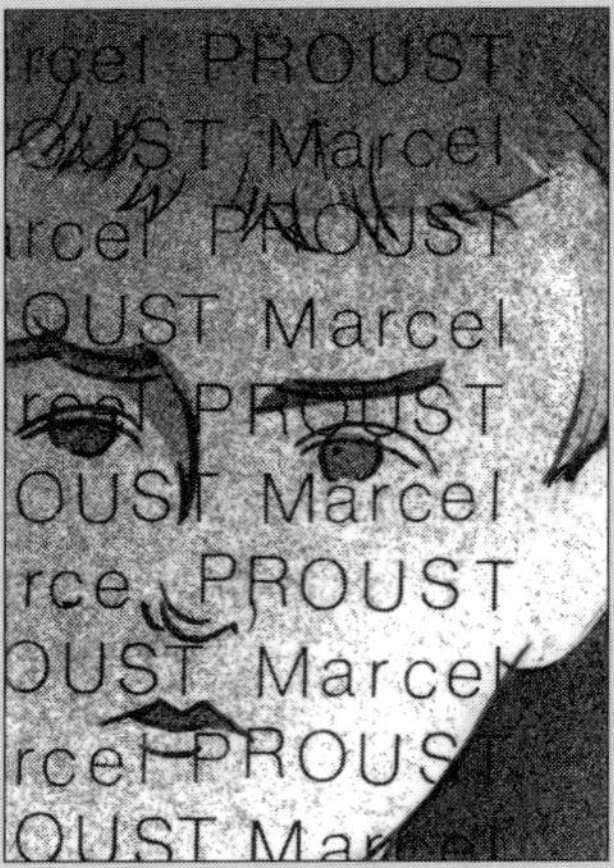

『失われた時を求めて』を完読する」と題して始まったこの連載。三十七回目にしてようやく第一篇『スワン家の方へ』を「完読」しただけで、ほんとうの「完読」はいつのことやらと思っていたところ、なんたる皮肉、そんな私の思いを見抜いたように、編集部から連載打ち切りの知らせが届きました。
たしかに、書いている本人さえほんとうに「完読」できるのだろうかと感じていたのですから、編集部の危惧も当然のこと。「想定の範囲内」ではありましたが、しかし、「完読する」とタイトルに入れたのはマズかったかもしれないと、いまでは反省しています。
ただ、不幸中の幸いだったのは、第一篇『スワン家の方へ』だけは最後まで到達できたことで、これを以て第一篇『スワン家の方へ』のみは「完読」と銘打つことができると思い返しました。

というのも、すでにすこし触れましたが、第一篇『スワン家の方へ』の最後が円環構造をなして、冒頭へとつながっていることからも明らかなように、プルーストは最初、この『スワン家の方へ』のみで『失われた時を求めて』にしようと考えていたからです。言いかえると、当初は、第一篇『スワン家の方へ』のあとには、最終篇『見出された時』に登場するエピソードが来る予定になっていたのです。

ところが、書き進めるうちに、プルーストは、自分の小説をこのレベルで終わらせるわけにはいかないと思いはじめたようです。

では、何がプルーストをして、かくほどまでの大長編小説を書かしむるに至ったのでしょうか？

思うに、それは『失われた時を求めて』の熱心な読者だったヴァルター・ベンヤミンが『パサージュ論』で掲げた目標、つまり、一時代の「集団の夢」を特異な方法を用いて描くという企てと似たものだったのではないでしょうか？

そう、『失われた時を求めて』は、語り手の個人的な夢だけではなく、第一次世界大戦の終了とともに消えていった十九世紀という「時代」の見た夢、十九世紀という資本主義勃興期に生きた人びとの集団的意識の記述なのです。

ベンヤミンは書いています。

一九世紀とは、個人的意識が反省的な態度を取りつつ、そういうものとしてますます保持されるのに対して、集団的意識の方はますます深い眠りに落ちてゆくような時代〔Zeitraum〕（ないしは、時代が見る夢〔Zeit-traum〕）である。

（『パサージュ論（第3巻）』今村仁司ほか訳、岩波現代文庫、以下引用は同書より）

十九世紀には、フランスやイギリス、あるいはアメリカで、人類至上初めて、資本主義と民主主義という、「個人」ではなく「集団」が決定権を持つ「制度」が機能しはじめたわけですが、こうした「制度」が動きはじめると、次第に明らかになってきたことが一つあります。それは、集団の意識というものは、個人の意識の総和となるわけではなく、むしろ、独立した存在として一種独特の働き方をする、しかも、それは時として個人の意識と反対のものになることすらあるという点です。とりわけ都市部に「群衆」という、個人個人とは異なった次元で動く集団が生まれ、それが新しい時代と世紀をつくりだすようになると、その集団の意識は、個人の意識とはあたかも無関係であるかのように機能し、ときにはまったく逆の結果をもたらすこともあるのです。

個人意識と集団意識のこうした逆立ち現象に注目したベンヤミンは、個人の意識が目覚めて活発に活動しているのとは裏腹に、集団の意識は深い眠りに落ちて夢を見ていると考え、その夢が特殊な形象で観察されうるのがパサージュであり、万博会場であり、デパートであり、パノラマであり、鉄道駅であるとしました。あるいは、モードや広告などの美術と資本主義の接点であるようなものにも集団的意識の夢はあらわれやすいと見なしました。

そして、これらの夢の形象には、個人の夢の場合と同じように、神話的でアルカイックな象徴の世界があらわれてくるから、それを捉えるなら、集団の夢の本質を理解することが可能となると考えました。これが、ベンヤミンが『パサージュ論』で論じていることの骨子ですが、では、こうした集団の夢は、いったいどんな点に注目することによって、言いかえれば、どんな割れ目から入っていけば分析可能となるのでしょうか？

ベンヤミンによれば、それは、目覚める瞬間の意識であるということになります。

プルーストがその生涯の物語を目覚めのシーンから始めたのと同様に、あらゆる歴史記述は目覚めによって始められねばならない。歴史記述は本来、この目覚め以外のものを扱ってはならないのだ。こうしてこのパサージュ論は一九世紀からの目覚めを扱うのである。

さて、プルーストを分析するのにベンヤミンを用いていたら、ベンヤミンがプルーストの方法論に拠っていることがわかったので、ここで話はメビウスの輪のようにトートロジックな循環に入り込んでしまいましたが、それも当然で、ベンヤミンはプルーストの『失われた時を求めて』を熟読することで『パサージュ論』の着想を得たのです。

すなわち、プルーストが『失われた時を求めて』で個人意識の記述を目覚めのシーンから始めたのにならって、自分は集団的意識の記述をその目覚めから始めなければならないと気づき、プルーストが個人の意識について成し遂げたことを私（ベンヤミン）は集団の意識についてやろう、それも同じ方法に基づいて、と考えたのです。

覚醒とは、夢の意識というテーゼと目覚めている意識というアンチテーゼの総合としてのジンテーゼなのではなかろうか？　もしそうであるならば、覚醒の瞬間とは「この今における認識可能性」と同じなのではなかろうか。（中略）こうしてプルーストにあっては、人生の中で最高に弁証法的な断絶点、つまり、覚醒の瞬間から生涯を書き起こすことが重要なのである。プルーストは、覚醒する本人の空間の叙述から〔『失われた時を求めて』を〕始めている。

しかし、個人の意識の場合には目覚めの瞬間というものは捉えやすいものですが、集団の意識となると、夢と覚醒の境目となるような状態などというものがはたして見出しうるでしょうか？見出しうる、それはパサージュ、万博会場、デパート、鉄道駅などといった十九世紀の鉄骨建築であり、またモードや広告などといった産業と美術の結合体である、というのがベンヤミンの解答でした。その理由については、拙著『「パサージュ論」熟読玩味』（青土社）で詳しく述べましたからこちらを参照していただくこととして、話をプルーストに戻しましょう。

そう、われわれにとって、問題となるのは、じつは、ベンヤミンばかりか、プルーストもまた、第一篇『スワン家の方へ』を書き進めている時点ですでに、真に扱うべきは個人の意識というよりも集団の意識ではないかと気づいていたのではないかということです。言いかえると、ベンヤミンが社会・歴史的観点からなそうとしたことをプルーストは小説というかたちで試みようと考えていたのではないかと思われます。個人的意識だけではなく集団の意識まで射程範囲に含めなければ自分の思うような小説は書けないと思い至ったかということなのです。

事実、『失われた時を求めて』の第一篇『スワン家の方へ』は、語り手である「私」の個人の意識の記述から始まり、「生涯の物語」が語られていくというかたちを取っているのですが、しかし、小説の構想が拡大して、『失われた時を求めて』が最終篇の『見出された時』に至る全七篇の大長編へと発展していくにつれて、プルーストは、ベンヤミンと同じように「集団の意識」を視野に入れたプロットを考えはじめます。

つまり、自分がまず、母親におやすみのキスをせ

がむような少年として末端にくわわり、成長するに及んでその一員として詳しく内情を観察しえた世紀末ベル・エポックの社交界（裏社交界を含む）、さらにいえば、そうした社交界を一要素として含む世紀末ベル・エポックという時代そのもの。これらを一つの集団の意識として俎上に乗せたいと願うようになったのです。

というわけで、『失われた時を求めて』が、第一篇『スワン家の方へ』だけで完結するのではなく、第二篇『花咲く乙女たちのかげに』から第七篇『見出された時』に至る大長編として成長していくにしたがって、プルーストの関心は、語り手の「私」個人の意識の記述から、次第に世紀末ベル・エポックという時代そのものの集団的意識のそれへと移行してゆくことになります。言いかえれば、プルーストはベンヤミンに先だって集団的意識の見る夢の世界を描き出そうと試みることになるのです。

しかし、集団的意識の見る夢を記述するということは、思っているよりもはるかに困難なことです。というよりも、そんなことは本物の天才にしか許されない超難事業です。なぜなら、個人の意識がはっきりと目を覚まして集団的意識の夢を観察しようと思っても、個人の意識には集団的意識の見る夢は絶対に映らないような「構造」になっているため、普通の方法に拠ったのでは、観察はまず不可能なのです。ある時代を個人として生きている人間は、集団的意識が見ている夢を、自分もその中に入り込んでしまっているがゆえに「生きる」ことはできても「見る」ことはできないようになっているのです。

では、こうした絶対的に困難な事業にプルーストはどのようにして取り組もうと考えたのでしょうか？

子どもを媒介とする、これなのです。ベンヤミンは『パサージュ論』で次のように書いています。

夢はひそかに目覚めを待っており、眠っている人は、ただ目が覚めるまで死に身をゆだねながら、策を弄してその爪からのがれる瞬間を待っているものである。夢見ている集団もまたそうなのであって、こうした集団にとっては、その子どもたちこそが自分が目覚めるための幸運なきっかけとなってくれるのである。

別のところで、ベンヤミンは目覚めと集団の夢の関係をこう表現しています。

間近に迫りつつある目覚めは、ギリシア人たちの木馬のように、夢というトロイに置かれている。

したがって、われわれは、この二つのベンヤミンの言葉を総合して、次のように言うことができるはずです。

「子どもは、ギリシア人たちの木馬のように、目覚めの契機として集団の夢というトロイに置かれている」

さて、ここまで言えば、私がベンヤミンに助けを借りながらプルーストの意図を推測した本意が見えてきたと思います。

そう、『失われた時を求めて』の第一篇『スワン家の方へ』の冒頭に置かれている不眠の夜の長々しい描写のあとに、幼い「私」がコンブレーの家の寝室でママンがおやすみのキスをしにきてくれるかどうか不安な気持ちで待つ場面が来るのは、集団の夢（トロイ）を説き明かすべく置かれた木馬としての役割を「子どもとしての私」が担っていることの象徴となっているのです。

「子どもとしての私」（マルセル少年）は、プルーストが描き出そうとしている世紀末ベル・エポックの集団的意識の夢を目覚めさせるために送り込まれたトロイの木馬にほかならないのです。

しかし、それでは、なにゆえに、子どもは集団の夢の中に目覚めの契機として送り込まれたトロイの木馬となりうるのでしょうか？

これについては、ベンヤミンの次のような見解が参考になるはずです。

幼年時代になすべき仕事は、新たな世界をシンボル空間のうちに組み入れることである。なにしろ子どもは、大人が決してできないことをすることができる。つまり新たなものを再認識することができるからである。われわれにとって機関車は、それをすでに幼年時代に眼の当たりにしたからこそ、それだけですでにシンボル的性格をもっている。だが、われわれの子どもたちにとってシンボル的性格をもっているのは、自動車である。われわれはと言えば、ただその新しくて、粋で、モダンで、かっこよい面しか見ないのだが。

すなわち、子どもというのは、なにか新しいテクノロジーが登場すると、そのテクノロジーの機能的な面よりも、象徴的な面、つまり神話的でアルカイックな側面を見てしまう。

もちろん、子どもが神話的、アルカイックな要素を「知識」として、後天的に知っているわけではありません。子どもはむしろ「遺伝子的」に、言いかえれば先天的にそうした神話的、アルカイックなものを脳内に持っている。だからこそ、「新たなものを再認識することができる」のである。

では、プルーストが子どもとして大人たちの世界にくわわろうとしていた一八八〇年代に、あらたなテクノロジーとして登場してきたものはなんなのでしょう？

まず汽車があります。なるほど、『失われた時を求めて』には語り手の「私」が頻繁に汽車で旅行する場面が描かれていますし、休暇中に「私」がコンブレーに出かけてレオニ叔母の家に泊まるのも汽車があるからこそ可能になったのです。

自動車もまた第六篇『逃げ去る女』の中で神話的なイメージを帯びて登場してきます。

しかし、新しいテクノロジーとしてもっとも重要なものは写真ではないかと思われます。「私」がイタリアやさまざまな観光地に思いを馳せ、その「土地の名」からイメージを喚起する源泉になっているのも、また女優ベルマに憧れるもとになったのも写真だからです。事実、プルースト自身も写真に対して異常なほどの愛着を示し、未知の人と知り合うとカルト・ド・ヴィジットと呼ばれた名刺サイズの写真をほしがったと伝えられています。

しからば、なにゆえに写真が新しいテクノロジーとして重要なのかといえば、それは、伝統的世界には存在しなかったオタク的な欲望、生身の人間ではなく写真の中の人間に憧れ、恋してしまうという、新たな（だが、ピグマリオニズムとして神話的古代にすでに存在していた）欲望を生じさせる原因の一つとなっているからです。プルーストこそは、こうしたオタク的欲望を抱いた永遠の子ども第一号といえるのです。

このように考えると、『失われた時を求めて』という難解きわまる大小説をどのように読み解けばいいかが、おぼろげにではあれ見えてくるのではないでしょうか？

すなわちプルーストは、資本主義と民主主義という「集団」が決定権を持つようになった十九世紀後半という時代は、「個人的意識が反省的な態度を取りつつ、そういうものとしてますます保持されるのに対して、集団的意識の方はますます深い眠りに落ちてゆくような時代」であるとベンヤミン的に捉え、この「集団の夢」を分析するために、ギリシャ人たちの木馬のように、マルセルという名を持つ語り手の「私」＝永遠の子どもを「目覚めの契機」として送り込むことにしたのです。

というわけで、『失われた時を求めて』完読を目指しながら、『スワン家の方へ』を完読しただけで終わってしまったこの論稿の「とりあえず」の結論を申し述べるなら、それは、次のように公式化できるのではないでしょうか？

『失われた時を求めて』とは、プルーストという永遠の子どもの眼で描かれた十九世紀という集団の夢である、と。

あとがき

ＰＨＰ研究所新書出版部の横田紀彦さんが、当時まだ神田神保町にあった事務所に見えられたのはもう十二年も前の二〇〇七年秋のことだったと記憶しています。

横田さんは拙著『「レ・ミゼラブル」百六景』と同じような趣向でマルセル・プルーストの『失われた時を求めて』の批評的ダイジェストを書いてもらえないかという提案をなされました。

私は即座に「それは無理、『失われた時を求めて』は『レ・ミゼラブル』とはまったく違う方法論に基づいて書かれているから、ダイジェストをつくるのは全部を翻訳するよりもはるかに難しい」と答えたかと思います。

しかし、横田さんはそれでもあきらめず、ならば、『失われた時を求めて』をどうしても完読できない読者に対して、こうすれば完読できるというような「手ほどき本」を書いてはくれないかと食い下さがられたのです。私も、それならばなんとか書けるかもしれないと考え直し、ＰＨＰ研究所の文芸誌『文蔵』での連載を了承しました。

しかし、その連載のタイトルが「『失われた時を求めて』を完読する」となっていたので、おおいに心配になりました。もし、ほんとうに完読するのであれば、ほとんど無限に連載を続けなければならないからです。果たせるかな、不安は現実となり、横田さんに迷惑をかけながら三十八回続いた連載も、全巻完読どころか、第一巻の『スワン家の方へ』の完読だけで二〇一一年二月には終了となってしまいました。

私としてはそれでも、完読のための手ほどき本という趣旨だけは達成できたとひそかに自ら慰め、単行本化に向けて動き出そうとしたのですが、ここで大きな問題が持ち上がりました。

それは『失われた時を求めて』のテクストとして引用した翻訳のことです。

連載を開始するに当たって、プルーストのテクストを引用する場合、自分の翻訳でいくか、それとも既存の翻訳を用いるかで悩みましたが、私は既存の翻訳がある場合、その翻訳を使うということこそ翻訳者に敬意を表すると考えていたので、後者のオプションを取ることにしました。

そこで既存の翻訳ではその時点でベストと判断した集英社文庫版の翻訳を使用したい旨、編集者の横田さんを介して翻訳者の方にお願いしました。やがて翻訳者の方からの快諾が得られましたので、集英社文庫版を用いての連載が始まったのですが、連載第二十九回に達したころでしょうか、日本著作権協会を通して翻訳者の方から抗議の手紙が届きました。翻訳を利用する分量が多すぎるということのようです。それぞれの回について、翻訳を使ったページのパーセンテージが示され、これでは著作権の侵害に当たると主張されていたのです。

この抗議に対して、私はなるほど、一理あると思いました。たしかに許可は取ってあるものの、引用の量が多くなってきたことは認めざるをえなかったからです。

そこで、第三十回からは自分の翻訳を使うことにしました。『失われた時を求めて』はすでに版権切れで、勝手に翻訳してもかまわないからです。集英社文庫版を用いた第二十九回までは、いずれ単行本にするに際して、自分の翻訳に差し替えればいいと判断したのです。

ところが、ちょうどこのころから私の連載本数が増え、自分の翻訳に差し替えるだけの時間がまったく取れなくなってしまったのです。横田さんは一刻も早く単行本として刊行されたいようでしたが、テクスト部分の差し替えが完了していなければどうしようもありません。結局、その状態がなんと八年も続いてしまったのです。

しかし、横田さんからは、毎年のように「私はまだ出版をあきらめてはいません」というメールが送られてきました。私としてもまことに申し訳なく思っていたのですが、今年に入って掛け持ちしてきた連載が何本か終了しましたことから、ようやく、プレイヤッド版の原書を用いて、引用箇所の翻訳にとりかかる余裕が生まれました。するると、久しぶりのこの翻訳体験が、私の中に眠っていたプルースト的記憶を呼び覚ましたのです。

大学生のころ、それから大学院生のころ、『失われた時を求めて』を原書で読んだときの記憶が、それこそマドレーヌ体験のように蘇りました。

昔、恩師の山田𣝣《じゃく》先生から、先生の恩師である辰野隆《ゆたか》大先輩が「自分で翻訳してみないとほんとうに理解したことにはならない」と述懐したという話を聞かされたことがありましたが、まさにこれはほんとうだったのです。自分で訳してみて、初めて、プルーストを正しく理解できたと感じるところが少なくありませんでした。

もちろん、私が翻訳して引用したテクストはほんのわずかな部分にすぎません。しかし、それでもやはりプルーストは原テクストで読むに限ると認識をあらたにしたのです。そのため、連載時とは内容もかなり変わってしまいましたが、その分、「完読の手引き」として内容がすこし深くなったのではないかと自負しています。

ところで、私が連載原稿を放置したままにしておいた八年のあいだに、『失われた時を求めて』にかんする日本の状況がかなり変わってきたのです。そう、よもやと思われた個人新訳、それも全訳版が二種類も刊行開始されたのです。

吉川一義氏の岩波文庫版と高遠弘美氏の光文社古典新訳文庫版です。どちらも、いまだ完結には至っていませんが、従来の版に比べてはるかに読みやすくかつ正確という「良い翻訳」の条件を満たした素晴らしい訳文です。これなら日本の読者もまちがいなく完読できるにちがいありません。

そして、この二つの翻訳が出たことで、「完読の手引き」と銘打った私の本の価値もすこしは上がってくるような気がしてきます。『失われた時を求めて』はメビウスの輪のように循環しているので、完読してこそ意味が出てくる不思議な構造の本なのです。そのために、私の本が多少とも参考になれば、著者としてはこんなにうれしいことはありません。

最後になりましたが、八年間、我慢につぐ我慢を続けてこられたＰＨＰ研究所・横田紀彦さんに、また、今回の刊行に当たってお世話いただいた同じくＰＨＰ研究所・丹所千佳さんに心よりの感謝の気持ちを伝えたいと思います。

二〇一九年六月十八日

鹿島　茂

初出

『文蔵』(PHP研究所)2008年1月号～2011年3月号
連載「『失われた時を求めて』を完読する」
＊単行本化にあたり、新たな翻訳と加筆修正を行いました

マルセル・プルースト

1871年、パリ近郊のオートーイユで生まれる。医師の父とユダヤ系の母のもと、裕福で愛情深い家庭に育つ。幼いころより文学を志し、パリ大学進学後は社交界へ出入りするかたわら翻訳や執筆に励む。作家人生を捧げた『失われた時を求めて』は20世紀文学の金字塔として名高い。『失われた時を求めて』の執筆準備は1908年から始まり、「スワン家の方へ」「花咲く乙女たちのかげに」「ゲルマントの方へ」「ソドムとゴモラ」「囚われの女」「逃げ去る女」「見出された時」の全7篇から成る。第1篇の初版は1913年で、第4篇までが生前に刊行された。1922年没。

著者略歴

鹿島《かしま》 茂《しげる》

1949年、横浜市生まれ。フランス文学者。評論家・書評家、古書コレクター。明治大学国際日本学部教授。専門は19世紀フランス文学。1973年、東京大学文学部仏文科卒業。1978年、同大学大学院人文科学研究科博士課程単位習得満期退学。1991年『馬車が買いたい!』でサントリー学芸賞、1996年『子供より古書が大事と思いたい』で講談社エッセイ賞、2000年『パリ風俗』で読売文学賞を受賞。そのほか『「レ・ミゼラブル」百六景』(文春文庫)、『SとM』(幻冬舎新書)など著書多数。東京都港区で書斎スタジオ「NOEMA images STUDIO」をプロデュース。インターネット書評無料閲覧サイト「ALL REVIEWS」を開設。オリジナルの書棚「カシマカスタム」は多くの愛書家に支持される。

カバーデザイン・イラストレーション

岸リューリ

本文設計

HOLON

「失われた時を求めて」の完読を求めて

「スワン家の方へ」精読

2019年9月4日　第1版第1刷発行

著者＿＿＿鹿島茂

発行者＿＿＿後藤淳一

発行所＿＿＿株式会社PHP研究所

東京本部　〒135-8137 江東区豊洲5-6-52
第三制作部文藝課　☎03-3520-9620（編集）
普及部　☎03-3520-9630（販売）
京都本部　〒601-8411 京都市南区西九条北ノ内町11
PHP INTERFACE　https://www.php.co.jp/

組版＿＿＿朝日メディアインターナショナル株式会社

印刷所＿＿＿共同印刷株式会社

製本所＿＿＿共同印刷株式会社

ISBN978-4-569-77200-4